浙江省哲学社会科学规划重大项目“西方文学思潮发展史”（22YSXK03ZD）
2024年“商大精品文库”建设项目

西方文学思潮发展史论丛

蒋承勇 主编

浪漫主义文学思潮导论

曾繁亭 著

商務印書館 The Commercial Press SINCE 1897 | 北京
浙江工商大学出版社 ZHEJIANG GONGSHANG UNIVERSITY PRESS | 杭州

图书在版编目(CIP)数据

浪漫主义文学思潮导论 / 曾繁亭著. — 杭州 ：浙江工商大学出版社 ；北京 ：商务印书馆，2024.12
（西方文学思潮发展史论丛 / 蒋承勇主编）
ISBN 978-7-5178-6058-7

Ⅰ. ①浪… Ⅱ. ①曾… Ⅲ. ①浪漫主义—文艺思潮—研究—西方国家—近代 Ⅳ. ①I109.9

中国国家版本馆 CIP 数据核字(2024)第 111299 号

浪漫主义文学思潮导论
LANGMAN ZHUYI WENXUE SICHAO DAOLUN
曾繁亭 著

出 品 人 郑英龙
策　　划 郑英龙　任晓燕
责任编辑 沈明珠
责任校对 李远东
封面设计 观止堂_未氓
责任印制 祝希茜
出　　版 商务印书馆
浙江工商大学出版社
发　　行 浙江工商大学出版社
（杭州市教工路 198 号　邮政编码 310012）
（E-mail:zjgsupress@163.com）
（网址:http://www.zjgsupress.com）
电话:0571-88904970,88831806(传真)
排　　版 杭州朝曦图文设计有限公司
印　　刷 浙江全能工艺美术印刷有限公司
开　　本 710 mm×1000 mm　1/16
印　　张 19.75
字　　数 253 千
版 印 次 2024 年 12 月第 1 版　2024 年 12 月第 1 次印刷
书　　号 ISBN 978-7-5178-6058-7
定　　价 98.00 元

总　序

蒋承勇

20 世纪八九十年代，我国学界曾经就“重写文学史”问题展开了十分热烈的讨论，唤起了众多学人对创新文学史研究的学术热情，不少人开始致力于新文学史著作的撰写。时过境迁，热烈的讨论已归于沉寂，文学史“重写”的实践无疑也取得了可喜的成果。但是，今天看来，当年的讨论主要聚焦于文学史撰写的观念更新，而不是着力于对文学史事实与现象及作家作品本身的深度研究——就当时的学术状况和语境而言，这种研究尚不具备深度展开的客观条件，——因而也不可能为文学史的“重写”提供丰富的学术“原材料”。观念更新固然很重要，但如果没有长期的对文学史事实与现象及作家作品研究的深厚积累，仅仅是观念和概念层面的花样翻新，那么，这种“重写”就缺乏学术新成果的有力支撑，从某种意义上说是“巧妇难为无米之炊”，那么，所“重写”的文学史难免有观念空泛与学术意蕴轻浅之嫌，很难取得实质性的学术突破，其历史局限不言而喻。

文学史的“重写”原本就不是一蹴而就的，有道是“一代人有一代人的文学史”，“重写”也总是处于一种开放和行进的状态。从当今时代倡导人类文明交流互鉴、重构文明史的理念来看，显然又到了需要对曾经的“重写文学史”进行回顾、总结、反思与超越的时候了。就近几十年来学术研究的积累而言，当下新一轮“重写文学史”的展开亦有了较为丰厚的学术资源，更何况，文学史构建的理念也需要与时俱进、不断更新——“重写文明史”①的呼声无疑是新时代在人类文明交流互鉴语境中昭示的一种崭新的历史观和价值观，文学史撰写的创新无疑又进入了一个新的历史周期。在这种意义上，“重写文学史”依然是当今摆在我们面前的十分紧迫的学术新任务。

就国内的外国文学史撰写而言，自当年开展“重写文学史”的讨论以来，各种集体或个人“编撰”出来的西方文学史、国别文学史著作或者外国文学史教材，无疑有其历史的超越性与学术贡献。但是也必须看到，它们大都呈现为作家列传和作品介绍，对文学历史，普遍缺乏生动、真实、系统而有深度的描述与阐释；此外，用失之狭隘的文明史观和文学史观所推演出来的思想观念去简单地对作家、作品做出定论，也是这种文学史著作或教材的常见做法。这种现状亟待改变。

文学思潮是指在特定历史时期一定社会—文化思潮影响下形成的具有某种共同美学倾向、艺术追求和广泛影响的文学思想潮流。由于文明与文化发展的差异性，与国内文学史的演进相比，西方文学史是以文学思潮的形态展开的，并由此彰显其显著的“革新”“革命”“运动”的特征。从文艺复兴开始的人文主义，17 世纪的古典主义，18 世纪以降的浪漫主义、现实主义、自然主义、唯美主义、象征主义、颓废主义，再到 20 世纪的现代主义、后现代主义等，这一系列的文学思潮和运动在交替或交叉中奔腾向前，勾勒出了西方文学史发展的大致轮廓。可以说，文学思潮是西方文学发展的基本脉络，有其深层的人文意蕴，把握住了这一脉络，就等于把握住了西方文学史发展的基本构架和总体风貌。“批评家和文学史家都确

① 曹顺庆、刘诗诗：《重写文明史》，《四川大学学报》（哲学社会科学版）2023 年第 1 期。

信，虽然古典主义、浪漫主义和现实主义这类宽泛的描述性术语含义多样，但它们都是有价值且不可或缺的。把作家、作品、主题或体裁描述为古典主义的、浪漫主义的或现实主义的，就是运用一个有效的参照标准并由此展开进一步的考察和讨论。”①也许正是基于此种原因，在西方学界，文学思潮研究历来是文学史研究的主战场，其研究成果亦可谓车载斗量、汗牛充栋。与之相比，国内学界在这方面的研究则显得十分薄弱，亟待拓展与深化，这对文学史和文明史的“重写”与互鉴都有重大意义。因为，就西方文学而言，文学思潮研究乃“重写”西方文学史所不可或缺的重要前提，其研究成果乃“重写”西方文学史不可或缺的重要学术资源。

在我国，西方文学思潮自五四前后被介绍到本土，百余年来学界展开过不少研究，出版过一些研究与介绍性的作品，如早年陈独秀的《现代欧洲文艺史谭》、茅盾的《西洋文学通论》，以及后来胡风的《论现实主义的路》，何其芳的《关于现实主义》，王秋荣、陈伯通主编的《西方文学思潮概观》，罗钢的《浪漫主义文艺思想研究》等，也出版过翻译引进的著作，如厨川白村的《西洋近代文艺思潮》、本间久雄的《欧洲近代文艺思潮论》、勃兰兑斯的《十九世纪文学主流》、罗杰·加洛蒂的《论无边的现实主义》等。20 世纪八九十年代学界曾经编辑出版过系列的单个文学思潮的资料汇编，如朱雯等编选的《文学中的自然主义》等。此外，杨周翰等的《欧洲文学史》、李明滨的《二十世纪欧美文学史》、朱维之等的《外国文学史》和郑克鲁等的《外国文学史》等文学史（教材）类的出版物也涉及对西方文学思潮的介绍。所有这些出版物，都为我国的西方文学思潮研究打下了坚实基础。不过，总体上看，这些研究或介绍只能代表一定时期的学术水平，而且难免有历史局限性，尤其是没有对西方文学思潮演变的历史展开全

---

① Donald Pizer：*Realism and Naturalism in Nineteenth-Century American Literature*，Southern Illinois University Press，1984，p. 1.

面系统的研究与阐释。迄今为止，国内学界未曾出版由本土学人撰写的系统研究与阐释西方文学思潮发展史的著作，这无疑是我国外国文学研究与出版的一大缺憾。

有鉴于此，“西方文学思潮发展史论丛”作为浙江省哲学社会科学规划重大项目“西方文学思潮发展史”的最终成果，致力于对西方文学史中最具代表性的十大文学思潮——人文主义、古典主义、浪漫主义、现实主义、自然主义、唯美主义、象征主义、颓废主义、现代主义、后现代主义——展开深入、全面的反思性研究①，以 10 卷(每卷 20 万字左右)的体量予以系统呈现，力图对西方文学思潮和西方文学的演进做正本清源的梳理与研究，为“重写文明史”背景下本土学界重写文学史，特别是重写西方文学史提供重要的学术资源和观念启迪。

作为国内首次系统推出的关于西方文学思潮发展史研究的学术性丛书，“西方文学思潮发展史论丛”立足反思性、超越性和建设性，把西方十大文学思潮置于西方文明史和文学史演变的历史长河中，既作为一个整体，又分别作为各自独立的单元，以跨文化、跨学科方法展开多角度分析，发掘和阐发其本原性特质、历史性地位与价值，努力在研究方法的创新性，研究内容的系统性，研究结论的前沿性、原创性等方面，都有显著的建树，从而把对西方文学思潮的研究推向新水平、新高度，为推进中国特色的外国文学学科建设，也为中国现当代文学和文艺理论研究提供借鉴与参考。

---

① 需要说明的是，国内不少外国文学史教材或西方文学史、欧洲文学史著作，把 18 世纪启蒙运动中出现的文学——启蒙文学——也视为一种文学思潮，而本丛书则没有将其列入西方文学思潮中。那是因为，我们认为，欧洲 18 世纪的启蒙运动主要发生在思想文化领域，而不是文学领域。这一思想文化运动背景下出现的启蒙文学，虽然也受启蒙思想的影响，而且也有一个宽泛的作家群体，但是他们的成就主要表现在哲学、政治和思想文化领域而非文学领域，尤其是他们并没有形成比较系统的文学理论和美学思想体系，因此启蒙文学总体上只是一种松散的文学现象，而不是一个系统的文学思潮。有鉴于此，本丛书未将其作为西方文学思潮之一予以研究与阐释。

本丛书虽然集中于研究西方文学思潮，但实际上学科和专业涉及面宽，体现了跨学科、跨文化的比较文学方法与视野。对读者而言，本丛书的写作定位是学术性与普及性相互兼顾，既“为学术而学术”，又面向文科专业的本科生、硕士和博士研究生以及文学专业工作者和爱好者。本丛书的宗旨是努力打造一套简洁而不简陋、通俗易懂又有学术性和持久影响力的西方文学思潮精品读本与学术参考书。为此，本丛书坚持以下基本写作原则：观照基本问题，把握思潮主线；追踪思潮渊源，阐释本原特质；内容简明扼要，语言简洁生动。希望本丛书不仅能成为外国文学教学与研究者、文学工作者和爱好者的重要读物，同时也能成为中国现当代文学、文学理论教学与研究者的重要参考书。

目　录

| 引　言 |

在历史的深处打捞“现代文学”的界碑

在西方，浪漫主义研究是一门“显学”。多少年来，一直有很多学者毕其一生都在研究浪漫主义。一代又一代学者的辛勤耕耘，使得西方关于浪漫主义的研究成果“车载斗量”“汗牛充栋”。“说不完的浪漫主义”，并不仅仅是因为它本身足够复杂，更是因为它的确非常重要。

一

浪漫主义为什么非常重要？

可以用一句话来概括浪漫主义的重要性，从而达成对其文学史地位的一个基本认知。这句话就是——作为西方文学史上空前绝后的文学革命，浪漫主义构成了西方现代文学的发端。这是本书对浪漫主义进行阐发的基本文学史框架或立足点。对这一论断，可以从如下 3 个层面来理解。

其一，浪漫主义终结了此前主导西方文学 200 多年的古典主义文学思潮，并取而代之，在大约两代人的历史区段上，成为西方文坛新的领导力量。

其二，浪漫主义颠覆了此前主导西方文学 2000 多年的“模仿说”，用其所倡导的“表现说”从整体上革新了西方的文学理念。声称“文学模仿现实”的“模仿说”源于苏格拉底，在苏格拉底的弟子亚里士多德那里臻于成熟；从此以后，一直到浪漫主义出现，“模仿说”基本上是西方的主流文学观。然而，对浪漫派作家来说，文学创作不再是对外在自然的模仿，而是诗人的创造性想象；文学作品也不再是自然的镜子，而是作家创造的另一世界：一个不同于现实世界的艺术世界。

其三，浪漫主义革命使其成为西方文学进入现代阶段的标志。

浪漫主义以降，西方文学诸多思潮——象征主义、唯美主义、现代主义、后现代主义以及颓废主义等均是对浪漫主义的“正反应”——它们均肇始于浪漫主义，并从不同的侧面深化、发展了浪漫主义；而现实主义、自然主义则基本上是对浪漫主义的“负反应”——它们虽然也肇始于浪漫主义，但基本上是以浪漫主义的“矫正者”的身份确立了自身的历史地位。

如果说，18 世纪后期首先发端于英国的工业革命，使得西方社会在经济层面以“告别农业文明—进入工业文明”的方式开启了真正的“现代时期”，如果说 1789 年在法国爆发的政治大革命，使得西方社会在政治层面上以“告别专制制度—进入宪政民主”的方式开启了真正的“现代时期”，那么，我们就必须承认：在康德哲学革命的基础上，18 世纪末首先发端于德国的浪漫主义文学革命，的确开启了西方现代文学的大门。

二

浪漫主义凭借什么法力完成了如此伟大的文学变革？

这就涉及本书重点聚焦的关键问题——浪漫主义的核心观念。18 世纪末，法国大革命的狂潮刺激了时代的敏感神经，一种新的“自由”精神以暴风雨般的猛烈势头汹涌而来，开启了“浪漫主义”的新时代。“自由”精神是浪漫主义文学思潮乃至整个浪漫主义文化思潮的精神内核，即法国浪漫主义文学领袖雨果所言——浪漫主义不过是文学上的自由主义而已。将“自由”作为重新审视西方浪漫主义的“入口”并力图做出新的系统阐释，是为本书的主旨立意所在。

在荒诞隐现的现代的开端，敏感的浪漫派第一次意识到：个人真正可以凭依的东西只有与生俱来的自由。既不是理性主义的绝对理性，也不是黑格尔的世界精神，浪漫派的最高存在是具体存在的个人；所有的范畴都出自个体的心灵，因而唯一重要的东西即是个体的自由，而精神自由无疑乃这一自由中的首要命题，主观性因此成为浪漫主义的基本特征。迥异于致力于传播理性主义共同理念的古典主义，浪漫主义强调对个人情感、个体心理的发掘，确立了一种个体“人学”的新文学；人群中的孤独这一现代人的命运在浪漫派这里第一次得到正面表达，个人与社会、精英与庸众的冲突从此成了西方现代文学的重要主题。

在西方文学史上，没有哪个时代的作家像浪漫派一样如此全面地关注自由问题，也没有哪个时代的诗人写下那么多热情的自由颂歌。启蒙学派曾以理性的怀疑精神与批判精神消解了官方基督教神学的文化专制，但最终却因丧失了对自身的质疑与批判，又建立了一种唯理主义的话语霸权。浪漫派反对启蒙学派的理性主义，因为在他们看来只有感性生命才是自由最实在可靠的载体与源泉，而经由理性对必然性认识所达成的自由在本质上只不过是对自由的取消。正是在此等“个体自由”的观念形成的氛围中，浪漫派作家才以一种近乎偏执的儿童式的任性大肆讴歌遗世独立的个人，几乎没有限度地张扬“无政府主义”式的自由。“浪漫派高度推崇个人价值，个体主义乃浪漫主义的突出特征。”①“浪漫主义所推崇的个体理念，乃个人之独特性、创造性与自我实现的综合。”②

但西方自由主义传统本身即是复杂的，它提供了诸多自由的概念。

---

① Jacques Barzun: *Classic, Romantic and Modern*, Secker & Warburg, 1962, p. 6.

② Steven Lukes: *Individualism*, Basil Blackwell, 1973, p. 17.

自由在浪漫主义文学中呈现为复杂乃至悖谬的奇异文化-文学景观。这意味着在西方各国持续半个世纪之久的浪漫主义文学思潮注定是复杂的,并因其也提供了诸多不同的自由范式而具有多元论的特征。对“自由”缘何成为西方浪漫主义文学思潮中的核心命题,本书将经由对浪漫主义与康德哲学革命,浪漫主义与18、19世纪之交的基督教复兴,浪漫主义与启蒙主义,浪漫主义与西方工业革命以及浪漫主义与法国大革命诸关系的阐发而做出系统的回答。

三

19世纪后半期,随着自然主义文学以及构成其文化基础的实证主义哲学在西方文学-文化领域获得主导地位,浪漫主义文学思潮以及构成其重要思想基础的自由主义文化风潮开始偃旗息鼓,并一度陷入沉寂。一时间,各式否定自由意志的“决定论”调调甚嚣尘上。但峰回路转,从19、20世纪之交开始,随着现代主义文学思潮的勃兴以及作为其文化基础的非理性主义思潮(叔本华、尼采、柏格森等前后相续的生命意志学说,雅斯贝尔斯、海德格尔、萨特、加缪等人的存在主义哲学,等等)的激荡,西方学界浪漫主义研究的第二波高潮应时而起;而且,第二波高潮比第一波热潮,不管从持续的时间与弥散的空间,还是从外在的声势规模与内在的学术水准,均有过之而无不及。

在最近的100多年中,浪漫主义研究一直是西方文学史与思想史研究中毋庸置疑的显学。在勃兰兑斯的皇皇巨著《十九世纪文学主流》之后,文学史家H. M. 琼斯论述法国大革命与浪漫主义关系的鸿篇巨制《大革命与浪漫主义》、思想史家伯林的名著《浪漫主义的根源》、思想史家和文学史家罗兰·斯特龙伯格的大作《西方现代思想史》,均对浪漫主义文学思潮中的“自由”问题以“散论”或“专论”的方式有所关涉。

纵观西方浪漫主义研究的学术历程,不难发现:浪漫主义研究的存在状态与时代的自由主义精神状况息息相关；两者之间存在着正向的呼应和契合关系。由此，人们很容易理解——随着以“新保守主义”“新自由主义”“存在主义”等名头行世的20世纪西方自由主义越发显现出复杂、多元的面相，研究范式愈益成熟的20世纪西方学人对浪漫主义思潮的探讨，也就日趋细致入微，斑驳多彩。

四

值得提及的是，中国现代文学的大门也正是由100多年前叩关而来的西方浪漫主义开启的。

1902年，梁启超就在《新中国未来记》中借人物之口引出拜伦及其诗篇《哀希腊》，盛赞他为最自由之人，并以为这诗似乎正为中国人所写——鼓励其为摆脱奴役地位而奋起反抗。而鲁迅在1907年写下的《摩罗诗力说》则堪称国内西方浪漫主义研究最重要的早期文献。英雄所见略同，鲁迅亦认为“立意在反抗，指归在动作”的拜伦乃一个以个人主义为核心的自由者；从拜伦及其笔下人物任由自我、推崇强力的倾向，他还发现了浪漫主义以个体自由为核心的文学根底。与此后100多年中国对西方浪漫主义的若干论断相对照，人们会惊讶地发现：站在20世纪起点上的鲁迅目光如炬，是洞悉了浪漫主义实质或秘密的先知。

大致来说，国内学界和作家群体在1949年前对浪漫主义曾有一个漫长的介绍、接受乃至模仿的过程。当时，鲁迅的《摩罗诗力说》、茅盾的《西洋文学通论》对自由与浪漫主义的关系均有精到的阐发，但憾在粗疏。1949—1979年，随着现实主义至上论的流播，和平时期本应得到深化、完善的浪漫主义研究日趋式微，终至在庸俗政治学、社会学的钳制之下走向了简单否定的歧路。

新时期以来，随着社会-文化系统的拨乱反正，国内的浪漫主义研究与其他学术研究领域一样渐渐开始现出些微生气。20世纪80年代曾出现过一些为西方浪漫主义文学翻案的文章,但这类文章大都颇像惊魂未定的耄耋裹脚老太,只是在旧有的意识形态思维层面上修修补补,最大的成就也就是煞有介事地小声唠叨——不应该将浪漫主义一棒子打死。20世纪90年代以降,随着整体的文化潮流在新的社会、政治、经济格局下之陡然变化,愈来愈技术化、数字化的学人不是在概念翻飞中陷于泡沫炒作就是在复古浪潮中堕于春秋大梦;20多年下来,除少数几本西方浪漫主义研究著作的译介,中国的西方浪漫主义研究成果堪称寥若晨星,乏善可陈。

总体而言,1949年至今,随着"自由"问题从研究者学术视野中的淡出,"自由"作为理解浪漫主义最锋利、精准的学术入口出现偏移,国内学界的浪漫主义研究就此迷失于意识形态的茫茫雾霭之中。与同时期西方大量日益深化的浪漫主义研究成果相比较,国内的浪漫主义文学研究,总体上始终处于粗陋浮泛的状态。如果说1979年前后有什么不同的话,那也只是在茫茫雾霭下的粗陋浮泛中飘升还是沉降的问题。

五

除却20世纪初始的短暂蜜月,西方浪漫主义在中国的百年历程可谓艰难竭蹶、命运多舛。究其内里不难发现:在某些因素的影响下,作为西方浪漫主义内核的"个体自由"观念在中国文化土壤上始终水土不服难以落地,当为根本的因由。

在中国数千年的文化传统中,个人是被严厉约束于社会、群体与家庭之下的存在,而文人甚至只可代圣人言而不可有自己的观点。渴望从这种"个体不张"的文化传统中挣脱出来,正是"五四"一代热烈推崇浪漫主义的重要缘由。但即便是在达成"个人的发现"之辉煌历史时刻,"五四"一代精英学人对西方浪漫主义之"个人"价值取向依然也持有保留态度:从一开始,不管是作品的翻译还是作家的推介,文化启蒙与政治革命共同构成的“新家国情怀”使得国人对西方浪漫主义的选择明显体现出“弃德而就英法”，重拜伦、雨果而轻华兹华斯、夏多布里昂的倾向。

很快，以“集体”为价值指归、以“革命”为根本关切的“革命浪漫主义”，便压倒了以“个体”为价值依托、奉“自由”为最高价值的西方浪漫主义。作为西方文化现代转型开启的标志，浪漫主义虽有着自身的美学规定与方法论系统，但它首先更是一个丰富、复杂的文化价值系统；中国革命文人以苏俄为师炮制的“革命浪漫主义”很快便将其扭曲简化为一种以“表现理想”为本质规定的文学创作方法（作为两种基本的创作方法之一，排在“反映现实”的现实主义后面）①。

文学是自由的象征，浪漫主义中的“自由”问题是一个超越意识形态的学术课题。对该课题的探讨，不但有望从整体上加深中国浪漫主义研究的理论深度，抑或更是完善和重构中国浪漫主义研究学术体系和研究范式的一次大胆尝试。

“自由”之于浪漫主义文学思潮的核心地位，不仅使浪漫主义丰富和光大了构成西方文化精髓的自由主义传统，而且使其成了西方文学史上最光辉灿烂的篇章。但浪漫派之自由观念亦因其历史局限性而呈现出负面效应：社会文化层面——在以自由至上对理性至上的反拨过程中，浪漫派在某种程度上将个性扩展为任性，将自我变成自恋，将张扬感性演绎为情欲泛滥，将对“无限”的憧憬转化为对现实的弃绝，终使自由在失却了自己的边界之后成为缥缈的迷雾流云，幻化成一抹失却了精神力量的虚无；文学艺术层面——浪漫派在消解功利主义艺术观念的过程中，割裂了艺

① 1988 年复旦大学、华东师范大学、武汉大学等多所著名高校的专家联合编撰了《西方浪漫主义文学史》（杨江柱、胡正学主编，武汉出版社 1988 年版），该书除第三编介绍 19 世纪欧美各国的浪漫主义文学外，其余篇幅都是在缕述古希腊神话、中世纪骑士文学、文艺复兴文学等内容。明明就是一本西方文学史，却要冠以“浪漫主义文学史”的名头，其背后的逻辑就是将浪漫主义理解为一种“基本的创作方法”。

术作为自由之象征与艺术作为苦闷之象征的关系，从艺术自由推衍出艺术至上，终使艺术在很大程度上蜕变为失却了现实生活大地牵引而任凭自由理念吹向神秘天国的断线风筝。浪漫派自由观念的局限性决定了它将随着历史的演进而退场。

就此而言，从“自由”问题切入对浪漫主义文学思潮的研究，其意义就绝不仅限于浪漫主义研究本身，甚至亦不仅限于西方文学史的研究本身；要而言之，这一研究对把握文学发展的内在规律、推进全球化语境下中国特色的文艺理论建设乃至文化建设、促进中国文学艺术的大繁荣均不无裨益。

| 第一章 |

浪漫主义的核心观念

与对古代希腊罗马的褒奖赞美相对照，启蒙学派普遍有将中世纪妖魔化的倾向——所谓“野蛮时代”“黑暗千年”等大而无当的武断评判一度甚嚣尘上。时代厌倦了智力和理性，人们需要真情实感，僵死腐朽的旧的文学系统在摇摇欲坠中趋于坍塌——“在这一系统中，感情和想象力贫乏，诗歌披着陈腐的神学外衣，散文和诗歌都在用抽象的语言书写”①。18 世纪末，在对极端理性主义的不满与反思中，人们开始用全新的目光重新打量人类的全部历史遗产，并由此发出了“重估中世纪”之诚挚热烈的吁请。中世纪“这一遭受贬斥的时代不仅被看作是足以媲美古希腊罗马英雄的行为发生的背景，而且民族的历史也被认为是骄傲的来源”②。基于对工业革命及其所带来的城市文明的本能排斥，那些构成了浪漫派前驱的诗人在 18、19 世纪之交普遍流露出对往昔的强烈迷恋。抱着怀古之幽情与乡愁之郁思，他们不仅为历史提供出一幅史诗般的全景叙事，使得欧洲的视野扩展了一倍，而且更重要的是——他们阻断了启蒙学派所开启的对“进步”的信仰，他们不再简单地相信“过去”总是这样或那样地

① N. H. Clement: *Romanticism in France*, Kraus Reprint Corporation, 1966, pp. 78-79.

② 大卫·布莱尼·布朗:《浪漫主义艺术》，马灿林译，湖南美术出版社 2019 年版，第 196 页。

较之“现在”要逊色。对中世纪历史文化的热情，其直接的文坛效应便是中世纪的“罗曼司”与“谣曲”被重新发掘—高标—流行开来；而以此引领的一股新的文学风尚以“罗曼蒂克”（德语“Romantisch”，英语“Romantic”，法语“Romantique”）命名，一种挑战既往文坛主流的文学革命呼之欲出。

作为时代文学、文化的标签，浪漫主义所指称的首先便是一场发端于18、19世纪之交、在对古典主义的批判中将西方文坛导向现代阶段的文学革命运动。法国大革命的狂潮刺激了时代的敏感神经，一种新的“自由”精神以暴风雨般的猛烈势头汹涌而来，开启了“浪漫主义”的新时代。“自由”精神是浪漫主义文学思潮乃至整个浪漫主义文化思潮的精神内核，即法国浪漫主义文学领袖雨果所言：“浪漫主义其真正的定义，不过是文学上的自由主义而已。”①

第一节　溯源觅踪：从“罗曼司”到“罗曼蒂克”

毫无疑问，欧洲文坛某种根本性的历史转折发生在18世纪末，但普遍地用“浪漫主义”（Romanticism）这样的概念对此重大事实进行描述或阐释，那则是稍后的事情。

一

与浪漫主义直接相关的“罗曼蒂克”一词的词源最早可以追溯到拉丁文的“Roma”——意大利那个著名的旅游城市罗马，同时也指人们普遍认为最不浪漫的古罗马人。从夏多布里昂的《勒内》、奥古斯都·施莱格尔

① 雨果：《雨果论文学》，柳鸣九译，上海译文出版社1980年版，第32页。

的《罗马:挽歌》、斯塔尔夫人的《柯丽娜》、拜伦的《恰尔德·哈洛尔德游记》以及拉马丁的《自由,或罗马一夜》等作品中不难见出——最不浪漫的古罗马人之"古罗马废墟",一时间竟然成了所谓浪漫派作家最为热衷的独特题材之一,这不能不说是西方文化史上的一个极为有趣的反讽。

从词源学的角度觅踪考源,不难发现:"Roma"衍生出了古法语单词"Romanz"。"Romanz"意指"普通百姓说的话",其最早的意思是指从拉丁语生发出来并隶属于"罗曼"语系的欧洲地方语言,如法语、普罗旺斯语、意大利语、西班牙语、加泰罗尼亚语、葡萄牙语等,后来也泛指一切用罗曼语写成的文本。中世纪后期,"Romanz"进一步演化出专有名词"罗曼司"(法语"Romaunt",英语"Romance")[①];"罗曼司"特指骑士的传奇故事——在一段历险征程中,充满奇思异想的魔幻情节与贯穿着荣誉观念的典雅之爱相交织,"忠君、护教、行侠"的骑士英雄往往既风姿绰约、玉树临风又神勇机敏、所向披靡。英雄的骑士主人公言情一往情深,论义满腔赤诚,演绎出荡气回肠、引人入胜的"传奇故事",这使得"罗曼司"在法语中很早就成了"小说"的代名词,而后德国、俄罗斯等其他国家也沿袭了这一用法。[②] 简言之,"罗曼司"意即"传奇",特指中世纪及其后期阶段文艺复兴时期的故事传说(Tales);从民谣到史诗,虽在形式上千变万化,但其主旨都是围绕着游侠骑士的冒险故事展开的。

因此,也就不难理解勒内·韦勒克、罗根·皮尔索尔·史密斯以及汉斯·艾赫纳等人的考证结果——"罗曼蒂克"这一术语最初是与叙事文学而非抒情诗联系在一起的。大致说来,在17世纪,法语中的Romaunt衍

---

① 英语Romance由16世纪中期法语Romaunt演化而来,《牛津英语大词典》认为它首次出现在1530年。

② 但与此不同的是,英语中则沿用了意大利语中的Novella一词来指称"小说",而将"罗曼司"限定于特指中世纪的作品或后来的一类特殊的小说,比如司各特的《艾凡赫》(*Ivanhoe*: *A Romance*)、霍桑的《福谷传奇》(*The Blithedale Romance*)等。

生出了其形容词 Romantique,英语中随之出现了与 Romance 相对应的 Romantic①,但这些语汇并没能很快流行开来。由于纯粹而单一、空灵而浓郁的“典雅之爱”往往是“罗曼司”中必不可少的关键要素,这一文类从一开始便被内在地赋予了活跃、强烈的情感体验之品格。自 17 世纪后期始,伴随着对作为抵达真理途径之理性的信赖以及对古典主义之价值与形式的推崇,这一时代文化氛围持续增长,“罗曼蒂克”作为一种与“梦幻”或“幻想”联系在一起的非主流艺术风格不断得到彰显。显然,这一术语最早便是用来描述某种虚构的古老传说之文本特质:充斥着神乎其神的城堡、魔法师与食人魔,洋溢着高亢、夸张、匪夷所思的情感或激情。当时,“罗曼蒂克”作为一个贬义词的负面意味自不待言。

18 世纪伊始,“罗曼蒂克”这一术语中的贬义色彩开始逐渐被更多的中性用法所抵消。如约瑟夫·艾迪生 1711 年在《探索者》上刊文提到了一位民谣作家“罗曼蒂克”的作品“情感非常自然,富有诗意,且充满了在古代诗歌中我们推崇不已的那种庄严朴素的风格”②。18 世纪上半期,“罗曼蒂克”在英语中越发成为一个艺术领域的高频词语,且其语义从“罗曼司”生发开去,开始泛指与美妙风景或奇幻事物相关涉的某种艺术风格或审美趣味——这从某个侧面揭示了当时英国文艺领域推崇情感的潮流正在潜滋暗长。18 世纪中叶,在詹姆斯·汤姆孙《四季》的巨大影响之下,“罗曼蒂克”一词开始作为正面的用语在英语世界流行开来。稍后,在 1762 年刊行的《骑士文学与浪漫传奇》中,理查德·赫德将伊丽莎白时期英国的哥特文学与古希腊罗马经典文本进行了比较,坚称虽然哥特文学与前者有所不同,但这并不意味着它比古代经典低俗:“假如一个建筑师用希腊式风格的标准来衡量一个哥特式建筑,他只会觉得畸形。但是与

① 《牛津英语大词典》认为它首次出现在 1659 年。

② Aidan Day: *Romanticism*, Routledge, 1996. p. 80.

希腊式建筑一样，哥特式建筑有自己的规则；若非囿于旧的标准，仔细鉴赏当不难发现其优点。"[①]赫德甚至更大胆地指出：在文本的结构安排等很多方面，"哥特风"的"罗曼蒂克"作品要远胜过古代的经典。这种有悖于传统评判标准的重新评价，在大名鼎鼎的托马斯·沃顿之《英格兰诗歌史》中终被定于一尊。在其置于该书开篇的长文《欧洲浪漫小说的起源》中，尽管与其作为古典主义者的固有立场相背离，沃顿在将中世纪至文艺复兴时期的"传奇"(Romance)或"浪漫文学"(Romantic Literature)与古代传统经典所做的对比分析中，一再试图廓清对"罗曼蒂克"或浪漫风格的固有偏见：想象的力量持续蔓延壮大，不仅锻造了意大利诗歌崇高宏伟的新气象，同时在英国也成就了其杰出的代表人物莎士比亚与斯宾塞。[②]

"罗曼司"与"罗曼蒂克"这些术语热度的走高，在英国文坛产生的一个直接后果便是各种"真""假""罗曼司"的流行。首先是爱丁堡的詹姆士·麦克弗森，其在 18 世纪 60 年代初假托游吟诗人莪相所作的"民间史诗"《芬格尔》和《帖木拉》在苏格兰引起了轰动，并旋即风靡全欧。在英国，奇才少年托马斯·查特顿假托 15 世纪诗人托马斯·罗利之名，伪造了一批中世纪的手稿，并在几年后自杀——将自己以及托马斯·罗利十二三岁便开始创作的那批手稿均以"悬案"定格为传奇。[③] 伪造中世纪"罗曼司"文本的麦克弗森与查特顿本身成了传奇故事，这从侧面揭示了 18 世纪后期英国以及全欧文坛的关注热点与文脉走向。弄假成真，假托文本的成功很快便催生出了大量真的与中世纪骑士相关的"谣曲"与"罗

---

① Quoted in Aidan Day: *Romanticism*, Routledge, 1996, p. 81.

② Aidan Day: *Romanticism*, Routledge, 1996, p. 82.

③ 在查特顿死后 100 多年，人们还在争论那批手稿的真假。而他本人则作为神奇的天才与"诗人殉难者"成为柯勒律治、维尼等浪漫主义大作家笔下的主人公。

曼司”:在英国,除了托马斯·珀西的《英诗辑古》外[①],瓦尔特·司各特爵士一大批脍炙人口的中世纪“罗曼司”也正拍马赶来。在德国,不仅赫尔德(Johann Gottfried von Herder,1744—1803)这样的文坛大佬开始潜心地收集本地的民间歌谣,而且忧郁少年维特开始大段大段地背诵莪相的诗句,而前一年,其作者歌德还用一个“罗曼司”故事写下了著名的戏剧《铁手骑士葛兹·冯·伯利欣根》。在法国,甚至连拿破仑这样的政客武将都成了莪相的“粉丝”。

在沃顿之后,英国文坛普遍开始关注对“中世纪骑士传奇”和“罗曼蒂克”风格作品的讨论。但在很长的时间里并没有人将“古典主义”与“浪漫主义”相提并论,也没有人很快意识到《抒情歌谣集》开创了一种新型的文学。古典主义与浪漫主义的区分最早出现在柯勒律治 1811 年所做的讲演——但柯勒律治的观点显然直接来自德国的施莱格尔兄弟。事实上,由于这些讲演当时并未公开发表,因此这种区分广泛流传开来是在法国浪漫派先驱斯塔尔夫人的著作于 1813 年在英国出版之后。1815 年前后,奥·施莱格尔关于古典派与浪漫派的区分及其对莎士比亚的高度评价为赫兹里特所引用;随后,司各特在其《戏剧论》等文中,也都曾援引过奥·施莱格尔的论点。但有趣的是,即便在 19 世纪 20 年代及其后很长的时间中,仍然没有哪位英国作家承认自己是浪漫主义者,甚至没有人意识到他们经常援引的德国人关于两种文学的辩论与英国有关。流亡国外的拜伦读过斯塔尔夫人的《论德国》,也了解过奥·施莱格尔的关于“古典派与浪漫派”的区分,但他始终将其视为大陆文坛的无聊论争。1820 年,拜伦表示:“在德国和意大利,所谓古典派与浪漫派的争斗非常引人注目;

① 德罗莫尔主教珀西是 18 世纪英国的著名诗人、收藏家与西方当时罕有的汉学家之一。《英诗辑古》收录了 176 首英格兰和苏格兰的民谣,包括自 14 世纪至 18 世纪的一些骑士传奇、十四行诗等。

至少四五年前我离开英国时，英国文界都还未曾对这些术语进行区分。"[①]显然，拜伦并没有意识到他是属于浪漫派的。相形之下，在意大利的奥地利密探倒是更清楚一些：密报中称与烧炭党关系密切的拜伦属于"浪漫派"，"写过而且还在继续写作这一种新流派的诗"[②]。直到1831年，卡莱尔在其论席勒的一篇文章中仍自傲地宣称："我们没有为关于浪漫主义和古典主义的论战所苦。"[③]总体来看，英国文坛上那种与蒲伯风格相对立的新的风格，后来被追认为"浪漫主义"。在学界，一个轮廓渐渐清晰并在文学史上作为叙述框架被确立了下来——"汤姆孙、彭斯、考珀、格雷、格林斯和查特顿被誉为先驱；珀西和沃顿兄弟被誉为创始人。华兹华斯、柯勒律治和骚塞三人被公认为奠基人，随着时间的推移，又加上了拜伦、雪莱和济慈；尽管事实上，后三人由于政治上的原因，对前三人进行了谴责"[④]。

二

与英国的托马斯·沃顿对"Romantic"一词的用法一样，18世纪末叶，维兰德和赫尔德等人在德国、莱托诺和吉拉尔丹等人在法国也分别用Romantisch与Romantique来指称一种新的文学样式。在赫尔德的著述中，明显存在着将"哥特式的"(Gothic)和"古典主义的"两者并置的现象。如：他认为塔索的作品在风格上是"介于哥特式作品和古典主义作品之间的"，认为《仙后》乃"哥特式的而非古典主义的诗作"；"有时他将'浪漫的'

---

① Quoted in Aidan Day: *Romanticism*, Routledge, 1996, p. 84.

② 韦勒克：《文学史上浪漫主义的概念》，见韦勒克：《批评的诸种概念》，丁泓、余徵译，四川文艺出版社1988年版，第143页。

③ 转引自韦勒克：《文学史上浪漫主义的概念》，见韦勒克：《批评的诸种概念》，丁泓、余徵译，四川文艺出版社1988年版，第144页。

④ 韦勒克：《文学史上浪漫主义的概念》，见韦勒克：《批评的诸种概念》，丁泓、余徵译，四川文艺出版社1988年版，第150页。

(骑士的)趣味同‘哥特式的’(北欧日耳曼人的)趣味区分开来;但多数情况,‘哥特式的’与‘浪漫的’这两个字眼在他是互换着使用的”[①]。在此基础上,同时也基于希腊语古典文学与拉丁-罗曼语文学的对照,1798 年,在以耶拿派(Jena Romantic)施莱格尔兄弟为核心的圈子中,“浪漫的”(Romantisch),开始被明确作为区别于“古典的”(Klassisch)的另一种文学范畴,并同时成为这个正破土而出的文学社团的标签。“古典的是健康的,浪漫的是病态的。”[②]1830 年,始终鄙薄年轻浪漫派的歌德在一次与爱克曼的谈话中称:是席勒最先发现了“素朴的”与“感伤的”这两类诗之间的差别,而施莱格尔兄弟不过是将它们重新表述为“古典的”与“浪漫的”而已。但事实上,这种将两者简单联系起来的说法难以成立:席勒认为莎士比亚是“素朴的”,而施莱格尔却认为莎士比亚是“浪漫的”。就此而言,两者之间在逻辑上完全不是一回事。事实上,作为名词使用的“浪漫主义”(Romantik)和“浪漫主义者”(Romantiker)两个术语,是诺瓦利斯在 1798—1799 年的发明。对他来说,“浪漫主义者”只是指具有他自己那种特殊风格的传奇和神话故事的作家。弗·施莱格尔当时并不认为自己置身其中的时代是浪漫主义的时代,因为他在谈论同时代作家让·保尔时,称其所创作的小说是“非浪漫主义时代唯一的浪漫主义作品”。他在使用这个术语时所指是颇为含糊的,——他甚至曾声言所有诗歌都是浪漫主义的;在影响甚广的《雅典娜神殿》第一百一十六号的断片中,“浪漫主义的诗”被他界定为一种“进步的、涵盖一切的诗”。[③] 这里,“进步的”区别于“古典的、定型的、机械的”,而与“有机的生命”“向未来展开”的“进化”

---

① 韦勒克:《文学史上浪漫主义的概念》,见韦勒克:《批评的诸种概念》,丁泓、余徵译,四川文艺出版社 1988 年版,第 129 页。

② 转引自韦勒克:《文学史上浪漫主义的概念》,见韦勒克:《批评的诸种概念》,丁泓、余徵译,四川文艺出版社 1988 年版,第 130 页。

③ 韦勒克:《文学史上浪漫主义的概念》,见韦勒克:《批评的诸种概念》,丁泓、余徵译,四川文艺出版社 1988 年版,第 131 页。

同义。

19 世纪伊始,奥·施莱格尔做出了可将古典文学与浪漫文学间的差异和古代诗与现代诗间的差异相提并论的著名论断。在其 1801—1804 年在柏林的演讲中①,奥·施莱格尔不仅以古代诗与现代诗完成了古典与浪漫的对比,而且将“浪漫”与“现代”(Modern)、“进步”(Progress)以及“基督教”这些关键词联系了起来。在概述浪漫文学的历史时,他认为其起源于中世纪,虽然但丁、彼得拉克、薄伽丘等人推崇古典文学,但这些人的艺术形式全然是非古典的,因而他们是现代浪漫文学(Modern Romantic Literature)的奠基人。这些讲演很受欢迎,这些概念也就由此传播开去:在谢林的《艺术哲学》初稿中,在让·保尔的《美学入门》中,在 F. 阿斯特的《艺术理论体系》里,人们都可以发现类似的“类型学”的表述。奥·施莱格尔在 1808—1809 年在维也纳的演讲中②,进一步表述了其重要观点:浪漫与古典的对立,不仅是现代与古代的对立,究其内里更体现为有机论与机械论、不确定性与确定性之间的差异。他明确申明:希腊古典文学以及 17 世纪以法国为代表的那种古典主义文学与莎士比亚、卡尔德隆等人所创作的浪漫戏剧是相对立的——后者乃对想象和联想的自由表达,充满着对无限的渴望。③ 在这里,“浪漫文学”和“古典文学”的并列,进一步与中世纪/希腊、有机/机械、现代/古代、发展(无限)/完美、表现/再现等对立的范畴联系起来了。在与古代文学以及法国古典主义戏剧的对比中,莎士比亚的浪漫主义属性得到了进一步彰显。而其直接的重要影响在于:其一,在“浪漫文学”中,文学的核心摆脱了诸多“非人”

---

① 演讲稿最终在 1884 年才出版。

② 此讲稿于 1809—1811 年整理出版。

③ 韦勒克:《文学史上浪漫主义的概念》,见韦勒克:《批评的诸种概念》,丁泓、余徵译,四川文艺出版社 1988 年版,第 132 页。笔者结合英文原文对该书的译文做了必要的订正,如 1801—1804 年施勒格尔在柏林的演讲稿最终出版于 1884 年,而该书舛误为 1880 年。

的因素而进一步向"人"本身聚集;其二,莎士比亚的作品作为"浪漫文学"的模板或典型个案被彻底确定下来,成为后来各国倡导浪漫主义的统一旗帜或标识。法国的司汤达在19世纪20年代中期发表的小册子《拉辛与莎士比亚》中,将莎士比亚归为浪漫主义,这绝非孤立的现象。

特定历史时期思潮的概念术语,往往是在派别的攻讦中得以确立并流传开来的。浪漫主义、自然主义、现代主义等莫不如是。对"浪漫文学"这一"类型学"的概念如何演变成一个被用于指称当时文学运动的"历史时期"概念,观念史专家韦勒克曾经做过简要梳理:在较早时的施莱格尔兄弟那里,"浪漫文学"基本上是一个与他们所反对的古典主义相对立的"类型学"的概念;曾自称"浪漫人物传记作家"的让·保尔,在1804年将蒂克等神话故事或艺术童话作家称为"浪漫主义者"。尽管这个概念之于他们如此重要,但我们必须注意到:耶拿派等早期浪漫主义者开始时并没有依据这个概念来界定他们自身。"这个术语只在1805年才被首次应用于一个后来的浪漫派团体,并且那时只是一个讽刺性的用法。"①

1810年前后,将当时反古典主义的时代潮流或文学运动称为"浪漫主义"这样的说法最终被确定下来,这无疑要归功于海德堡派(Heidelberg School)——人们现在习惯上将其称为德国第二代浪漫主义——与耶拿派的论争。海德堡派的核心人物阿希姆·冯·阿尔尼姆和布伦塔诺首先在其把持的《隐士报》中不无贬义地采用这一术语指称之前的耶拿派;同年有人在《科学与艺术杂志》上撰文从正面谈论耶拿派那些"浪漫主义者"。1819年,布特维克在其《文学史》的第十一卷中才用了"所谓浪漫派(Romantik)这个文学新党"的表述,——但在该书中,耶拿派与布伦塔诺等海德堡派均被放在"浪漫派"这一历史编码下一并做了论

① 弗雷德里克·C.拜泽尔:《浪漫的律令:早期德国浪漫主义观念》,黄江译,华夏出版社2018年版,第18页。

述；而海涅晚得多的《论浪漫派》一书，则进一步将富凯、乌兰德、维尔纳和E. T. A. 霍夫曼等人也包括了进去。饶有趣味的是，R. 海姆后来常常被人提起的《论浪漫派》一书的指涉范围再次限制在以施莱格尔兄弟、诺瓦利斯和蒂克等为代表的早期耶拿派，德国文学史上浪漫主义这一术语最初广义的历史所指又被做了新的切割——“浪漫派”这一术语重新被用来指称那群他们并未自称“浪漫主义者”的耶拿派作家。而且，海姆直言施莱格尔所称的浪漫诗在本质上指的是现代小说，其中歌德的《威廉·迈斯特》便是范例。依据海姆的表述，浪漫诗就是罗曼诗（Roman poesie），其中的罗曼（Roman），依据其德语词源，指的是小说（Der Roman）。①

与“浪漫文学”“浪漫主义”“浪漫派”这样的表述在德国从一个“类型学”概念转变为一个“历史时期”的编码相对应，由施莱格尔兄弟等耶拿派作家最先使用的这些概念也迅速从德国向四面八方传了出去。北欧国家似乎首先采用了这些术语——A. 奥伦斯莱格在 19 世纪的第一个十年，就把德国的这些概念带到了丹麦；差不多同时，围绕《晨星》杂志的一群作家将这些概念移植到了瑞典。奥·施莱格尔关于古典与浪漫相对立的观点，随推崇德国文化的柯勒律治在 1812—1815 年所做的系列文学演讲传到了英国；差不多同时，与当时德国文学圈渊源更深的斯塔尔夫人则通过其《论德国》一书将这一观点推向法国乃至整个欧洲。对奥·施莱格尔观点的传播，斯塔尔夫人居功至伟，这不仅是因为其作品《论德国》的法语版、英语版同时出版，更是因为其作为当时欧洲最受瞩目的文人之一影响力几乎无人堪匹。受施莱格尔兄弟思想影响很深的斯塔尔夫人，是时运不济的法国财政部前部长雅克·内克尔的女儿。因拒绝与拿破仑政权合作，她长久地滞留德国；而与施莱格尔兄弟的频繁接触和交流，则直接促

---

① 弗雷德里克·C. 拜泽尔：《浪漫的律令：早期德国浪漫主义观念》，黄江译，华夏出版社 2018 年版，第 23 页。

使她写出了《论德国》一书。法国文化从路易十四时代开始便在整个欧洲占据主导地位。斯塔尔夫人认为法国人由此变得故步自封，在自以为是中严重缺乏对他国文化的认知与尊重。因此，她特别渴望在其著作中把德国人的新思想介绍给自己偏狭的法国同胞。事实上，“浪漫的”“浪漫派”“浪漫主义”等语汇在19世纪初叶的欧洲文坛能够成为主流的文学语汇，这在很大程度上的确应归功于斯塔尔夫人。其《论德国》以及更早出版的《论文学》使得“浪漫的”与“古典的”，“浪漫主义”与“古典主义”的区分进入了欧洲文坛以及学界的视野。

在荷兰，人们发现N.G.V.卡姆本于1823年详细阐述了古典诗同浪漫诗之间存在的差异。在法国，第一个阐释浪漫主义的学者则非C.维耶尔斯莫属，其1810年发表在《百科杂志》上的一篇文章将但丁和莎士比亚说成是“经得起时间考验的浪漫主义者”，但维耶尔斯的文章几乎没有引起任何注意。1813年当然是关键的一年：S.德·西斯蒙第的《南欧文学》在5、6两月连续推出；10月，斯塔尔夫人的《论德国》在伦敦出版，尽管她在1810年就曾准备好将其在法国付印；12月，奥·施莱格尔的《戏剧文学讲演录》由斯塔尔夫人的表妹N.D.索绪尔夫人完成的译本在法国出版。接下来发生的最重要的事当数《论德国》于1814年5月终于在巴黎出版……显然，就“浪漫派”等概念在法国的传播而言，德国——尤其是奥·施莱格尔——的确是直接的源头。在《论德国》第十一章中，斯塔尔夫人“对古典艺术与浪漫艺术做了比较性的评述，其中包括古典的与雕塑的平行，浪漫的与绘画的平行，古希腊情节剧与近代性格剧之间的对比，命运诗与天命诗的比较，以及完美的诗与发展的诗的对比，诸如此类显然都是来自施莱格尔”①。尽管贡斯当发表长篇小说《阿道尔夫》时，人家攻

① 韦勒克：《文学史上浪漫主义的概念》，见韦勒克：《批评的诸种概念》，丁泓、余徵译，四川文艺出版社1988年版，第135页。

击他为“浪漫派文学种类”增强了实力，但直到此时并没有一个法国人自称为浪漫主义者。不久，侨居米兰的司汤达读到了刚出版的奥·施莱格尔的《讲演录》的法文译本；他在一封信中称奥·施莱格尔为一个枯燥无味的学究，但又抱怨法国人攻击奥·施莱格尔并以之为击败了“浪漫主义”。司汤达似乎是第一个自称为“浪漫主义者”的法国人——1818 年他便放言：“我是一个狂热的浪漫主义者，那就是说，我支持莎士比亚，反对拉辛①，支持拜伦爵士，反对布瓦洛②。”③是时，他也正在大声疾呼声援意大利的浪漫主义运动，显然是受到了意大利浪漫主义的影响。司汤达在 19 世纪 20 年代初写下了两篇文章：《什么是浪漫主义？》和《美术中的浪漫主义》。但《拉辛和莎士比亚》的第一部分发表在了《巴黎评论月刊》(1822)上，这是法国书刊中第一次使用“Romanticisme”这种受了意大利影响的拼写形式。同时，“Romantisme”在法国则更为流行，——F. 米涅在 1822 年使用了这种拼法，维里曼和拉克利特尔在 1823 年也这样使用。这一术语的普及肯定是在法兰西学院院长 L. S. 奥热尔在《论浪漫主义》(1824)的讲演中对这一旁门左道进行抨击之后。在《拉辛和莎士比亚》(1825)第二版中，司汤达本人因为喜欢“Romantisme”这一形式而放弃了他原先使用的“Romanticisme”的拼法。19 世纪 20 年代末的法国文坛，“与意大利一样，一个由斯塔尔夫人引进的含义广泛的类型学和历史上的术语，成了一群作家的战斗口号。他们发现，这对于表达他们对新古典主义理想的反抗来说，是一个很方便的标签”④。

意大利是第一个发生并自觉推进浪漫主义运动的拉丁语系国家。

---

① 拉辛，法国 17 世纪著名古典主义悲剧作家。

② 布瓦洛，最重要的法国古典主义文学的理论家。

③ Quoted in F. W. J. Hemmings: *Culture and Society in France: 1789 - 1848*, Leicester University Press, 1987, p. 165.

④ 韦勒克：《文学史上浪漫主义的概念》，见韦勒克：《批评的诸种概念》，丁泓、余徵译，四川文艺出版社 1988 年版，第 139 页。

"浪漫主义的"(Romantico)出现在意大利语中是在1814—1820年。19世纪初,意大利在法国占领之下,存在着若干依附于拿破仑法国的地区,另外一些地区则被划归奥地利帝国的版图。因此,意大利浪漫主义文艺运动是与挣脱外国统治、消除国家分裂的民族复兴运动联系在一起的。意大利最早的浪漫主义者当推诗人与小说家乌戈·福斯科洛。1809年初,他在帕维亚大学所做的题为"论文学的起源和功能"的演讲中号召研究民族历史,用明晰、充满活力的语言彰显民族特色,表达民族感情;同年,在《诗歌批评原则》中他又强调想象的创造作用,称"诗是对自然的模仿"这一源自亚里士多德的古典主义基本原则是错误的。斯塔尔夫人的《论德国》在1814年就译介到了意大利,但并未引起广泛的重视。乔万尼·白尔谢是意大利重要的浪漫主义理论家和诗人。作为烧炭党成员,他于1821年参加皮埃蒙特起义,失败后被迫长期流亡国外,但在1848年他回国参加了著名的米兰起义。在其《格利佐斯多莫给儿子的亦庄亦谐的信》(1816)中,他提出了新时代诗歌的创作原则:诗歌应描写自然,表达同时代人的思想和激情,成为"活人的诗";诗歌需跳出上层社会的狭窄天地,"面向人民";诗歌的形式要突破传统的框框,要生动活泼。该信因其观念的新颖与系统历来被视为意大利浪漫主义的宣言,但实际上,白尔谢并没有使用过浪漫主义这一名词,也从来没有谈到过意大利的浪漫主义运动。大致来说,1816年乃意大利浪漫主义运动启动的年份,除了白尔谢的"宣言",这一年在米兰还爆发了关于浪漫主义与古典主义孰优孰劣的广泛论争。1817年,G.格拉迪尼翻译了奥·施莱格尔的《讲演录》;1818年,意大利文坛普遍开始使用"浪漫主义"(Romanticismo)这个术语。卡洛·波尔塔具有论战性质的《浪漫主义》批判古典主义,肯定浪漫主义打破旧传统、确立新规范的权利,这意味着到1819年,"浪漫主义"已在意大利稳稳地站住了脚跟。意大利浪漫主义的代表作家是亚历山德罗·曼佐尼与贾科莫·莱奥帕尔迪。曼佐尼早年的诗歌礼赞自由,歌颂在烧炭党起义中英勇捐躯的烈士;他尖锐抨击古典主义戏剧的"三一律"和主人公必须是贵族等观点。其两部悲剧《卡马尼奥拉伯爵》与《阿岱尔齐》均取材于历史,借古喻今表达对祖国命运和前途的关切;其著名历史小说《约婚夫妇》堪称是意大利浪漫主义文学的代表作,通过描写17世纪西班牙奴役下的一对乡村青年的爱情故事,触及民族独立和统一这一意大利当时最尖锐的社会问题。莱奥帕尔迪乃意大利最有影响力的浪漫主义诗人之一,其最优秀的诗篇同早期民族复兴运动的高涨紧密地联系在一起。1818年,他写下了《致意大利》和《但丁纪念碑》。前者歌颂意大利过去的光荣,哀悼它现在的屈辱——将其比作一个遍体鳞伤、身戴镣铐、掩面痛哭的妇女;后者呼吁意大利人放弃对和平的幻想,以爱国者但丁的形象激励同代人发扬意大利的伟大爱国主义传统。

同为拉丁语系国家的西班牙,在1818年出现了"Romantico"这样的语词;差不多同时,人们开始将"古典的"与"浪漫的"相提并论。在葡萄牙诗人中,A.加雷特于1823年第一次在其长诗《卡蒙斯》中用了"我们浪漫主义者"(Nos Romanticos)这样的表述。斯拉夫语系国家接受浪漫主义相关语词的时间大致与拉丁语系国家相同。在波希米亚[①],形容词"浪漫主义的"(Romaticky)早在1805年就已出现;名词"浪漫主义"(Romantismus)出现在1819年,来自德国的名词"浪漫主义"(Romantika)出现在1820年。在波兰,C.布罗德金斯基于1818年写了一篇论文,论述了古典主义和浪漫主义;密茨凯维奇为其《歌谣和传奇》所写的序言进一步阐述了古典主义文学与浪漫主义文学的差异。在俄国,1810年就出现了"Romanticeskij"这样的语词;1821年普希金将其《高加索的俘虏》直接称为"浪漫主义的诗"。

---

① 波希米亚原本是拉丁语、日耳曼语对捷克的称呼。在有关的历史文献中,当今摩拉维亚以及包含西里西亚在内的整个大捷克地区,均属波希米亚王国。

第二节 多元面相:难以界定的"浪漫主义"

18 世纪末的欧洲,首先是在文学领域,同时也在音乐、绘画、雕刻以及其他艺术领域,甚至是在生活层面,似乎都存在着一个广为人知的东西,被命名为"浪漫主义",但这个词究竟是什么意思,人们又常常语焉不详、暧昧不清。"浪漫主义是一个非常难以界定的名称。无论是就其在诗歌、音乐、绘画等诸艺术领域的时期勘定,还是就其迥然不同的民族表现形态——从苏格兰浪漫主义的文化民族主义(约 1760—1820 年)到葡萄牙和巴西浪漫主义的阴郁悲观主义(约 1830—1865 年),人们不难发现其外延与内涵均充满弹性暧昧模糊。"①

18 世纪末至 19 世纪初,世纪之交的欧洲,各主要国家诸方面的情形并不相同。英国不仅在政治上很早就完成了资产阶级革命,而且经济上正处于工业革命之中,综合国力空前增长,科学文化一派繁荣。诗人们或温饱思"批判",慨叹失去的田园与乡村,反思科学、追求简朴、赞美自然一时间竟成为文化主流,或舒适生"反叛",憧憬更多的梦想与未来,反权威、求解放、赞自由的社会风尚亦是蔚然成风。此时的德意志,政治上邦国林立,经济上小国寡民,虽国家因未统一而国力不昌,但个体精英知识分子也因此获得了更多转圜的空间,享有更多的精神自由。诗人们或基于现实的"民族"关怀倡导共同的文化传统,或基于精神的无限自由而徜徉于纯粹哲学的王国、宗教的领地与艺术的家园。显然,德意志那时有着更旷达深远、玄奥神秘的文化土壤与精神理想。法兰西的情形最为独特。这

---

① Alexander J. B. Hampton: *Romanticism and the Re-Invention of Modern Religion: The Reconciliation of German Idealism and Platonic Realism*, Cambridge University Press, 2019, p. 3.

个曾因理性主义哲学与古典主义文学的发达而执欧洲文化牛耳的专制帝国,此时正伴着隆隆炮声在弥漫的硝烟中走向帝国最后的辉煌——拿破仑第一帝国时代。自由与专制在血与火的映衬下越发暧昧模糊、难以分辨,经济结构、文化结构均与社会结构一样处于破旧立新的痛苦痉挛之中,虽时有辉光闪现,但这辉光旋即复在突然响起的炮声中倏然而逝,无影无踪。

一言以蔽之,浪漫主义发端的时候,首推工业革命的英国正在开启其历史上"日不落帝国"的伟大荣光,——与之交换国运的则是此前长时间以"欧洲霸主"自诩的法兰西帝国;而将注意力几乎全部投向精神创造、一时间文化星空一派灿烂的德意志,从历史的角度而言,注定不消多少时日终将会令浪漫主义在这个荒诞的日新月异的世界被刮目相看。浪漫主义,这一西方历史上最伟大的文学艺术革命,就是在如上背景下首先从德意志发端的。与英法相比,19 世纪开始时的德国没有大城市,只有乡村与小城镇——柏林当时的人口还不到 20 万。乡村的闭塞连接着庸俗,——所以德国的艺术家与庸俗势力的对立情绪甚为激烈。由是,有批评家甚至认为"正因为小镇心态,浪漫主义才最先出现在德国"①。19 世纪伊始,奥·施莱格尔在系列演讲与文章中提出了"浪漫的"或"浪漫文学"的表述,其中有两个要点特别值得注意:其一,他将"浪漫文学"视为对"启蒙运动"的反动;其二,他将"浪漫文学"视为现代或当代的文学,以此区别于旧时代的文学。但毋庸讳言,"中世纪精神是年轻的德国作家群体的一个引人注目的特征"②。施莱格尔兄弟及其盟友寻求一种与统治欧洲文坛几个世纪的古典主义截然不同的新的艺术,这种艺术将与其所处的时代环境相契合,但同时他们又将自己鼎力倡导的现代艺术定义为始

---

① 蒂莫西·C. W. 布莱宁:《浪漫主义革命:缔造现代世界的人文运动》,袁子奇译,中信出版社 2017 年版,第 54 页。

② John B. Halasted: *Romanticism*, Macmillan, 1969, p. 16.

于基督教的全面确立之后的艺术。这种艺术不仅要广泛借鉴古典时代的遗产,更要充分吸收中世纪基督教文学的艺术精神。这种艺术既与民族主义合流,但本身又体现为弥漫各国的国际文化时尚;既葆有激进反传统的革命热情,又富有致敬传统的保守主义精神;既留恋过去吟咏乡愁,又憧憬未来渴慕"蓝花";既耽于梦幻,又关注现实……在"含混"与"不确定"中体现出来的多元价值取向,成为此后全欧风起云涌的浪漫主义文学运动之一个突出的、无法回避的属性。而其必然的后果便是,关于浪漫主义的界定在浪漫主义学术史上竟然首先成了一个难题。

何谓"浪漫主义"?它起源于何时,又在什么时候结束(如果它结束了的话)?谁是"浪漫主义者"?他或她究竟是怎样的?华兹华斯是浪漫主义者吗?那被华兹华斯不齿的拜伦呢?膜拜、模仿拜伦的普希金呢?在法国,若雨果是浪漫主义者,那叫板雨果的波德莱尔呢?与雨果为首的文学社团几乎没有交集的司汤达呢?在德国,若赞美中世纪的诺瓦利斯是浪漫主义者,那神往古希腊的荷尔德林呢?荷尔德林的同窗谢林与黑格尔呢?抨击他们所有人的海涅呢?"在德国,比起其他国家,浪漫主义有着更大的普遍性,它也影响了人类的全部精神领域——哲学、政治学、语言学、历史学、科学及所有其他艺术。"①

在其他国家,也产生过浪漫主义的哲学、语言学、历史学、政治学,甚至科学,更不用说浪漫主义的绘画和音乐了。"最合适的观点还是将所有的因素都考虑进去,将浪漫主义看作一个欧洲思想和艺术的普遍运动,这个运动在每一个主要的欧洲国家都有其本地的根源。像这样具有如此深刻意义的文化革命运动,是不可能仅靠输入来完成的。"②自"浪漫主义"

---

① 韦勒克:《文学史上浪漫主义的概念》,见韦勒克:《批评的诸种概念》,丁泓、余徵译,四川文艺出版社 1988 年版,第 159 页。

② 韦勒克:《文学史上浪漫主义的概念》,见韦勒克:《批评的诸种概念》,丁泓、余徵译,四川文艺出版社 1988 年版,第 160 页。

作为一个文学术语出现以后，其在不同的语言之中都经历了被界定—被质疑—被重新解释—再次遭受批判、驳难以及辩护……如此循环反复，但似乎终是难有定论。因为在不同的时代、不同的国度、不同的理论家或史学家那里，人们总是可以看到诸多既相似又不同、有时候甚至完全南辕北辙的答案——

> 指出“浪漫主义”在19世纪初曾完全是贬义已经是老生常谈了，过去它指的是幼稚空谈的理想主义或者令人烦忧的幻想，完全不同于现在我们定义的“浪漫主义”。随后，马修·阿诺德①和罗伯特·布朗宁②等维多利亚时代的作家确实强化了许多既不完善也不可靠因而无效的浪漫主义观念。而诸如象征主义、拉斐尔前派、颓废派等后起运动也的确受到了直到那时才被明确下来的“浪漫主义”的影响。然而，就如A.O.洛夫乔伊③于1924年所指出的那样，这一指称直接意味着一系列的混乱。概念内核的缺失当然会引出诸多麻烦；直到20世纪中叶，诸如艾布拉姆斯的《镜与灯：浪漫主义文论及批评传统》④这样伟大的巨著问世，才将“天才之个人抒情的表现”提炼出来作为浪漫主义的核心理念。但浪漫主义从来就不是一个简单的文学史概念，其中一个原因在于它从来就不是一个纯粹的历史范畴。之前，文学史的分期多是以客观的历史纪元来命名的，比如18世纪或维多利亚时代或现代早期，但为了消解皇权和民族的界限，

---

① 马修·阿诺德，英国著名批评家、诗人，1869年印行的《文化与无政府状态》是其代表性作品。

② 罗伯特·布朗宁，与丁尼生齐名的英国维多利亚时代诗人、剧作家。

③ A.O.洛夫乔伊，美国哲学家、思想史家。

④ 艾布拉姆斯，美国著名文学理论家与文学史家，代表作为阐发浪漫主义诗学的专著《镜与灯：浪漫主义文论及批评传统》。

浪漫主义首次采用了超历史的态度。①

浪漫主义的本质特征是在人身上寻找新的力量和新的情感，并在其与外部自然相互作用的关系中达成人的自由。在一种解放了的感性生命和想象力中，自由的人与外部世界的相互作用在一种个性化和私人化的方式中得到表现，这就是浪漫主义。……激情，在卢梭以后却被神化成为人生的法则。情感，与想象——作为其不证自明的权利，与外在的自然——两者融为一体时它得到了最充分最自由的表现，与个体主义——作为其必然的最终目的，最终达成了一种新的综合，由是浪漫主义诞生了。古典主义乃以牺牲情感和排除自由想象为代价所达成的、理性和意志居于支配地位的文学系统；而在浪漫主义的综合中，情感和想象支配地位的达成，同样也是以牺牲（经常是排除）理性和意志为代价的。从古典主义的合成转变为浪漫主义的综合，这是一种根本性的文学转型，其间既有总体的观念变革，亦有具体的方法革新。这些要素演变的故事内在地构成了浪漫主义文学的历史。②

传统的看法也许是对的——英国浪漫主义可被视为罗曼司的复兴——不仅是复兴，更是罗曼司的内在化；尤其是被赋予了寻求多样性的内在化，因其人性化的希冀通向强烈的启示，也就有了更多疗救的功用。浪漫派诗人采用了“寻求-罗曼司”的模式，并将它们变换成为自身富于想象力的生活。……浪漫主义

① Joel Faflflak, Julia M. Wright: “Introduction”, in Joel Faflflak, Julia M. Wright, eds.: *A Handbook of Romanticism Studies*, Blackwell Publishing Ltd, 2012, p. 3.

② N. H. Clement: *Romanticism in France*, Kraus Reprint Corporation, 1966, pp. 168-169.

运动从自然趋向想象力的自由……这种想象力的自由聚焦于精神的净化和救赎，且常常是对“社会自我”的解构。①

浪漫主义是一场欧洲文化运动或是一组相似运动的集合体。它在象征性和内在化的浪漫情境中发现了一种探索自我、自我与他人以及自我与自然之间关系的工具；它认为想象作为一种能力比理性更为高级且更具包容性。浪漫主义主张在自然世界中寻求慰藉或与之建立和谐的关系；认为上帝或神明内在于自然或灵魂之中，否定宗教的超自然性，并用隐喻和情感取代神学教义。它将诗歌和一切艺术视为人类至高无上的创造；反对新古典主义美学的成规，反对贵族和资产阶级的社会及政治规范，更强调个人、内心和情感的价值。②

20世纪初叶，拉塞尔斯·阿贝克隆比曾对“浪漫主义”概念的混乱进行这样的描述：“说一位诗人是浪漫主义的，因为他陷入了爱河；而另一位被称为浪漫派的诗人则是因为他看到了幽灵，或是听到了布谷鸟的啼叫，又或者是他与教会保持了一致。这个词在很多情况下可能很容易理解，但却不是非常实用。”③

一位批评家说：“从根本上说，所谓浪漫主义就是自由的精神和对自然的回归。”

第二个评论家却说：“对自然的回归？不可能。浪漫主义非

① Harold Bloom: “*Romanticism and Consciousness* (1970)”, in Aidan Day, ed.: *Romanticism*, Routledge, 1996, p. 104.

② 迈克尔·费伯：《浪漫主义》，翟红梅译，译林出版社2019年版，第12页。

③ Lascelles Abercrombie: *Romanticism*, Martin Secker, 1927, pp. 10-11.

> 但恰恰是反对自由的，而且更是对自然的背叛，——它崇尚的是超自然，超自然的才是浪漫的。”第三个评论家接着出来表达自己的意见：“你们都不对。浪漫主义仅仅只是艺术的真实。”第四个评论家却反驳道：“胡说，浪漫主义只是对这个不安定社会的反映。”驳辩就是这样进行下去。浪漫主义是对往昔的回忆与招魂，是形式的消解，是个人对传统的独特的挑战，……不一而足。①

而浪漫主义最重要的奠基人与理论家弗·施莱格尔很早就称“浪漫主义的艺术……一直在生成，从未达到完美……它本身就是无穷无尽的，自由地生长。它的第一条原则便是创作者的意志，而创作者的意志没有任何规则可言”②。1829 年，在其第一本关于浪漫主义的研究著作中，批评家托雷因斯便将浪漫主义描述为“不可定义的”③。大名鼎鼎的思想史专家 A. O. 洛夫乔伊在其著名的《诸浪漫主义辨识》一文中干脆声称众说纷纭的“浪漫主义”因其意义的驳杂混乱而丧失了存在的价值——它涵纳着许多意思，但其本身并不指向任何事物，并没有什么确切的意义，已然丧失了作为一个学术概念的意指。在文中，他提到了不同作家或学者对这一术语在各个层面所产生的诸多分歧，并做了概括：“假设浪漫主义 A 派与浪漫主义 B 派所共有的特性为 X，后者与浪漫主义 C 派所共有的特性为 Y，而人们常常发现——X 与 Y 却是完全不相干的。”④在其后来于 20 世纪 30 年代出版的观念史经典《存在巨链——对一个观念的历史的

---

① Lascelles Abercrombie: *Romanticism*, Martin Secker, 1927, p. 12.

② 转引自大卫·布莱尼·布朗:《浪漫主义艺术》，马灿林译，湖南美术出版社 2019 年版，第 389 页。

③ 大卫·布莱尼·布朗:《浪漫主义艺术》，马灿林译，湖南美术出版社 2019 年版，第8 页。

④ A. O. Lovejoy: "On the Discrimination of Romanticisms", in A. O. Lovejoy, ed.: *Essays in the History of Ideas*, Greenwood Press, 1948, p. 236.

研究》中，洛夫乔伊又说：

> 这些假设尽管的确不是唯一重要的，但在被一两个批评家或历史学家冠以“浪漫主义”的大量的各不相同的倾向中是一个共同的因素，即：诗歌种类和形式的无限增长；对 *genre mixte*（混杂文类）的美学合法性的认可；*the goût de la nuance*（对细微差别的爱好）；“怪异”艺术中的自然化；对地方色彩的贪求；在想象中重建在时间、空间或文化状态上大不相同的人群的、有特色的内在生活的努力；*the étalage de moi*（自我炫耀）；对风景画的特殊逼真性的要求；对简单化的厌恶；对政治学中普遍程式的不信任；对标准化的美学的反感；使神和形而上学中的“具体普遍物”相同一；“赞美不完善性”的情感；对个体的、民族的和种族的特殊性的研究；对明显性的蔑视和对（与大部分较早时期完全不同的）独创性的总体高度评价，以及对这种独创性通常是无价值的和荒谬的自觉追求。①

与洛夫乔伊因无法定义而开始使用“复数的浪漫主义”这样的做法不同，同样声名卓著的思想史专家以赛亚·伯林反对这种自暴自弃，但他最终也不得不承认给浪漫主义下定义的任务“就像维吉尔所描述的黑暗洞穴，所有的脚步都朝着一个方向……那些进去了的人似乎再也不会出现了”②。

---

① A. O. 洛夫乔伊：《存在巨链——对一个观念的历史的研究》，张传有、高秉江译，商务印书馆 2015 年版，第 396 页。

② Quoted in Alexander J. B. Hampton: *Romanticism and the Re-Invention of Modern Religion: The Reconciliation of German Idealism and Platonic Realism*, Cambridge University Press, 2019, p. 5.

18 世纪末叶,“莎士比亚热”首先在其故国英格兰出现。1787 年,伦敦甚至出现了专门的莎士比亚画廊——用来展出取材于莎剧的绘画作品。柯勒律治和赫兹里特等人也重新评价了莎士比亚对英国文学的卓著贡献。很快,这股热潮就从英国流向了德、法等国。莎士比亚对“三一律”的背叛、悲喜剧相混的做法以及怪诞的艺术风格,都重新得到了人们广泛的肯定与借鉴。应该说,奥·施莱格尔热切地为德国人译介莎士比亚,雨果把莎士比亚奉为近代文学最杰出的人物,这都不是偶然发生的现象。在法国,浪漫主义运动在 1827 年开始风生水起,这与该年度英国演员将莎士比亚带到法兰西舞台并引发火爆反响直接相关。而稍早些的时候,司汤达的小册子《拉辛与莎士比亚》似乎尚未引起人们的足够注意。

对本民族文化-文学传统的强调,是这一时期各国文坛的突出特点,这契合于这一时期风行全欧的民族主义潮流,“对英国浪漫主义者来说,德国人的抽象表述似乎过于沉闷无趣,而在喜欢哲学思辨的心灵看来,英国的经验主义则过分平淡无奇。而与此同时,法国人在英、德两国人看来都显得有些狭隘与空洞”①。但“大致来说,各国的浪漫主义文学都吸取了一些相同的资源,例如,各国都掀起了重新解读莎士比亚的热潮”②。与哥特式及尚古风一样,莎士比亚热作为英、法、德各国浪漫主义文学运动中的一个标志性现象,意味着欧洲浪漫主义的统一性。③ 卡莱尔在其为蒂克选集所作的序言中,清楚地描画出这场首先在英国与德国、稍后蔓延至全欧的运动在各国间的相似之处:

---

① Marshall Brown: “Introduction”, in Marshall Brown, ed.: *The Cambridge History of Literary Criticism: Romanticism*, Cambridge University Press, 2008, p. 4.

② John B. Halasted: *Romanticism*, Macmillan, 1969, p. 17.

③ Paul H. Fry: “Classical Standards in the Period ”, in Marshall Brown, ed.: *The Cambridge History of Literary Criticism: Romanticism*, Cambridge University Press, 2008, pp. 7-28.

这种变化不能说是由席勒和歌德首创的，因为这一改变并不源于个人，而是源于普遍的环境；它不属于德国，而是属于欧洲。举例来说，在我们中间，在过去的三十年内，有谁没有提高声音，用双倍的力气赞美莎士比亚和大自然，咒骂法国趣味和法国哲学呢？有谁没有听见过古老的英国文学的光荣、伊丽莎白女王时代的富有、安女王时代的贫困呢？有谁没有听到过蒲伯是不是一个诗人的询问呢？同样的趋势也曾在法国自身发生过。它封闭得严严实实，好像这个国家对一切外来影响都持反对态度似的；而怀疑开始滋生了，甚至表现出来了。这是一种针对高乃依和“三一律”的怀疑。在本质上，它似乎与德国发生的是同一回事……只不过这场革命在这儿走在前面，在法国才在开始，在德国似乎已经结束了。[①]

如果说“哥特风”的出现还是文化脉动的浅表体现，那么对莎士比亚的重新发现与阐释则清晰无误地揭示了文学思潮的历史走向。18 世纪后期，仿佛从历史的深处突然获得了力量支撑的莎士比亚一举冲破拉辛等古典主义戏剧家的重重包围，陡然成为时代的标识人物，这不仅是因为其极富表现力的语言才华与其将悲、喜剧熔于一炉的卓越能力，更是因为他的历史剧叙事既能从大人物的视角展开，又能够随时灵活地跳跃到小人物的视角。这样的处理方式，不仅打碎了拉辛等古典主义剧作家那种拘泥于英雄叙事的刻板模式，而且也与新时代西方历史观的发展相契相合：“把历史看作一幅史诗般的全景，横跨时间和空间，包含同一个时间系列里的现在和未来，是浪漫主义的中心思想。”[②]

① 转引自韦勒克：《文学史上浪漫主义的概念》，见韦勒克：《批评的诸种概念》，丁泓、余徵译，四川文艺出版社 1988 年版，第 147—148 页。

② 大卫·布莱尼·布朗：《浪漫主义艺术》，马灿林译，湖南美术出版社 2019 年版，第 190 页。

英国18世纪后期的感伤主义文学和法国18世纪中叶卢梭的文学创作，与德国早期浪漫主义观念的对接，直接促成了浪漫主义运动的展开。作为文学社会学最早的理论表述，斯塔尔夫人的著作着意表现了一种超越狭隘民族和地域眼光的广阔视角。但她同时又坚称文学首先应该是民族的，这实际上宣告了德国文化要脱离法国文化自主发展的迫切愿望。她的著作推动了德国文学在法国的流行，早期的柯勒律治和后来的卡莱尔在英国发挥了同样的作用。当然，这两个国家都没有简单地照搬德国的浪漫主义教条。就欧洲总体的情形来看，浪漫主义大致是在卢梭、歌德以及英国感伤主义的影响下，由情感、想象力、自然和个体主义等诸要素在1760—1800年酝酿发酵渐趋综合而成的一个新的文学体系。这种综合在德、英、法诸国表现出不同的侧重与特质，并因时代和代表人物的更替各自经历了不同的阶段。

在洛夫乔伊看来，没有任何一种批评标准对所有的浪漫主义者是普遍适用的。与此针锋相对，大名鼎鼎的后来者勒内·韦勒克坚持认为，浪漫主义与古典主义的对抗构成了把握浪漫主义的一个有力的抓手，这也正是其皇皇巨著《近代文学批评史》(全八卷)第二卷写作的一个基本的切入点。“我认为我们必须承认，只有当我们采用一种广阔而又全面的视角，同时坦诚地将新古典主义信条中被抛弃的东西当作一种普通的共性，并对之加以考虑评析之时，我们才能谈论大体上的欧洲浪漫主义运动。”在对洛夫乔伊的著名回应中，勒内·韦勒克扣住“与古典主义的对抗”这一抓手将“浪漫主义”定义为一个拥有自己一套新的规范的系统，并且用浪漫主义者之间通行的三个特征对该新的规范系统进行了描述——“想象力诗学”“自然观”以及“象征和神话”：

在自然、想象和象征诸问题上，种种浪漫主义观点之间存在着深刻的连贯性，彼此之间有着复杂的牵连。没有这样一种自

> 然观，我们恐怕不能相信象征和神话所具有的意义；没有象征和神话，诗人恐怕会缺乏洞察他所声称为真实的工具；而没有这样一种信任人类大脑的创造力的认识论，恐怕就不会有一个活泼泼的大自然和一个真正的象征体系。①

在韦勒克看来，人们在浪漫主义那里寻找到的根本特征不是一个而是三个。他也承认人们所说的有些浪漫主义者并没有完全满足上述条件：拜伦并没有将想象力看作基础的创造力，而布莱克对自然也不够重视。

拜伦的例子使得韦勒克的表述显得有点尴尬——若拜伦仅仅是一个非典型浪漫主义者，那还有谁才能称得上是一个彻底的浪漫主义者呢？但这并没有影响其观点与做法赢得了许多学者的支持与效仿。亨利·雷马克提供的西欧浪漫主义的“元素”表列出了“民间文学”“中世纪精神”“个人主义”“悲观厌世”以及“自然”等条目。② 而迈克尔·费伯则借鉴布鲁姆、弗莱、艾布拉姆斯等人的表述，尝试将韦勒克对浪漫主义核心元素三个方面的概括扩大为更多的具体内容：想象力诗学，体现为世界观的自然，作为风格的象征与神话，超自然主义的自然，分裂的宗教，不在信念而在现实空间的深刻变化，寻求罗曼司的内化，文学的抒情化，断片形态的优势，对牛顿科学和功利主义的蔑视，作为生物学、社会学、法学等学科框架的历史，不可重复的童年，原住民、孤独者、野蛮人以及被放逐的诗人的尊贵，涵纳着最高精神的真实的黑夜、月光下的废墟等主题，与镜子相对

---

① 韦勒克：《文学史上浪漫主义的概念》，见韦勒克：《批评的诸种概念》，丁泓、余徵译，四川文艺出版社 1988 年版，第 191 页。

② Michael Ferber: “Introduction”, in Michael Ferber, ed.: *A Companion to European Romanticism*, Blackwell Publishing Ltd., 2005, p. 7.

的灯或喷泉，与微风相对应的竖琴，与机器相对立的有机体、火山等隐喻。①

亚历山大·J. B. 汉普顿对此种核心元素或内在特性的列举不以为然——称其不过是创造了一些更加难以说得清楚的术语而已，而且言多必失——列举出的义项稍多，彼此之间势必相互矛盾，如保守与激进、社群主义与个人主义、民族主义与普适主义……即便说浪漫主义的那些自我描述——有机的、非系统的、松散的——似乎是有效的，但这些描述本身常常就是在有意识地逃避或反对“定义”。②

而如下论断则不啻宣告了采用核心元素列举法对浪漫主义进行界定之诸多尝试的无效——

> 每个作家都以自己的方式去看、去感觉，而后都以自己的方式去表现自己的所见所感，这正是浪漫主义的精髓所在。③

在《何谓浪漫主义》一文中，波德莱尔曾断言：“浪漫主义既不在于主题的选择也不在于精确的事实，而在于感受的方式。”④在《浪漫主义》一书中，拉塞尔斯·阿贝克隆比也称——人们可能很难看到纯粹的浪漫主义，因为它的品质中总是包含着混合物；因此，要用一两句话或几个关键词来界定浪漫主义，这有点像精确指出构成泥土的元素或构想出泥土的本质一样困难。由此出发，他更换了就文学谈文学的思路，后退一步来审

---

① Michael Ferber: “Introduction”, in Michael Ferber, ed.: *A Companion to European Romanticism*, Blackwell Publishing Ltd, 2005, pp. 6-7.

② Alexander J. B. Hampton: *Romanticism and the Re-Invention of Modern Religion: The Reconciliation of German Idealism and Platonic Realism*, Cambridge University Press, 2019, p. 5.

③ N. H. Clement: *Romanticism in France*, Kraus Reprint Corporation, 1966, p. 180.

④ Charles Baudelaire: “What is Romanticism?”, in John B. Halasted, ed.: *Romanticism*, Macmillan, 1969, p. 119.

视浪漫主义，他首先发现“浪漫主义本身可能就是生活(Living)的理论，甚至是生存(Being)的理论”①。经由文本的鉴赏剖析，阿贝克隆比进一步指出：浪漫主义的艺术世界与远处的风景有些相似。为何远处那些色泽模糊的悬崖比近处的什物更加迷人、更加引人神往？这不是因为“色泽模糊的悬崖”本身，而是因为人离得远。距离“遥远”本身似乎会让人产生满足感；“真正令人愉悦的风景往往是那些模糊、朦胧、若隐若现的事物；因为这些事物往往会让你在已经熟知的事物面前变得犹豫和徘徊，会让你产生无限的遐想，去猜测那些朦胧的观感底下究竟隐藏着什么东西”②。而其最后的结论则是“愈远愈思慕！——无论如何这是浪漫主义全盛时期在英国的产物”③。

拉塞尔斯·阿贝克隆比审慎地规避着诸如“浪漫主义的本质”这样的表述，而将浪漫主义归结为一种“远离现实的趋势”：

> 浪漫主义的趋势就是远离或偏离现实。灵魂慢慢地逸出商业化的世界，全神贯注于——至少是渴望着——越来越多地依靠那些富有灵韵的事物。④

> 全然不仰靠于对事物的外在认知，而仅依赖于对其内部能量的体察。在生活世界的各个方面，注意力从外部事物愈来愈转向内在心灵，自我由是越发觉得满足，这就是浪漫主义的精神品格。⑤

---

① Lascelles Abercrombie：*Romanticism*，Martin Secker，1927，p. 40.

② Lascelles Abercrombie：*Romanticism*，Martin Secker，1927，p. 44.

③ Lascelles Abercrombie：*Romanticism*，Martin Secker，1927，p. 36.

④ Lascelles Abercrombie：*Romanticism*，Martin Secker，1927，p. 49.

⑤ Lascelles Abercrombie：*Romanticism*，Martin Secker，1927，p. 50.

推远时空，在朦胧中体味美的愉悦；深入内心，在纤细中领略丑的震惊。不管“远”还是“深”，浪漫主义都是对生活本身的逃离、反叛与超越。审美需要距离；生活总在别处。经由梦想与憧憬，达成超越与无限，就有了诗的远方。大卫·布莱尼·布朗亦有相近的观点，但却说得更为明确：

> 浪漫主义本性的核心特征正是逃避现实，遁入过去，遁入遥远的或原始的社会、宗教、梦和幻想之中，或者遁入对无限、死亡、虚无和来世的沉思之中。①

无聊、无力、无奈、无方向、无目标，这一切都同时来自一个确定的、稳定的、笃定的世界的丧失与一份动荡、多变、不确定的生命体验的涌动。“浪漫主义艺术通常产生于对当代世界的幻灭，产生于法国人称为‘世纪病’(mal du siècle)、德国人称为‘厌世’(Weltschmerz)的倦怠和失望之中，这种幻灭感的症状从无能的惰性一直到强迫性的梦想和憧憬。”②

第三节 内核辨识：浪漫主义的“自由”观念

时代厌倦了智力和理性，人们需要真情实感。一系列的迹象都在昭示：在18、19世纪之交的欧洲文坛，人们将很快摆脱僵死腐朽的文学系统。“在这一系统中，感情和想象力贫乏，诗歌披着陈腐的神学外衣，散文和诗歌都在用抽象的语言书写。”③设若人们意识到法国的卢梭是一代作家共同的也是最重要的精神来源，设若人们认识到18世纪苏格兰与英格

① 大卫·布莱尼·布朗：《浪漫主义艺术》，马灿林译，湖南美术出版社2019年版，第12页。
② 大卫·布莱尼·布朗：《浪漫主义艺术》，马灿林译，湖南美术出版社2019年版，第12页。
③ N. H. Clement: *Romanticism in France*, Kraus Reprint Corporation, 1966, pp. 78-79.

兰的评论家已在很大程度上为赫尔德等德国狂飙突进运动的理论家提供了思想装备，设若人们承认德国耶拿派关于浪漫主义的若干理论表述经由斯塔尔夫人、柯勒律治这样一些关键人物的传播在19世纪初弥漫了全欧，那么就必须承认：尽管有着各自的民族特色与艺术品质，但浪漫主义在本质上的确是一个统一的文学-文化运动。

那么，浪漫主义作为一个统一的文学-文化运动，其核心观念究竟是什么？

18世纪末，法国大革命的狂潮刺激了时代的敏感神经，一种新的“自由”精神以暴风雨般的猛烈势头汹涌而来，开启了“浪漫主义”的新时代。“自由”精神乃浪漫主义文学思潮乃至整个浪漫主义文化思潮的精神内核，正如法国浪漫主义文学领袖雨果所言：“浪漫主义其真正的定义，不过是文学上的自由主义而已。”①

“自由主义”当然推崇“自由”；从雨果的论断中我们可以得出结论——浪漫主义的核心观念是“自由”。这一观点在诸多文学史家与思想史家的表述中不断得到印证。

但浪漫主义的自由究竟是一种怎样的自由？——众所周知，自由乃西方文化的伟大传统，并非浪漫主义所独有。1819年，法国浪漫主义的重要作家、也是当时西方最重要的自由主义思想家贡斯当发表了《古代人的自由与现代人的自由之比较》，文章翔实分析了古代雅典城邦人的自由与浪漫主义时代“现代人”的自由在内涵上的重大区别：古代西方人的自由是“群体的自由”，而现代人——也就是浪漫主义时代的人的自由是“个体的自由”。贡斯当认为“古代人的自由在于以集体的方式直接行使完整主权的若干部分”，即古代人的自由集中体现为一种政治参与的权利；古代人没有个人(Individual)的观念，个人政治参与的权利之实现要诉诸群

① 雨果：《雨果论文学》，柳鸣九译，上海译文出版社1980年版，第32页。

体或集体的方式，由此也导致了古代人没有个人权利(Individual Rights)的概念。古代人把自由仅仅看作参与国家权力、分享社会权力，为此他们可以奉献出个人的一切，可以屈从于集体意志，总之，“对个人权利的所有限制都会由于对社会权力的参与而得到充分的补偿”。在这种权力运行的机制中，个人仅仅是庞大社会机器上的一个显得微不足道的组成部分，因而“个人以某种方式被国家所吞没，公民被城邦所吞没”①。与古代人的自由正好相反，不再持续不断地追求那种参与集体事务的权利的现代人的个体自由(Individual Liberty)“是只受法律制约、而不因某个人或若干个人的专断意志受到某种方式的逮捕、拘禁、处死或虐待的权利，它是每个人表达意见、选择并从事某一职业、支配甚至滥用财产的权利，是不必经过许可、不必说明动机或事由而迁徙的权利。它是每个人与其他个人结社的权利，结社的目的或许是讨论他们的利益，或许是信奉他们以及结社者偏爱的宗教，甚至或许仅仅是以一种最适合他们本性或幻想的方式消磨几天或几小时。最后，它是每个人通过选举全部或部分官员，或通过当权者或多或少不得不留意的代议制、申诉、要求等方式，对政府的行政施加某些影响的权利”②。显然，与古代人的自由相比，现代人的这种自由首先体现为个人的独立，每个个体都有自己选择如何思考、怎样表达以及行动的权利，任何他人、任何外在的力量都不能要求其让渡或牺牲这份以独立作为前提的自由。贡斯当认为古代人的自由在于某种特定集体形态的“政治自由”(Political Liberty)，而“个体自由……是真正的现代自由”；“在古代人那里，政治自由本身就是一种乐趣”，而对现代的个体自由

① 贡斯当：《古代人的自由与现代人的自由——贡斯当政治论文选》，阎克文、刘满贵译，商务印书馆1999年版，第37页。

② 贡斯当：《古代人的自由与现代人的自由——贡斯当政治论文选》，阎克文、刘满贵译，商务印书馆1999年版，第26页。

来说,"政治自由是一种保障",且"仅仅是他们乐趣的一种保障"。[①] 现代人的自由,其要旨首先在于个人的独立,"我始终在捍卫一个原则,那就是人在宗教、哲学、文学、实业和政治等一切领域的自由;在我看来,这种自由意味着个体的胜利——个体战胜了意图进行专制控制的权威,战胜了要求少数服从多数的多数人的暴政"[②]。当然,贡斯当这种由"个体的胜利"所达成的"个体的自由",绝非说个人可以肆意妄为——想干什么就干什么。卢梭曾说,"人是生而自由的,但却无往不在枷锁之中"[③]。这里,"人是生而自由的"主要指的是人之精神层面的自由,而"无往不在枷锁之中"则显然是指行为层面上的现实状况。虽然浪漫派的"个体自由"的确包含了诸多行为层面的自由,如迁徙自由、贸易自由、婚姻自由等,但它所强调的首要的是精神层面的自由——只有在精神层面,人的自由才是无限的、无条件的。

康德认为,自由与上帝、不朽并称为本质界(Ding an Sich)的三大巨头。自由,在古拉丁语中,译成"liberta",主要指从束缚中解放出来,后来的英语"自由"在古拉丁语的基础上发展演变成"liberty"与"freedom",意指不受人身依附关系的强制与干涉,并在不受约束与羁绊的情况下保持自主的独立人格。自由的含义屡经更变,它或者曾是一种意识形态,或是一项社会制度,或是一类政党组织,或是一波理论热潮,或是一场文学运动……但自由的内核始终围绕着一个基本意涵,即作为一个独立存在的主体,人能够在自我选择中达成个体的自我认知,实现生命价值。

浪漫派对理性逻辑的扬弃,使得人类的命运第一次与荒诞正面相遇。

---

① Guy Howard Dodge: *Benjamin Constant's Philosophy of Liberalism: A Study in Politics and Religion*, The University of North Carolina Press, 1980, pp. 29-30.

② George Armstrong Kelly: *The Human Comedy: Constant, Tocqueville and French Liberalism*, Cambridge University Press, 1992, p. 2.

③ 卢梭:《社会契约论》,何兆武译,商务印书馆 1980 年版,第 8 页。

克尔凯郭尔作为现代西方第一位"荒诞哲学家"在浪漫主义时代应时登场。(在荒诞隐现的现代的开端,敏感的浪漫派第一次意识到:个人真正可以凭依的东西只有与生俱来的自由。)但西方自由主义传统本身即是复杂的,它提供了诸多自由的概念;作为在西方各国持续半个世纪之久的文学思潮,浪漫主义同样是复杂的,它也因提供了诸多不同的自由范式而具有多元论的特征。自由,在浪漫主义文学中呈现为复杂乃至悖谬的奇异文化-文学景观。大致说来,浪漫主义"自由"的内涵要旨应从如下几个方面来把握。

第一,个体自由与孤独的本体性。"浪漫派高度推崇个人价值,个体主义乃浪漫主义的突出特征。"[①]既不是理性主义的绝对理性,也不是黑格尔的世界精神,浪漫派的最高存在是具体存在的个人;所有的范畴都出自个人的心灵,因而唯一重要的东西即是个体的自由,而精神自由无疑乃这一自由中的首要命题,主观性因此成为浪漫主义的基本特征。

"理性——它通常被认为是从少数简要的和自明的真理的知识中概括出来的——在所有人中都是相同的,也为所有人所平等地拥有;这种共通的理性应该是生活的指南;因此,这种普遍的可理解性,普遍的可接受性,甚至普遍的融合性,对人类所有的正常成员,无论他们在时间、地点、种族和个人品质及天赋上多么不同,构成了在不可或缺的人类关系的所有事务中具有决定性和合法性的标准或价值标准。"[②]迥异于致力于传播理性主义共同理念的古典主义,浪漫主义强调对个人情感、个体心理的发掘,确立了一种个体"人学"的新文学;关于自我发现和自我成长的"教育小说",由此应运而生,成了一种延续到当代的浪漫派文体。局外人、厌世者、怪人在之前通常会受到嘲笑(如莫里哀等),而现在则得到肯定乃至赞

---

① Jacques Barzun: *Classic*, *Romantic and Modern*, Secker & Warburg, 1962, p. 6.

② A. O. 洛夫乔伊:《存在巨链——对一个观念的历史的研究》,张传有、高秉江译,商务印书馆 2015 年版,第 390 页。

美；人群中的孤独这一现代人的命运在浪漫派这里第一次得到正面表达，个人与社会、精英与庸众的冲突从此成了西方现代文学的重要主题。浪漫派尊崇自我的自由意志；而作为“不可言状的个体”，自我在拥有着一份不可通约、度量与让渡的自由的同时，注定了只能是孤独的。“世纪病”的忧郁症候由是在文学中蔓延开来。

拜伦等浪漫派作家光大了启蒙派的自由批判精神；与大革命后社会政治领域里的自由主义思潮相呼应，他们祭出叛神撒旦的大旗，反对一切目的论、决定论的社会历史观，怀疑一切既定的社会、政治、伦理成规，且声称“文学自由”乃“政治自由”的新生女儿。① 拜伦式英雄用生命来捍卫至高无上的个体自由，而自由的敌人则不仅有专制的国家权威，更有“多数人的暴政”。愤世嫉俗、天马行空的拜伦式英雄所体现的无政府主义的自由主义，显然不同于贡斯当等浪漫主义者所信守的宪政自由主义。自由即反叛，而且反叛一切，浪漫派由此所发明的英雄崇拜意味着他们真正关注的只是自由意志的恣肆放纵和感性陶醉，而其政治立场则是暧昧模糊的。

第二，情感自由与两性关系之新建构。与浪漫主义渊源甚深的哲学家叔本华不但将世界的本质界定为“生命意志”，而且明确将性欲视为生命意志的核心。“激情——广义上指任何情感，狭义上是指至高无上的爱——通过卢梭的作品成功融入了文学之中。”②浪漫派认为“艺术的使命即是爱情与感情的使命”③，诗本是性爱的兄弟。由此，在爱情婚姻问题上阐释一种新的理念，乃浪漫主义所从事的唯一社会任务。“爱情的本性是自由”，自由的爱情既是一种充溢整个心灵的神圣激情，又是一种不

① 雨果：《雨果论文学》，柳鸣九译，上海译文出版社 1980 年版，第 32 页。

② N. H. Clement: *Romanticism in France*, Kraus Reprint Corporation, 1966, p. 40.

③ 勃兰兑斯：《十九世纪文学主流》（第五分册），李宗杰译，人民文学出版社 2009 年版，第 144 页。

可抗拒的反贞节的自然力量。在热情讴歌自由爱情的同时，不少浪漫派作家合乎逻辑地流露出了对传统婚姻制度的大胆质疑乃至否定。

第三，民族自由与文化多元论。作为19世纪一种引人注目的意识形态，民族主义或许后来转向了反动，但在其刚刚兴起的19世纪初叶，它既不反对自由主义，也不全然是国际主义的对立面；它仅仅意味着——民族是旧有社会政治秩序土崩瓦解之后新的社会平等的天然载体，“民族性”乃上帝赋予每个民族在塑造人类过程中的特质，所有民族均有自由自决的权力。浪漫派高标个体，否定作为整体的人类生活的重要性与作为政治实体的主权国家的权威，但承认个体恒受民族语言、文化遗产的制约，乃至承认自由的个体在很大程度上要通过特定的民族身份来实现自我，因而他们本能地认同自由主义的民族主义，并信守文化多元论。与当时方兴未艾的民族主义思潮相呼应，浪漫派作家普遍表现出对异族文化风情的热切关注和对民族解放斗争的坚定支持。在俄国和波兰等东欧地区，浪漫主义尤其容易与本土民族主义契合。

第四，艺术自由与文学革命。以影响他人并为他者服务为目的，这是多少世纪以来文学艺术的决定性特征。而在浪漫主义时代，戈蒂耶等浪漫派作家却将诗与雄辩术区别开来，标举艺术的自足地位和天才的灵感与创造，倡导为艺术而艺术。伴随着美学从关于真与善的科学中剥离出来，浪漫派成功确立了艺术自由的观念。艺术自由大大解放了艺术家的生产力与创造力，浪漫主义因此注定演进成一场最深刻的文学革命。

在《忏悔录》开篇，浪漫主义的奠基人卢梭就郑重宣告该书之“个体”品格：“我正在从事一项史无前例而且今后也不会有人仿效的事业。我要把一个人的本来面目真真实实地展示在我的同胞面前；我要展示的这个人，就是我。只有我才能这样做。我深知我的内心，我也了解别人。我生来就不像我所见过的任何一个人；我敢断言，我与世上的任何一个人都迥然不同；虽说我不比别人好，但至少我与他们完全两样。”①当艺术家个人的表现成为文本的中心，既往基于模仿的“再现美学”便走到了尽头。就此而言，浪漫主义的革命性并非对规则的否定，而只是对崇尚模仿的古典美学规则的否定。在《忏悔录》中，卢梭很早就表明新文学旨在反叛以外在模仿的标的物为中心的“再现的美学”，而走向以内在表现的艺术家为中心的“表现的美学”。“我的《忏悔录》的本旨，就是要正确地反映我一生的种种境遇，那时的内心状况。我向读者许诺的正是我心灵的历史……像我迄今为止所做的那样，诉诸我的内心就成了。”②“我一生的经历是真实的，我按事件发生的先后把它们写出来，不过我写事件的经过要比写我在这一事件中的心理状态要少些。（毕竟）人之是否崇高，只是以其情感是否伟大高尚、思想是否敏捷丰富而定。这里，事实只是些偶然的原因而已。”③“我怎样感受的，怎样看到的就怎样写。我使自己同时处于现实的感受和过去的印象的回忆之中，以便描绘自己内心状况的双重性，也就是事件发生时及把它写下时的心情……我重复一遍，这是一份研究人的内心活动的参考资料，也是世上独一无二的一份资料。”④

卢梭如上极为朴素感性的表述，在后来欧洲各国的浪漫派作家那里获得了强烈的共鸣，“他预示着浪漫主义执着于个人主体性的发展倾向”⑤。蒂克在小说《弗兰茨·施特恩巴德的游历》中说：“我想描摹的不

---

① 卢梭：《卢梭全集 第1卷 忏悔录（上）》，李平沤译，商务印书馆2012年版，第3页。

② 卢梭：《〈忏悔录〉的讷沙泰尔手稿本序言》，见卢梭：《忏悔录 第二部》，范希衡译，商务印书馆1986年版，第344—345页。

③ 卢梭：《〈忏悔录〉的讷沙泰尔手稿本序言》，见卢梭：《忏悔录 第二部》，范希衡译，商务印书馆1986年版，第815页。

④ 卢梭：《〈忏悔录〉的讷沙泰尔手稿本序言》，见卢梭：《忏悔录 第二部》，范希衡译，商务印书馆1986年版，第820页。

⑤ 邓肯·希思：《浪漫主义》，李晖、贾倩译，生活·读书·新知三联书店2019年版，第24页。

是这些树,不是这些山,而是我的灵魂、我的情绪,此时此刻它们正主宰着我。"①英国诗人布莱克甚至干脆说:"只有精神的存在才是真实的;而所谓的物质,无人知道它的居所,其存在只是一场骗局。"②内在的自我就是一切:如果内心没有自我的光芒闪烁,人必会一事无成,而所谓艺术亦将不复存在。这套用黑格尔的理论话语来说就是——浪漫主义革命的精髓在于其"绝对的内向性":浪漫主义的"自我成为一个内在的万神殿,但其中所有的神祇都被剥夺了灵位,主体性的火焰已将它们焚毁净尽。艺术中灵动的多神论如今被唯一的神所取代——唯一的自我之神、唯一独立的绝对存在,其感知与意志也是绝对的,并在其自身的绝对中获得了自由与统一"③。而用艾布拉姆斯在《镜与灯:浪漫主义文论及批评传统》一书中的概括来说就是——在浪漫主义时代,诗人艺术家不再是一面反映外部世界的镜子,而是用内心的光辉照亮世界的明灯。

"浪漫主义所推崇的个体理念,乃个人之独特性、创造性与自我实现的综合。"④自由开启了创新的大门;创新乃浪漫主义的外在标识。在攻击艾布拉姆斯《镜与灯:浪漫主义文论及批评传统》用"表现"置换"模仿"的经典分析时,海登辩称浪漫主义之所以是有趣的,不在于其"表现的理论"而在于其"创造的理论"⑤。思想史专家海明斯更是反复断言——

> 浪漫主义就是现代主义的代名词,这意味着它要抛弃古典主义对诗歌的影响,选择现当代的题材,并采用一种恰当的新的

---

① 转引自蒂莫西·C. W. 布莱宁:《浪漫主义革命:缔造现代世界的人文运动》,袁子奇译,中信出版社 2017 年版,第 27—28 页。

② Maurice Cranston: *The Romantic Movement*, Blackwell, 1994, p. 53.

③ G. W. F. Hegel: *Hegel's Aesthetics: Lectures on Fine Art* (Volume Ⅱ) trans. T. M. Knox, Oxford University Press, 1975, p. 519.

④ Steven Lukes: *Individualism*, Basil Blackwell, 1973, p. 17.

⑤ Paul H. Fry: "Classical standards in the period", in Marshall Brown, ed.: *The Cambridge History of Literary Criticism: Romanticism*, Cambridge University Press, 2008, p. 14.

写作方式。[1]

> 浪漫主义除了是对新生事物的一种尝试和追求，基本上不太可能说明白它究竟还意味着什么。[2]

“浪漫主义是最近的、最新的对美的表述。”[3]浪漫诗学与浪漫反讽的确立以及浪漫派的文类创新，均从不同的向度揭示了浪漫主义的“革命性”。浪漫派制造了诗人被冷酷无情的社会和庸众所毁灭的悲情传说；将艺术自由发挥到极致的唯美主义作家群的出现，标志着纯文学与通俗文学、精英文化与大众文化的分裂在浪漫主义时代已初现端倪。对“为艺术而艺术”观念的追随者来说，艺术构成了与现实世界平行的另一个世界。一头扎进艺术的王国，在精神世界徜徉沉醉，以此构成对现实的逃避或者拯救，这种消极避世的倾向是浪漫主义的标志之一。这里同样有一个巨大的悖论。一方面，“为艺术而艺术”的浪漫派本身有脱离现实、脱离大众的精英化倾向，另一方面也正是浪漫派独立自由的艺术立场，使得艺术家开始从既往必须仰靠贵族赞助的艺术体制中解放出来，将艺术还给喜欢它的每一个人。前者意味着属于少数艺术精英与精神贵族的实验性的先锋艺术，开始成为此后艺术发展过程中的一个最具革命性的力量；后者则意味着属于普罗大众、作为文化消费品的艺术市场体制的诞生。两者的确是相互矛盾的，然而这一切又的确都是源自浪漫主义。

“自由”缘何成为西方浪漫主义文学思潮中的核心问题？通过对浪漫

---

① F. W. J. Hemmings: *Culture and Society in France: 1789 - 1848*, Leicester University Press, 1987, p. 165.

② F. W. J. Hemmings: *Culture and Society in France: 1789 - 1848*, Leicester University Press, 1987, pp. 171-172.

③ Charles Baudelaire: “What is Romanticism?”, in John B. Halasted, ed. : *Romanticism*, Macmillan, 1969, p. 120.

主义与康德哲学革命、浪漫主义与世纪之交的基督教复兴、浪漫主义与启蒙主义、浪漫主义与西方工业革命及法国大革命关系的研究，也许会找到问题的答案。

第一，个体自由在康德—费希特—谢林前后相续的哲学系统中已被提到空前高度，且康德等人均重视通过审美来达成自由。

康德声称作为主体的个人是自由的，个人永远是目的而不是工具，个人的创造精神能动地为自然界立法。在让艺术成为独立领域这一点上，康德美学为浪漫派开启了大门。康德哲学之所以构成了西方文化史上的"哥白尼革命"，主要是因为他把哲学探究的焦点从精神之外转移到精神之内，进而高标人之自由精神乃一切创造性活动的源头。康德之后，费希特、谢林等人均在各自的理论体系中进一步拓展了这种主体的精神自由。很大程度上沿袭了费希特"普遍精神"与"绝对自我"的理念，1809 年谢林的《对人类自由的本质及与之相关对象的哲学探究》出版了，该书作为其"最伟大的成就"，同时也是"西方哲学最深刻的著作之一"①，在德国古典哲学与浪漫主义之间搭建起了另一座重要的桥梁。"谢林体系的核心在于源于同一原则的神圣自由观。"②他认为上帝的主要特征是自由，世界是上帝的心灵，那么就无限者在历史中的活动来说，根本没有一套规律来做仲裁者。正是从这种自由观出发，谢林指责启蒙运动陷入了误区：当启蒙主义者相信自然是由规律主宰的领域时，蕴含在自然和自由中的心灵便被割裂开来。

第二，信仰自由与中世纪情怀。

与大革命后宗教复兴的社会文化思潮相联系，渴慕"无限"自由的浪漫派注定要向宗教信仰寻求精神支援，夏多布里昂、蒂克等人的心灵由此

---

① 海德格尔：《谢林：论人类自由的本质》，王丁、李阳译，商务印书馆 2018 年版，第 4 页。

② 威尔肯斯、帕杰特：《基督教与西方思想》（卷二），刘平译，北京大学出版社 2005 年版，第 57 页。

倾向于正统的天主教或新教；深切而又孤绝的自我意识，也使得浪漫派作家将宗教当成可以带来心灵安慰的诗歌或神话，与之相应的则是泛神论以及超验主义宗教观的勃兴。

不少浪漫派作家将诗与宗教、诗人与上帝（或先知）界定为一体，这在某种程度上倒也合乎神性观念与完美观念结合在一起的基督教传统。弗·施莱格尔说，如同上帝在其“创造物”中揭示了“其不可见的存在乃至其无限的能力和神圣的睿智”一样，浪漫主义诗人在其同样的对象性创造中得到彰显的也正是其作为艺术家的魅力、荣耀和智慧。一种与宗教相关联的猜测在施莱格尔的美学思想体系中是极为重要的，这种猜测是：“艺术家与其作品的关系，就像上帝和他的创造物的关系一样。”“所有艺术的神圣的活动，都仅仅是在不清晰地摹写世界的无限活动，也就是摹写那一直不停地铸造自身的艺术作品。”[①]浪漫派的宗教观经由自由精神的催发越发多姿多彩，其共同点在于：用内心情感体验作为衡量信仰的标准，使宗教变成热烈而富有个人意义的东西；这不仅使浪漫派神学与以福音派和虔敬派为代表的基督教复兴相互呼应，而且使信仰自由成了浪漫派自由价值观体系中最重要的命题之一。上帝不再是“自然神论”或理性宗教中的机械师，而是一件令人陶醉的神秘事物；中世纪其被浪漫派从启蒙学派的讥讽中解救出来，成为作家反复吟唱讴歌的精神图像，这显然不宜简单地一概定性为社会政治立场的复古与反动。

第三，浪漫主义不仅是对启蒙主义的继承，更是对启蒙主义的反动。

与启蒙运动标准化、简单化的机械论相反，浪漫主义的基本特征是生成性、多样性，即欣赏并追求独特和个别而不是普遍和一般。浪漫派反启蒙主义的思想立场使其在“平等”与“自由”两个选项中更强调自由。启蒙学派曾以理性的怀疑精神与批判精神消解了官方基督教神学的文化专

---

① A. O. 洛夫乔伊：《存在巨链》，张传有、高秉江译，商务印书馆 2015 年版，第 410 页。

制，但最终因丧失了对自身的质疑与批判而又建立了一种唯理主义的话语霸权。浪漫派反对理性主义，因为在他们看来只有感性的生命才是自由最实在可靠的载体与源泉，而经由理性对必然性认识所达成的自由在本质上只不过是对自由的消解。启蒙主义倡导的乃一种一元论的、抽象的群体自由，且往往从社会公正、群体秩序、政治正义的层面将自由归诸以平等、民主为主题的社会政治运动，因而它在本质上是一种倾向于革命的哲学；浪漫主义则更关注活生生的个体的人之自由，且将这种自由本身界定为终极价值。

第四，对法国大革命以红色暴力与集体狂热扼杀个体自由的反思，强化了自由在浪漫派价值观念中的核心地位。

法国大革命既是启蒙理念正面价值的总释放，也是其负面效应的大暴露。大革命所招致的对启蒙主义的反思，尤其是对其政治理性主义的清算，对浪漫主义思潮的集聚和勃兴起了推波助澜的作用。另外，作为现代性的第一次自我批判，浪漫主义反对工业文明；在其拯救被机器喧嚣所淹没了的人之内在灵性的悲壮努力中，被束缚在整体中成为"零件"或"断片"的人之自由得以实现。对工业文明和城市文明的否定，使浪漫派作家倾向于到大自然或远古异域寻求灵魂的宁静和自由。

"自由"在浪漫主义文学思潮中的核心地位，不仅使浪漫主义丰富和光大了构成西方文化精髓的自由主义传统，而且使其成了西方文学史上最光辉灿烂的篇章。作为文学思潮，浪漫主义因其内在的"自由"理念，成了西方近现代文学发展过程中最伟大的一场文学革命。在文学艺术领域，浪漫主义运动堪与德国的哲学革命、英国的工业革命、法国与美国的政治革命相媲美，同时又是对它们的表达或补充。但浪漫派之自由观念亦因其历史局限性而呈现出负面效应：社会文化层面——在以自由至上对理性至上的反拨过程中，浪漫派在某种程度上将个性扩展为任性，将自我变成自恋，将张扬感性演绎为情欲泛滥，将对"无限"的憧憬转化为对现实的弃绝，终使自由在失却了自己的边界之后成为缥缈的迷雾流云，幻化成一抹失却了精神力量的虚无；文学艺术层面——浪漫派在消解功利主义艺术观念的过程中，割裂了艺术作为自由之象征与艺术作为苦闷之象征的关系，从艺术自由推衍出艺术至上，终使艺术在很大程度上蜕变为失却了现实生活大地牵引而任凭自由理念吹向神秘天国的断线风筝。浪漫派“自由”观念的局限性决定了它将随着历史的演进而退场。

| 第二章 |

浪漫主义的其他重要观念

在其阐发浪漫主义的经典著作《十九世纪文学主流》中，勃兰兑斯放言："从根本上来说，浪漫主义是感觉、想象、自然和个体主义融汇的结果。"[①]纵观浪漫主义在西方各国的发展，不能不说勃兰兑斯的这一论断既有一语中的的精辟，又有全面概括的确切。"自由"这一核心观念的具体展开，便是浪漫主义在人、世界、艺术等诸方面观念的系统革新。

第一节 "自我"："个体性原则"

人是一切文化的创造者，同时又是既定文化的创造物。在一切文学、文化革命中，"人"的问题永远是焦点，而关于"人"的观念的更新，便不仅是一切文学、文化革命的核心与关键，而且是一切文学、文化革命得以拓展、完成的直接动力。"文学运动或文学风格中的关键因素是某种振奋人

---

① N. H. Clement: *Romanticism in France*, Kraus Reprint Corporation, 1966, p. 264.

心的‘观照’，是一种重新看待世界及人类存在的新方法。”①

二

德国浪漫派的早期先锋人物蒂克在《威廉·洛维尔》中写道：

欢迎啊，最崇高的思想，
把我作为神来赞扬！
万物之为万物，只因我们把它们思量。
世界就在幽暗的远方，
它的黑洞里落进了
我们随身带来的一缕微光。
为什么这世界没有变成一片荒凉？
只因我们注定要把它保藏！
我高兴地逃出恼人的桎梏，
勇敢地走进了人生，
摆脱冷酷的义务，
那正是懦怯的傻瓜所发明。
美德之为美德，只因我本身就是，
它不过是我内心意志的一种反映。
何必为那些形象所苦恼，
它们的微光正从我自身产生？
让美德与邪恶联姻吧，
它们不过是尘埃与雾影，

① 欧·豪：《现代主义的概念》，刘长缨译，见袁可嘉等编选：《现代主义文学研究》（上），中国社会科学出版社1989年版，第181页

我身上有光照入黑夜。

美德之为美德,只因我把它思忖。①

18世纪末,西方的生产方式、生活方式、社会历史、文化思潮都处于急剧转折的时期。随着封建制度的土崩瓦解和资产阶级队伍的迅速壮大,人们追求个性解放和个体自由的呼声越来越强烈。启蒙运动中,思想家们改造世界的理想在残酷的现实面前纷纷破灭,作家们开始凭借主观想象来寻求解决社会矛盾的途径。作为特定历史时期的产物,浪漫主义文学呈现出一系列鲜明的创作特色:作家们往往着力于追求自己的主观世界,表达对个性自由和个人反抗的强烈渴望;显然,浪漫主义文学与启蒙文学不同,作家们的焦点已经由社会转向了个体的自我,浪漫主义也就由此被深深地刻下了个体主义的烙印。弗·施莱格尔曾声称:"浪漫主义诗歌是一种进取的普遍性的诗歌。"②而所谓浪漫诗的普遍性,并非在寻求规范的一致性和魅力的普遍性这种有限意义上,而是在指向每一种模式的人类经验的理解和表达的广泛的意义上。浪漫主义艺术必须是普遍的同时又是进取的,因为它所指向的理解的普遍性被假定为永远不能为任何个体或任何一代人所完全获得;因此,没有什么东西会太奇怪或太偏远,也没有什么性格或情感的细微差别会如此别致或如此难以捉摸,——以至于诗人或小说家不应该去试图把握它并将其独特的性质(Quale)传达给读者。"从浪漫主义的观点看,"施莱格尔写道,"文学中的异类(Abarten)也有它们的价值——即使是奇异的或畸形的——这种价值是作为一种普遍性的材料或预备性的练习——只是提供存在于它们中的某

① 转引自勃兰兑斯:《十九世纪文学主流》(第二分册),刘半九译,人民文学出版社2009年版,第28页。

② 转引自A.O.洛夫乔伊:《存在巨链》,张传有、高秉江译,商务印书馆2015年版,第413页。

些东西，而这些东西是真正原创性的。”①在德国，浪漫主义的律令首先被阐释为：“尊崇和喜好那种使人和所有被造物彼此相异的性质，特别是那种与你自己相异的性质。”②世界越丰富多彩，其所包含的多样性就越丰富，个体差异性的表现就越充分；而作为个体的人的职责也就在于孕育和加强其区别于他人的差异性。“这恰恰就是个体性，”弗·施莱格尔写道，“它是人之中原创的和永恒的东西……这种个体性的培育和发展，作为人的最高的使命，将是一种神圣的自我主义。”③而诺瓦利斯则断言：“一首诗，越是属于个人的、有地方特色的、特殊的（Eigentümlicher），属于它自己那个时代的（Temporeller），它就越接近诗的真正内核。”④毫无疑问，浪漫主义的要旨与古典主义推崇秩序与规则的美学截然不同，其首要的和基本的口号就是：成为你自己——独一无二的你自己！

在德国古典哲学将目光转向自我-自由这一时代精神的直接影响下，浪漫主义确立了其以个人为中心与目的、追求个人绝对自由的个人主义价值取向。“我的一切其他思维和全部生活的最初源泉，那个产生一切在我、为我与由我而可能存在的东西的渊源，即我的精神的最内在的精神，并不是异己的精神，相反地，从最严格的意义上说它完全是由我自己创造的。我完全是我自己的创造物。我也许可以盲目地听从我的精神天性的意向。但我不愿成为天然的产物，而愿成为我自己的产物；现在我已经成为这样的产物，因为我愿意这样。我也许可以做漫无止境的琐屑分析，使我的精神的自然观点成为晦暗可疑的。但我自由地信赖这种观点，因为我愿意信赖它。我现在所持的思维方式，是我经过考虑，有意从其他一切

① 转引自 A. O. 洛夫乔伊：《存在巨链》，张传有、高秉江译，商务印书馆 2015 年版，第 413 页。

② A. O. 洛夫乔伊：《存在巨链》，张传有、高秉江译，商务印书馆 2015 年版，第 410 页。

③ 转引自 A. O. 洛夫乔伊：《存在巨链》，张传有、高秉江译，商务印书馆 2015 年版，第 414—415 页。

④ 转引自 A. O. 洛夫乔伊：《存在巨链》，张传有、高秉江译，商务印书馆 2015 年版，第 415 页。

可能的思维方式中遴选出来的,因为我认为这种思维方式是唯一符合我的尊严、我的使命的思维方式。我自由地、自觉地使我自己回到了我的天性也曾经让我依赖的立脚点。我所接受的东西也正是我的天性所宣传的东西;但是,我之所以接受它,并不是因为我非这样不可,相反地,我之所以信仰它,是因为我愿意信仰它。"①正是在此等"个体自由"的观念形成的氛围中,浪漫派作家才以一种近乎偏执的儿童式的任性大肆讴歌遗世独立的个人,几乎不加限制地张扬"无政府主义"式的自由。"浪漫派高度推崇个人价值,个体主义乃浪漫主义的突出特征。"②"浪漫主义所推崇的个体理念,乃个人之独特性、创造性与自我实现的综合。"③"个体主义是一个含义广泛的关于各种思想、原则和态度的术语,其共同的要素在于:它们都是一种以个人为中心的体系。"④这种体系坚持个人相对于社会的优先地位,认为社会只不过是帮助个人达成目的或实现价值的手段;个体是更本位、更中心的存在,即个人的存在本身就是目的——社会和他人不得将任何个人视为实现任何目的的手段。就此而言,个体主义实乃"一种政治和社会哲学,高度重视个体自由,广泛强调自我支配、自我控制、不受外来约束的个人和自我"⑤。因此,才有浪漫派作家蒂克朗声高叫:"一切都屈从于我的意志;每个现象,每个行动,我爱怎样称呼就怎样称呼:活的和不活的世界都取决于我的精神所控制的铁链,我整个的生活不过是一场梦幻,它的许多形象都是按照我的意志形成的。我本身就是整个自然

---

① 费希特:《论学者的使命 人的使命》,梁志学、沈真译,商务印书馆2011年,第159—160页。

② Jacques Barzun: *Classic, Romantic and Modern*, Secker & Warburg, 1962, p. 6.

③ Steven Lukes: *Individualism*, Basil Blackwell, 1973, p. 17.

④ Lawrence C. Becker, Charlotte B. Becker: *Encyclopedia of Ethics*, Routledge, 1992, p. 608.

⑤ 中国大百科全书出版社《简明不列颠百科全书》编辑部:《简明不列颠百科全书》(第三卷),中国大百科全书出版社1985年版,第406页。

的唯一法则，一切都得服从这个法则……”[①]而作为19世纪最伟大的虚无主义者，“尼采完全是浪漫主义自由的使徒——人成为无条件和创造性的意志。作为个体主义时代的首席代表，他将自我的概念投射到负无穷大”[②]。

在弗·施莱格尔的文学主张中，诗人是自由的化身，他们应该不受任何世俗、规律以及狭隘观念的约束，在思想的海洋里随心畅游。在诺瓦利斯看来，诗歌创作同样被视为神圣和不可名状的，不过，与此不同的是，诺瓦利斯认为这一切的基础应该是自我的实现。诺瓦利斯高举“绝对自我”的旗帜——在他看来，只有满足个体自我的真实存在，才能将个体面向外在世界。在《夜颂》中，爱人的早逝令诗人痛不欲生，而这种心灵的苦痛使其转向对黑夜与死亡的歌颂：

> 我转而沉入神圣的、不可言传的、神秘的夜。世界在远方，仿佛陷进了深邃的墓穴：它的处所荒凉而孤寂。胸口吹拂着深沉的忧伤……黑魆魆的夜呀，你可曾在我们身上找到一种欢乐呢？……从你的手里，从罂粟花束上滴下了珍贵的香油。你展开了心灵的沉重的翅翼……我感到光亮是多么可怜而幼稚啊！白昼的告别是多么可喜可庆啊！夜在我们身上打开的千百万只眼睛，我们觉得比那些灿烂的群星更其神圣。他们比那无数星体中最苍白的一颗看得更远；它们不需要光，就能看透一个热恋的心灵的底层，心灵上面充满了说不出来的逸乐。赞美世界的女王，赞美神圣世界的崇高的宣告者，赞美极乐之爱的守护神

---

① 转引自勃兰兑斯：《十九世纪文学主流》（第二分册），刘半九译，人民文学出版社2009年版，第29页。

② Wylie Sypher: *Loss of the Self in Modern Literature and Art*, Random House, 1962, p. 21.

吧！她把你送给了我，温柔的情人，夜的可爱的太阳。现在我醒了，因为我是你的，也是我的：你向我宣告夜活了，你使我变成了人。用精神的炽焰焚化我的肉体吧，我好更轻快，更亲切地和你结合在一起，永远过着新婚之夜。[①]

在诺瓦利斯笔下，夜不是通常一片漆黑的万籁俱寂，而是一个潜伏着生命的欲望与冲动、比白昼更透亮的令人"逸乐"的所在，"这样的夜向'我'隐藏了周围的世界，它便仿佛把'我'驱进了自身。自我感觉和夜的感觉是二而一，一而二的。而夜的感觉所产生的逸乐原来是恐怖情绪：首先是人在黑暗中，由于周围一切都已隐没，便仿佛丧失了自身，从而产生一种恐惧感；接着是一阵病态的舒适的战栗，因为自我感觉从那种恐惧中更强烈地浮现出来"[②]。诺瓦利斯宁取疾病而不要健康，宁取黑夜而不要发出"冒昧的光亮"的白昼，并且毫不掩饰地追求这种精神自我的享受。蒂克的《威廉·洛维尔》中也有过类似的表述："我恨那些人，他们用他们仿造的小太阳(即理性)照亮了每个舒适的阴暗角落，赶走了如此安稳地住在拱形的树荫下面的可爱的幻影。在我们的时代里，有过一种白天，但是浪漫主义的夜色和曙色要比这种阴云密布的天空的灰色光辉要更美。"[③]

诺瓦利斯喜爱夜，歌颂夜，旨在借夜之黑暗来突出心灵对生之欢悦的体悟，并通过这种体悟来感受个体生命与自我的存在。"在费希特和革命家们身上是明朗的、主宰一切和包容一切的自我意识，而在诺瓦利斯身

---

① 转引自勃兰兑斯：《十九世纪文学主流》(第二分册)，刘半九译，人民文学出版社 2009 年版，第 173 页。

② 勃兰兑斯：《十九世纪文学主流》(第二分册)，刘半九译，人民文学出版社 2009 年版，第 172 页。

③ 转引自勃兰兑斯：《十九世纪文学主流》(第二分册)，刘半九译，人民文学出版社 2009 年版，第 27 页。

上，逐渐强化为逸乐的则是吞没一切的自我感觉。”[①]德国浪漫派追求精神与思想的自由，他们总是沉浸在无限的幻想之中。在这无限的幻想中，“他把自我在时间和空间中分布开来，把自我溶化成各种元素，这里取一点，那里补一点，使它成为自由幻想的玩物”[②]。诺瓦利斯如此热忱地歌颂黑夜，也是因为在无边无际的夜色中，诗人能够自由放飞思绪，体验无止境的、永恒的灵魂自由。他在第二篇章中这样写道：“早晨总是要往返？尘世的势力永无尽时？繁杂的俗事妨害了夜的绝妙的飞临。”[③]在丧失了灵感的理性的光中，一切都不再充满欢乐情趣，人们最终走向沉沦。而相对于光的夜则是无时无界的，是人的梦想自由飞翔的时刻，是诸神欢聚一堂的地方，也是更高的情感和精神的自由空间。

在著名的“自我小说”《威廉·迈斯特》中，歌德所倡导的自我实现是指在社会中实现个人人生价值。而浪漫派所追求的自我则是一个具有内在精神的自我，一个超越现实层面诸般社会关系的自我，一个体现着个人主义目的的自我。为了强烈表现与歌德截然不同的个人主义目的，诺瓦利斯决心写一本同《威廉·迈斯特》针锋相对的书，一本将一切最终化为纯精神的书，这就是《海因里希·冯·奥夫特丁根》。书中海因里希那传奇式流浪冒险的战争、历史、爱情以及写诗的经历并没有教会他有关外部世界任何新的东西，实际上他所见到的一切都是以一种不可思议的特殊方式给他留下了深刻印象。他在一个矿工和一个隐士身上找到了自然和历史的诗，在隐士的书中他发现书里写着他自己一生的命运。在经历了

---

① 勃兰兑斯：《十九世纪文学主流》（第二分册），刘半九译，人民文学出版社 2009 年版，第 170 页。

② 勃兰兑斯：《十九世纪文学主流》（第二分册），刘半九译，人民文学出版社 2009 年版，第 155 页。

③ 诺瓦利斯：《夜颂》，转引自林克：《德国文学与文学批评》（第一卷），人民文学出版社 2007 年版，第 92 页。

一切人情世态之后，海因里希“又回到了他的心灵，仿佛回到了故乡”①。主人公似乎常常预先就已知道他所经历的一切，他所看见和听见的一切事物似乎不过是拉开了灵魂中的新门闩而已，“打开了他身上的暗门”②。个人在所有的社会经历中成为中心目的，社会经历则作为实现个人目的的手段起着像刺激物一样的作用，帮助个人逐渐发掘出内在的潜力，找到自己的个性；这是以一种形而上的方式来达到获得自我认知、深入个体生命的核心、探索个体生命本质的目的。萨特说：“人之所以能存在乃由于追求超越的目的。”③是的，在个人主义论者看来，自我就是终极目的；海因里希所做的一切都是为了追求个人精神和灵魂的超越，追求所有社会经历背后永恒的个人目的。而霍夫曼，这位总是以怪异的个人主义眼光观察人的心灵的小说家，最大的嗜好便是观察自己的心境以及别人的荒诞行径；其谈魔说怪的“志异小说”，往往在一种离奇怪诞的描写中，展示人的双重自我以及为自我冲突而生的心理张力。“浪漫主义者还不能按照科学形式来理解、但却已经预感到的，正是这种正确的、发源于休谟④的心理学原理。梦幻、错觉、疯狂，所有分裂并拆散自我的力量，都是他们最亲密的知己。”⑤

二

就文学与社会-政治关联最为密切的法国的情况来说，依据其所面对

① 勃兰兑斯：《十九世纪文学主流》(第二分册)，刘半九译，人民文学出版社 2009 年版，第 194 页。

② 勃兰兑斯：《十九世纪文学主流》(第二分册)，刘半九译，人民文学出版社 2009 年版，第 144 页。

③ 萨特：《存在主义是一种人道主义》，周熙良、汤永宽译，上海译文出版社 1991 年版，第 21 页。

④ 休谟，18 世纪英国怀疑主义哲学家。

⑤ 勃兰兑斯：《十九世纪文学主流》(第二分册)，刘半九译，人民文学出版社 2009 年版，第 156 页。

的不同社会情势，浪漫主义有着不同的目标诉求：在其第一个阶段，也就是在 1800—1830 年，它支持教会和君主制；而在第二个阶段，即 1830—1848 年，它捍卫社会改革事业。作为“社会的表现”和“生活的批判”，两个不同阶段上的浪漫主义分别反映着自身时代占统治地位的思想，但都取得了远比古典主义大得多的成就。两个阶段在表面上是相互矛盾的，但在根本上却保留着内在的同一性。一般而言，古典主义是社会性的，而浪漫主义则是反社会的；“从根本上来说，浪漫主义是感觉、想象、自然和个体主义融汇的结果”①。

个体自由乃浪漫主义的灵魂。正是个性的扩张、个人兴趣的增长与个体情感的强化超出了艺术和生活的原有界限，直接引发了反对理性主义文化与古典主义文学的革命。狄德罗早就倾向于除去理性控制，还艺术以自由，他鼓励诗人直面自己的主题，并用自发的个人化方式加以处理。歌德和席勒都支持狄德罗的这些主张，在自由、自发的创作方法取代传统创作程式的转换中起了主要的作用。批评家诺弗鲁瓦宣称“挣脱镣铐跳舞”要比“戴着镣铐跳舞”要好得多。在界定浪漫主义的时候，雨果对反叛规则做了进一步的明确：“浪漫主义其真正的定义，不过是文学上的自由主义而已。”②古典主义者主张用不变的法则主导文学创作，他们声称不同的文类要有不同的主题、语言和风格，尽管它们同样建立在人类心灵的永恒准则之上。相反，浪漫主义认为所有的艺术规则只能是人为的和短暂的：“新的人民应该有新的艺术。”③雨果在《欧那尼》序言中的这一主张，正是被所有浪漫主义作家一再重申的基本命题。“在‘内容’方面，浪漫主义的革命性体现为用情感和想象取代理性和意志，诗歌领域的扩

---

① N. H. Clement: *Romanticism in France*, Kraus Reprint Corporation, 1966, p. 264.

② 雨果：《雨果论文学》，柳鸣九译，上海译文出版社 1980 年版，第 32 页。

③ 雨果：《〈欧那尼〉序》，转引自伍蠡甫主编：《西方古今文论选》，复旦大学出版社 1984 年版，第 211 页。

展使诗人与自然、生命相毗连,诗人从灵魂深处醒转过来,与有良好共鸣的读者之自由、自发的交流对他们助益良多;在'形式'层面,浪漫主义的革命性表现为拒绝承认规则的存在以及文类划分的有效性,用最大程度的自由代替规则,并追求风格和文类的融混。戏剧和讽刺文学都变得抒情,抒情诗有了自传体的味道,长篇小说显现出了史诗性,语言风格不断被新的意象和新的文字所更新。"①

在叔本华看来:"经由建立属于自己的主观世界,浪漫主义的主体自我反抗着客体世界那种机械秩序的暴政。"②尤其是在其形成时期与早期阶段,浪漫主义表现出了强烈的"反社会"属性。过度兴奋的情感会不可避免地导致厌世情绪,并使人渴望摆脱自己目前的状态。卢梭说:"我现在已经成为一名隐者,或者就像反对我的人说的那样——不善交际,愤世嫉俗;沉郁的孤独让我更愿意相信社会的邪恶,我对人类了解得越多,我越真切地觉得我是多么不幸。"③他的《新艾洛伊斯》《忏悔录》等作品堪称是对社会进行总体审判的起诉书。里顿·斯特拉奇在《法国文学的里程碑》一文中精辟指出:"卢梭的独特在于他的独创性……他既不代表他的时代,也不引领他的时代;他反对他的时代。他对世界的展望着实是革命性的……他是一位先知,有先知身上独特的灵性。""他本能的、出色的洞察力,能够觉知灵魂尊严的重要性。卢梭的独创性正蕴藏在这种洞察力之中。他的反叛是一种精神的反叛……卢梭率先统一了两种观念:首先,他复活了中世纪的灵魂理论,却没有触及它的神学根基;其次,他相信——这可能一半是无意的,一半又带有深刻的考量——俗世的、自在的

① N. H. Clement: *Romanticism in France*, Kraus Reprint Corporation, 1966, p. 177.

② Quoted in Wylie Sypher: *Loss of the Self in Modern Literature and Art*, Random House, 1962, p. 21.

③ Quoted in N. H. Clement: *Romanticism in France*, Kraus Reprint Corporation, 1966, pp. 172-173.

(In Himself)个人,是这个世界上最重要的事。”[1]

在1830年前法兰西浪漫主义的第一个阶段,浪漫派一直致力于建构与社会相敌对的个体。他们推崇自发冲动与自由行动的激情,拒绝用社会准则去评判自己的行为,是既定社会制度的质疑者与破坏者。贝纳丹·德·圣皮埃尔和夏布多里昂都表现出对社会的不信任,他们的作品都在揭发流行的社会准则是多么虚假,而不公正的惯例又是怎样在压迫着个人。圣皮埃尔扬言其创作的目的就是要展示那些热爱真理的人一定会逃离人类和城市:勒内逃避自己的生活逃到了北美的荒野,塞南古笔下的奥伯曼躲避社会也去了人迹罕至的高山和密林……与古典主义三令五申建构社会规范的努力南辕北辙,浪漫主义则一直在拆解既定的所有规范,转而倡导个人权利并教人去寻求自身的舒适和安慰。卢梭说:“压力来自各个方面,我保持着心态平衡是因为我切断了所有与外界的联系,现在我只依靠我自己。”[2]浪漫主义具有向人之自我回归的特点,所以它因人而异、因时代而异、因种族而异,总是暧昧不明难以界定;浪漫主义在生活、思想和情感上均肯定永久的变易性,所以它难以琢磨,无法被公式化。所谓其对中世纪的回归,很大程度上正是因为其变动不居的精神取向中有一份对生命、宇宙富有激情和想象力的态度。“浪漫主义是一种替代,是个体对社会的代替和精神自我的提升,同时也是对功利的“腓力斯人”的反感;浪漫主义是忧郁的沉思和对孤独的喜爱,是敏感到病态的自我反省和自我分析;浪漫主义既是体验过激情之后的渴望,也是对往昔的怀念,还是对抵达未知领域的热切;浪漫主义是在生命和命运面前的困惑,也是在无垠宇宙面前对无限的敬畏;它既是自然的神化与奇迹的再生,也

---

① 转引自蒂莫西·C. W. 布莱宁:《浪漫主义革命:缔造现代世界的人文运动》,袁子奇译,中信出版社2017年版,第63页。

② Quoted in N. H. Clement: *Romanticism in France*, Kraus Reprint Corporation, 1966, p. 173.

是本能和激情的颂歌。”①古典主义者笔下的人物大脑高度发达，随时随地都根据理性的指示去行动并通过意志来达成目标，他们生活在人群之中，遵循社会律令。浪漫主义者笔下的人物则充满悖谬：有时优柔寡断，缺乏行动的能力，这就有了一大批循少年维特足迹踉跄而来的“世纪儿”；有时决断明快、行动果敢，这就有了所谓撒旦一般的“拜伦式英雄”……浪漫派作者笔下的人物大都藐视道德准则与法律成规，质疑所有外部的权威，喜欢远离人群的隐居生活，坚持让冲动的自我在自发性中寻求快乐，表现出浓烈的反社会（或至少质疑社会并为大众所质疑）倾向。

从文化渊源上考察，不难发现：浪漫主义对自我的幻想正是亚当·斯密等人反复阐发的那种“经济人”的文学对等物，因为“经济人”必须独自在一个开放的市场中冒险。但更重要的是——“浪漫主义的反叛者往往把自由与英雄主义相提并论”②。其中的典型除了拜伦笔下的曼弗雷德，还有雪莱笔下精神彻底自由的普罗米修斯。“普罗米修斯是从雪莱之希望破灭中所创造出来的一种自我幻象——无拘无束的自由使其蔑视一切权威，他因此也同时被强烈的虚空所包围。”③当然，不同于拜伦，雪莱清楚地意识到：自由必须既是个人的又是社会的。他甚至能够理解后来《共产党宣言》中所表达的思想：个人英雄主义不能达成自由；自由只有在历史的进程中，在马克思所谓“阶级斗争”中才能得到。尽管雪莱拒绝将暴力作为一种革命的策略，但是他洞悉自由乃一种社会价值。“更重要的是，雪莱并没有犯下大多数浪漫主义者犯过的错误：仅凭政治权利来识别

---

① N. H. Clement：*Romanticism in France*, Kraus Reprint Corporation，1966，pp. 173-174.

② Wylie Sypher：*Loss of the Self in Modern Literature and Art*, Random House，1962，p. 21.

③ Wylie Sypher：*Loss of the Self in Modern Literature and Art*, Random House，1962，p. 21.

自由。”[1]在历史上，当浪漫主义者试图在行动中构想自我时，他们往往只致力于提出扩大选举权的政治方案。很大程度上代表着大多数浪漫派相关政治方案的贡斯当的宪政自由主义，显然体现了此种民主政治的理想。事实上，政治领域的宪政自由主义者接受了许多文学领域的浪漫主义自由精神，然后又融混搅拌了一些功利主义的元素，比如，“最大多数人的最大幸福”这种非常典型的功利主义观念。宪政自由主义以浪漫主义对自我自由的聚焦为前提，而其实践中的行动方案又总是功利的——总是强调整体的社会福利。在拜伦的无政府自由主义与贡斯当的宪政自由主义之间，“雪莱关于自由的理想极其重要，因为它们显示了文学中的浪漫主义和政治科学中的自由主义只是同一运动的两个方面”[2]。关于“所有人的真正的利益”，浪漫派诗人与宪政自由主义者都谈论了很多。若要全面地把握19世纪中产阶级的自由理想，就必须把像雪莱这样的诗人和像约翰·斯图亚特·密尔这样的自由主义者放到一起来看。

血与火年代那种强烈的戏剧性在随后的复辟时期转变为波澜不惊的平庸。缪塞在《一个世纪儿的忏悔》中描述了法国大革命和拿破仑战争后一代年轻人难以摆脱的厌倦。这种厌倦为前浪漫主义时期从英国、德国传到法国的那些思想、情感和情绪的滋长提供了肥沃的土壤；当然，在卢梭、圣皮埃尔、夏多布里昂和斯塔尔夫人等法国本土作家的作品中，这些思想、情感和情绪早已或清晰或含蓄地被表现过。所有在革命与帝国时期被迫长期停滞的生活开始复苏，但在拿破仑的伟大冒险告一段落后整个民族都感觉到了一种身心被掏空的苦痛，而新生的年轻一代则尤其被普遍存在的虚空和烦恼所吞没。幻灭的悲鸣、绝望

① Wylie Sypher: *Loss of the Self in Modern Literature and Art*, Random House, 1962, p. 22.

② Wylie Sypher: *Loss of the Self in Modern Literature and Art*, Random House, 1962, p. 22.

的呐喊，在歌德的《少年维特之烦恼》、夏多布里昂的《勒内》以及拜伦的绝大部分著作中热切地奏响；在浮士德、拜伦式英雄这些阴沉的主人公身上，人类生活及命运的悲哀得到了充分展示；怠惰、驰靡和厌倦成为这类人物饱受争议的标识。让想象在远方异域或远古往昔中飞奔，在梦想中让心头充满新鲜、强烈的感觉，在或真实或虚构的新奇探险中逃避生命的麻木与虚空。在文本里但也常在生活中，放荡不羁，暴力残忍，漠视传统，颠覆规则，讥笑道德，热衷于怪异、惊悚与恐怖，沉迷于邪恶、犯罪乃至自杀，对资产者圆融、实用的大众品格报之以轻蔑乃至仇视……“伴随着怀旧的渴望和萎缩的意志，不断强化终至过度的情感将第一代浪漫派引向歧途”①。当时间慢慢让火爆的声势和缓，当感性生命的放纵渐趋消歇，随着海涅在德国步入文坛、拜伦在英国横空出世、雨果及其追随者在法国掀翻古典主义，浪漫主义在西欧诸国都进入了其第二个阶段：从个体主义的“唯我”立场偏移开去，开始不同程度地关注社会问题或热衷社会改革。

第二节 “自然”：“有机论”与“泛神论”

“自然”一词在历史上含义颇丰，仅在 18 世纪就有近两百种义项。但总的来说，对自然的尊敬往往使人们将自然视为一个外在于人类的和谐系统，这就促使多种多样的自然观的出现。在牛顿所建立的物理学体系中，自然是一个井然有序的整体，宇宙中每一颗粒子都有自己的位置和运动速度。当时的理论家们认为，如果牛顿建立的体系适用于物理学领域，那么该体系的机理也能适用于生物世界、政治领域和伦理领域等。18 世

① N. H. Clement: *Romanticism in France*, Kraus Reprint Corporation, 1966, p. 172.

纪后期科学领域对自然的关注，是浪漫主义自然观形成的重要因由；而博物学家格奥尔格·恩斯特·施塔尔等人于18世纪提出的“活力论”(Vitalism)观点对当时由牛顿古典物理学所确立起来的机械自然观产生了猛烈冲击。施塔尔提出，生命是一个有机整体，物理世界的因果决定论无法支配生命。生物体的自身活力，亦即一种“追求生命的目标或终极目的的精神动因”，在这个有机的自然界中，“一切都通过感应力、协同力或亲和力相互联系”①。施塔尔的理论受到了许多科学家的追捧，形成了一派“活力论者”，他们致力于克服机械自然观的局限性，普遍强调自然的有机性、能动性和整体性。

在影响甚广的《雅典娜神殿》第一百一十六号的断片中，“浪漫主义的诗”被弗·施莱格尔界定为一种“进步的、涵盖一切的诗”②。这里，“进步的”区别于“古典的、定型的、机械的”，而与“有机的生命”“向未来展开”的“进化”同义。虽然浪漫派作家的自然观念不尽相同，但他们都一致否定18世纪机械论的宇宙观，转而认同基于自由-想象的有机论——所有的浪漫主义诗人都将自然视为一个有机的整体，这是从人而非从一堆原子的集合中得出的推论。浪漫派的自然是一个彼此关联的统一的整体，不仅与“真”相关联，更与“美”的价值不再分离。布莱克对洛克、培根、原子论、自然神论等都多有非议。在他那里，人和自然不仅相互连接，而且互为象征：“每一颗沙粒，地上的每块石头，每座礁石，每道沙丘，每道流泉，每条小溪，每片草叶，每棵树，山丘、丘陵、大地和海洋，云彩、流星和星辰，都是从远处看见的人。”之所以如此，那是因为人、自然以及两者之间的“连接”或“联系”都是神秘的，唯有经由想象的直觉来参悟，人才有可能切

---

① 彼得·汉斯·莱尔：《“科学革命”的遗产：科学和启蒙运动》，见罗伊·波特主编：《剑桥科学史 第四卷 18世纪科学》，方在庆译，大象出版社2010年版，第31页。

② 韦勒克：《文学史上浪漫主义的概念》，见韦勒克：《批评的诸种概念》，丁泓、余徵译，四川文艺出版社1988年版，第131页。

近在“象征”中激荡的真相或真理。这事实上正是后来波德莱尔“感应论”的理论雏形。

一

1798年，标志着浪漫主义正式发端的《雅典娜神殿》在德国小城耶拿创刊，华兹华斯与柯勒律治的《抒情歌谣集》同年也在英国出版。1802年，“生物学”(Biology)作为学科概念由法国博物学家拉马克创设。文学与科学领域划时代的重大事件相继在欧洲发生，这是偶然的巧合还是特定文化逻辑的必然？接踵而至的这些重大事件是否存在着什么内在的关联？虽然生物学作为一个学科术语正式出现是1802年的事情，但以博物学(Natural History)或医学等学科的名义与形式对“生物”的探究却早就存在。“作为一门科学学科，博物学更关注说明和教育而不是实验，它在19世纪被更具实验性质的学科——生物学——所取代。”①生物学的研究范围包括生物体的结构、功能、起源和进化、分类、相互关系及其分布，在以拉马克等人为代表的早期阶段，形态学、生理学、胚胎学和比较解剖学等乃其主要的分支学科。除遗传学、优生学与生态学等少数学科之外，生物学的大多数分支学科几乎都是在18世纪后期就有了基本的轮廓。

对17世纪的笛卡尔来说，一个人的钟表与他的爱犬之间并不存在本质的不同；即便把钟看作是人的创造、狗看作是神的创造，且声称狗腿的结构中所体现出来的美妙天工要远超斯特拉斯堡那座最著名的钟表所体现的人工智巧的罗伯特·波义耳，也持有与前者相近的机械论(Mechanism)世界观——“生命客体和非生命客体之间没有本质的不同。

---

① Sharon Ruston: *Creating Romanticism: Case Studies in the Literature, Science and Medicine of the 1790s*, Palgrave Macmillan, 2013, pp. 28-29.

动物是自动机器"①。笛卡尔之后，体现此种世界观的登峰造极之作当推拉美特里的《人是机器》。机械论世界观的要点有二：其一是以物质为聚焦点与外视角，在对"自然"的审视中来得出对世界的总体结论；其二是将对物质运动及其成因的考察作为根本使命——这使得关于"力"(Force)的学问成了机械论的中心。机械论哲学曾经在物理学(Physical Science)领域获得巨大成功，但在生命科学(Life Science)这里却失败了。18世纪后期，"人是机器"这种简单粗率的认知开始逐渐动摇——越来越多的思想家意识到有机体不可能是惰性粒子构成的机器，惰性粒子之间的吸引或排斥永远不可能产生也不可能解释活的生物。德国化学家兼医生乔治·斯塔尔最早拒绝用机械论模型来解释生命现象，他认为：生命物质与非生命物质是完全独立的，因为生命物质包含一种使它避免腐烂的灵气(Anima Sensitive)。18世纪60年代，作为一个新的审视生命现象的视角，很大程度上基于经验主义猜想的活力论开始取代以唯理主义数理逻辑为基础的机械论。在对话体著作《达朗贝尔之梦》中，狄德罗就曾将斯宾诺莎、莱布尼兹、哈勒以及约翰·托兰德等人的思想融汇为一种关于生命的沉思：世界是一个灌注着活力的所在，所有的存在因此都在不停地变化。虽然思维的基本框架依然是机械论，但活力论者却基于理性对宗教的排斥而天然地倾向唯物主义，并由此复活了古希腊斯多葛学派用来解释生命现象的元气说(Pneuma)："元气"是宇宙的气息，是所有变化和所有生命的运行原理；作为活力的"元气"赋予万事万物以生命。值得注意的是，"活力论在整个19世纪都是一个颇为有效的解释范式"②。"活力

① 托马斯·L.汉金斯：《科学与启蒙运动》，任定成、张爱珍译，复旦大学出版社2000年版，第118页。

② Allen Thiher: *Fiction Rivals Science: The French Novel from Balzac to Proust*, University of Missouri Press, 2001, p. 32.

论学说中的反定量理论比机械论观点更有利于生理学研究。”①面对鲜活的生命现象，一种更应景、更开放、更灵活的实验生理学在18世纪后期开始步入历史的前台。

仅从外部视角来认识自然，必然会导致人们认为世界是一部机器：在启蒙主义者看来，作为宇宙的旁观者，人类不过是体现机械自然定律的“机器”，只能被动地反映客观的自然规律。而经由生命经验与直觉认识的自然，则显示为一个动态、充满活力和统一的有机系统。18世纪末，德国的弗朗兹·加尔基于解剖学领域提出了颅相学理论，坚持认为人类的灵魂与肉体绝非彼此对立，尤其是颅骨的大小、形状与人的大脑、心灵的结构存在着密不可分的关联。法国的皮埃尔·卡巴尼斯、英国的伊拉斯谟·达尔文与查尔斯·贝尔等人也从医学和生理学层面进一步刷新了人们对心智的认识。他们称大脑为“思想的器官”，而人类的意识与心灵必须根据脑科学所揭示的物质基础来给出解释：心灵并不仅是理性的官能，感受、情绪与想象力等非理性要素在其中也占据着甚为重要的地位；而且，心灵也绝非世界被动的接收器，在大脑物质活力的支持下，它一直在积极能动地建构着自然与世界的形象。“经由最新的科学发现，他们确认了处在自然界及灵魂深处的直觉其实是一根有生命的纽带，并因此能够在某种更高深心理机能的作用下理解自然透出的话语。”②换言之，经由身体，或寄寓于身体之中，人类的思想得以向外延伸，先是触摸，尔后经由语言形塑了一个属于我们的世界。我们所谈论的世界，只是我们通过语言所创造的世界；在这个世界之外，还有一片未知的浩瀚；而这未知的浩

---

① Allen Thiher: *Fiction Rivals Science: The French Novel from Balzac to Proust*, University of Missouri Press, 2001, p. 20.

② Michael Ferber: *Romanticism: A Very Short Introduction*, Oxford University Press, 2010, p. 92.（该书译文参考迈克尔·费伯：《牛津通识读本：浪漫主义》，翟红梅译，译林出版社2019年版。）

瀚之映照,则显示出了那个属于我们的世界之狭小局促、摇曳不定与模糊脆弱。① “笛卡尔、牛顿和莱布尼茨——也是科学革命时期的主导数学家。每个人都论证他自己获取知识的方法超越了数学方法,但是每个人也都把数学的推理方法视为其思想的必不可少的核心和模型。数学确立了启蒙运动科学的风格。”②从博物学家与早期生物学家布封到查尔斯·达尔文,生物学之多元论话语模式持续挑战以数学和物理学为代表的数理科学之垄断地位,使得柏拉图以降一直主导西方思想的“本质主义”文化系统开始瓦解。③ 18、19 世纪之交,西方现代科学开始大踏步地从无机物延伸到有机物,人类学、社会学等关于人和人类社会的学问由是破土而出。“19 世纪快速发展起来的关于人类的研究的最突出特征就是人们普遍认为人类也会或必定会很快成为科学研究的一个适当的对象。”④其间,“实验”的方法终结了理性推演的线性思维,拓宽了由相对论与不确定性建构起来的多元论空间。跟先验论(Apriorism)和机械论针锋相对的“实验”(Experiment)的观念与方法论,自发端起便暗含着放弃本质、关注现象及现象之间关系的明确倾向。在很大程度上,这也表征着生物学关注的焦点已从对生命本质的界定转移到了对生命现象持久不懈的关注,即所谓“生物学变得越来越偏向于实证主义”⑤。从把生命器官置入杠杆、泵这样的机械论修辞到开始关注生命的生育、生机、生气、生长并探究其间的活力、营养、能量诸问题,生物学及实验生理学拒绝讨论生命的终

---

① Joseph Wood Krutch: *The Modern Temper: A Study and a Confession*, Jonathan Cape Ltd., 1930, p. 73.

② 托马斯·L.汉金斯:《科学与启蒙运动》,任定成、张爱珍译,复旦大学出版社 2000 年版,第 17 页。

③ Allen Thiher: *Fiction Rivals Science: The French Novel from Balzac to Proust*, University of Missouri Press, 2001, p. 15.

④ 威廉·科尔曼:《19 世纪的生物学和人学》,严晴燕译,复旦大学出版社 2000 年版,第 126 页。

⑤ 威廉·科尔曼:《19 世纪的生物学和人学》,严晴燕译,复旦大学出版社 2000 年版,第 15 页。

极原理。正是对生命所持守的此种现象主义的探究姿态开启了对机械论世界观的突破。“生物学这个术语及其所隐含的内容,即它将涉及所有与生命——包括植物、动物和人类——有关的现象,暗示了这门学科以后的发展。19 世纪的生物学虽然没有严重忽视博物学,但的确是有意识地转向了对有机体的深入分析,并且逐渐地在学识和机构上脱离了它的医学根源。”[①]有机论世界观将焦点集中到生命有机体上,在 19 世纪初宣告了生物学学科的确立,而与之相关的现代医学、生理学、病理学以及社会学、人类学等新的学科系统也不断生发开来。“生物学作为一门独立学科的出现,只有在对机械论哲学的强烈反对之后才有可能,这种批判使人们对生物的研究与对无生命世界的研究区分开,并且通过不能运用于无生命世界的原理来解释‘生命’。”[②]“有机物和无机物两个领域的区分对生物学的崛起至关重要。”[③]这也正是米歇尔·福柯断言 1750 年以前不可能存在生物学的理由。19 世纪中后期,随着生命功能取代生物形态成为生物学家关注的焦点,在细胞学说与能量守恒定律的启发之下,生物学彻底摆脱了早期对博物学的依赖而呈现出其现代实验科学的面相。在从旧有博物学与生物有机论(Organicism)向现代生理学与生物进化论(Evolutionism)的历史展开中,作为具有里程碑意义的重大文化事件,查尔斯·达尔文《物种起源》的发表,意味着西方思想家对人的认识在 19 世纪中后期发生了非同寻常的变化。进化论作为生物学一个重要的后发分支,其思想萌芽亦大致出现在启蒙运动后期,但这些萌芽状态的观念在当时却尚不能构成进化论本身。18、19 世纪之交,有机论世界观的声响弥

① 威廉·科尔曼:《19 世纪的生物学和人学》,严晴燕译,复旦大学出版社 2000 年版,第 3—4 页。

② 托马斯·L. 汉金斯:《科学与启蒙运动》,任定成、张爱珍译,复旦大学出版社 2000 年版,第 122 页。

③ Sabien Sielke: “Biology”, in Bruce Clarke, Manuela Rossini, eds.: *The Routledge Companion to Literature and Science*, Routledge, 2011, p. 30.

漫开来,机械论世界观的喧嚣渐趋消歇,最终才由达尔文取代了牛顿。“牛顿发现并证明了万有引力定律,由此确定了取代混沌的秩序,为未来一切对星空的研究奠定了坚实的基础。同样,达尔文也以发现自然选择规律,以及证明有用变异在生存竞争中得到保存这条重大原理,不仅昭示了整个生命的发展过程,而且也为未来一切对自然界的研究奠定了坚实的基础。”①

概而言之,“有机论”是用来描述生命生发过程及存在形态的一个概念,它代表着生机活力以及生命的神圣性,意味着生成变化以及创造的可能性。基于自然观念的“有机论”不仅适用于文学与诗学、文化与民族,也适用于全人类与整个宇宙。在有机论与生物学越来越占重要地位的19世纪,虽然人们依然推崇“机器”,——但此时的“机器”不再是世界观的表征与时代文化的隐喻,而只是力与效率的代名词。总体来看,在18与19世纪之交,随着人们关注的焦点开始从“机器”转向“生命”,旧时代渗透着“力”的“力学”“机械论”的中心地位被灌注着生机与生气的“生物学”“有机论”取代了。生命作为不断生长生成的有机体并非机械或机器,这意味着现代生命科学虽要遵循数理逻辑,但却更要以“实验”的观念与方法来纠正唯理主义逻辑推演之偏颇,——正是现代生命科学的这一实验品格为包含浪漫主义在内的非理性主义哲学文化的形成提供了重要契机。

“作家所使用的关于写作的隐喻,是由当代对世界如何被创造、生物如何被创造以及创造者在这个过程中的角色的理解所决定的。”②天才是先天生就的还是后天人为的?上帝的创造和人类的创造之间有什么关系?在何种意义上文学文本被看作对现实的模仿又或者作者想象的创造

---

① 华莱士:《达尔文主义》,转引自约翰·西奥多·梅尔茨:《十九世纪欧洲思想史》(第二卷),周昌忠译,商务印书馆2016年版,第267页。

② Sharon Ruston: *Creating Romanticism: Case Studies in the Literature, Science and Medicine of the 1790s*, Palgrave Macmillan, 2013, p. 97.

物？围绕这些问题的讨论与解答，在 18 与 19 世纪之交，用有机论和生物学话语来表征文学创作的隐喻在欧洲文坛流行开来。关乎生命-生成的生物有机论隐喻，将文学创作的过程描述为婴儿的孕育与降生，文本在结构与功能上均被视为与生命相若的有机体，而从事此种文本创造的诗人或作家则类似创造了世界的上帝，且其作为天才的标志性能力乃想象。生物学与生理学对人类心脑系统的探索，直接开启了浪漫主义有机论诗学的形成。德国思想家——尤其是以耶拿派为主的浪漫主义思想家——最早开始将“有机论”这个概念与“机械论”对立起来。艾布拉姆斯在《镜与灯：浪漫主义文论和批评传统》一书中强调了浪漫主义从模仿说向表现说的转变，其所谓“镜”与“灯”的隐喻很大程度上意味着机械论与有机论的对立——如果说古典主义在文化上对应着机械主义，那么浪漫主义则倾向于天然涵纳着主观性与多元论的有机主义。罗伯特・理查兹在《浪漫派的人生观：歌德时代的科学与哲学》中追溯称：“机械论的发展推动了科学的进步这一观点饱受浪漫主义者的攻击……他们用有机论取代了机械论，将有机论视作阐释大自然的至高法则。”①

“思维——这只能是心的沉寂，情感的枯萎，生命的苍白、平庸和凋谢。”②在诺瓦利斯等德国浪漫派作家看来，牛顿体系所代表的唯理主义话语系统非但没有把人类引向真实与澄明，而且在摒弃了神秘和诗意之后，人类所面对的世界反倒变得越发荒凉与晦涩；当仅仅看到并满足于自然的表象真实时，人们便无可避免地陷入冰冷的机械主义。在英国，埃德蒙・伯克很早便断言，理性不过是人性的“一部分，而且绝不是最大的部分”；托马斯・卡莱尔则宣称：“我根据我本身的经验宣布，世界不是机器！”较早使用“有机体”概念阐发文学创作的柯勒律治则补充说，纯粹的

---

① Rcbert. J. Richards: *Romantic Conception of Life: Science and Philosophy in the Age of Goethe*, University of Chicago Press, 2003, p. 534.

② 转引自加比托娃：《德国浪漫哲学》，王念宁译，中央编译出版社 2007 年版，第 189 页。

“算计能力”当然低于“创造性的素质”。[1] 在更为激进的威廉·布莱克那里，牛顿甚至就是罪犯——其完全基于数理逻辑的科学乃灵魂干涸贫乏、世界破碎荒凉的根源。他曾不无讥讽地断然宣称：“艺术是生命之树；科学是死亡之树。”正因为如此，他的诗歌与绘画作品才始终贯穿着一种弥合儿童与成人、灵魂与肉体、天堂与地狱等对立元素的努力。在《天堂和地狱的婚姻》中，他不仅在形式上尝试着将文字和版画结合在一起，而且在题旨上将天堂看成是一个与地狱相融合而非对立的部分。布莱克的作品中所充斥着的老虎与骏马、狮子与羔羊、天真与世故等的交合，其实也正是后来波德莱尔基于事物的“彼此类似”与“相互表达”所提出的象征主义。

二

“一种自然哲学，一种形而上学的自然概念，进入诗中并且找到了一种具有高度个性特征的表现——沉思默想的崇山峻岭，坚定的、永恒的大自然的种种形式，与这个世界的一种几乎像梦幻一样不真实的生动的感觉结合在一起。”[2]在华兹华斯那里，自然是鲜活灵动的，既可带来惩罚使人恐惧，又可馈赠奖赏带来欢乐；自然是神秘玄奥的，因流溢着上帝或世界精神，所以是一个象征的符号系统。在自然的活力、自然与人的关联、自然作为象征符号系统等问题上，英国第二代浪漫主义诗人雪莱与其前辈华兹华斯和柯勒律治的概念并无二致。但在他那里，自然更是现象不断消长的永恒运动，所以他吟咏风云闪电的动感，歌唱江河海洋的浩瀚，而不愿像华兹华斯那样一味吟哦“人迹罕至之地的灵魂”。而其同侪拜伦

---

① 罗兰·斯特龙伯格：《西方现代思想史》，刘北成、赵国新译，中央编译出版社 2005 年版，第 231 页。

② 转引自韦勒克：《文学史上浪漫主义的概念》，见韦勒克：《批评的诸种概念》，丁泓、余徵译，四川文艺出版社 1988 年版，第 178 页。

倒是个自然神论者，他信仰牛顿的世界即机械论的观点，并时常将人类的激情和不幸与大自然的宁静和冷漠的美相对照。在其笔下，人与自然很大程度上并不是关联-契合互为象征的；更多的时候，面对或安静或狂暴但总归为一派虚无的大自然，孤独的个体只是在恐惧中立于自然的对面。这在某种程度上也许可以解释——在众多浪漫主义诗人的创作中，拜伦的作品离象征含蓄较远，而离直白浅露更近。

浪漫派之具有神秘倾向的有机论自然观，认定“九九归一”——自然界在本质上是统一的，创造的链条具有连续性；而人则具有超常的直觉力——它在诗人身上尤其活跃，诗人的作用就在于经由直觉与想象，来翻译破解宇宙这个充满生机的象征体系。一个有机统一的世界，神秘而又古奥，这使得想象不但获得了合法性与真实性，而且成了必需且必要。设若没了想象，象征-神话世界的建构本身便难以想象。所以，布莱克才干脆认为整个自然就是“想象本身”；而用J. 德·迈斯特的话来说就是：“物质的世界不过是一个影像而已；或者，倘如你愿意的话，也可说是一种程式，一个精神世界的副本。”①与济慈等很多浪漫派作家一样，奈瓦尔相信想象之创造物的真实性，其全部作品都通向一个由梦的象征所构成的神话的世界。他满脑子都是斯维登堡的思想及其他神秘的信仰，自然界之于他就是一个彻头彻尾的象征系统：“万物生存，万物行动，万物相互呼应；从我自己或从他人身上发出的磁力线，从无穷无尽的造物的链条上横切而过，毫无阻碍；它构成了一副透明的罗网，覆盖了整个世界，它的精致的丝线将这个同那个连接起来，将行星和恒星连接起来。我现在是地球的囚徒，但我在同星辰的合唱队喁喁而语，让它们分享我的欢乐，我的

① 转引自韦勒克：《文学史上浪漫主义的概念》，见韦勒克：《批评的诸种概念》，丁泓、余徵译，四川文艺出版社1988年版，第171页。

痛苦!”①

浪漫主义是“唯我主义”和“主观性”的产物,因为文学必须向内探寻。勃兰兑斯认为“如果一个作家不深入人类灵魂的本质,不深入灵魂最深远的地方;如果他不敢,或者不能不顾后果地写作;如果他没有胆量像雕像那样赤裸裸地表现他的观念,不敢把人性如它们所显现的那样反映出来,既不增加一分,也不减少一分……对我之所谓文学说来,他的作品是毫无价值的”②。勃兰兑斯所说的这种“灵魂的本质”就是人类的情感。因为人是有感觉、会思考的动物,人的情感内在于人的思想,由此他认为这是浪漫主义文学的一个标志。不可否认的是,早期的浪漫主义文学的确以抒情诗歌为代表,如华兹华斯、柯勒律治等诗人都把热情视作发现人的内心这一“壮举”的前提条件,而想象力、天才则成为优秀作者必不可少的素质。同时,浪漫主义者证实了人内心存在着宗教感情,认为“宗教感情如同天才一样,是先天生成的”③。浪漫主义时代的一个重要特点即在世俗主义的影响下,自然神论这种“没有偶像的宗教”被古老的信仰所取代,这与卢梭提倡的“复归自然”是分不开的。大自然的美激发了心灵的感知能力,人类处在鬼斧神工的自然环境中,无时无刻不受到感动。拜伦对大自然的吟诵更是表明了这一泛神论信仰成为浪漫主义时期情感勃发的载体。18、19世纪科学的快速发展助力了神明的去神秘化,在失去明确的宗教偶像之后,人类开始神秘化他们自己生活的环境④,这就是当时泛神论思想产生的根源之一。

---

① 转引自韦勒克:《文学史上浪漫主义的概念》,见韦勒克:《批评的诸种概念》,丁泓、余徵译,四川文艺出版社1988年版,第170页。

② 勃兰兑斯:《十九世纪文学主流》(第五分册),刘半九译,人民文学出版社1997年版,第19页。

③ 雅克·巴赞:《从黎明到衰落:西方文化生活五百年,1500年至今》(下册),林华译,中信出版社2015年版,第504页。

④ 理查德·桑内特:《公共人的衰落》,李继宏译,上海译文出版社2014年版,第328页。

在德国浪漫主义的诗学中，“总汇”是另一核心概念。“总汇”，不仅仅是无所不包或是包罗万象，不仅仅是指将大千世界囊括于其中，而且是表达出这样一个思考，即一就是全，全就是一。德国浪漫派思维的出发点之一就是有机论，他们把世界看成一个完整的统一体，个体与整体之间存在着内在的联系，互为依存，即所谓“一寓于全，全寓于一”。他们认为世界以及完整的人性都应该是有机的——就像一棵大树，各部分共生共存。凡是不包括世界整体的，都是不完整的，而包括世界整体的则必是统一的与和谐的。德国浪漫派的“总汇”强调的是有机整体的概念。与德国浪漫主义有机整体观截然对立的是，启蒙理性学说以一种机械论的眼光认知世界和人类本身，把世界视为一些科学模式的结果，其中各部分并不唇齿相依，国家，或者人类的其他制度都是一种零件，只是用来推进人的幸福，避免无谓的伤害。个人的角色是促进社会进步的、具有现实功能的职业人，是社会分工中的零件。德国浪漫派认为，这种机械论存在严重的弊端，造成的恶果之一就是个人丧失了完整意义。荷尔德林对此感触颇深，在其教育小说《许佩里翁》中借主人公之口说道：“我想不出来还有什么民族比德国人更加支离破碎的了，你看得见工匠，但是看不见人，看得见思想家，但是看不见人，看得见牧师，但是看不见人，看得见主子和奴才，成年人和未成年人，但是你看不见人。”①而且，随着资本主义工业文明不断扩展，实用主义渗入骨髓，导致人的灵性丧失。因为缺乏灵性和精神涵养，人们变得庸俗，背离了神圣，不再有对美的感知。“在这个民族中，没有什么神圣不被亵渎，人们对于一切美的生命都麻木不仁。”②在荷尔德林的小说中，他以古希腊的神性精神预言对这种社会现状表达出自己的担忧，认为这是一种新的历史的普遍分裂，即人与自己的创造物的分裂：

① 瓦尔特·本雅明：《德国浪漫派的艺术批评概念》，王炳均、杨劲译，北京师范大学出版社2014年版，第16页。

② 诺瓦利斯：《大革命与诗化小说》，林克译，华夏出版社2008年版，第44页。

人百般努力创造出来的东西，却是与人自身的神性本质相异的。失去了神性和审美感知能力的个人，在精神层面上也确为一种缺失性存在。

荷尔德林信奉的是“万有在神”（万有合一）的泛神论自然观，他认为人与自然是一个整体，二者拥有共同的内在本质，是绝对之物神性的显现，神性将人与自然统一在一起。神是自然万物的创造者，自然与神心意相通，许佩里翁由此坚信自然的至深处就是神的意志。许佩里翁在观察自然时又有新的发现，他感到了神的精神、世界的精神，但是他醒来的时候抓住的却是自己的手。在荷尔德林的理念世界中，自然、自我和神是一个同气连枝的整体。基督教经典《旧约》中讲：“神就照着自我的形象造人。”[①]基督教对这种人的神性本质的理解经由虔敬运动对德国浪漫派的诗学理念产生影响。荷尔德林认为人具有神性的原始肖像，即人的神性形象，人类除了具有现实生命，处处受到各种制约和局限外，还有一个更高的生命状态——神性生命。因此荷尔德林号召现代社会中分裂的个人努力去接近这个原初的图像，若非如此人类便很难实现神性的完整复归。作者在《许佩里翁》序中说，“至乐的统一”也就是自然与人类和谐相处的状态，这种状态在唯一的意义上已经消失，人类与自然处在一种分裂的状态，“仿佛世界是一切而我们为无，可往往也如此，仿佛我们是一切而世界为无”[②]。分裂状态中的人类和自然失去了和谐，处在对立的状态。自然在启蒙理性面前降为人类实践的附属品与反思的对象。在荷尔德林看来，自然神性尚存，对人类而言，最后的救赎就是回归自然，和自然合而为一，重拾神性光辉。需要指出的是，荷尔德林所说的自然并不是我们平常所说的客观存在的自然界，而是充满神性的永恒自然；其所秉持的神秘主义的自然观，认为自然是表现绝对意志的器官，从自然里人们可以感知到

① 诺瓦利斯：《大革命与诗化小说》，林克译，华夏出版社 2008 年版，第 45 页。

② 荷尔德林：《荷尔德林文集》，戴晖译，商务印书馆 1999 年版，第 4 页。

绝对之物的声音，人类可以假借“神性的自然”的中介物与上帝对话，从而找回失落的神性光辉，以此实现神性生命的回归。“我冥心静听在胸前嬉戏的微风巨浪……仿佛一种亲密的精神为我张开臂膀，仿佛孤独的痛苦融入了神性的生命。”①在个人与自然的融合中，个人在自然之中认同了自我，在自我之中融入自然万物彰显的神性，在神性的维度上，与万有合而为一。人类以此实现完整皈依。援引文中的表述是：“与万有合一，这是神性的生命，这是人的天穹。与生命万有合一，在至乐的忘己中回归自然宇宙，这是思想和欢乐的巅峰，它是神圣的顶峰，永恒的安息地……”②荷尔德林认为“万有合一”是更高的理性，是更高的和平，它的权威使美德在它面前都要卸下铠甲，人的精神从此丢开了权杖，艺术家的规则在它面前会消失于无形，甚至死亡和命运也对它无可奈何，不得不放弃对它的统治。荷尔德林不愧是一个预言家，提前预知了现代人的异化问题，并提出了“万有合一”的药方，希望人类的“现代病”可以在自然神性的怀抱中得到救治。

荷尔德林信奉的是“万有在神论”，但是他认为这种“无限的统一”是现成存在的，所以人类无须追求自然与我们的统一，无须行动。荷尔德林对务实的行动派非常反感，在小说中，许佩里翁称这些人为“不堪的人”，他们总会在别人激愤、不得意的时候乘虚而入，来“兜售”他们的格言：“别抱怨，去做。”③许佩里翁也曾尝试将理想付诸实践，希望通过战争的形式实现人性的解放，但是战争的结果让他大失所望，义勇军攻城之后烧杀抢掠，他行动的结果却是“我成为这帮土匪的头子”④。这场战争也是对现实的映射，间接表现出荷尔德林对法国大革命失败的反思。德国浪漫派

---

① 荷尔德林：《荷尔德林文集》，戴晖译，商务印书馆 1999 年版，第 10 页。

② 荷尔德林：《荷尔德林文集》，戴晖译，商务印书馆 1999 年版，第 8 页。

③ 荷尔德林：《荷尔德林文集》，戴晖译，商务印书馆 1999 年版，第 8 页。

④ 荷尔德林：《荷尔德林文集》，戴晖译，商务印书馆 1999 年版，第 47 页。

不是行动派，就像许佩里翁的名字一样，他们都是行走在高处的人，生活在一个更高的理念世界中，在自我的心灵世界中追求完善。荷尔德林不强调行动，但是他另辟蹊径突出了保持预感的重要性，个人需用充满预感的眼睛观察自然，不为其表象所迷惑。“环顾自然的四周和背后”，在自然之美中发现其神圣的本质。这种对自然的审美行为是个人获得神性的关键，是自我走向完善的必经之路。美与自然是荷尔德林诗学中的关键词，他认为在纷繁复杂、矛盾丛生的经验现象背后，有一个普遍的统一体，神性将现实中的元素统一在这个统一体中。但是现存的世界是分裂的、充满对立性的和矛盾丛生的，如果想在未来将分裂的万物重新统一起来，审美行为将起到至关重要的作用。原因是美反映了统一体的形象，而且绝对之物将意志以美的形式呈现。所以是美将区别的多样性统一为整体的“一”，使人类自身连接起来，就像使世界连接在一起一样。以荷尔德林的教育小说《许佩里翁》为例，在小说中主人公许佩里翁说：“新的王国守候着我们，美是它的国王。”[①]在德国浪漫派的诗学中，美扮演着“国王”的角色，不仅因为其具有超功利性，被德国浪漫派当作对抗实用功利的利器，“啊，至乐的自然！每当我在你面前抬起眼睛，我不知道自己怎么了，然而天空所有的乐趣都在这眼泪中，像爱人面对着爱人，我在你面前哭泣”[②]，还有那让我们读出了荷尔德林性格深处的内向、敏感甚至是纯净的文字“我在你们那里变得真正理性起来，学会把我彻底地与我周围相区别，现在孤立于美的世界”[③]，等等。美在德国浪漫派的学说中更是一种超验理念的存在，是绝对完满的象征。“统一一切的理念是美的理念……我坚信，理性的最高行动是一种审美的行动。”既然美作为普遍统一体的形象，将万有合而为一，人类在用美的眼光审视周围世界和自我的时候，在聆听

① 荷尔德林：《荷尔德林文集》，戴晖译，商务印书馆 1999 年版，第 2 页。

② 荷尔德林：《荷尔德林文集》，戴晖译，商务印书馆 1999 年版，第 46 页。

③ 荷尔德林：《荷尔德林文集》，戴晖译，商务印书馆 1999 年版，第 8 页。

内在和自然的声音的时候，就能发现酣睡在万物以及自我本身中的神的秘密。总之，人类在与神性关联的审美行为中，可以重拾内在的神性光辉，从而完成自我塑造和皈依神性。

经由自己的诗作《自然与艺术或者萨图恩与朱庇特》，荷尔德林旨在表明："艺术，无论它有多么辉煌，也只能出自自然"，艺术家的知性应当依循自然中"没有书写成文的法规"；"特别是施莱格尔兄弟、施莱尔马赫和谢林，全都倾心于古代希腊。他们一心想深入感觉一切人性，果然很快认识到，希腊人身上才具有最丰富的人性。他们渴望从当时人为的社会结构中逃出来，逃向自然去，可是他们也只有在希腊人身上才重新找到永恒的自然"①。谢林将康德、费希特等人的意志自由学说与"活力论"相融合，形成了一种"神秘主义的活力论"，这对浪漫主义"有机论自然观"的形成至为关键。"自然本身是有生命的，是一种精神性的自我展开。世界起初处于一种野蛮的无意识状态，逐渐发展出它对自己的意识。这种意识肇始于最神秘的原初阶段，起源于黑暗而不断发展的无意识意志，逐渐获得自我意识。……自然展现了意志发展的各种阶段，每个阶段都是自然不同发展阶段的意志的反映。"②在浪漫主义者看来，所有自然物都从属于一个"普遍的自然或世界的灵魂"(Universal Nature or World Soul)。"世界灵魂"的概念是谢林哲学的核心，这用其名言来说就是："自然是可见的精神；精神是不可见的自然。"(Nature is visible spirit; spirit is invisible nature.)③谢林认为自然和人类一样具有自我意识，自然与人类之间存在着不可忽视的相通性；他在自然规律与人类精神之间找到了某

① 勃兰兑斯：《十九世纪文学主流》(第二分册)，刘半九译，人民文学出版社1997年版，第43页。

② 以赛亚·伯林：《浪漫主义的根源》，吕梁等译，译林出版社2008年版，第100页。

③ Friedrich Wilhelm Joseph von Schelling: *Ideas for a Philosophy of Nature as Introduction to the Study of This Science*, trans. Errol E. Harris, Peter Heath, Cambridge University Press, 1988, p. 36

种平衡，从而完善了其自然哲学的理论。霍夫曼在1816年写道："那些理解了艺术的神秘宗旨的画家可以听见大自然的声音，那声音通过树木、植被、水流和山岳等事物讲述着关于它自身的无穷奥秘。这种将自己的感情转化为艺术作品的天赋，就像圣灵附体一样降临到他的身上。"①艺术与自然，在瓦肯罗德等浪漫派作家这里已然不再是一个"再现"或"反映"的关系。在《论两种神奇的语言及其神秘力量》中，瓦肯罗德声称自然与艺术是两种不同的语言：自然是上帝的直接创造，艺术是人的创造；自然是神性的直接显现，艺术是人性的展现；自然承载着宇宙的奥妙，而艺术则揭示着生活的奥秘。两者的相同之处在于：艺术与自然都"通过隐晦而神秘的力量作用于人的心灵，具有神奇的力量"。在瓦肯罗德看来，这两种语言所具有的神奇力量显然要远胜过一切理性语词的论辩："智者的教诲只能打动我们的头脑，也就是说，它只能打动我们的一半自我；而这两种神奇的语言，——此刻我正在宣告着它们的力量，——却既可以打动我们的感官，又可以打动我们的精神；或者更进一步说（我无法用别的语言表达），通过它们我们（自己所无法理解的）生命中的各个部分都被融合在一个新的有机体里。"②

"自然"这种语言出自上帝之口，"生生不息、无穷无尽的自然，它牵引我们穿过大气中广博的空间直接到达神性"③。"自然就是一部解释上帝的本质和特性的最全面最明了的书。树林中树梢的沙沙作响，滚滚的雷声，都向我诉说着造物主神秘的事物，我无法用话语表达它们。一段优美的山谷，为许多千奇百怪的岩石所环绕；或是一条平静的河流，其中倒映

① 转引自大卫·布莱尼·布朗：《浪漫主义艺术》，马灿林译，湖南美术出版社2019年版，第23—24页。

② 瓦肯罗德：《论两种神奇的语言极其神秘力量》，见瓦肯罗德：《一个热爱艺术的修士的内心倾诉》，谷裕译，生活·读书·新知三联书店2002年版，第68—69页。

③ 瓦肯罗德：《论两种神奇的语言极其神秘力量》，见瓦肯罗德：《一个热爱艺术的修士的内心倾诉》，谷裕译，生活·读书·新知三联书店2002年版，第69页。

着婀娜的树姿;或是一片开阔的绿色草坪,映照在蓝天之下;——啊,所有这些事物,都比任何话语的语言更能神奇地触动我内在的情怀,更能深刻地把上帝万能的力量和他万有的恩泽载入我的精神,更能使我的灵魂变得纯洁和高贵。我以为,与之相比,语言只不过是一种平凡与简陋的工具。"①而"艺术"这种语言则"出自为数不多的遴选者之口","为我们塑造人类至高的完美",并"以其动人而奇妙的方式,把精神的和非感性的东西融化到可见的形体之中,使得我们整个身心从最深层为之震撼"。②

三

卢梭重新开启了人之自然情感的另一模式。他承认控制个人行为的力量当数理性,然而他同时又认为能够向理性发出号令的却常常是人心理底层的情感,——在很多时候,理性与情感是很难截然分开的。卢梭的存在,表征着启蒙学派绝非铁板一块,也昭示着18世纪后期情感的勃发已然成为至高的理性法则难以遏制的一种时代情绪。卢梭对情感的推崇、对自然的崇拜、对自我的歌颂、对想象力的强调,这一切都使得这个启蒙学派中的异类宣告了浪漫主义的诞生。

对自然或"自然状态"的崇拜,是卢梭思想中最为引人瞩目的一个方面。当卢梭宣称"自然状态"表征着纯真美好的年代而文明却意味着堕落的时候,其自然观中的非理性倾向已昭然若揭、不言自明。卢梭非理性主义的自然观,在其思想与文学中有两个非常重要的展开:其一,他在教育小说《爱弥儿》中肯定了18世纪哥特小说中开始出现的"高贵的野蛮人"形象;"高贵的野蛮人"被后来的浪漫派作家进一步发扬光大,成为浪漫主

① 瓦肯罗德:《论两种神奇的语言极其神秘力量》,见瓦肯罗德:《一个热爱艺术的修士的内心倾诉》,谷裕译,生活·读书·新知三联书店2002年版,第67页。

② 瓦肯罗德:《论两种神奇的语言极其神秘力量》,见瓦肯罗德:《一个热爱艺术的修士的内心倾诉》,谷裕译,生活·读书·新知三联书店2002年版,第68页。

义抵御工业文明之物质主义与功利主义的一种标志性创设。其二，当他把想象中的“自然状态”定义为没有剥削和压迫的理想状态的时候，他自然会认定私有财产是人类社会不平等的起源与基础，而私有制则是应予剿灭的现代社会腐败的温床。这种对私有财产与私有制的断然否定，经19世纪初叶空想社会主义思想家圣西门的进一步发扬，直抵19世纪中叶的无政府主义革命家普鲁东和无产阶级革命家马克思。对此，后来英国的浪漫主义作家威廉·赫兹里特对卢梭有如下评价：“正是他把那难以释怀的敌意，对于等级与特权的敌意，摆放在优先于人性的地位，并把它传播到每个人的心底。”[①]而更多的人则将卢梭“充满敌意”的平等主义思想与法国大革命中雅各宾派的“平民政治”“红色恐怖”以及“革命专制”直接联系起来。

在《社会契约论》等政治学著作中，卢梭的确表露出强烈的集体主义价值取向，但在《忏悔录》等文学性著作中，卢梭所呈现出来的又是另一副极端个人主义的姿态——自恋或者个人的自我崇拜。卢梭声称他所描绘的人就是他自己：“我与世上的任何一个人都迥然不同；虽说我不比别人好，但至少我与他们完全两样。”[②]在卢梭看来：我拥有自己；我的自我的存在，使我与世界之间有了对话的可能。而且我在无论多么庞大、神秘的世界面前始终是站立着的；我可以选择谦卑，我可以体验崇高，但我绝不下跪，绝不交出自我，因为我的自由就是我的人格。就个人主义或者个体主义的思想立场而言，卢梭尤其是后来浪漫派的前驱，“他预示着浪漫主义执着于个人主体性的发展倾向”[③]。而当个体的心力衰退，无法支撑起这份个人主义的自恋或自我崇拜的时候，席卷其心理世界的强烈的不安

---

① 转引自邓肯·希思：《浪漫主义》，李晖、贾倩译，生活·读书·新知三联书店2019年版，第24页。

② 卢梭：《卢梭全集 第1卷 忏悔录（上）》，李平沤译，商务印书馆2012年版，第3页。

③ 邓肯·希思：《浪漫主义》，李晖、贾倩译，生活·读书·新知三联书店2019年版，第24页。

全感就会构成对个体自身的反噬，这导致迫害妄想症的出现。晚年的卢梭在这方面也堪称是一个最好的样本。

城市文明使人与世世代代赖以为生的土地脱离开，工业革命最不为人注意却也是最严重的后果便是使人与自然分离。反工业文明的价值立场，使得浪漫派天然地持守与自然融合的思想主张。人与自然的关系历史性地成为浪漫主义文学中的一条红线，"返回自然"从卢梭开始便成为现代城市文明的解毒剂。"浪漫主义者几乎一直从哲学和道德的角度来看待自然。自然和自然状态下的生活，不仅是浪漫主义对 18 世纪晚期新出现的城市工业化生存状态产生失望的症结中心，自然也是一面镜子，浪漫主义者从中看到了造就人和物质世界的永恒的力量。"①在浪漫派作家看来，被城市文明遗弃的自然，不只是艺术创作的灵感源泉，更是一切意义的来源；先有自然的大地，然后有万物生长，哲学、科学、宗教、道德、艺术等无不师法自然。就此而言，"返回自然"，就是游子回到故土的家园，就是孩童投入母亲的怀抱。对浪漫主义者来说，"大自然是逃离充满缺陷、堕落的人类世界的最重要的庇护所"②。

浪漫主义者认定，想象力能够将人的主观意识和客观世界相连通。"一般说来，诗可以解作'想象的表现'；自有人类便有诗。"③他们往往喜欢将艺术创造能力从其汲取养分的现象世界中离析出来，作为某种奇异的天赋来崇拜。浪漫派作家总是将创造性想象力确定为自己工作的核心能力，而其作品的主观性也因此得以确立。想象，不仅是浪漫派作家创造力的来源与直觉的具体构成元素，而且是人与自然连接的纽带，是世界呈现为内心印象-感觉的核心环节。瓦肯罗德曾以达·芬奇为例指出：艺术

---

① 邓肯·希思：《浪漫主义》，李晖、贾倩译，生活·读书·新知三联书店 2019 年版，第 74 页。

② 大卫·布莱尼·布朗：《浪漫主义艺术》，马灿林译，湖南美术出版社 2019 年版，第 13 页。

③ 雪莱：《为诗辩护》，缪灵珠译，见刘若端编：《十九世纪英国诗人论诗》，人民文学出版社 1984 年版，第 119 页。

家的才智与力量“不是表现在平庸枯燥的临摹上，而是表现在不同寻常的丰富想象上，他的想象精彩奇异而漫无边际”①。“对某一事物由感觉产生的联想，往往会奇妙地放射出比理智的断言更明亮的光芒；在所谓更高一级认识能力的身旁静卧着我们灵魂中的魔镜，它往往更生动地向我们展示世间万物。”②

浪漫派不仅保留了基督教将自然视为上帝作品的观念，而且在此基础上将自然进一步阐发为上帝的语言；由此，人与自然、人与上天的交合与感应也就顺理成章。从浪漫派诗人的诗作中，不难找到直接通向波德莱尔作为象征主义理论基础的“感应论”的通道。在《午夜寒霜》中，柯勒律治对其还是婴儿的儿子说道：

> 你就会看到各种瑰丽的景象，
> 你就会听到各种明晰的音响，
> 这些都是上帝发出的永久语言，
> 他在永恒中取法于万物，而又
> 让万物取法于他。③

从理性的逻辑思维中抽离，浪漫派转向与感性生命联通的冥想顿悟，在一种出神的恍惚之中从生敬畏，使得宗教情感四处溅溢。凝视着自然，审视我自己的独特幻想，叩问我自己的心灵；在冥想与幻想中，灵魂豁然开朗——心儿参破了自然的奥秘。“诗人的语言主要是隐喻的，这就是

① 瓦肯罗德：《既有艺术造诣又学识渊博的画家典范》，见瓦肯罗德：《一个热爱艺术的修士的内心倾诉》，谷裕译，生活·读书·新知三联书店 2002 年版，第 32 页。

② 瓦肯罗德：《既有艺术造诣又学识渊博的画家典范》，见瓦肯罗德：《一个热爱艺术的修士的内心倾诉》，谷裕译，生活·读书·新知三联书店 2002 年版，第 41 页。

③ 转引自迈克尔·费伯：《牛津通识读本：浪漫主义》，翟红梅译，译林出版社 2019 年版，第 80 页。

说，它指明事物间那以前尚未被人领会的关系，并且使这领会永存不朽，直待表现这些关系的字句，经过时间的作用，变成了若干标识，但这些标识只代表思想的片段或种类，而不能绘出整部思想的全景。”①瓦肯罗德说：“自然就像上天透出来的不完整的神谕。”而诺瓦利斯将“自然”视为向人传递信息的“密语”。艾兴多夫宣称：“森林沉默，透出庄严的话语：这关乎品端、行正和爱意，还有诸多必须珍惜的东西。”②在很多浪漫派作家看来，“用心灵的眼睛来观看，这样才会更加明晰，而艺术是人与自然进行沟通的中介”③。通过自己心灵内部那上天赋予的“稚真目光”（Innocent Eye），艺术家成了洞悉世界的“通灵者”。

“浪漫派宣称上帝无处不在——不再仅仅是超越物质世界的超越性存在，上帝同样存在于自然和我们之中；抑或正是人的感情和思想才让上帝的存在变得完整。”④宇宙是一首上帝谱写的宏伟诗篇。依靠激情的融入而非理性的推演，真正的诗人才能够读懂自然的神奇密语，并经由此种密语与上帝沟通，他们的创作就是在向大众传达来自上帝或自然的讯息。在日益复杂、僵化的城市化生活中，物质越来越丰裕，精神却愈来愈贫瘠；人们普遍在精神上需要支援，诗人很大程度上代替了教士或神父的角色。事实上，艺术家的激情及其所包含着的天才之本质，是无法像谈论眼前的实物一样用语言直接道出的；于是富有创造性的艺术家形象开始染上神秘的色彩与神圣的色调。艺术家所表达的都是其心灵体验，而这体验则连通着作家本人的生活经历与生活环境；由是，浪漫主义的“自我表现”便

---

① 雪莱：《为诗辩护》，缪灵珠译，见刘若端编：《十九世纪英国诗人论诗》，人民文学出版社1984年版，第121页。

② Quoted in Michael Ferber: *Romanticism: A Very Short Introduction*, Oxford University Press, 2010, p. 69.

③ 大卫·布莱尼·布朗：《浪漫主义艺术》，马灿林译，湖南美术出版社2019年版，第132—133页。

④ Quoted in Michael Ferber: *Romanticism: A Very Short Introduction*, Oxford University Press, 2010, p. 54.

直接催生了无数“自传性人物”与“自传性作品”。拜伦的“拜伦式英雄”、夏多布里昂的勒内发端于一长串在暴走与流浪中纾解苦闷的“世纪儿”、瓦肯罗德笔下那个热爱艺术而不断在谦卑中沉思着“宽容与人性”的“修士”……均为浪漫派作家笔下堪称典范的“自传性人物”。而在 1805 年，华兹华斯完成了所有浪漫主义“自传性作品”中最富启示意义的长诗《序曲》，诗作追溯了作者自己在与自然对话过程中心灵的成长。沿着想象力的导引，华兹华斯将自我融入了自然；在他那里，人与自然的关系是宁静亲切的，——人在自然的怀抱中得到了其在现实社会中难以获得的心灵的安宁。《序曲》直接影响了其好友柯勒律治“自传性作品”《文学传记》的写作，后者研究并探讨了诗人想象力的神秘来源、内在机制及外在触发点。两位诗人的内省描述，共同彰显了浪漫主义的一个重要基点：既然世界的存在依赖于人的感知，那每个个体都拥有着一个属于自己的、独一无二的世界；而所谓诗人的“天才”不过是其拥有独特的“稚真目光”和能将自己的“通灵”发现并予以准确传达的天赋能力。

1895 年，在写给瑞典作家奥古斯特·斯特林堡的信中，保罗·高更慨叹，“文明使你痛苦不堪”，而“野蛮社会却让我返老还童”。[①] 就审美现代性运动的展开而言，对失落的天真和自由的追求，往往与一种将自己跟原始本能重新联系在一起的渴望紧密联系在一起，这也许正是卢梭“返回自然”命题的初衷与本意。浪漫主义艺术家开始重新审视和打量自然，并经由儿童或动物的自然冲动探触人的潜意识领域；与此同时，一种建立在对部落和非欧洲艺术效仿之基础之上的原始主义风格也开始出现。逃离工业革命所带来的物质世界、城市文明，对浪漫主义艺术家来说，“原始世界的诱惑同样是未知世界的诱惑。正如返回过去一样，它也指向一个新

① 转引自大卫·布莱尼·布朗：《浪漫主义艺术》，马灿林译，湖南美术出版社 2019 年版，第 399 页。

的艺术的未来，潜意识体验提供了一个从物质世界中逃离出来的机会，为我们回到一种被人遗忘的自然状态，提供了希望”①。1809 年，霍夫曼写道：“我通过一个放大镜来认识自己，围绕在我身边的所有形式都是其他的‘我本人’。”②浪漫主义的自我是一个内心深处充满了思想、激情、冲动等复杂要素的结构。在浪漫派作家那里，作为自我表现的艺术创作过程当然与人之内心深处的非理性力量息息相关。艺术作品，在很大程度上往往便是心灵躁动即无意识或潜意识冲动的产物。但当时他们并不知道如何称呼或界定这些神秘的冲动。在《序曲》中，华兹华斯就曾用“下灵魂”(Undersoul)或“下意识”(Underconscious)这样的表述来指称它们。此种新的认知有一个非常重要的推论：作为一种直接发自灵魂深处的抽象艺术形式，过去曾长时间被与神之启示联系在一起的音乐，现在开始被看作疯癫的表达，在浪漫主义戏剧许多与疯癫相关的场景中总有“会唱歌的疯子”出没；疯疯癫癫的音乐家在这一时期的小说中也是经常出现的人物。对于那些认为艺术创作本身可能包含着一种疯癫要素的浪漫派作家而言，人物精神错乱所表现的正是一种类似性亢奋的激动。醉生梦死与醉乡梦园、本能力量与超自然力、古老巫术与现代迷信、童言无忌与动物凶猛、疯子的痴狂与吸毒者的狂躁……所有这些都结伴步入艺术的前台。柯勒律治与托马斯·德·昆西是英国浪漫主义作家中两个最著名的鸦片吸食者。前者的《忽必烈汗》与后者的《一个鸦片吸食者的自白》，都与吸食鸦片后的精神错乱相关。也许正是吸食鸦片的体验使得柯勒律治对于“幻觉”(Fancy)和“想象力”(Imagination)做出了明确的区分：幻觉或幻想，总是反复无常让人误入歧途，而想象力则生机勃勃予人以灵感。而托马斯·德·昆西直称其写作《一个鸦片吸食者的自白》的目的在于“揭示

① 大卫·布莱尼·布朗：《浪漫主义艺术》，马灿林译，湖南美术出版社 2019 年版，第 399 页。

② 转引自大卫·布莱尼·布朗：《浪漫主义艺术》，马灿林译，湖南美术出版社 2019 年版，第 337 页。

潜在的属于梦境的某种宏大的东西”，包括“那种恍惚、深沉的白日梦，这都是鸦片能为人性做的贡献——把它推上巅峰”[①]。

人类“进步”的观念似乎被彻底颠倒了过来：自人类吃了智慧树上的果子以来，由于背离了内在的灵魂，人类反而因其获得的理性与知识而日益堕落下去。“诗人是一只夜莺，栖息在黑暗中，用美妙的歌喉歌唱来慰藉自己的寂寞。”[②]浪漫派作家认为只有在蛮荒状态中，或者当其在他们身上引起模糊的恐怖感的时候，自然才是最美的。[③] 德国浪漫主义正是这样用动态的方式来表现人与自然的关系的：德国浪漫派作家蒂克发明了浪漫主义的月光风景，他笔下的“森林的孤寂”“月色皎洁的魔夜”正是风景和光影的变化所反映出来的人与自然的互动关系。德国浪漫派对风景，尤其是对原始森林的诗意想象，以其丰富的变化和怪诞、诡谲的情绪，充分展现了浪漫主义自然观所提倡的自然的能动性。勃兰兑斯指出：“德国旧日的浪漫主义者到了夜晚才能真正体会到自然的精妙所在，才能真正感受到人与自然的和谐，他们并不关注自然本身，而是沉浸在个人对自然的印象之中，感到‘忧郁而又无限的幸福’，乃至‘忘却了自己的目标’。”[④]很大程度上，浪漫主义中的废墟和荒原意象与黑夜和死亡的意象是同构的。经由自由想象所达成的崇高既然可以穿透废墟，俯视荒原，当然也就可以洞悉黑夜，超越死亡。“群山、深渊和荒野，与启蒙主义的思想原则截然相悖。在启蒙主义看来，宇宙井然有序，它来自神圣的‘上帝钟

---

① 转引自蒂莫西·C. W. 布莱宁：《浪漫主义革命：缔造现代世界的人文运动》，袁子奇译，中信出版社 2017 年版，第 95 页。

② 雪莱：《为诗辩护》，缪灵珠译，见刘若端编：《十九世纪英国诗人论诗》，人民文学出版社 1984 年版，第 127 页。

③ 勃兰兑斯：《十九世纪文学主流》（第二分册），刘半九译，人民文学出版社 1997 年版，第 127 页

④ 勃兰兑斯：《十九世纪文学主流》（第二分册），刘半九译，人民文学出版社 1997 年版，第 127 页。

表匠'之手。"[1]而浪漫派则在废墟与荒原中发现了某种充满悖论的吸引力,用阿尔尼姆的话来说就是——它们唤起了"一种无常的独特感受,这一点颇受那些厌倦了现实的忧郁灵魂的欢迎"[2]。

第三节 "艺术":"为艺术而艺术"

以影响他人并为他者服务为目的,这是多少世纪以来文学艺术的决定性特征;而在浪漫主义时代,瓦肯罗德、戈蒂耶等浪漫派作家却开始将诗与雄辩术区别开来,标举艺术的自足地位和天才的灵感与创造,倡导"为艺术而艺术"。伴随着美学从关于真与善的科学中剥离出来,浪漫派成功确立了艺术自由的观念。艺术自由大大解放了艺术家的生产力与创造力,浪漫主义因此注定演进成一场最深刻的文学革命。浪漫诗学以及浪漫派的文类创新,均从不同的向度揭示了浪漫主义的"革命性"。浪漫派制造了诗人被冷酷无情的社会和庸众所毁灭的悲情传说;将艺术自由发挥到极致的唯美主义作家群的出现,标志着纯文学与通俗文学、精英文化与大众文化的分裂在浪漫主义时代已初现端倪。

一

德国启蒙运动力量薄弱,持续时间较短,工业革命启动甚为迟缓,因而也就不存在一个在政治方面发挥着领导作用的资产阶级。接收到时代巨变的讯息,德国知识分子只能开辟出一条通往文学-文化变革的道路。德国的浪漫主义革命由一些互不往来的知识分子(大学教师、军医、盐务

---

① 邓肯·希思:《浪漫主义》,李晖、贾倩译,生活·读书·新知三联书店2019年版,第18页。

② 转引自大卫·布莱尼·布朗:《浪漫主义艺术》,马灿林译,湖南美术出版社2019年版,第230页。

官和法庭书记等)发起并完成。“这些人既反对封建主义,又反对中产阶级的理想。比起英法两国来,德国式浪漫主义更是这样一种知识分子的运动。德国的知识分子解开了他们阶级的锁链,因而特别热心创造出一种远离普通现实,远离一般社会关系的文学。”①

席勒在其著名的《审美教育书简》中指出,个体和国家只有经由调和克服了两者之间“感性冲动”与“形式冲动”的内在冲突,才能得到自由的生活与平等的共和国;而此种调和即所谓文化的根本使命。作为一种将两者调和起来的“统一冲动”,“游戏冲动”乃一种脱离了需求或义务的审美本能。席勒认为,艺术在审美活动中绝非可有可无的边缘化活动,它是人类存在的核心:“人类只有在完全实现了‘人’的意义时才会游戏,而且人只有在游戏的时候才是完整意义上的人。”②受席勒“游戏说”影响的德国早期浪漫派,很早便对艺术在个人和集体精神成长中之重大作用做出了阐释:“美自身就能给整个世界带来幸福,而每一个生命都会因为美的魅惑而忘却自身的有限性。”③在席勒与康德那里,文学作为自由艺术的“游戏”功能得到了明确,但对他们而言,艺术的彼岸还端立着表情严峻的道德,说破天——作为艺术的文学也仅是人趋近道德成为道德人的一种审美教育。文学依然没有彻底摆脱对人进行教育的工具属性。“一旦教育,特别是道德教育,成为文学的主要目标,就再也不会有文学天才了。”④接受了席勒与康德“自由艺术”的思想,浪漫派进一步高标艺术自由。浪漫派作家普遍认为,文学作为艺术不再是实现任何其他目的的工

① 韦勒克:《文学史上浪漫主义的概念》,见韦勒克:《批评的诸种概念》,丁泓、余徵译,四川文艺出版社 1988 年版,第 160—161 页。

② T. J. Reed: *Schiller*, Oxford University Press, 1991, pp. 68-69.

③ Quoted in Michael Ferber: *Romanticism: A Very Short Introduction*, Oxford University Press, 2010, p. 20.

④ 转引自范大灿:《解读〈一个热爱艺术的修士的内心倾诉〉——代译序》,见瓦肯罗德:《一个热爱艺术的修士的内心倾诉》,谷裕译,生活·读书·新知三联书店 2002 年版,第 20 页。

具——不管是教育还是娱乐，它是一种独立自足的存在，自身便足以为其存在提供意义与价值。在德国浪漫派先哲瓦肯罗德看来，正是因为免去了具体的功利用处，艺术才具有了永恒的价值；庄严伟大的艺术家的作品与那些实用的物品或通俗的文化消费品截然不同——

> 精美的绘画不同于教科书中的条文：我费一时之力掌握条文的意思后，就可以把它看作无用的外壳，弃之身后；非凡的艺术作品则不同，它带给人的享受是持续的、永不磨灭的。我们常常以为早已透彻地理解了它们，而事实上，它们却总是不断点燃我们新的感受，我们心灵的感悟永无止境。艺术作品中燃烧着永恒的生命之火，它永远不会从我们的眼前消逝。①

事实上，早在18世纪末，“为艺术而艺术”的观念在瓦肯罗德那里便趋于成熟——

> 艺术的精神对于人类是一个永恒的谜，人们尚无法探明其中的奥秘。——正如世上所有伟大的事物，艺术的精神也将永远令人叹为观止。②

> 艺术家应该只为自己而存在，只为自己灵魂的崇高和伟大而存在，只为自己的知音而存在。③

---

① 瓦肯罗德：《人们到底应该如何观赏世间伟大艺术家的作品并以之愉悦心灵》，见瓦肯罗德：《一个热爱艺术的修士的内心倾诉》，谷裕译，生活·读书·新知三联书店2002年版，第81页。

② 瓦肯罗德：《音乐家约瑟夫·伯格灵耐人寻味的音乐生涯》，见瓦肯罗德：《一个热爱艺术的修士的内心倾诉》，谷裕译，生活·读书·新知三联书店2002年版，第142页。

③ 瓦肯罗德：《音乐家约瑟夫·伯格灵耐人寻味的音乐生涯》，见瓦肯罗德：《一个热爱艺术的修士的内心倾诉》，谷裕译，生活·读书·新知三联书店2002年版，第139页。

作为精神绝对自由的象征，文学使得“有限”的人渴慕和张望“无限”成为可能。在“有限”中追求“无限”，用“诗化”来赋予平庸乏味的人生以瑰丽的色彩，并通过各种文体（韵文与散文等）乃至各种文化部类（哲学、神学等）的整合与融汇来拯救被工业革命与现代社会所区隔和肢解了的人生碎片，最终在艺术中找回人的整体感与自由品格。只有在文学艺术“游戏”活动的自由中，备受现实规训与扭曲的个体才能逃离诸般现实规则与利益的束缚，找回在现实中迷失了的自我。在仿用中世纪德国绘画大师阿尔布莱希特·丢勒的一位徒弟写给朋友的信中，蒂克声言：“世间只因有了艺术才变为一个美好可爱的栖居之地。”①个体自由意识的高涨，乃“为艺术而艺术”的观念形成并得以传播的重要前提。而“为艺术而艺术”这个口号的提出和“为艺术而艺术”作家群的确立，不仅是浪漫主义文艺运动中引人注目的现象，而且是这一运动的重大成就。

浪漫派“为艺术而艺术”作家群中最有代表性的两位作家是英国的济慈和法国的戈蒂耶。济慈比戈蒂耶更早地在创作中表现出了这种艺术倾向，而戈蒂耶则在创作与理论两个方面对“为艺术而艺术”做出了系统的明确的阐述。1832 年，戈蒂耶在给自己的诗歌集《阿尔贝丢斯》所写的序言中首次对艺术至上的思想做了系统的表述；1835 年在为其小说《莫班小姐》所作的序言中，他又进一步阐述了这一思想：“我无意贬低鞋匠这一崇高的职业，就像我无意贬低什么立宪君主制；但我不得不坦白——我宁愿让我的鞋子张着口也不愿诗不押韵。对我而言，没有鞋匠不要紧，但不

① 蒂克：《一位身居罗马的年轻的国画家致其纽伦堡朋友的一封信》，见瓦肯罗德：《一个热爱艺术的修士的内心倾诉》，谷裕译，生活·读书·新知三联书店 2002 年版，第 93 页。

能没有诗人。"①"在我看来,文明人最得体的职业便是无所事事。"②

同宗教倾向比较浓重的作家群和在政治上比较激进的作家群比较,在浪漫主义时代,"为艺术而艺术"这个作家群或许还不是一个非常庞大的作家集体,但它的出现却是西方文学史上一个具有划时代意义的重大事件。在浪漫主义运动后期出现的这个作家群在西方文学发展的历史上起着承先启后的作用。如果忽视了这个作家群在这一时期的存在,那么19世纪中后期以及20世纪的诸多重大文学现象便无从解释。浪漫主义时期"为艺术而艺术"这个作家群的重要成员还有法国的缪塞、波德莱尔,美国的爱伦·坡;德国的瓦肯罗德、施莱格尔兄弟、诺瓦利斯、蒂克等几乎所有的早期浪漫主义作家和中期浪漫主义作家,在属于宗教倾向比较鲜明的那个作家群的同时,也常被看作属于"为艺术而艺术"这个作家群的作家。在他们的创作中,宗教倾向和"为艺术而艺术"的倾向同样突出;他们创作中的宗教情结和宗教精神并不是世俗意义上的那种宗教,而是一种艺术化了的、神秘的风格意义上的东西。

从根本上说,"为艺术而艺术"作家群的出现乃浪漫主义文学思潮的一个必然结果。众所周知,作为一个文学思潮,一场文学运动,浪漫主义极力推崇的是个体的自由情感。在开始的时候,浪漫主义作家惯于用此来对极端膨胀的理性进行反拨,反对科学技术和工业化所带来的功利化和机械化的人生态度与思维模式。从浪漫主义这样的根本主张来说,浪漫主义思潮内部本身就蕴含着一种艺术观念的革命性的变革,它一开始就具有一种"为艺术而艺术"的倾向。

浪漫主义在德国产生的时候,德国浪漫主义作家的艺术观念中就蕴

---

① 泰奥菲尔·戈蒂耶:《〈莫班小姐〉序言》,见泰奥菲尔·戈蒂耶:《莫班小姐》,黄胜强等译,中国社会科学出版社2013年版,第19页。(译文有改动,引者注。)

② 泰奥菲尔·戈蒂耶:《〈莫班小姐〉序言》,见泰奥菲尔·戈蒂耶:《莫班小姐》,黄胜强等译,中国社会科学出版社2013年版,第21页。(译文有改动,引者注。)

含着一种“为艺术而艺术”的倾向。在浪漫主义者看来，只有艺术和诗及其元素和器官想象力才是唯一本质的、有生命的东西，而其余的一切，生活和现实不过是平庸的散文，一股混沌纷乱喧嚣的浊流，毫无意义可言。既然艺术成了一种唯一本质的、有生命的东西，文学艺术就需要自由地想象，自由地书写情感，通过在作品中确立一种自由的个性而实现人生的无限和自由，艺术本身也就由此成了一个终极的目的。因此，艺术和诗的任务便不再在于维护自由平等的权利，不再在于能反抗外部环境的污浊和暴虐，而在于使自己更成为自己，用完善的自身去摆脱、对抗生活的散文。质言之，德国浪漫派作家不但最先进行了浪漫主义文学运动，而且他们的浪漫精神最本真、最深沉；从一开始，他们独特的文艺思想当中便含有一些惊世骇俗的、革命性的文学质素。尽管一开始就具有“为艺术而艺术”的倾向，但德国浪漫派作家在当时（浪漫派运动的早期）并没有直接明确地提出“为艺术而艺术”这个口号。作为一个文学运动，浪漫主义开始的时候将力量更多地集中在“破”，而没放到“立”。所谓“破”，是指破除古典主义，本质上是对那种极端膨胀的理性进行反抗，在反对理性中张扬个体的人的感性生命。随着浪漫主义文艺运动的深入，在感性对理性进行反拨的过程中，浪漫派愈来愈清晰地意识到了一个问题——在浪漫主义文学大力张扬人的感性生命、大力推崇自由的时候，究竟该如何看待、处理艺术在现实社会生活中的地位和作用？对于这一问题在理论上的重新审视与解决，关乎浪漫主义作家在打碎了古典主义理念之后能否使一种新的文学观念得到确立。

传统的文学受着现实的种种制约，有时候这种制约是宗教，有时候这种制约是政治，而在宗教和政治之外，还有道德和习俗的制约。在文学史上，作家们往往要承受这样的诘问和攻击：你的作品违反教义，你的作品与政治背离，你的作品有伤风化、违反道德……而在浪漫主义时代，这种将文学艺术简单化、庸俗化、功利化的观念和态度依然存在；这些东西，跟浪漫主义作家对自由个性、自由想象、自由情感的追求和张扬显然是矛盾的。因此，在浪漫主义运动的后期，在对极端理性的反拨告一段落之后，作家们愈来愈强烈地感受到了这样一个问题，那就是艺术功利主义倾向对他们的束缚与限制。正是在这一时刻，在那些把艺术视为最高真实、唯一真实的浪漫主义作家意识到功利主义的艺术观是浪漫主义自由艺术的主要敌人的时候，他们便毫不犹豫地打出了一面崭新的艺术旗帜，上面赫然写着这样的大字——“为艺术而艺术”。因此，我们说，“为艺术而艺术”这个口号的提出，从根本上来说是浪漫主义运动向纵深发展的时候，作家们对自由的个性、自由的情感、自由的想象的要求和传统的功利主义艺术观相碰撞的结果。当后期浪漫派作家开始明确地把功利主义的艺术观和艺术倾向当作自己自由艺术的首要敌人的时候，当他们因此提出“为艺术而艺术”这一口号的时候，他们事实上是宣告了艺术的独立。艺术的独立这一观念的确立，是西方文学艺术发展史上的一个伟大的转折点；正是从这个时候开始，西方文学进入了其现代文学的新阶段。的确，浪漫主义革命乃西方现代历史上最激动人心、最有创造力的历史转型期之重要组成部分。如果说，18 世纪后期首先发端于英国的工业革命，使得西方社会在经济层面以告别农业文明进入工业文明的方式开启了真正的“现代时期”，如果说 1789 年在法国爆发的政治大革命，使得西方社会在政治层面上以告别专制制度一进入宪政民主的方式开启了真正的“现代时期”，那么，我们就必须承认：在康德哲学革命的基础上，18 世纪末首先发端于德国的浪漫主义文学革命，的确开启了西方现代文学的大门。

艺术家社会地位的新变化使他们获得了更大的自由度。艺术的独立是以艺术家社会地位相对独立的实现为前提的。在浪漫主义中后期，随着社会秩序重建的基本完成，在新的资本主义社会中作家作为艺术家初步获得了这种独立性。在艺术家和官方的关系上，艺术家在很大程度上由官方体制的附庸和奴仆变成了自己的主人。在古老的年代里，作家和艺术家往往是宫廷的达官贵人或是宫廷教会豢养的奴仆；如今，作家和艺术家基本从这种境况当中解脱了出来——他们似乎成了社会的边缘人，不再受人豢养了，所以也就常常遭受贫穷的厄运甚或潦倒不堪。但贫穷潦倒换来了个人思想的自由，而思想自由恰恰是艺术创作的真正的源泉。谈到浪漫派作家的特质，勃兰兑斯称："在古老的年代里，诗人是宫廷的达官贵人，像拉辛和莫里哀；或者是社会名流，像伏尔泰；或者简直不过是个普通的有体面的市民，像拉封丹。如今，他变成了为社会所忽视的前生子，人类崇高的传教士，尽管因为贫穷而为人唾弃，然而却有星光照亮的前额和火焰般灼人的舌头。……他宁愿挨饿而死，也不愿用庸俗的作品贬低他的诗神的地位……"①

在古代，作家的生平往往模糊不清，难以引起人们的注意。但在明确声称艺术不是外在世界的再现而是创作主体内心的表现之后，浪漫主义突出了作为艺术家的作家的地位。在深入思考"何谓艺术"这一问题的同时，"诗人何为"也成了浪漫主义运动展开过程中的一个焦点问题。"他们思考成为一名艺术家意味着什么，与他们对艺术本身的思考一样多。"②"此前的艺术家从未把自己这样强烈地放在作品体验的中心位置，从未有艺术家如此坚持个人诠释的独特性以及不惜一切代价将其表达出来的使命；同样，从未有艺术家对自己的作品是否受到别人的喜欢或理解如此不屑一顾。"③浪漫主义将诗人艺术家与激情洋溢的、自由的天才概念联系在一起。人们开始对天才顶礼膜拜；随之发生的便是"原创性"(Originality)成了浪漫主义创作的金科玉律。最早、最有影响力的说法来自英国的爱德华·扬格，在其写于1759年的《对原创性作品的猜想》一

① 勃兰兑斯：《十九世纪文学主流》(第五分册)，李宗杰译，人民文学出版社2009年版，第16—17页。

② 大卫·布莱尼·布朗：《浪漫主义艺术》，马灿林译，湖南美术出版社2019年版，第19页。

③ 大卫·布莱尼·布朗：《浪漫主义艺术》，马灿林译，湖南美术出版社2019年版，第21页。

文中,他将“原创之作”与“模仿之作”做了区分:“原创是最美的花朵;模仿之作成长得更快,但是花开得却黯淡。”扬格还尤其喜欢比较“学问”与“天赋”:“我们感谢学问,而敬重天赋;学问带来快乐,天赋带来狂喜;学问使人充盈,天赋使人灵光;学问来自人,天赋来自天堂;学问让我们超越卑贱与无知,天赋让我们超越博学和礼数;学问是借来的知识,天赋是内生的知识,是我们自己的。”“一个天赋之不同于一个好的理解力,正如一个魔法师不同于一个好的建筑师:前者用无形的手段立起他的大厦,后者则需要依赖对普通工具的熟练使用。因此,天才一直分享着某种神性。”由是,“规则‘就像拐杖,是瘸子才需要的辅助,却是强者的羁绊。荷马就丢掉了拐杖’”。换言之,“规则”之于“天才”毫无用处。① 差不多同时,德国的哈曼在《苏格拉底回忆录》中自问自答:是什么让荷马不顾规则,让莎士比亚摒弃规则?——是“天赋”;天赋勾连着原创性与激情:“激情给你去往抽象和猜想的手、脚与翅膀,为图像和符号赋予灵魂、生命与语言。”②“对天才而言,规则比榜样还要有害。”③

在瓦肯罗德看来,作为来自心灵的纯粹的启示,艺术不是任何其他东西的工具;享有绝对自由的艺术家,应该不受任何心灵之外的东西的羁绊——尤其是要破除各种既定观念的牵绊,完全听凭自我情感的驱使。心灵情感的自由流溢,而非理性观念的逻辑演绎,第一次被明确为艺术创作的核心。“诗人和艺术家的激情自古以来就是世人争论的焦点。……所谓的学者或理论家无非借助道听途说去描述艺术家的激情,沾沾自喜于为之找到了某些用虚荣的、俗不可耐的哲理编造出来的措辞,而实际上

---

① 转引自蒂莫西·C. W. 布莱宁:《浪漫主义革命:缔造现代世界的人文运动》,袁子奇译,中信出版社 2017 年版,第 30 页

② 转引自蒂莫西·C. W. 布莱宁:《浪漫主义革命:缔造现代世界的人文运动》,袁子奇译,中信出版社 2017 年版,第 31 页

③ Paul Frankl: *The Gothic: Literary Sources and Interpretations Through Eight Centuries*, Princeton University Press, 1960, p. 417.

却对这种激情的实质和意义一无所知。——艺术家激情的本质是无法用语言来描述的,而那些人谈论它就像谈论眼前的实物;他们解释它,喋喋不休地讲述它;其实,他们本该羞于谈及这个字眼,因为他们不知自己所云。”[①]“艺术不是可以学习和传授的,人们只需将其激情稍引上路,为它确定好方向,它便会从人的灵魂中喷薄而出。”[②]“人们企图通过贫乏可怜的模仿和绞尽脑汁的汇集,硬性创造出本不具有的天才,最后的结果只能是冰冷的、乏味的和毫无个性的作品。”[③]

在18、19世纪之交,宇宙的秩序已经不再被想象为一种无限的静态多样性,而是被想象为一种多样化程度不断增加的过程。“机械论”世界观正迅速为“有机论”所置换,“进化论”的思想也随之萌芽并开始渐次成型。自然持续不断的趋势是产生新的种类;而且个体的命运是在一种持续的自我超越之中,经过所有形式的螺旋线而攀升。存在之链被时间化了,上帝作为永无休止的创造者的观念不断得到重申与强调。而作为主体的艺术家则是秉有“创造力”的“天才”,并效仿上帝进行创造。[④] 1800年左右,“天才”一词从特指“一种品质”进一步引申为“具有这一品质的人”。“拥有天才”只是说一个人禀赋优异,“是个天才”则是说一个人乃异于凡俗之辈的超人。“天才”内涵的这种演化,与同时发生的“欧洲社会的世俗化”与“欧洲文化的神圣化”之双向运动的历史语境相关涉。在理性主义日甚一日的冲击之下,18世纪的欧洲见证了传统“信仰社会”的瓦解进程——基督教教义捉襟见肘,教会及其牧师群体的影响力锐减。在理

① 瓦肯罗德:《拉斐尔的显现》,见瓦肯罗德:《一个热爱艺术的修士的内心倾诉》,谷裕译,生活·读书·新知三联书店2002年版,第3页。

② 瓦肯罗德:《既有艺术造诣又学识渊博的画家典范》,见瓦肯罗德:《一个热爱艺术的修士的内心倾诉》,谷裕译,生活·读书·新知三联书店2002年版,第32页。

③ 瓦肯罗德:《缅怀我们德高望重的鼻祖阿尔布莱希特·丢勒》,见瓦肯罗德:《一个热爱艺术的修士的内心倾诉》,谷裕译,生活·读书·新知三联书店2002年版,第61页。

④ A.O.洛夫乔伊:《存在巨链》,张传有、高秉江译,商务印书馆2015年版,第399—400页。

性不断拓展文化空间的同时，宗教收缩所留下的一片理性无法填充的超验空间，为艺术的兴盛以及天才崇拜提供了巨大的可能。诺瓦利斯称“不论是谁，如果在这个世界上感觉不快乐，找不到他所追求的，那么就让他进入书、艺术和自然的世界吧。这个永恒的领域既是古老的，又是现代的，就让他在这个神秘教堂里吧，这个教堂属于一个更好的世界。那里，他一定会找到一位爱人、一位挚友、一方故土，以及一位真神”①。而济慈在《恩底弥翁》的开头写道：“凡美的事情就是永恒的喜悦；它的美与日俱增；它永不湮灭，它永不消亡；它永远为我们保留着一处幽亭，让我们安眠，充满了美梦、健康和宁静的呼吸。”②在瓦肯罗德看来，“诗人身上永远有一团不可熄灭的诗情的火焰在燃烧，他们不仅停留在各种伟大和超凡的思想上，同时也运用其技艺中有形的和可感知的工具，即运用言辞和词语，将这些思想中的势不可当、大胆超凡之处表现出来”③。蒂克认为，艺术家作为“魔术师”，“可以用他的呼吸给那些无生命的东西附着上生命，使它们变得活灵活现”④。“世间和天上的太阳，它们的光彩来自我的照耀”⑤而这用浪漫派先哲弗·施莱格尔话来说则是：“艺术家的任务不是去简单地模仿自然的作品，而是去模仿自然的创生方式，通过像它所做的那样以无终止的丰富性和多样性，而成为宇宙精神的一部分。”⑥

---

① 转引自蒂莫西·C. W. 布莱宁：《浪漫主义革命：缔造现代世界的人文运动》，袁子奇译，中信出版社 2017 年版，第 45 页。

② 转引自蒂莫西·C. W. 布莱宁：《浪漫主义革命：缔造现代世界的人文运动》，袁子奇译，中信出版社 2017 年版，第 45 页。

③ 瓦肯罗德：《米开朗琪罗·波纳罗蒂的伟大》，见瓦肯罗德：《一个热爱艺术的修士的内心倾诉》，谷裕译，生活·读书·新知三联书店 2002 年版，第 77 页。

④ 蒂克：《一位身居罗马的年轻的国画家致其纽伦堡朋友的一封信》，见瓦肯罗德：《一个热爱艺术的修士的内心倾诉》，谷裕译，生活·读书·新知三联书店 2002 年版，第 81 页。

⑤ 蒂克：《一位身居罗马的年轻的国画家致其纽伦堡朋友的一封信》，见瓦肯罗德：《一个热爱艺术的修士的内心倾诉》，谷裕译，生活·读书·新知三联书店 2002 年版，第 82 页。

⑥ A. O. 洛夫乔伊：《存在巨链》，张传有、高秉江译，商务印书馆 2015 年版，第 409—410 页。

二

“为艺术而艺术”,乃唯美主义的理论纲领。唯美主义的要旨,首先在于倡扬艺术的独立性,否定艺术具有政治、道德、认识等任何功利目的,认为一切有用的东西都与美无涉,都是丑的。其次在于强调艺术的纯粹性,唯美主义认为艺术“旨在求美”,所以“为艺术而艺术”实质上是为美而艺术。作为总体艺术观念形态的唯美主义,其形成过程复杂而又漫长:其基本的话语范式奠基于18世纪德国的古典哲学,其最初的文学表达形成于19世纪初叶法国浪漫主义作家的作品中,其普及性传播的高潮则在19世纪后期的英国颓废派作家那里达成。唯美主义艺术观念之形成和发展在时空上的这种巨大跨度,向人们揭示了其本身的复杂性。

如果愿意,像对待所有观念一样,人们完全可以将“为艺术而艺术”的观念萌芽一直上溯到西方文化的源头——古代希腊。但毋庸置疑,这一观念的直接理论渊源却是德国古典哲学。随着美学在德国古典哲学中越来越成为一个独立建构的哲学知识领域,唯美主义之艺术自律的观念开始形成。从18世纪末首先在德国开始流行的这一观念——将艺术活动理解为某种不同于其他一切活动的活动——开始,各种艺术被从日常生活的语境中抽离出来,被设想为某种可被当作一个整体对待的东西。作为一个无目的创造和无利害快感的王国,这一整体与社会生活形成了鲜明的对比。其间,康德与席勒“审美不涉利害”“审美不涉概念”“审美只涉形式”等美学创见无疑起了关键性的作用。

康德在《判断力批判》中对审美活动的论述视域更开阔,思维也更系统——其对审美活动的界定被置于将人之心理功能划分为知、情、意三个方面的宏大理论框架之中。“知”就是认知功能,它的活动空间是知识的区域;“意”就是意志的功能,它的活动空间是道德与伦理的区域;“情”就是情感功能,审美就是其活动的区域之一。康德划分审美活动边界的逻辑便从此而起。他认为审美判断不同于认知活动。认知活动是一种定性判断，它的对象是事物的客观属性，其结果是获得概念知识；而审美活动属于反思判断，它只涉及事物的形式而不涉及其内容意义，其结果仅仅是一种主观的情感。与之相似，康德还进一步把审美活动与功利性活动划分开来。康德认为，审美活动是一种只涉及事物形式的静观行为，而功利性活动则是一种关乎事物的具体存在的实践行为。概而言之，康德认为：审美活动既不涉及事物的具体存在，也不涉及具体的实践行为；所以它既不是一种认知活动，也不同于功利的以及道德的活动，而仅仅是一种只涉及事物的形式、主观的情感的静观活动。这样，康德就从审美论的角度在人的总体活动这一层面上把审美活动与其他活动分割了开来，从而确立了其独立的界域。值得强调的是，康德无论是从审美论角度还是从创作论角度去确定审美活动的独立区域时，都是把审美活动与其他活动并置于同一个层面之上。另外，康德还强调审美活动中理性因素的参与作用。康德称："艺术甚至也和手艺不同：前者叫作自由的艺术，后者也可以叫作雇佣的艺术。我们把前者看作好像它只能作为游戏，即一种本身就使人快适的事情而得出合乎目的的结果（做成功）；而后者却是这样，即它能够作为劳动、即一种本身并不快适（很辛苦）而只是通过它的结果（如报酬）吸引人的事情，因而强制性地加之于人。"①

很明显，康德在这里强调的仅仅是人的艺术活动区别于人的经济、物质性行为的自由性品格，从而将美以及艺术与人类的个体精神自由连接了起来，并没有完全否认其含有认知以及其他主观意识性因素。主体的自由在康德以及席勒的美学体系当中主要是指一种人的各种心理因素的和谐状态。而到了极端唯美主义者那里，这种自由却进一步演进成一种拒绝接受甚至拒绝承认世界存在的"纯粹意志"的"绝对自由"：经由"纯粹

① 康德：《判断力批判》，邓晓芒译，人民出版社 2002 年版，第 147 页。

意志”，他们否定了艺术活动过程中极其重要的认知性心理因素；经由“绝对自由”，他们事实上割断了艺术活动与生命活动整体以及作为生命存在基本方式的“共在世界”之间的关系。

“在让艺术成为独立领域这一点上，康德与浪漫派异曲同工。在这位科尼斯堡的智者看来，美不是像古典主义所宣称的那样是一个客体，它存在于观看者的心目中。我们认为什么是美的，其判断标准存在于我们的精神中。它是我们的思想素质的一个既定部分或者说先验部分。”①把康德对于人的审美活动特殊性的界定完全移植于文学艺术领域，并创造出“为艺术而艺术”理论，一般认为这基本上是素来喜欢趋新求异的法国作家及批评家的发明。但关于究竟是谁首创了“为艺术而艺术”(Art for Art's Sake)这种说法，学界一直众说纷纭。英国学者布莱宁在《浪漫主义革命》中称最可能的人选应该是英国的亨利·克拉博·罗宾森。作为一名思想活跃的英国的不信奉国教者，罗宾森旅居德国地区很多年，同包括歌德、席勒和施莱格尔兄弟在内的德国知识界人士交流甚深。1804 年初，法国自由主义思想家与浪漫主义作家邦雅曼·贡斯当在魏玛曾拜访过罗宾森，同年 2 月 10 日他在私人日记中有如下记载：“我和罗宾森进行了一番谈话，他是谢林的学生。他对康德《美学》的研究中有不少激动人心的观点。为了艺术而艺术，没有别的目的，因为任何形式的目的都是对艺术本质的背离(Dénature)。”②也就是说，“为艺术而艺术”本是一个基于康德美学的德国观念，被一个聪敏异常的英国人变成了一句口号，又被一个敏锐博学的法国人记录下来，并首先在法国广泛传播。其间，法国哲学家维克多·库赞用“为艺术而艺术”这个口号做了一系列讲座，后来由

① 罗兰·斯特龙伯格：《西方现代思想史》，刘北成、赵国新译，中央编译出版社 2005 年版，第 222 页。

② 转引自蒂莫西·C. W. 布莱宁：《浪漫主义革命：缔造现代世界的人文运动》，袁子奇译，中信出版社 2017 年版，第 55 页。

他自己编辑成书的演讲稿《论真、善、美》出版。“除了提供愉悦与功用，艺术不再能为宗教或道德服务……必须为了宗教而宗教，为了道德而道德，为了艺术而艺术……让我们接纳这一观念：艺术本身就是一种宗教。上帝通过真、善、美来向我们揭示他自身。”①1830年法国七月革命过后，戈蒂耶坚决否定任何关于艺术应发挥政治作用的观点：“艺术既不是红色也不是白色的，更不是三色旗的颜色；只有当流弹打破工作室玻璃的时候，它才意识到革命的发生。”一首诗只能服务于美，因为“当一件事物开始有用处时，它就不再美了”②。

“浪漫主义运动的特征总的说来是用审美的标准代替功利的标准。”③除戈蒂耶等个别作家之外，对绝大多数的浪漫主义者而言，文学自律观念是隐含在他们的文论当中的——强调天才、想象、情感、独创，这本身就暗含了对文学独立性的认同。浪漫派“为艺术而艺术”的作家群大都艺术天赋极高。雪莱就曾把济慈称为“诗人中的诗人”，把他的诗作称为“露珠培育出来的鲜花”，19世纪英国诗人和评论家史文朋把戈蒂耶的作品称为“美的金书”，而勃兰兑斯则说缪塞的作品仿佛像写在花瓣上那样纤巧工丽。一种纯粹的对美的追求和具体创作中那种纤巧工丽的艺术风格构成了这个作家群在创作上的特点，唯美主义由此而获得确立。

在摒弃了政治、宗教和道德这些异己的力量之后，“为艺术而艺术”的作家有了一种新的艺术架构：经由直觉和想象，个体的感性生命中那种鲜活的美感成了他们的作品所大力弘扬的唯一内容，而与此同时，他们也开始前所未有地重视对形式美的营造。在他们看来，美才是真正艺术的唯

---

① 转引自蒂莫西·C. W. 布莱宁：《浪漫主义革命：缔造现代世界的人文运动》，袁子奇译，中信出版社2017年版，第55页。

② 转引自蒂莫西·C. W. 布莱宁：《浪漫主义革命：缔造现代世界的人文运动》，袁子奇译，中信出版社2017年版，第56页。

③ 罗素：《西方哲学史》（下卷），马元德译，商务印书馆2002年版，第216页。

一命运。用济慈的话来说就是:对于一个伟大的诗人来说,美感足以压倒一切其他考虑,或者说取消所有的考虑。什么是美?济慈明确地说"美即是真"。可什么是真呢?济慈又说,想象所见的美即是真。他说:"我只确信心灵的爱将是神圣的,想象是真实的——想象所攫取的美也是真实的——不论它以前存在过没有——因为我认为我们的一切激情与爱情一样,在它们的崇高境界里,都能创造出本质的美。"[①]"为艺术而艺术"的作家不但极力推崇想象,而且重视感觉印象甚至直觉。戈蒂耶认为,作为一个艺术家,他最需要的是生活的印象,而不是生活本身,因为生活本身太丑恶了。戈蒂耶是这么说,也是这么做的。他天生有一种用语言再现任何感官印象的特殊禀赋。他第一个以美丽堂皇的风格指出,莱辛在《拉奥孔》中阐发的学说并不是全部真理,因为他本人描写了许多莱辛认为无法指示的东西。在戈蒂耶的诗歌创作中,没有他不能用语言描写的东西——女性的美,城市的风光,甚至一道菜肴的味道,或者说话的声音,他对一切都得心应手,涉笔成趣。和他同时代的法国批评家圣伯夫对他这种天才,不得不发出这样的赞叹:"自从有了戈蒂耶,法国语言中就再也不存在'不可表达'这个单词了。"[②]

在剔除了政治、道德和宗教的异己因素之后,"为艺术而艺术"的作家在作品中所抒写的主要内容便只能是感觉中和想象中的大自然的美丽以及爱情的美丽;而不管是在感觉中还是想象中,一个人要体验到大自然的美和爱情的美,他都必须拥有一种作为个体的人的感性生命力。因而,"为艺术而艺术"的作家便都是歌颂大自然、爱情和生命力的歌手。用戈蒂耶的话来说就是,艺术就是要表达阳光、美女和骏马。与此同时,"为艺

① 古典文艺理论译丛编辑委员会编:《古典文艺理论译丛》(第一册),人民文学出版社1961年版,第133页。

② 勃兰兑斯:《十九世纪文学主流》(第五分册),李宗杰译,人民文学出版社2009年版,第313页。

术而艺术”的作家有了更多的精力来从事对形式美的雕琢和营造，大多具有一种纤巧工丽的艺术风格。戈蒂耶公然声称，艺术的美关键在于形式，在于形式上的驾驭难度。形式越难驾驭，作品就越漂亮。绚丽辉煌的词句，加上音韵和节奏，这就是诗。诗只消有绚丽辉煌的词句、音韵和节奏，此外再也不需要任何东西，因为诗既不证明什么，也不叙述什么。他说：“在我眼里，形式的完整就是美德。灵性不合我的心意；我爱雕像，不爱幽灵；我爱正午，不爱黄昏。使我产生快感的三件东西是——黄金、大理石、猩红——灿灿辉煌、扎实坚固、色彩鲜艳。这些就是我梦寐以求的东西，我用它们建筑我全部的空中楼阁……我从没有幻想过迷雾和蒸汽，或任何飘浮不定的东西。我的天空万里无云，如果偶有几片云彩，它们也是坚固的，是以朱比特雕像上落下的大理石碎片雕凿出来的……因为我喜欢用手指触摸目睹的东西，而且喜欢从外形的轮廓触摸到它们最难捉摸的隐微曲折处……这就是我一贯的性格……”①

三

弃绝了理性崇拜，浪漫派将所有范畴都用自我的心灵体验来衡量的时候，理性宗教和自然神论中的最高价值便开始黯然失色，不再富有令人心驰神往的魅惑，取而代之的是另一种精神上的浪漫归宿——不少浪漫派作家将诗与宗教、诗人与上帝联系在一起。“伟大的艺术家都是被选拔的，蒙受神惠的圣者。”②“没有哪个时代的作家像浪漫派一样赋予自身以如此卓著的声名与荣耀——诗人不但被称作英雄、立法者与传教士，甚至还享有先知乃至造物主的名望。1798 年诺瓦利斯便傲然宣称：‘我们重

---

① 转引自勃兰兑斯：《十九世纪文学主流》（第五分册），李宗杰译，人民文学出版社 1982 年版，第 340 页。

② 勃兰兑斯：《十九世纪文学主流》（第二分册），刘半九译，人民文学出版社 2009 年版，第 96 页。

任在肩，使命神圣，世界等待着我们去改变。'而雪莱则用如下的断语来结束其在《为诗辩护》中为诗人与诗歌所做的滔滔雄辩：'诗人是世间未经公认的立法者。'"①

维尼的长诗《摩西》，描绘了摩西生命的最后时刻——随着自己荣耀的增长，他变得越来越孤独，越来越无趣，最终陷入绝望。普希金在《先知》中以第一人称讲述了一位六翼天使如何用手指抚慰诗人疲惫的双目，"像一只受惊的兀鹰/我睁开了先知的眼睛"。这位诗人经过多次变形，现在已变身为先知，被派往人间执行旨意，"用我的道把人心烧亮"。在《新颂诗集》中，年轻的诗人雨果曾描写诗人与缪斯、诗人与先知以及诗人与基督无声的灵魂交会，并反复警告"无礼的凡人"远离诗人：

> 一股强大的精神注入他的思想。
> 他现身了，突然，他的话语闪烁着
> 像燃烧的树枝一样闪闪发亮。
> 人们围拢在他身边，匍匐在他脚边；
> 神秘的西奈山及其闪电为他加冕，
> 这上帝就在他的额上。②

"为了满足自身的特殊诉求，浪漫派的杰出天才们在出现时都被迫披上了疯狂的外衣或者伪造古代的权威。"③霍夫曼既是法律官员，又是艺术家和小说家，徘徊在世俗之人和艺术家之间，过着两种截然不同的生

---

① Michael Ferber: *Romanticism: A Very Short Introduction*, Oxford University Press, 2010, p. 32.

② Quoted in Michael Ferber: *Romanticism: A Very Short Introduction*, Oxford University Press, 2010, pp. 34-35.

③ Lascelles Abercrombie: *Romanticism*, Martin Secker, 1927, p. 26.

活，艺术家在俗世中的孤独也就常常成为其作品的主题。一个秉有高尚情操的艺术天才乃不为世人理解的所谓怪人，这既是霍夫曼在小说《克雷斯佩尔顾问》中所表达的意旨，也是其在小说《格鲁克骑士》中再次重复的"孤独艺术家"的主题：大名鼎鼎的作曲家格鲁克面对着他人对自己作品错误的演奏和鉴赏，深感"荒芜围绕在我周围，因为没有跟我类似的灵魂走向我……"。"我向不信神灵的人出卖了神圣，一只冰冷的手抓向这颗炽热的心。""我被诅咒，在不信神灵的人中像一个被驱逐的幽灵般漫游。"

"浪漫派认为，启蒙运动具有他们所说的那种庸人之气，因为它蔑视诗歌，贬低天才的想象，不尊重崇高或'热情'。"①"所谓的自由就是要摆脱一切活动、一切职业、一切义务。"②塞南古的书信体自传小说《奥勃曼》中的主人公奥勃曼便没有职业，没有固定的工作，没有特定的活动领域，没有密切的亲友圈子，没有家庭，没有爱情，没有信仰，只有充斥心灵、纤细到病态的敏感与满脑子稀奇古怪的想法——小说的开头是这样写的："下面这些信写的是一个感想多而行动少的人的种种想法。"③可能正是因为这份敏感和太多的想法，作者塞南古在小说结尾才安排奥勃曼去当一个作家。"在浪漫主义派的诗文创作里，无用之人总是最具诗意的人物。"④塞南古一生饱受贫困、孤独和疾病侵扰的痛苦。19 岁时他因为不想成为牧师而从巴黎逃到瑞士，20 岁时他出于一种虚荣心而结婚，1800 年他患上了严重的麻痹症；其两部书信体小说《阿尔多蒙》和《奥伯曼》，是他悲欢离合的个人生活的真实写照。他的两篇随笔《论当代人》和《论人

① 罗兰·斯特龙伯格：《西方现代思想史》，刘北成、赵国新译，中央编译出版社 2005 年版，第 197 页。

② 勃兰兑斯：《十九世纪文学主流》（第五分册），李宗杰译，人民文学出版社 2009 年版，第 115 页。

③ 勃兰兑斯：《十九世纪文学主流》（第一分册），张道真译，人民文学出版社 2009 年版，第 42 页。

④ 克尔凯郭尔：《论反讽概念》，汤晨溪译，中国社会科学出版社 2005 年版，第 244 页。

类原始本性的回归》似乎是从卢梭和圣皮埃尔的早期作品中获得了灵感。1840 年，乔治·桑在为《奥勃曼》第三版所作的序言中写道，塞南古就像一只“大自然不给它翅膀的鸟”——“除了悲哀，他什么都没有留下”。①

形单影只，孑然独立，这是浪漫主义诗人艺术家的特质。“如果说孤独是天才最后的栖息地，那么它也是天才的前提条件。”②在《音乐家约瑟夫·伯格灵耐人寻味的音乐生涯》中，对音乐艺术的追求，使主人公约瑟夫“一生都挣扎在上天赋予的激情和世间卑微的苦恼之间，这种挣扎给他带来了无尽的痛苦，最终完全割裂了他灵魂和肉体这一双重人格属性”③。“浪漫主义者的孤独与其说是现实，还不如说是一个神话。它是这一艺术哲学观念的产物，即认为艺术家独立于社会，并且这种独立对于他们的艺术表达来说是至关重要的。”④早在 18 世纪 50 年代，作为美学的创始人，法兰克福大学的哲学家亚历山大·戈特利布·鲍姆嘉通就指出——艺术的价值来源于艺术家的独立。而歌德以 16 世纪意大利著名诗人为主人公创作了剧本《塔索》。剧中塔索尽管才华横溢，但为了确保其生存以及创作条件却必须依附于为其提供庇护的封建王朝；即便矛盾激化，最终也只能向现实妥协。较之于其“狂飙突进”时期作品中响彻着的那种孤绝与反叛的高昂旋律，这个文本明显体现出作家精神的调整与后退：他不再通过躁动不安的情绪来表现激越的个人呐喊，而是在重新打量现实后追求一份宁静、朴素的和谐。塔索在宫廷生活中的遭遇，很大程度上表现了歌德本人在魏玛宫廷的苦闷与矛盾。在已进入“魏玛古典主义”阶段的歌德笔下，孤绝艺术家与现实的冲突所导致的英雄般的毁灭，

---

① Quoted in Winfried Engler: *The French Novel: From 1800 to the Present*, trans. Alexander Gode, Frederick Ungar Publishing Co., 1970, p. 6.

② 大卫·布莱尼·布朗：《浪漫主义艺术》，马灿林译，湖南美术出版社 2019 年版，第 35 页。

③ 瓦肯罗德：《音乐家约瑟夫·伯格灵耐人寻味的音乐生涯》，见瓦肯罗德：《一个热爱艺术的修士的内心倾诉》，谷裕译，生活·读书·新知三联书店 2002 年版，第 141 页。

④ 大卫·布莱尼·布朗：《浪漫主义艺术》，马灿林译，湖南美术出版社 2019 年版，第 37 页。

被重构为在与现实冲突中对现实的适应，因为现实中那与艺术家格格不入的一切，都是他必须面对的命运。

由于自我意识是人类最高贵的特性与个体人格健全的表征，艺术家作为最具有自我意识的人也就合乎逻辑地成了浪漫派笔下最常出现的主人公。浪漫派作家喜欢写“人群中的孤独”，尤其喜欢将“人群中的孤独”与艺术家独特的命运相关联。这类作品往往关乎现实世界给艺术家带来的精神创伤，很大程度上乃浪漫派艺术与生活、艺术家与大众关系的一种寓意性说明。“作家们此前也时常表达对‘公众’的不满，但这种情绪在19世纪初叶的文学中却变得强烈而又普遍。”①在很多浪漫派作家看来，“诗并不是人生和事业的表现，人生和事业倒要以诗为出发点。诗在创造人生”②。而要创造人生，其前提便是要打破现实世界中那带来束缚的各式既定规制，“一个天生的艺术家，他的首要任务永远是在他的艺术领域里同传统的因袭成见决裂，在每个时代里都跃跃欲试地要向社会成规挑战……”③的确，艺术家偏执的理想主义情怀与其置身其中的世俗现实环境是永远冲突的；不管艺术家拥有如何纯真的赤子之心或怎样忠诚于自己的艺术事业，他毕竟首先是一个有血有肉的人，这意味着艺术家天才的激情与其同样无法弃绝的世俗幸福的理性算计也是不相兼容的。外在的冲突与内在的矛盾，这双重的挤压使得艺术家大都成为命定的悲剧人物：或者精神遗世独立、肉身潦倒不堪直至死亡或疯狂，或者活着但却成为他人眼中的笑柄，变成所谓“怪人”。“18世纪的文学是沙龙文学、客厅文学，反映的是一个前所未有的普遍有教养的社会的品位。但是这种文学

---

① Raymond Williams: *Culture and Society 1780—1950*, Chatto & Windus, 1958, p. 33.

② 勃兰兑斯：《十九世纪文学主流》(第二分册)，刘半九译，人民文学出版社2009年版，第201页。

③ 勃兰兑斯：《十九世纪文学主流》(第五分册)，李宗杰译，人民文学出版社2009年版，第129页。

没有天才个性的概念，也就是那种超越一般人的、无所禁忌的冒险心灵。艺术家与社会的疏离或异化这个现代主题尚未展开。如果像里卡多·昆塔纳所说的，18世纪有一个神话，那么这个神话所描述的就是'正常人'(Normal Man)和'共有的经验'。这与浪漫主义何等地不同！"①浪漫派制造了诗人被冷酷无情的社会和庸众所毁灭的悲情传说，孤独艺术家的毁灭乃浪漫派作家最热衷的题材。对既定现实中的一切，浪漫派作家似乎都有一份神圣的忧郁和愤怒。缪塞写道："讨厌的家庭！该死的社会！混蛋的城市！去他妈的祖国！"②"神圣的孤独感"，乃贯穿于法国浪漫派大诗人维尼创作中的一条红线。《摩西》《狼之死》均是其表现忧郁和孤独的著名诗篇。

与"成熟"地步入"古典"阶段的歌德不同，与稍后在市场上追求图书畅销而发财的大仲马、狄更斯也迥然有异，早期浪漫主义作家中不乏拒绝让自己的作品"畅销"而拿命相搏的传奇，绝不迎合这个庸俗的世界。他们不仅在经济上或职业前途上付出惨重代价，而且为了在现实面前捍卫自己的艺术信念宁愿付出生命。1770年，在伦敦自杀的青年诗人托马斯·查特顿因此被浪漫派作家称为拒绝屈服与妥协、极富悲剧崇高感的"英雄-艺术家"。不仅华兹华斯、柯勒律治和济慈等英国的浪漫派作家纷纷不吝笔墨大唱赞歌，德国的诺瓦利斯、法国的维尼等其他国家的浪漫主义大家也感慨良深，表征着"诗人永恒的苦难与牺牲"，以查特顿自杀事件为题材的诗歌、戏剧流行一时。除了专为查特顿而写的《恩底弥翁》，济慈另有一首颂诗也是献给他的：

查特顿！你的命运竟这样悲惨！

① 罗兰·斯特龙伯格：《西方现代思想史》，刘北成、赵国新译，中央编译出版社2005年版，第202页。

② Cesar Grana: *Bohemian Versus Bourgeois*, Basic Books Inc., 1964, Ⅷ.

呵，忧患的宠儿，苦难的爱子！
你两眼很快蒙上了死的阴翳，
那里，刚闪过天才和雄辩的光焰！①

1835年，维尼将查特顿搬上了舞台。三幕剧《查特顿》，堪称体现"悲剧艺术家"主题最具代表性的作品。维尼把查特顿写成了一位超群的稚子——他宁愿挨饿而死，也不愿用庸俗的作品去贬低自己诗神的地位。除了查特顿作为诗人的这种宁死不肯流俗的独立人格之外，这出戏剧还揭示了周围粗鄙凡俗的世界对于一位智慧天才的残酷的虐待。这一完全为自己的想象力所主宰却不为社会所容的现代诗人的悲剧，揭示了一个悖论：作为知识分子和艺术家，作家期待或者要求得到的认可与时代实际上给出的评价之间存在着巨大的落差；作为一个富有灵感的特殊族群中的一员，作家精心为社会创制出来的作品却只能在一个狭小的圈子内获得推崇；作家承载着自己首肯并大力赞颂的价值，然而这些价值却并不为大多数人所认同。②

作家艺术家的社会地位和人格独立性还表现在他和大众的关系上。这个时期的作家们开始摆脱大众对他们的束缚，他们在很大程度上已经不再为了迎合大众的口味和传统的道德观念来写作，而更关注探求人类的灵魂，更关注创造自己的艺术。他们已经在很大程度上清醒地意识到：一个艺术家如果不深入人类灵魂的本质，不深入灵魂最深远的地方，如果他不敢或者不能不顾后果地从事自己艺术的创造，如果他不能真诚地、赤裸裸地表现自己的观念，不敢把人性如它们所显现的那样反映出来，既不增加一分，也不减少一分，而是看公众的脸色行事，一味地屈从于公众的

① 济慈：《济慈诗选》，屠岸译，人民文学出版社1997年版，第27页。
② Cesar Grana: *Bohemian Versus Bourgeois*, Basic Books Inc., 1964, p.41.

偏见、无知、虚伪、鄙俗或是伤感情调——他或许可能会为同时代人大加赏识而显赫尊贵，或者可以用他的这种作品获得社会的桂冠和财富，但是他这种作品的艺术价值是令人怀疑的，这样的作品往往经不起时间的考验，缺乏真正的生命和热情。在浪漫主义文学时期，作家们开始对自己和公众的这种关系进行反思，意识到了公众舆论、传统道德和时尚习俗对于他们所追求的真正的艺术的危害，开始要摆脱这种关系，谴责和反对这种为了迎合公众趣味而生产的作品。济慈宣称："面对大众，我没理由不感到骄傲。"雪莱则告诫说："千万不要理会所有蠢货的意见，时间总会证明庸众的判断错得离谱。"①

的确，作家和艺术家不能使自己脱离自己的时代，然而时代的潮流却不是不可分割的——一般来说，时代的潮流总是存在着表层和潜层这样两个融合在一起却又大相径庭的部分。让自己同表层潮流随波逐流，或是被表层潮流所驱使，这是庸才的标志，这种人在本质上来说与艺术毫无关联。换句话来说就是，每个时代都有其占优势而投合时好的观念和形式，它们不过是前些时代生活的结果，虽然仍在那里漂流，但事实上已然完结，正在慢慢变成化石。除此之外，这个时代还有另一整套与之完全不同的观念，虽然尚未具体化，但是已经弥漫在太空中了，当代最伟大的巨匠已经把它们理解为现今必须追求的目标。这后一类观念构成了团结人们去从事新的事业、开拓新的领域的最本质的因素，代表着明天和未来。如果说艺术家应该迎合时尚，要接受时代和社会的影响，那么，他显然应该接受的正是这后一种时尚和后一种影响。文学不再接受任何外部力量的控制，作为艺术它表征着人之绝对的精神自由，其与道德非但不存在服务与接受服务的亲缘关系，而且作为人之精神绝对自由的象征，它与对人进行规范与规训的道德势如水火，即作为艺术的文学从根本上来说体现

① Raymond Williams: *Culture and Society 1780—1950*, Chatto & Windus, 1958, p. 33.

着一种反道德要解放的自由力量。面对现实,要么将其“诗化”,要么不遗余力地揭其弊端进行批判;唯美主义的艺术观念“源于最杰出的作家对于当时的文化与社会所产生的厌恶感,当厌恶与茫然交织在一起时,就会驱使作家更加逃避一切时代问题”①。

德国的天才诗人瓦肯罗德(终年 25 岁)、诺瓦利斯(终年 29 岁)均在 30 岁前告别人世;英国的济慈 25 岁时因肺结核病逝于罗马,雪莱 29 岁时溺亡于勒瑞奇海湾,拜伦 36 岁时因高烧死于希腊;俄国的普希金与莱蒙托夫分别在 37 岁与 27 岁死于决斗……相较于那些“早逝的天才”,“被忽视的天才”或“受难的天才”则是更常见也是更大的诗人艺术家群体。在这方面,16 世纪的意大利诗人塔索②堪称是一个典型的代表,他也因此成了浪漫派诗人顶礼膜拜的楷模。

若说对诗人的尊崇是浪漫主义的重要特征,那么哀叹诗人在现代世界中被忽视、受排挤的境遇以及他所承受的苦难与牺牲则合乎逻辑地成了浪漫主义最具时代特色的主题。英国诗人柯勒律治曾慨叹——最令人感到痛苦的就是大多数诗人仍被世界“冷眼相待”。在《约婚夫妇》中,意大利浪漫派小说家曼佐尼则以讽刺的口吻写道:“从未有人听取他们的意见,这就是诗人的宿命。”这种宿命当然会衍生出诗人的忧郁和悲痛之情。毫无疑问,诗人受难这一主题的流行与那些自信满满到自负的关于诗人的高标是矛盾的。失望源自希望——希望高大才有失望深重。事实上,悲剧诗人创作主题的流行,所昭示的正是当时过于自命不凡的诗人的失望之情。时过境迁,当今时代的诗人,地位更加边缘化,但悲剧诗人的主题却不复存在——诗人们很大程度上认识并接受了其现实中的命运,对

① 埃利希·奥尔巴赫:《摹仿论:西方文学中所描绘的现实》,吴麟绶等译,百花文艺出版社 2002 年版,第 564 页。

② 托夸多·塔索,意大利诗人,有史诗《被解放的耶路撒冷》与十四行诗若干行世。据说,他因爱上并狂热纠缠费拉拉公国公爵的妹妹奥诺拉而被当作疯子监禁了 7 年,获释后不久离世。

自身存在的意义或使命已然没了既往的理想化高标。而在 19 世纪初叶，“诗人的主要谋生手段正由往昔接受贵族达人的赞助转向向普通民众销售书籍所得的版税。浪漫主义，在很大程度上正是对诗人艺术家这种生存状态变迁的一种反应。取悦贵族通常需要谦恭和礼貌，而要引发中产阶级读者的兴趣则似乎更需要大胆乃至令人震惊的笔触。正如丑闻缠身的拜伦所明了的那样——负面的舆论效应也是一种宣传推广”①。“震惊”作为现代文学的审美效应在浪漫主义时代已开始释出。时代巨变所带来的诗人处境的历史性转折，直接引发了诗人对自身存在与使命的反思，而这正是浪漫主义运动得以形成的直接因由。

① Quoted in Michael Ferber: *Romanticism: A Very Short Introduction*, Oxford University Press, 2010, p. 52.

| 第三章 |

浪漫主义的社会-文化主题

文艺复兴以降，伴随着文化的演进，个体主义越来越成为精神-艺术活动的前提或动力。在法国，从理性时代笛卡尔的“我思故我在”以及帕斯卡尔的“人是会思想的芦苇”对精神-思想的强调，到浪漫主义“我感故我在”对感性生命的高标，其间的一条红线便是“个体”的不断彰显。“杰出的个人可以使世界变得更美好”——这是19世纪法国作家从斯塔尔夫人到雨果并一直延续到福楼拜与左拉普遍崇信的观念。而卢梭出尘脱俗的原始主义理想、英国18世纪文坛流行一时的感伤主义，以及自1774年以来歌德的《少年维特之烦恼》所不断投射出来的精神感染力，均对浪漫主义文学(尤其是叙事文学)发挥了远比法国大革命更大的作用。从斯塔尔夫人和乔治·桑这些女性作家对情感解放的呼吁，到司汤达与梅里美小说中那些宁愿付出生命也要捍卫自由人格的英雄主人公，个体对社会的“挑战性的姿态”堪称浪漫主义小说的标志性特征。其间，忧郁成性的“那喀索斯式”的形象、更富进取心与主动性的“普罗米修斯式”的反叛主人公以及戴着镣铐拿命相搏的悲剧英雄(如于连、卡门等)，既共生并存，又呈现出持续递进的嬗变，而这一切背后的基本逻辑便是现代作家强烈的个体主义价值取向。①

第一节　人群中的孤独

一

把因袭下来的规矩和传统一层层地剥去之后，个体被解放了，同时陷入了孤立。自我自由了，同时也变得脆弱。“一切法规、仪式、教条和原则全都消失；每个个人通过一个特殊的过程就使一切成了自己的东西。”②不可名状、难以通约的个体意志，挣脱社会规制的羁绊走向独立自由，却又难逃失去社会依傍后的无所凭靠。失去了上帝在人伦道德中的规范诫勉，又抛弃了理性主义对世俗生活的规制指导，浪漫派那些精神自由的个体在个性解放的狂欢过后忽然体味到了刻骨铭心的孤独。“浪漫主义的自我观念只不过是一种靠不住的个体主义。事实上，浪漫主义者自己经常发现——自我是一种难以忍受的负担；并且，如果不是绝望或者愤世嫉俗的话，英雄主义往往会塌陷在一派乏味和厌倦之中。”③

事实上，浪漫派尊崇个人的自由意志，而自由意志极度膨胀的自我，注定了只能是孤独的。既然自由与孤独相伴相生成为人生不可逃脱的命运，于是，“世纪病”的忧郁症候便在浪漫主义文学中蔓延开来。追随着少年维特的足迹，夏多布里昂的勒内、拜伦的哈罗尔德、贡斯当的阿道尔夫、

---

① Winfried Engler: *The French Novel: From 1800 to the Present*, trans. Alexander Gode, Frederick Ungar Publishing Co., 1970, pp. 4-5.

② 勃兰兑斯：《十九世纪文学主流》（第三分册），张道真译，人民文学出版社2009年版，第233页。

③ Wylie Sypher: *Loss of the Self in Modern Literature and Art*, Random House, 1962, p. 20.

缪塞的奥克塔夫……一干满脸忧郁的主人公便一路蹒跚着纷至沓来。通过这类形象,"人群中的孤独"这一现代人的命运在浪漫派这里第一次得到正面表达,个人与社会、精英与庸众的冲突从此成了西方现代文学的重要主题。

法国浪漫主义之父夏多布里昂最早触发了正在时代深处潜滋暗长的"世纪病"——一种灵魂深处难以排解的孤独与厌倦。《勒内》整部小说的关键词毫无疑问是"厌倦"(Ennui)。同名主人公在法国度过了孤独的童年,姐姐阿美莉的柔情与关爱是他苦痛内心的唯一慰藉。他试图通过出门远游得到内心的安宁但却徒劳无功;回来后,姐姐有意回避他的怪异举止令他不解。面对荒凉秋景萌生出的忧郁情绪与莫名的伤悲使勒内想要自杀。得悉他的计划后,阿美莉急忙赶到他的身边,姐弟之间关系紧张的日子也随之到来。后来,姐姐突然选择进入修道院。在其戴上面纱成为修女的仪式现场,勒内听到阿美莉低声坦白了一件可怕的事情——她请求上帝宽恕自己对弟弟罪恶的恋情。勒内深感震惊,除了飘然遁迹于蛮荒之地,在至今也如天国般朴素的生活环境中重获内心的平静,他找不到任何其他拯救心灵的方法。《勒内》中"年轻的主人公将自己淹没在厌倦和忧郁中,与其说是在被动地忍受孤独,不如说是在孤独中孵育培植心灵的虚空"①。小说刊行后旋即风靡法国,并迅速风靡整个欧洲文坛,俨然成为18、19世纪之交新旧文学交替的标志:"一群诗人勒内和散文家勒内数也数不清:人们听见的都是悲哀的、东拉西扯的话;所写的只是风和暴风雨,只是云和黑夜的不可理解的话。从学校里出来的无知学生,无不梦想成为最不幸的人;十六岁的小孩子,无不耗尽了生命,无不以为受到其天才的折磨;在其思想的深渊里,无不投身于模模糊糊的激情中;无不拍

① Martin Travers: *An Introduction to Modern European Literature — from Romanticism to Postmodernism*, Macmillan Press Ltd., 1998, p. 18.

着苍白、脱发的额头，用一种痛苦使那些目瞪口呆的人吃惊，对这种痛苦，他和那些人都莫名其妙。"①

在其故国法兰西，勒内的同道甚多。阿道尔夫②、阿莫里③、奥克塔夫④……紧步勒内的后尘鱼贯而出，络绎不绝。不论思想上还是行为上都堪称勒内的胞弟，孤独而痛苦的阿道尔夫游离于社会群体之外，只有在完全独处时才感到自在。是的，一个思想活跃的人，必然会对世俗教条感到厌恶，"每当我听到庸人之辈自鸣得意地论述道德、习俗、宗教等领域中那些众所周知且不容置疑的普遍原则——并有意将其混为一谈时，便忍不住与他们唱唱反调"⑤。越是失却了行动的意志，敏感心田上的各式念头就越发茁壮疯长，人也就越发"变得孤独起来，而且越是陷于冥想就越发变得以个人为中心，因而越发变得容易苦恼。最苦闷的是那些脑子最发达的人"⑥。独自静坐在岩石上，对着滔滔的河水与广漠的荒原沉思冥想。浪漫派主人公的忧郁既表现为与庸才对立的那种天才之曲高和寡的"高处不胜寒"，也体现为那种导致了对大自然之爱的孤寂与苍凉。那位使拜伦一举成名的风中游子恰尔德·哈洛尔德称——真正的孤独是"没有人祝福我们，也没有谁可以祝福"。单是居住在人群中就是一份难以承受的折磨——"远避人类，不一定就是憎恨人类，同他们一起纠缠和厮混简直是受苦"，"古堡矗立着，像孤高的心灵，虽然憔悴，但决不向庸众折腰"。于是，剩下的也就只有难以排遣的孤独和无法解脱的郁悒："旅人的心是冰冷的，旅人的眼是漠然的。"他本想从海外游历中寻求解脱，可随着

① 夏多布里昂：《夏多布里昂精选集》，许钧选编，山东文艺出版社 2000 年版，第 776 页。

② 贡斯当的小说《阿道尔夫》中的主人公。

③ 圣伯夫的小说《逸乐》中的主人公。

④ 缪塞的小说《一个世纪儿的忏悔》中的主人公。

⑤ 贡斯当：《阿道尔夫》，刘满贵译，上海人民出版社 2007 年版，第 43 页。

⑥ 勃兰兑斯：《十九世纪文学主流》（第一分册），张道真译，人民文学出版社 2009 年版，第 38 页。

对现实越来越深刻的认识，他的性格也就变得越来越孤僻，也只能像勒内一样在大自然中寻求慰藉。

因为一刻都不能离开其所爱的自由，很多浪漫派主人公非但耽于思辨丧失了行动的能力，而且看上去性格乖张、怪里怪气，不愿接受生活常规的一丁点约束。“连钟对他都意味着最大的折磨。钟一响他就得像工人、商人、公务员一样，立即把自己这时的心情撕得粉碎，对他来说这等于剥夺了苦难重重的人生所给予他的唯一一样好东西，即独立自主。”①为了这份宝贵的“独立自主”，“连和别人的一切友好关系，只限于在能把别人看成是自己的‘自我’的客观化的情况下才可能存在”②。“连友谊都很危险；婚姻还是更危险……绝不要接受任何官职。如果有人接受了，那其就成了一个十足的约翰·安尼曼，成了国家机器中一个小得可怜的齿轮。”③一句话，常规的生活是无法忍受的，为此他们甚至逃避职业，“因为选择一个职业意味着把全部自由和人生的一切特权换成受约束的状态，就像牲口被关进牲口棚一样”④。因为不愿意以服从为代价换取发号施令的权力或不被发号施令的安逸，所以他们反感乃至痛恨整个社会的层阶结构，断难想象他们会为了得到某个社会的位置或角色而对上司点头哈腰。对充满了诸多陈规俗套的社会生活的弃绝或逃避，让他们越发走向自我中心或自我孤立，“他和别人相处，总感到格格不入；他们的感觉和他的感觉不同，他们相信的东西他不相信。他觉得他们都被迷信、偏见、伪善风气和社会上不老实的做法所败坏，因此他不愿和他们接触”⑤。

---

① 勃兰兑斯：《十九世纪文学主流》（第一分册），张道真译，人民文学出版社 2009 年版，第 44 页。

② 罗素：《西方哲学史》（下卷），马元德译，商务印书馆 1976 年版，第 222 页。

③ 克尔凯郭尔：《或此或彼》（上），阎嘉等译，四川人民出版社 1998 年版，第 317 页。

④ 勃兰兑斯：《十九世纪文学主流》（第一分册），张道真译，人民文学出版社 2009 年版，第 44 页。

⑤ 勃兰兑斯：《十九世纪文学主流》（第一分册），张道真译，人民文学出版社 2009 年版，第 44 页。

“他鄙视那些庸人，他们每天走着同样的路，每天在同一个地方拐弯。”① 由是，他身上存在着一种怪异悖谬的情绪——一方面泛爱人类，另一方面却又对现实中的所有人及一切社会关系漠不关心乃至厌倦排斥。

“不幸起因于不能承受孤独。”用拉布吕耶尔的这句名言开篇的《人群中的人》，是爱伦·坡表现“人群中的孤独”这一浪漫派常见主题的名篇。故事讲述的是叙述者“我”发现一个衰弱的老人一天一夜在伦敦大街上追寻人群：“他漫无目标地一遍又一遍地过街”，一走进繁忙的大市场，“他又像最初所见的那样漫无目标地在蜂拥的商人中间挤来挤去”。夜晚来临，市场上的人群开始散去，老人紧张地环顾四周，快速跑过许多弯曲无人的街道，在一个散场的剧场门口，“老人喘息着加入人群，似乎喘不过气来”。入夜，街上的行人越来越少，他开始变得踌躇不安，甚至“紧跟着十多个狂欢暴饮的人走了一会儿”。当黑暗的街巷里没有一个行人的时候，他焦躁地走向了伦敦最混乱可怕的地方——夜里的纵情者在肮脏不堪的路上来回摇摆，他一见到人便“立刻来了情绪，就像即将熄灭的灯重新燃起一样”。天亮了，他依然在“来来回回地走，整个白天他没有错过街头的喧嚷”。在坡的笔下，这个无名的老人，不吃不喝夜以继日地追逐人群，却始终无法在摩肩接踵的人流中得到他人的了解和认识，一直陷在无论如何都逃避不了的孤独之中。

二

个体主义乃浪漫主义的突出特征。经由忧郁成性的“世纪儿”形象，“人群中的孤独”这一现代人的命运在浪漫派这里第一次得到正面表达，个人与社会、精英与庸众的冲突从此成了西方现代文学的重要主题。

---

①　勃兰克斯：《十九世纪文学主流》（第一分册），张道真译，人民文学出版社 2009 年版，第 42 页。

“浪漫派高度推崇个人价值,个体主义乃浪漫主义的突出特征。”①在浪漫派作家笔下,难以名状但却深透骨髓的那种孤独感固然来自社会,实却更源自自身;作为某些个体独有的精神境遇,孤独实乃他人和社会都无力消解的精神宿命。这就有大文豪罗曼·罗兰所谓:“人生只有一个朋友,而且只有少数天才人物才有——这就是孤独。”②而“世纪儿”正是属于这少数的天才人物:他们觉醒了,但觉醒后的命运则是他们成为一个个孤独的个体。“厌倦与孤独,乃浪漫主义时期反复出现的文学主题。”③“孤独本能对社会束缚的反抗,不仅是了解一般所谓的浪漫主义运动的哲学、政治和情操的关键,也是了解一直到如今这运动的后裔的哲学、政治和情操的关键。在德国唯心主义的影响下,哲学成了一种唯我论的东西,把自我发展宣布为伦理学的根本原理。”④

浪漫派对理性逻辑的扬弃,使得人类第一次与“荒诞”正面相遇;现代西方第一位“荒诞哲学家”由是在浪漫主义时代应时登场。19世纪中叶,克尔凯郭尔从个体性出发把孤独感提升到哲学层面并做了深入阐发。克尔凯郭尔的所有哲学论题都建立在对个体的思考之上。在实在的生活层面,他“就像一株孤傲的冷杉,兀然而立,直指天际,我站立着,不留下一丝阴影”⑤。而其对精神的探究则几乎可以被看成是来自他个人绝对孤独世界的尖锐回声:“我所写的一切,其论题都仅仅是而且完全是我自己。”⑥在他看来,真正的人必须保持体现着其人格完整性的绝对孤独;作

---

① Jacques Barzun: *Classic, Romantic and Modern*, Secker & Warburg, 1962, p. 6.

② 转引自安希孟:《孤独的哲学》,宁夏人民出版社 2006 年版,第 4 页。

③ F. W. J. Hemmings: *Culture and Society in France: 1789 – 1848*, Leicester University Press, 1987, p. 112.

④ 罗素:《西方哲学史》(下卷),马元德译,商务印书馆 1976 年版,第 222 页。

⑤ 克尔凯戈尔:《克尔凯戈尔日记选》,罗德编,晏可佳、姚蓓琴译,上海社会科学院出版社 1992 年版,第 28 页。

⑥ 转引自汝信:《〈克尔凯郭尔文集〉中文版序》,见克尔凯郭尔:《论反讽概念》,汤晨溪译,中国社会科学出版社 2005 年版,第 2 页。

为独立的精神个体，作为自己对自己的反观和自省，自我在本质上只能是一种排他性的、孤独的精神存在。因此，他无疑会无条件赞同其德国浪漫派前辈荷尔德林的名言："在美妙的孤独中，我时常生活于我自身之中。"①

克尔凯郭尔毕其一生都在撕扯"国家""民族""人民"这类集体概念的虚伪面纱。伴随着对黑格尔由理性所建构起来的庞大抽象体系的清算与批判，他首先努力将个人从"公众"中剥离出来：他坚称公众是"一个幻象，一个精灵，一个巨大的抽象，一个无所不包的虚无"②；他坚信每个个体的存在自有其主观性，其作为人的意义绝不应消解在任何"群体"的概念之中；存在是具体的，每个人都处在不断的变化-生成中，个体在任何一个阶段都具有不确定性和未完成性，因此，个体只能在对自身存在的关注中发现自身，每个个体都必须在直面孤独的痛苦中体验自身。而所有关于群体性生活价值的说辞都在架空-背离个人的生命意义，"群众所在之处，即是虚妄所在之处。因之，即使每一个人在私下里都具有真理，然而一旦他们聚集在一起，成了一个群众……虚妄就立刻明显可见"③。

在克尔凯郭尔看来，人与人在生活上有许多相似的体验，但每个个体都有着自己不能被他人所全部理解的精神愁苦；面对他人和群体，个体多呈现出在审美和伦理层面上无法消解的孤寂-疏离感。孤独感，往往正是个体为发现自我而远离他人返回自身时所不得不接受的不适意绪，也正是个体超越局部-表象向浩瀚世界敞开因而领受自我的渺小-卑微的那个瞬间的尴尬表情。就此而言，孤独作为个体生存所必须面对的体验成为一种根本性的存在。的确，作为自我意识的一种重要形态，孤独让人独自

---

① 荷尔德林：《荷尔德林文集》，戴晖译，商务印书馆 1999 年版，第 115 页。

② 克尔凯郭尔：《当今的时代》，转引自吴晓明主编：《二十世纪哲学经典文本・序卷》，复旦大学出版社 1999 年版，第 112 页。

③ 考夫曼：《存在主义》，陈鼓应等译，商务印书馆 1987 年版，第 89—90 页。

面对并感知到生命幽深处的那些神秘古奥的东西，并由此成为人类区别于其他动物的一种独特的精神-情感标识。在喧嚣的人群中，人有可能会突然体悟到最深沉的孤独——那是一种人与自我、人与上帝之间所发生的神秘、深沉的低语。虽说他一生都深爱着蕾琪娜，但因为坚持要做一个精神独立的“孤独的个体”，克尔凯郭尔最终放弃了与她结婚的选择：“你是我的爱，我唯一的爱，当我不得不离开你时，我爱你超过一切。”[①]“我必须囿于我隐私所营造的囚牢，直至我的末日来临，在更深层次的意义上，远离他人的群体。”[②]

克尔凯郭尔认为，基督教是一种真理，它直接与个体的内在性即主观性相关；而内在性或主观性的东西只能为个体自身所独有，所以，信仰就是孤独的个体，在恐惧和绝望中走向上帝，上帝也只对个人的忏悔进行审判和救赎。在他看来，人基于个人体验所形成的主观意识乃世界上唯一的实在，而人的存在、上帝的存在则均是通过恐惧、痛苦、绝望等生命体验才得到揭示的。真实存在的东西只能是存在于人内心的东西，上帝的殿堂就建筑在人的内心深处。对上帝的信仰只能靠人内心深处的直觉和顿悟去体验和领会；只有内在地意识到自己的罪并感到沮丧、悔恨和绝望时，孤独的个体才能瞥见上帝的存在。克尔凯郭尔坚称信仰是绝对私人的事务，成为信徒意味着与上帝建立一对一的关系。因此，他始终坚决反对教会要求以群体信仰的方式面对上帝。在他看来，信仰就是每个个体孤独地向上帝忏悔、与上帝交流的精神过程，因为每个个体都独立地具有自身的罪，只有自己才能对此做出判断和忏悔。一个人只有在孤独中，在孤独的自我反思中，才能真正意识到自己是一个罪人，才能够在悔罪意愿

---

① 转引自汝信：《〈克尔凯郭尔文集〉中文版序》，见克尔凯郭尔：《论反讽概念》，汤晨溪译，中国社会科学出版社 2005 年版，第 6—7 页。

② 克尔凯戈尔：《克尔凯戈尔日记选》，罗德编，晏可佳、姚蓓琴译，上海社会科学院出版社 1992 年版，第 133 页。

的驱使下走向上帝，才能够在信仰中成为那“无限的自我”。一言以蔽之，在面对上帝时，个体在宗教层面上体验到了其作为信徒必须承当的孤独。

“我只有一个朋友，那就是回音。为什么它是我的朋友？因为我爱自己的悲哀，回音不会把它从我这里夺走。我只有一个知己，那就是黑夜的宁静。为什么它是我的知己？因为它保持着沉默。”①“我还有一个密友——那就是我的抑郁，它常常在我兴高采烈，埋头于工作之际前来拜访我，将我唤到一边。”②克尔凯郭尔为自己自始至终是一个孤独的人而自豪：“孤独这件事对我——不是我私人，而是作为一个思想家立场的我——是一件决定性的事。”③他认为“衡量一个人的标准是：在多长的时间里，以及在怎样的层次上他能够甘于寂寞，无须得到他人的理解。能够毕生忍受孤独的人，能够在孤独中决定永恒之意义的人，距离孩提时代以及代表人类动物性的社会最远”④。个体的本质寓于其孤独之中，克尔凯郭尔大部分神学和哲学论题都是从其作为“孤独个体”之内在主观体验中生发的；作为其哲学建构中的核心论题，克尔凯郭尔的“个体性”思想在西方哲学的现代演进中影响深远。他由“孤独个体”之“内在性”或“主观性”所展开的“个体性”哲理建构直接开启了中经尼采直到萨特的哲学革命：“真正体验到基尔凯戈尔⑤和尼采思想的哲学家绝对不会再在学院哲学传统模式内从事哲学探讨。”⑥正是以浪漫主义作家笔下那些忧郁成性、充满悖论的古怪形象为基础，作为个体本质或命运的“孤独体验”在克尔凯郭尔的哲学探究中才终于发酵成构成“荒诞”观念的核心要素；勒内那

① 克尔凯郭尔：《或此或彼》（上），阎嘉等译，四川人民出版社 1998 年版，第 22 页。

② 克尔凯郭尔：《或此或彼》（上），阎嘉等译，四川人民出版社 1998 年版，第 556 页。

③ 谢扶雅：《祁克果的人生哲学》，基督教文艺出版社 1963 年版，第 56 页。

④ 克尔凯戈尔：《克尔凯戈尔日记选》，罗德编，晏可佳、姚蓓琴译，上海社会科学院出版社 1992 年版，第 103 页。

⑤ 基尔凯戈尔即克尔凯郭尔。

⑥ 巴雷特：《非理性的人》，段德智译，商务印书馆 1999 年版，第 12—13 页。

代人的忧郁猜疑、迷茫空虚，在萨特的笔下被剥去了浪漫的外衣，被表现为“恶心”。① 也正是经由对孤独的个体之精神矛盾和情感悖论的关注，浪漫主义文学才为存在主义哲学进一步阐发“非理性的人”做好了准备。

第二节 情感解放与爱情婚姻问题的探究

尽管“为艺术而艺术”这一表征着“审美现代性”发端的口号乃浪漫主义的艺术纲领，但这似乎没有影响到很多浪漫派作家投身于社会-政治事业的热情。法国的情形尤其引人注目：夏多布里昂与贡斯当，均是当时法国政坛重要的社会活动家，后者还是18、19世纪之交欧洲最重要的自由主义政治思想家；斯塔尔夫人信奉大革命标举的自由精神，这位当时对法国乃至整个欧洲来说都是举足轻重的人物，却长时间被拿破仑逐出巴黎；1848年革命推翻七月王朝后，诗人拉马丁竟然阴差阳错地出任了法兰西第二共和国临时政府的首脑；在大选中击败拉马丁的拿破仑三世废除共和建立法兰西第二帝国后，坚持共和信念的第二代浪漫派领袖雨果流亡国外达18年之久，第二帝国崩溃后才返回故国，并于1876年当选为法兰西第三共和国参议员。其他国家的情形略有不同，但同样不乏热衷于社会-政治活动的浪漫派作家。在英国，拜伦大学毕业后便世袭了英国上议院议员的席位，并在第一次议会演讲中公开支持诺丁汉捣毁机器的“勒德分子”；后来他前往意大利与希腊，积极参加意大利烧炭党人的革命活动，并最终病逝于希腊争取民族独立的前线。在俄国，普希金因为朋友间接卷入了1825年圣彼得堡的“十二月党人”起义，并在起义失败后为流放西

---

① Winfried Engler: *The French Novel: From 1800 to the Present*, trans., Alexander Gode, Frederick Ungar Publishing Co., 1970, p. 3.

伯利亚的“十二月党人”写下了《致西伯利亚的囚徒》等若干脍炙人口的政治抒情诗。在波兰，诗人密茨凯维奇因参加政治活动于 1823 年被捕，被流放至俄国中部，随后又流亡巴黎；1855 年，他前往伊斯坦布尔，组织军队在克里米亚与俄国开战，最终身染霍乱而亡。在希腊，威尼斯诗人乌戈·福斯科洛大半生都因热衷政治活动而四处流亡：他曾经服役于拿破仑的军队，也曾经为意大利的统一与独立而摇旗呐喊。

在许多浪漫主义社会思想家看来，爱不仅是最根本的社会纽带与最高的个人美德，也是抵御工业主义、功利主义、实用主义风潮，克服社会矛盾，解决社会问题的良药。弗·施莱格尔将爱称为“共同体的实现”，而诺瓦利斯则视“无私的爱”为国家的基石：“政治联盟除了像婚姻一样，还能是什么东西？”①的确，浪漫派作家大都信守“艺术的使命就是感情和爱情的使命”②，这一信条在很大程度上决定了“浪漫主义诗人的光荣就在于他内心燃烧着的最炽热、最激昂的感情”③。在为自由而战的时代潮流中，“把情感从社会风尚中解放出来，心灵无礼地坚持有权把它的法典视作新的道德法典，并按照品行，有时仅仅按照偏好来改造旧俗”④——如果说尚不能构成这些情感丰盈的时代斗士的根本使命，那无疑也是他们的首要任务。

不论法国的拉马丁成为临时政府的首脑，还是英国的拜伦当了希腊义军的司令，这都不过是历史老儿开的玩笑。追根究底，不难发现：浪漫派诗人作为社会-政治活动家的跨界行为基本上都属精力过剩的任性或

① Quoted in Michael Ferber: *Romanticism: A Very Short Introduction*, Oxford University Press, 2010, p.101.

② 勃兰兑斯：《十九世纪文学主流》(第五分册)，李宗杰译，人民文学出版社 2009 年版，第 144 页。

③ 勃兰兑斯：《十九世纪文学主流》(第二分册)，刘半九译，人民文学出版社 2009 年版，第 165 页。

④ 勃兰兑斯：《十九世纪文学主流》(第二分册)，刘半九译，人民文学出版社 2009 年版，第 39 页。

自作多情,当然也就难免显得业余、滑稽,并最终了无所得。与此构成鲜明对比的是,他们在社会-情感生活领域的探索与实践却是认真的——专业而又严肃,可谓成果丰硕。基于“个体自由”的原则和立场,浪漫派断言——社会的真正支柱并不像一般人认为的那样是家庭,而是个人——个人的自由权利至高无上。由此出发,他们鼓吹“情感自由”,并在爱情与婚姻、爱情与道德、爱与性等关涉两性关系问题的所有方面展开了全方位的探索。浪漫派所宣称的“情感自由”就难免被当时的保守势力视为洪水猛兽。但历史已经证明并将继续证明——浪漫派高贵的自由思想符合人类文明演进的方向。据说,拿破仑在和歌德见面时曾责备后者在《少年维特之烦恼》中把恋爱故事和社会反抗掺和在一起,可事实上,情感领域的自由从来就是与社会政治领域里的自由紧紧地卷裹缠绕在一起的。

一

与古典主义者常常将“爱情”命名为一种卷裹着诸多“责任”的社会行为不同,浪漫主义者明确宣称:“爱情的本性是自由。”这一新的界定,将古典主义爱情命名中的社会责任抽离,从此爱情成了一种纯粹的个人行为。作为纯粹的个人行为,爱情之发生、存续抑或终结的决定权现在全部交给了个体意志的“自由选择”。由是,“爱情”的自由首先表现为“选择”的自由:

> 我从来不想弄得声名狼藉。我或许会招引不少流言蜚语,但从来不是有意的,或心甘情愿的。我从来没有在同一时期内热爱过两个男子。在某一时期里,也就是说,当我的热情还持续不衰的时候,即使在思想上,我也从没有属于一个以上的情人。我不再爱一个人时,我并没有欺骗他。我和他干干净净地断绝关系……你们不可能把我称作可尊敬的妇女。可是我自己肯

定，我是一个可尊敬的妇女。我甚至自认为是一个贞淑有德的妇女，虽然按照你们的观念和公众舆论，这是亵渎神明的事。我使我的一生屈从社会的裁决，不加反抗，也不争论一般法律是否公正，但我不承认它对于我是公正的。①

如上话语是《卢克莱修·芙洛丽安尼》中卢克莱修在社会舆论对其生活作风和个性特质加以指责时的回应。凡了解该书作者乔治·桑情史的读者，都不难明白——卢克莱修的自辩实际上正是乔治·桑自己面对社会加诸她的野蛮裁决时的内心表白。

“在她那个时代，乔治·桑对整个欧洲的影响仅次于夏多布里昂。”②1804年出生的乔治·桑，原名奥洛尔·杜宾。1822年，她与杜德望男爵成婚，这段婚姻持续了8年，于1830年无疾而终。此后，26岁的少妇离开其隐居的乡下庄园来到浪漫之都巴黎，成为“一只真正的浪漫雌狮”。她化名为乔治·桑，开始卖文为生。

身为浪漫主义作家，乔治·桑始终信仰个体自由，而这一信仰体现在其小说创作上就表现为她对“自由之爱”的倡导与颂扬。在其早期的《印第安娜》《瓦兰蒂娜》等小说中，这种自由的爱情之火常常会招致悲剧性的后果。这种对于不幸爱情婚姻故事的悲剧性基调的设定，一方面源于此时的乔治·桑对于女性追求爱情婚姻的现实处境的理性认知，另一方面也是她有意在作品中倾注自己当时的人生处境和情感体验的结果。乔治·桑为人熟知的小说大都是对悲剧性男女关系（包括婚姻关系和情侣关系）的刻画，这明显与其个人经历息息相关。很明显，从前辈斯塔尔夫

① 转引自勃兰兑斯：《十九世纪文学主流》（第五分册），李宗杰译，人民文学出版社2009年版，第168页。

② Winfried Engler: *The French Novel: From 1800 to the Present*, trans. Alexander Gode, Frederick Ungar Publishing Co., 1970, p. 20.

人那里,乔治·桑接过了妇女在“不般配的婚姻”中醒转过来追求真正的爱这样的题旨。其作品中的女性在婚姻中缺乏成就感,希冀重获自由却困难重重。但在乔治·桑看来,激情法则高于婚姻习俗,现有的婚姻法违背了男女之间应该遵循的激情法则;而其激情法则,即爱情之上的法则,也就是情感自由的法则。《雅克》写的是三十五岁的雅克娶了一个年轻的女孩费尔南达,在几个月的和谐和愉悦的生活之后,这段婚姻破裂了——因为费尔南达的爱人奥克塔夫出现了。在意识到妻子和奥克塔夫之间的真情后,感觉自己无力反对这种爱的雅克最终用结束自己生命的决绝方式成全了这对恋人。在这个故事中,“源于激情的权利”与“源于克己的责任”有一个共同的情感自由的逻辑前提。乔治·桑言之凿凿地断言:“婚姻是人类的制度,而爱欲是上帝的礼物。”①

乔治·桑一生都没有放弃对自由和真爱的渴望与追求,因而其笔下那些追求自由爱情的女主人公身上大都有作者本人的影子。其作品中表达的爱情观念与其说是关于爱情问题的理论求索,毋宁说是她对自己一生丰富爱情经历的切身感悟与深刻总结。超前的两性情感观念及丰富的情感经历给她带来了难以消除的负面声誉,也以不同的形式激发了她的创作热情,升华了她对婚姻、爱情等与情感相关的话题的深刻理解。现实爱情的经历与其作品的表达因“爱情之自由的本性”而连为一体;而基于自我意愿而做出自由选择可以说是其私人生活及文学创作的核心观念和准则:

> 对于这些丰富而坚强的天性,最后一次爱情永远像是第一次爱情;而且这也是必然的,要是感情可以用热诚来测量的话,

---

① Quoted in Winfried Engler: *The French Novel: From 1800 to the Present*, Alexander Gode trans., Frederick Ungar Publishing Co., 1970, p. 22.

> 卢克莱修从未爱得这样深沉。她对于其他男子所感到的热诚，都是短暂的。他们不可能维持这些的；接着而来的阶段就是，宽宏大量，牵肠挂肚，同情怜悯，虔诚热爱，简单地说，就是母性的感情的阶段。这么糊里糊涂孕育出来的热情竟会持续得这么长久，真是一桩怪事；虽然只从表面进行判断的社会看见她那么迅速而干净地斩断情丝，感到万分惊讶，而且散布了流言蜚语。在所有这些恋爱关系里，她很少有一星期感到幸福而又盲目的。尽管发现一个她所爱的对象傻头傻脑，很不相称，但在一年，有时在两年以内，她仍然绝对忠实于他——这难道不是一种崇高的英雄主义的行为吗，难道不比把整个一生牺牲给一个她认为值得爱的人更加伟大吗？①

在乔治·桑看来，爱情是“从来不苦心孤诣地设法燃烧或鼓动我心中不再有的那种感情”。也就是说，爱情产生的源头并非头脑中的理性，而是如大自然一般神秘，是一种充溢于恋爱双方身心的神圣的情感冲动。企图用理性的头脑意志来左右爱情的想法和行为是愚蠢的。因此，当爱情之火在彼此心中熄灭，爱情以及因此而缔结的婚姻关系就应宣告终止。继续维持爱的空壳，无疑是恋爱与婚姻中最应遭受斥责的不道德行为。当前，婚姻制度存在的主要原因是理性认识的不足。一旦理性得以充分发展，这种沉痛的情感枷锁必将被打破，并代以神圣的、更加符合人性的新的结合方式。在这种关系中，恋爱双方能够充分保有个体思想及行为选择的自由，爱情由此获得了长久留存的可能。对于爱情的移易，乔治·桑在作品中表露出的态度十分明确：当爱情之火在心中熄灭，还要用温柔

① 转引自勃兰克斯：《十九世纪文学主流》（第五分册），李宗杰译，人民文学出版社 2009 年版，第 167—168 页。

的拥抱与体贴的关切来维持爱情的表象，这将使灵魂无数次坠入痛苦的深渊。正如雅克所说："我从来不要求自己把爱情当作义务，把忠实当作职责。如果我觉得爱情已在我心中熄灭，我就明说出来，既不感到羞愧，也不感到悔恨。"①而卢克莱修·芙洛丽安尼说得更加情深意切："我曾幼稚而盲目地沉湎于多次恋爱事件，其中没有一次结合我认为像这一次令我内疚的，那就是我昧心试图在情残意懒之后继续维持两人关系的一次。"②

在英国浪漫主义文坛上，诗人雪莱一直因其激进的自由主义倾向而被称为"疯子"与"恶魔"。在雪莱的心里，总是萦绕着一种想法：有一位拥有完美无瑕外表和无懈可击内在的女子在受苦，而他就是她的护身骑士。这样的想法使他的感情相当混乱，也正是这样的感情激发了其创造力和想象力。在其著名的《为诗辩护》中，他明确将爱情乃至情诗与自由联系在一起："个人奴役的废除，是人类心灵所能抱有的最高政治希望的基础。妇女有了自由，便产生歌咏男女之爱的诗歌。爱情成了一种宗教……"③雪莱崇尚自由的爱情，认为两个人只要相爱就可以在一起；两人结合的神圣性既非来自牧师，也非基于对法律或习俗的遵守，而只能是源于自由的结合。他的第一位妻子哈丽艾特，是一位咖啡馆商人的女儿，出身并不高贵。他带着她私奔了——因为哈丽艾特疯狂地爱着雪莱，而他也沉醉于她的美丽和温顺。后来雪莱认识了玛丽·戈德温，并以差不多同样的私奔方式使其成了他的第二任妻子。

雪莱信奉爱情的自由，他把爱当作世间最伟大的感情。他认为两性

---

① 转引自勃兰兑斯：《十九世纪文学主流》（第二分册），刘半九译，人民文学出版社 2009 年版，第 90 页。

② 转引自勃兰兑斯：《十九世纪文学主流》（第二分册），刘半九译，人民文学出版社 2009 年版，第 90 页。

③ 雪莱：《为诗辩护》，缪灵珠译，见刘若端编：《十九世纪英国诗人论诗》，人民文学出版社 1984 年版，第 142 页。

之间的爱是宇宙的一部分，是人对自然崇拜的一种体现，是人类最高贵最炽热的情感；这份爱既没有完全失掉情欲的因素，又随时能升华并容纳更多的精神质素，不应该被庸俗的陋习所限制。在《给——》一诗中，雪莱这样表达："我奉献的不能叫爱情，它只算得上是崇拜，连上天对它都肯垂青，想你该不致见外？这有如飞蛾向往星天，暗夜想拥抱天明，怎能不让悲惨的尘寰，对遥远事物倾心？"《心之灵》是一篇以爱情为主题的长诗，其中充满了真实的热情和对现实幸福生活的憧憬："真正的爱情不同于黄金和泥土，它不怕分给别人，越给越丰富。爱情像是理智，照临的真理越多，就越辉煌……"雪莱单纯地践行着他的爱情信条，却被世人无情讥讽嘲笑，为此他痛苦难言。在短诗《爱的哲学》中他说："你看高山吻着碧空，波浪也相互拥抱；谁曾见花儿彼此不容：姊妹把弟兄轻蔑？"但疑问没有得到解答，为此雪莱一生都在求解。

在《麦伯女王》的注释中，雪莱对其自由恋爱观进行了较为集中的理论表述。他说：

> 爱情是对美好可爱有所感知的必然结果。爱情在强制之下就要凋谢；它的本性就是自由；它同恭顺、嫉妒或恐惧是不相容的；它的信徒生活在信任、平等和率真的献身精神中；它才是最纯洁、最完整而又最无拘束的……一对夫妇只有在彼此相爱的时候，才应当继续结合在一起；当他们的爱情熄灭之后，任何法律还要强迫他们在一起实行同居，哪怕一时片刻，也是不堪忍受的暴政，而且也是最不值得忍受的。如果一种法律不顾人类精神好恶无常、动摇不定、容易迷误以及大有改善之余地等特点，规定友谊必须始终不渝，这岂不是法律对于个人的评判自由的一种多么可憎的监护吗？爱情的羁绊要比友谊的羁绊沉重得多，也难受得多，因为爱情更猛烈，更任性，更仰仗想象力的微妙

> 特质，更难得满足于对象的一目了然的优点……爱情是自由的；答应永远爱同一个女人，其愚蠢程度不亚于答应永远遵奉同一个信仰。①

在德国浪漫派作家那里，有一位经常以“卡洛琳娜”署名的传奇女性。德国浪漫主义文学的理论家和领袖人物弗·施莱格尔的《卢琴德》中女主人公的原型，正是该“卡洛琳娜”。翻开德国浪漫主义文学的发展史，当可发现——这位具有传奇经历的女性，几乎处于早期德国浪漫派圈子的中心地带。她不仅与当时德国浪漫派的众多重要人物关系密切，而且其与奥·施莱格尔、谢林之间的爱情纠葛堪称是对德国浪漫派爱情自由观念的伟大实践。

人们所熟知的卡洛琳娜有三次婚姻经历，与奥·施莱格尔的婚姻是她的第二次婚姻，之后则是与谢林的婚姻。1796 年，卡洛琳娜与奥·施莱格尔结婚。经由施莱格尔兄弟，她与蒂克、施莱尔马赫、歌德、赫尔德、黑格尔、谢林、费希特等人开始了长久而密切的交往，并很快与浪漫派哲学家谢林坠入了情网。奥·施莱格尔也是浪漫派爱情自由观念的伟大践行者。当得知卡洛琳娜爱上了谢林时，他毫不犹豫地同她解除了婚姻关系。离婚之后，卡洛琳娜称——他们所做的不过是解除了一个在他们看来几乎随时可以解除的约束。

在卡洛琳娜与奥·施莱格尔等人的爱情理念中，婚姻的自由选择是他们实践其爱情自由观念的主要体现。奥·施莱格尔的这种实践完全是浪漫主义的，这种天才的思想和作为在大众看来简直不可理喻。如果细究这些实践的根底，我们可以发掘到一个散发着灵动光芒的东西，那就是

---

① 转引自勃兰兑斯：《十九世纪文学主流》（第二分册），刘半九译，人民文学出版社 2009 年版，第 91 页。

“自由”。正是对“自由”的崇尚和向往引导了天才们的思想和实践。失去了“自由”的根基，爱情不再存在，婚姻也就成了苦痛的枷锁。由此我们就可以理解，在谢林和卡洛琳娜结合之后，奥·施莱格尔同他们之间的友谊并没有减少，而是紧密联系着。“哪怕再严重的个人纠纷和决裂，也不能拆散这些由于思想一致、由于争取思想一致的共同斗争而结合起来的人们。他们认为个体自由是不可让与的，既这样看待别人的自由，也为自己要求这样的自由。”①

在浪漫派的先锋人物这里，世俗社会及其法律加诸婚姻之上的枷锁几乎已被彻底拆除。与世俗的婚姻概念相比较，浪漫派的“婚姻”显然已发生质的改变。在很大程度上，他们只是把世俗社会的“婚姻”形式作为得到自由爱情的方式和手段。卡洛琳娜把婚姻描述为“随时可以解除的约束”，这一方面表明了浪漫派的自由爱情理念，另一方面也可以看出他们对世俗婚姻的蔑视。在这份蔑视的目光中，人们可以听到传统婚姻大厦的存在意义正在发生大规模的坍塌。

梅里美的《卡门》(又译《嘉尔曼》)，是一部极富浪漫主义色彩的小说。作品成功塑造了一个散发着永久魅力的吉卜赛姑娘卡门的形象。卡门的爱情经历及其对爱情的永恒追寻，堪称是乔治·桑“情感自由”即情感之“选择自由”的最佳文本表征。在事务性的具体运作中，我们可以说卡门是狡诈的、厚颜无耻的；但在涉及其内心的最高原则时，我们却不得不说卡门是率真的、执着诚挚的。卡门内心的最高原则是什么呢？透过作品的描述，我们发现卡门的最高原则便是：自由。在她看来，“自由”比什么都重要，她声称自己永远是自由的，永远要按自己的本性行动：“我要的是

---

① 勃兰兑斯：《十九世纪文学主流》(第二分册)，刘半九译，人民文学出版社 2009 年版，第 82 页。

自由,爱干什么就干什么。”①“如果有人禁止我做一件事,我偏要马上去做。”②忠于自己和热爱自由,是卡门持有的最高原则。从这一最高原则出发,她不能忍受社会强加给她的束缚;从这一最高原则出发,她为了谋取钱财可以不顾一切,可却又绝对地把金钱视为身外之物;从这一最高原则出发,当她爱唐霍塞的时候,她情愿在危急关头与之同生死、共患难,一步也不离开,但当她对唐霍塞的爱终止之后,任何劝说和威逼又都不能改变她的决定,即使在死亡的威胁面前,她也镇定自若,决不让步。在小说中我们可以看到:她在最后关头清楚地知道若自己不答应对方的请求他就会杀掉她,但她仍以十分沉着刚毅的态度忠于自己的信念和情感,她说:“你向我要求的是不可能的事情。我再也不爱你了;而你却还在爱我,所以你才要杀我。我也可以再跟你说些谎话;可是我现在不愿意这样做。”③“作为我的罗姆,你有权利杀死你的罗密。但是卡门永远是自由的;她生为加里人,死为加里鬼。”④宁愿死也要坚持捍卫自己自由的执着、刚烈、坚毅、傲慢,正是构成卡门这朵“恶之花”的核心要素,也是这个人物最突出、最吸引人的性格特征。而从“狗”和“狼”、“良民”和“自由人”的冲突上立意谋篇,卡门的形象内涵以及很大程度上由此所决定的她与唐霍塞的爱情悲剧,便被赋予了一种浓烈、深沉的独特意蕴。“自由”这个独特的聚焦点或者说创作主旨赋予整个情杀故事以非同凡响的高度。卡门代表的是一种远离社会文明的强悍个性,她始终执着于个体“自由”的最高生命意志。在与这种自由意志的强烈反差与对照之下,人们看到——正是现代社会的所谓文明使人变得矫饰而不自然,僵硬而不自由,软弱而缺乏坚强的意志,顾虑重重而丧失了行动的能力。

---

① 梅里美:《梅里美小说选》,郑永慧译,人民文学出版社1980年版,第408页。
② 梅里美:《梅里美小说选》,郑永慧译,人民文学出版社1980年版,第410页。
③ 梅里美:《梅里美小说选》,郑永慧译,人民文学出版社1980年版,第414页。
④ 梅里美:《梅里美小说选》,郑永慧译,人民文学出版社1980年版,第415页。

卡门始终追求和坚守的是充溢着强烈激情的自由的爱情。在这里，“激情和自由”是她选择爱与不爱、留下或离开的唯一理由。在卡门的爱情观里，忠于内心自由意志而做出选择就是对爱情的坚守与忠贞。由是，所谓文明社会的一切道义、伦理、责任等这些约束“良民”的精神与行动的枷锁对她便起不到任何作用。显然，就卡门所展现出的爱情观而言，“自由”这一个体生命的最高意志不但乃其灵魂，而且为其提供了行动的准则。对主体生命意志的信仰与坚守就是对自由的永恒追随。这意味着个体的一切思想、言语以及行为等只忠于且永远忠于一个真理——自由。而对于信仰自由生命意志的个体，若爱情的轨道偏离甚至背离自由的方向，则导致个体对此种爱情的决绝放弃。卡门这一形象体现了浪漫派作家所崇奉的个体对其自由生命意志的信仰与坚守，这在卡门生命遭受威胁时的决绝态度中得到了有力的凸显。

二

从逻辑上来说，面对一份感情，既然是“自由选择”，那自然就有两种可能的结果。“自由选择”的结果若是舍弃，则就有爱情的动荡不居和游弋不定；而“自由选择”的结果若是相反向度的“持守”，则就有爱情的“坚贞”。而且，因为这份“坚贞”的来源和基础是生命深处个体自由意志的“自由选择”，而非外在的社会“责任”或道德“训命”的强加规制，所以“浪漫之爱”的“坚贞”也就合乎逻辑地常常呈现为带有奇异强度与深度的激情绽放。

浪漫派对爱情、婚姻问题的热切关注，必然直接引出对与爱情、婚姻均密切相关的“贞洁”问题的探讨。英国浪漫主义诗人雪莱认为，社会所宣扬的所谓“贞操”观念是一种强盗式的可耻行径，这种观念像一颗毒瘤在人们大脑中肆意生长与扩散，腐蚀着人的心灵，操纵着人的头脑，使人心变得野蛮而无知。而德国的弗·施莱格尔则对男权社会无理施加于女性头上的所谓“贞洁”的愚昧观念表示了极大的蔑视和强烈的愤慨，并分析了这种世俗贞洁观所带来的一系列恶劣的品质和扭曲的风气，认为这种“贞洁”将直接导致一种伪善的道德；当“贞洁”沦为一种现实的目的，便必定无贞洁可言。的确，在对“贞洁”的实际探究中，作家与作家之间、一国与另一国之间，必然存在具体而微的观念差别及表述上的不同，我们显然不可能也没有必要在此关注全部论断中的细枝末节。下文将主要选取施莱尔马赫、斯塔尔夫人等人对世俗社会伪善的“贞洁观”的批判，努力从繁杂的观点评论中抽出观念的主线，以阐明浪漫主义者在此问题上的鲜明立场及核心观念。

就在写给朋友关于《卢琴德》的书信中，德国浪漫派思想家施莱尔马赫较早表露出他对虚伪造作之“贞洁”的厌恶与轻蔑。针对现实社会中极为偏狭的女性贞洁观的风行，他尖锐地指出——正是这种忸怩丑态彻底阻绝了崇高贞洁存在的可能性。他一方面揭开了社会宣称要消灭不贞洁的伪善面孔，另一方面又表达了一个事实，即真正的不贞洁如今正潜藏和寄居在社会每一处阴暗的角落里。因此，若要彻底消灭真正的不贞洁，则一切社交活动都将终止。此外，施莱尔马赫还讽刺了文明社会所谓“完善”的社会教育及其与实现真正贞洁的绝对对立，并进一步阐明，“完善”的社会教育同社会的彻底混乱与腐败一样，都将毁灭崇高与贞洁。

由批判世俗贞洁观的问题延伸开来，施莱尔马赫还探讨了“初恋神圣性”问题。告诫人们：在少不更事的年纪，把初恋认作持久爱情的归宿是极为幼稚的行为，献身于初恋这种看似神圣的妄念其结果是可怕的。缺乏情感经历的初恋只能作为一种体验与尝试。因此，不要因为“献身”（世俗贞洁观关注的重心）而把第一次爱情的尝试误认作一种永久的固定关系；否则，其结果很可能是两败俱伤，甚至失去继续寻求真爱的可能与激情。

斯塔尔夫人是法国乃至全欧浪漫主义风潮中不可不提的风云人物。

作为一位伟大的女性，她命中注定要与整个社会处于长久的对峙状态；作为一个流亡者，她不断穿行于欧洲许多国家。长期的流亡经历，使其为欧洲各国浪漫派作家之间的沟通与往来提供了良好的契机。从某种意义上说，斯塔尔夫人诸多精辟的见解跟她流亡多年的坎坷命运有很大的关系。命运使她遭受了长久的痛楚与磨难，却又同时赋予了她超越民族偏见的开放视野与非凡的理性思辨。

她能言善辩、俏皮可爱的天性气质，她的热情洋溢及丰沛的才思，正是19世纪浪漫主义时代所欣赏的。与很多女性作家一样，对爱情、婚姻等问题的探索与表达乃斯塔尔夫人长期文学创作活动中的焦点。这位深受敬仰的、散发着迷人魅力的伟大女性，是个真诚而率真的女人，她一生深信并热爱人的天性，对不但不能保护它反而对它造成压制、扭曲和损害的所谓道德与责任观念表示出极大的反感。为表明这一坚定的立场，斯塔尔夫人在其作品中竭力批判世俗的虚伪道德，并进而阐明自己的“真爱”道德观。

在《论情感的作用》中，斯塔尔夫人把情感与幸福而非道德、责任联系在一起进行探讨。她无视传统的道德观念，将全部精力置于研究人类各种情感对获取幸福的影响上。这种蔑视的态度无疑展露出她的基本观点，即爱情往往与直接体现为“责任感”的道德根本无关。作为作家，她最擅长描绘女性的情感，尤其是拥有智慧与天才但却因这一高贵品质付出惨痛代价的女性的情感世界。

在斯塔尔夫人毕生的文学创作中，《柯丽娜》被认为是其创作的小说中最成功的一部。主人公柯丽娜正是斯塔尔夫人特别擅长描写的女性典型。斯塔尔夫人借柯丽娜表达了她对女性贞洁观的愤怒：所谓“贞洁”只不过是女性追求爱情、获得人生幸福的可恶障碍；“一生没有污点”意味着永生忍受痛苦的压制，愚蠢而可笑。她的另一部女性小说《黛尔菲娜》中也表达了类似的观点。小说中，斯塔尔夫人借助黛尔菲娜为已婚妇女黛莱丝的道德本性所做的辩护表达了她对传统道德准则下的世俗贞节观的质疑：

> 她从未受过教育，但是她的举止高雅，语言纯正。她像意大利女人一样，虔诚迷信，从未认真地思考过道德，尽管她经常关心宗教。可是她是如此善良、温柔，如果她有一个配得上爱的男人作配偶，她不会疏漏任何责任。人们幸福时，他们自然的品质足以使自己诚实，但是当不幸和社会迫使你反对你的良心的时候，必须有一些经过深思熟虑的准则才可防范自己。在日常生活的交往中，道德与情感发生矛盾时，最可爱的人极其容易遭受危险。①

从反思女性贞洁观出发，斯塔尔夫人不仅看到了社会对女性的压迫，更进一步说明了戴着"贞洁"紧箍咒的传统女性不仅无法摆脱所谓"贞洁"的诅咒，也无法以任何现实所允许的方式获得爱情或家庭的幸福。赞美女性"一生没有任何污点"的社会习俗，所表征出来的正是男权社会中女性卑微与服从的处境；而正是这种处境，决定了女性在现实生活中几乎完全不具备追求真爱与幸福的可能性。作为一个智慧卓著的女性，斯塔尔夫人尤其感受到了女性在男权社会中向往家庭幸福、自由爱情与其追求崇高理想之间不可调和的矛盾。由是，其爱情观念便在整体上透出了阴郁冷峻的调子：在世俗社会的婚姻中不可能得到爱情和幸福；拒绝婚姻并企图在婚姻之外寻求真正的爱情和幸福也几乎是不可能的事。

相比之下，法国女作家乔治·桑在同一个问题上所表达的观点可能要更乐观明朗一些，至少在理念层面上的确如此。乔治·桑以她所信仰

---

① 斯塔尔夫人：《黛尔菲娜》，刘自强、严胜男译，花城出版社1998年版，第24页。

的爱情自由理念为真正的贞洁做了煞费苦心的辩解。

什么是真正的贞洁？真正的贞洁绝非世俗社会所宣称的贞洁。乔治·桑在真正的贞洁与虚假的贞洁之间设置了一个界限，这个界限就是“自由”。唯有存活于自由国度里的贞洁才是真正的神圣的贞洁，而世俗社会的伪贞洁则蒙蔽了人们对贞洁之真伪的辨识，使真、伪贞洁最终同归于尽。可以说，“自由”在乔治·桑对两性情感问题的探索体系中着实是一个“光源”，它源源不断的光亮将爱情、婚姻、贞洁等观念在为世俗所遮蔽的腐朽、恶臭的阴暗角落里照亮，并为之注入鲜活的血液，赋之以崇高而自由的新生。

乔治·桑创作的很多作品都涉及女性“贞洁”问题，不过，她较少直接表达对世俗社会“贞洁观”的讽刺与鞭挞，相反，她一直在煞费苦心地致力于建立一种新的“贞洁观”。她在这些作品中所描画的女性形象集中表达了其关于未受虚伪社会观念腐蚀的纯洁高尚的女性天性。她笔下的女性形象具有女性本性中天然的矜持、热情等品质，她们常常很容易感受到爱情的狂热与激情；而且，享受一段激情或者在激情消退之后旋即投入另一段销魂的激情仍然不会使其失去天性中的贞洁。在乔治·桑的这些作品中，我们常常能看到她赋予女性一种真正的品德上的优越，例如埃德美、康素爱萝等女性形象，她们的天性中始终具有一种无法动摇的坚定，这些女性所做的一切事情都是围绕艺术、文明以及自由理想等问题进行的。

乔治·桑极负盛名的作品《卢克莱修·芙洛丽安尼》事实上并不那么容易为人理解与接受，它常常使人畏惧、遭人斥责。原因就在于作品的意图是为一个未婚妇女做辩护，而这个作家极力想要维护的妇女——她的四个孩子竟然分别是与三个男人所生。对于这样一个令众人恐惧与惊诧的“恶妇”，如何能为她征得有利的证据以证明其贞洁？事实告诉人们，乔治·桑最终成功地完成了这一几乎不可能完成的艰难任务。她甚至让读者认识到：由于女性与生俱来的天性特质，她们注定精力充沛、满怀热情，生来就带着唯一、神圣、高尚的使命，那就是永远地追随爱情；与此同时，女性天性中的高尚品质又决定了她们绝不可能腐败与堕落。不妨看看作者在《卢克莱修·芙洛丽安尼》中阐发其观点的片段，以加深对乔治·桑这一观念的认识：

> 卢克莱修·芙洛丽安尼就天性而论，——谁会相信呢？——竟像一个小孩子那样贞洁纯净。一个女人爱过那么多次，爱过那么多人，人们听见这样谈论她，必然会觉得奇怪……大概她的肌体的肉感部分特别发达；虽然她对那些不讨她欢心的男子仿佛冷若冰霜……在她罕有的心情平静时，她的头脑也会安静下来；假如能让她永远看不到异性，她本来可能成为一个极好的尼姑的，宁静沉着而又精神饱满。这无异于说，当她悠然独处时，什么也比不上她的思想更加纯洁；可是当她热爱着的时候，从感官方面来讲，她认为她的情人以外的一切都是孤独寂寥的，虚无缥缈的，毫不存在的。①

卢克莱修本人在谈到爱情时说道：

> 我知道，人们把爱情说成是一种性感的冲动；然而对于有才华的女性来说，这是不真实的。对她们来说，爱情走着一条很有规律的途径。爱情首先占领着头脑，敲扣着想象的大门。没有打开这道大门的金钥匙，爱情是走不进去的。一旦爱情在那儿取得了控制权，它就下降到更低的境界；它逐渐巧妙地渗透到我

① 转引自勃兰兑斯：《十九世纪文学主流》(第五分册)，李宗杰译，人民文学出版社 2009 年版，第 166—167 页。

> 们所有的官能里去；然后，我们热爱着那个男子，他像上帝，像兄弟，像丈夫，像一个女性所能爱的一切而统治着我们。①

乔治·桑尖锐地指出：社会给爱情强加的所谓义务与责任是真爱的灾难，因为这意味着在无爱的状态下其仍以一种强制的“忠实”约束彼此的关系和行动。从现实来看，它被当权者认为是社会和谐稳定的条件，然而从人类文明的发展来看，这种强盗式的心灵捆绑却无疑显示着人性的退化和社会的野蛮化。在乔治·桑被斥为“不道德”的作品之一《贺拉斯》中，人们听到了主人公的如下陈词：

> 我相信，那种用美好的感情和思想使我们升华并赋予我们力量的爱情，才能算是一种高尚的热情；而使我们自私自利，胆小怯懦，使我们流于盲目本能的下流行为的爱情，应该算是一种邪恶的热情。因之，每一种热情究竟是合法的还是犯罪的，要看它产生的是这样一种结果，还是那一种结果。官吏社会并不是人类的最高法庭，它有时会把恶行合法化，并对善良的热情施加惩罚，这是无关紧要的事。②

对个体自由的永恒求索，在卡门身上直接体现为其每每不能长久的爱情经历。这种被所谓文明社会怒斥为不忠贞、不道德的行为却在自由意志的观照下获得了完全相反的评判。在这种强烈的对照中，世俗的文明社会显示出了它道德的虚伪和情感的苍白；而卡门不长久的爱情也在

① 转引自勃兰兑斯：《十九世纪文学主流》（第五分册），李宗杰译，人民文学出版社 2009 年版，第 167 页。

② 转引自勃兰兑斯：《十九世纪文学主流》（第五分册），李宗杰译，人民文学出版社 2009 年版，第 154 页。

其自由意志的持久信仰中得到了肯定与赞美。从某种意义上说，对自由意志的执着信仰才是隐藏在卡门不持久爱情经历表象下的真实。自由生命意志引导个体与已逝爱情决裂，并产生继续追寻真爱的可能性。由是，当自由之恒久真爱到来时，便表现为个体对自由真爱的激情、狂热与持久。这用乔治·桑的《卢克莱修·芙洛丽安尼》中同名主人公的话来说就是："我在热情奔放时曾经发誓要永远爱他，而且是以绝对忠实的信念起誓的。每逢我热爱时，爱得那么热烈，爱得那么全心全意，我自己都相信这是我生命中最初一次爱情，也是最后一次爱情。"①

大致说来，浪漫主义者遵从卢梭的自然观念，认为爱情拒绝伪饰，爱情之本真在于自然，他们主张回归自然状态的爱情。夏多布里昂《阿达拉》中主人公狂热的爱情与大自然的狂风暴雨相互衬托所形成的强烈情感和大自然的风雨雷电的共响，乃回归自然本真状态的人在爱情降临之时激烈乃至狂热的情感表达，堪称浪漫派作家爱情文本的典型形态。面对真爱，一种遵从内在生命意志之"自由选择"而释放出来的矢志不渝，甚至被赋予了超越时间与空间的巨大力量——其强度和深度非但不会随时间或空间的改变而有所减退，相反甚至会在时间与空间的延展中越发疯狂与炽烈。"也许，人的情感的欠缺也同物理法则一样简单，可以通过其他方式得到补偿：理性主义者压制了自己的感情而从性欲发泄中得到了补偿，浪漫主义者克制了自己的性欲，却从感情的倾注里获得了满足。"②在众多浪漫主义诗歌文本中，诗人们也开创了与以往古典主义苍白虚饰、平庸不堪的描写截然不同的诗歌面貌。对于浪漫主义者而言，爱恋与苦思中那种充满激情的癫狂状态和无法克制的强烈情绪，往往通过歇斯底里的猛烈喷发肆无忌惮地倾泻出来。他们着力于表达个体强烈的心灵感

① 转引自勃兰兑斯：《十九世纪文学主流》（第五分册），李宗杰译，人民文学出版社 2009 年版，第 168 页。

② 莫尔顿·亨特：《激情自然史》，赵跃、李建光译，作家出版社 1988 年版，第 413—414 页。

受与体验，抒发内心的狂躁不安与哀伤忧郁。当爱情成为个体内心忧郁愁苦的原因时，各种癫狂的情绪和举动便纷纷出现。不妨从当时一位三个星期未能与恋人相见的男子在致恋人的信里狂乱疯癫的倾诉中捕捉这种情绪：

> 我像一头猛兽在森林里狂怒乱叫。痛苦地在地上翻滚，将身边的树杈放进嘴里嚼得嘎嘎作响……盛怒之下，我把手伸进嘴里拼命地咬着，疼痛使我浑身痉挛，汗如雨下；鲜血从我咬破的手指处喷涌而出，我对着苍天啐出一口我的血肉……我多么想向上天吐出我这颗破碎的心啊！①

在启蒙学派的理性主义者看来，无论什么性别，所有人从根本上来说都是平等的；相形之下，浪漫派则倾向于探究男女之间的诸多不同或互补的特征。比如说，基于对妻子多萝西娅的观察，弗·施莱格尔就认为女人比男人更容易走向诗歌和宗教。拜伦有类似观点，但表述却更为刻薄——爱情是女人唯一关心的东西。浪漫主义时期，《为女性权利辩护》的作者玛丽·沃斯通克拉夫特与斯塔尔夫人这样的女权先锋，已开始大刀阔斧地向以男权为中心的话语发起了挑战，但事实上历史的进展往往过于艰难和缓慢，——至少在这些女权先锋自己的生活中，其作为女性的现实权利与其理论观念相比显得实在是有些过于惨淡。自由地更换爱人或丈夫这一诉求在当时绝大部分女性那里遭遇到普遍的反对。在法国大革命以及随后发生的战争中，大批青壮男子失去了生命，惨重的伤亡给所有人都带来了沉重的痛苦，而对妇女的负面影响尤甚。

对爱情的执着，合乎逻辑地使这些思想解放的先锋成为绝望的受害

---

① 莫尔顿·亨特：《激情自然史》，赵跃、李建光译，作家出版社 1988 年版，第 413 页。

者。比如玛丽·沃斯通克拉夫特曾热烈地追求画家福塞利，直到画家的妻子将其赶走；后来因被其美国情人吉尔伯特·伊姆利抛弃，她一度试图跳水自尽；最后她在与戈德温生下女儿玛丽·雪莱之后便撒手人寰。在很长的时间里，作为有夫之妇的斯塔尔夫人则因为一连串"不合适"的私通关系而饱受诟病。事实上，其笔下的柯丽娜便是她的自画像——反映了她在感情生活中的沮丧和对自我实现的幻想。弗·施莱格尔的小说《卢琴德》给出了浪漫主义的另一个答案——通过婚姻的结合，两个相互补充的灵魂，最终实现永恒的统一。所谓"彼此精神连接的永恒结合"乃该书的主题，可不无讽刺的却是该书实为弗·施莱格尔与一已婚妇女(多萝西娅·法伊特)在私奔期间所完成的。在爱情与婚姻的关系问题上，浪漫派似乎忽略了一个事实：越高标爱的狂热，婚姻的基础便越容易被摧毁。正因为如此，在后来者乔治·桑那里，对离婚自由的呼吁便成了更为紧迫的任务。在乔治·桑所建构的两性关系的理论坐标系中，最引人瞩目的首先是她对爱情与婚姻相冲突的表述：社会制造出"婚姻"作为"爱情"的存在方式与归宿，然而"婚姻"却把"爱情"抛入难以逃离的苦难陷阱而最终使其毁灭。爱情与婚姻这种本质上的对立来自：爱情的本性是自由，而婚姻的本性则是枷锁。因此乔治·桑断言："我不怀疑，如果人类向着正义和理智的方向发展，婚姻将被废除。"①

"除了对19世纪的社会进行相当激烈和进步的评论外，自由主义的潮流也围绕着婚姻和离婚的问题打转。和其他一些开放的思想动态一样，自由主义也具有多面性，且各不相同，但有一点是自由主义者所共同关心的，那就是争取个人幸福和拒绝外人干涉私生活等问题。这种信念很容易诱使自由主义者前去支持婚姻和离婚的政策，因为这些政策最大限度地体现了个体自由，而他们正是从个人，而不是社会的角度来处理这

① 转引自莫尔顿·亨特：《激情自然史》，赵跃、李建光译，作家出版社1988年版，第441页。

些问题的。这并不等于他们对于婚姻和离婚可能会对男人、女人、孩子、社会等产生的影响漠不关心,而是说明他们更重视某种必要性,即尽可能地扩大个体自由,而缩小社会限制,当然人人都应该明确自己的责任。"①基于"情感自由"的爱情理念,浪漫派作家对传统的婚姻制度进行了大胆的质疑和否定,并由此展开了对"自然婚姻"等理想婚姻形式的探索。所有这一切尽管遭到了保守势力的反对与咒骂,但历史已经证明并将继续证明——浪漫派高贵的自由思想符合人类文明演进的方向。

三

18 世纪有一位叫 W. E. H. 利奇的智者,他是爱尔兰的一位历史学家,致力于研究人类道德进化。他曾说:"我们应该承认,知识的进步(这种进步通常是与生活中的禁欲理论完全对立的)与神学观点同时表明人的天生性欲比人本身获得幸福的欲望要大得多。"②"性欲"是人性中最本原的存在,一切艺术形式的萌发与兴盛都与之直接相关,而"文明"社会对肉感的遮掩与否认几乎吞噬了一切纯洁、炽热爱情生长的可能性。在理性主导的时代,肉体被严实地掩盖起来深藏于密室,被置放在社会进步与文明的对立面,被贴上了不雅甚至肮脏的标签。纵然如此,人们几乎永远都可以想象一个天使般纯情的扮相下面很可能隐藏着一个高级妓女的本相。天才的浪漫派作家精准地捕捉到了这一事实,并潜入披着精神与文明外套的社会大本营,诱引其苍白本质的自然暴露,剥除其伪善的皮囊,继而为时代注入崭新的血液。浪漫主义者试图以其肉欲观解读人类一切精神活动的根源,甚至以此解释宗教的发生,这种尝试很容易使人们想到叔本华的性爱学说。无论是在 18 世纪末还是 19 世纪初,浪漫派作家对

---

① 罗德里克·菲利普斯:《分道扬镳——离婚简史》,李公昭译,中国对外翻译出版公司 1998 年版,第 219 页。

② 莫尔顿·亨特:《激情自然史》,赵跃、李建光译,作家出版社 1988 年版,第 431 页。

“肉欲”的看法无疑都是令时人震惊的。

“在18世纪，‘热情’是一个贬义词。热情的情感和奔放的想象都受到怀疑，被视为产生谬误、贻害社会的根源。……洛克建议父母扼杀孩子的诗兴，因为那是胡思乱想的领域。牛顿也认为诗歌是‘精心编造的胡言乱语’。……伏尔泰和达朗贝尔坦率地承认，‘靠想象创作的现代作品普遍不如前人的同类作品’。”[①]而典型的浪漫主义者却往往都为自己能够满怀激情地坠入情网而感到自豪，普遍声称爱情首先是一份自由的激情。《阿达拉》中主人公的爱情与大自然的风雨雷电相互映衬，乃回归自然本真状态的人的爱情之炽热的表达，堪称浪漫派作家爱情文本的典型。人们将很快看到——基于这种回归自然、回归人性本真的爱情观，浪漫主义大师们不断致力于那长期被遮掩和压抑的肉欲的彻底释放以及对天性自由之狂热爱情的本真追索。

在席卷整个欧洲的浪漫主义风潮中，各国作家对性爱观念的具体探索因社会环境与发展阶段、历史传统与民族习俗等方面的差异而不尽相同。但大致来说，在卢梭“崇尚自然”精神的引领下，典型的浪漫主义作家常常倾向于对性与爱交融的理想爱情模式的描摹。以《卢琴德》发声的德国浪漫派，在浪漫主义文学运动之初就开始了对性、爱统一的两性和谐性爱观的理论探索。熟悉德国文学史的读者不难发现，如何调和女性特性中的性欲特征和理智、精神特征，是18世纪末德国作家所遭遇的一个重要问题。由于性欲激情被认为是可耻或不体面的，因此作家们在触及有关“好(Good)”女人的话题时感到并不容易处理。由于18世纪小说反映了“坏(Bad)”女人和“好”女人之间的较为明确的分隔，小说对女性的这种简单的区分本身也与当时社会对于女性的普遍观念相一致。这也正是

① 罗兰·斯特龙伯格：《西方现代思想史》，刘北成、赵国新译，中央编译出版社2005年版，第197页。

弗·施莱格尔在其小说《卢琴德》中所要探讨的一个重要话题。他想要展现两性情感关系中的全部的复杂性,并表明,性欲激情并不是可耻的,而是恋爱双方融入彼此的一种极其重要的表达。换句话说,同一个女性可以既是极具性欲诱惑力的妖冶女人,又是令人敬慕的绝代佳人。以此为出发点,便引出了弗·施莱格尔在有关两性爱情问题上的基本观点:一份理想的两性爱情关系,不仅包含精神的融通,也包含性欲的激情。对于《卢琴德》中一些充满激情的色情片段,即便当今的读者也会感到很震惊:

> 微妙的火焰流遍了我的血管;我梦寐以求的不只是一个吻,不只是你双臂的一个拥抱;不只是避开忍耐的荆棘,不只是甘愿臣服,冷却那甜蜜的火焰;我欲求的不仅仅是你的唇、你的眼或你的身体。不如说,我要的是所有这些浪漫地混合在一起,是最丰富的记忆与渴望的奇幻交融……我们之间,机智与欢喜此起彼伏,成了我们合二为一的生命的共同脉搏。我们彼此相拥,像宗教一样忘我。我乞求你,把身体完全交给疯狂吧,哪怕就一次;我乞求你,打开你难填的欲壑吧。①

弗·施莱格尔将男女爱欲表述为"像宗教一样忘我",这的确令当时的一般基督徒目瞪口呆,但宗教和爱情对于很多浪漫主义者来说真的是相互贯通的:既然浪漫主义艺术是"宗教在美学上的延续",而艺术与宗教相互纠结缠绕,爱与艺术在很多时候又难解难分,所以说爱与宗教水乳交融、互为表里也就没有什么奇怪的了。克莱门斯·布伦塔诺在其小说《戈德维》中称,只有纵欲的人才是真正属于宗教的人,因为"人如果天性上倾

① Friedrich Schlegel: *Lucinde and the Fragments*, University of Minnesota Press, 1971, p. 44.

心于欲望的快乐,但却不放纵其中,那才是腐化的。没有什么人比一个喜爱肉欲享受的贞女更不贞的了"。而习惯把宗教启示和性爱经验混为一谈的诺瓦利斯则称:触摸到了人体就是触及了天堂。在其经典诗作《夜颂》中,他将黑夜、死亡和性融为一体。①

以弗·施莱格尔的《卢琴德》等为代表的德国浪漫派作品将"性"与"爱"融合为神圣爱情的两个维度,开创了浪漫主义文学在有关两性情感关系问题上的崭新视野。他们在实用主义价值观盛行的社会风气下,大力宣扬浪漫主义艺术的无目的性,主张随心所欲,并提出了和谐、统一、性爱交融的持久爱情构想。这种对理想爱情的探索显示了德国浪漫派敏锐的直觉,其理论探索成果对整个浪漫主义自由爱情观的构建有着不可忽视的影响。与下文将提到的 19 世纪英国浪漫派的两性爱情理论相比,尽管《卢琴德》被当时的很多评论家贬为色情小说,但事实上,弗·施莱格尔在这部小说中所传达的爱情中的性爱观念仍是相对谨慎与保守的。在小说主人公尤里乌斯和卢琴德的理想爱情中,心灵上的高度契合显然被描绘成理想爱情的首要和最重要的基础,而性爱,则是在心灵契合基础上的一种升华。也就是说,心灵的契合对于真爱而言,更珍贵、更首要,而身体的结合则是一种升华和补充。

乔治·桑试图打破社会旧俗对爱情中的"性欲"元素的虚伪的贬低与规避,倡导一种健康、自然的性爱观念。在她看来,对于激情和本能的抑制或轻蔑是做作和虚伪的。她把爱情中的性欲表达称为世界上最神圣、最值得尊敬的事,倡导爱情中的"身心的完全结合",即"性"与"爱"的合一。不过,人们从如上观点的直接陈述返回到其具体的文学创作中时,却会发现一种微妙的变化。从其早期激情小说如《印第安娜》《瓦兰蒂娜》,

① 蒂莫西·C. W. 布莱宁:《浪漫主义革命:缔造现代世界的人文运动》,袁子奇译,中信出版社 2017 年版,第 76—77 页。

到中期社会问题小说如《康素爱萝》《木工小史》，再到晚期田园小说如《魔沼》《小法岱特》《弃儿弗朗索瓦》《笛师》，乔治·桑对于爱情中的性欲冲动的细节描写却相当委婉与节制。事实上，在有关性爱的问题上，由于深受卢梭“回归自然”观念的影响，乔治·桑把性欲视为人类的天然激情。在她看来，性欲并不可耻，相反，在心意相投的真挚爱情中，它还常常是一种有益的补充和提升。但尽管如此，在将性欲从旧有的社会伦理观念中解放出来的同时，她也并没有过多地强调它。

相较于早期德国浪漫派和法国浪漫派在处理爱情中的性欲问题上相对保守的态度，性、爱合一的理想爱情观念在英国浪漫主义诗歌的全盛时期得到了最贴切、最完整的诠释。

以另一种不同于华兹华斯、拜伦、雪莱等人的方式——一种未能满足的肉体的欲望的升华，济慈创作出他赞颂情爱的诗篇。在献给芬妮的一首遗作中，他对爱人全部的占有欲在一种灼热的激情中喷发出来。他要独占她的一切，而尤其着意强调要占有她全部的肉体。“他要把灵魂栖息在她炫目的胸脯上，把手围在她的腰间，从她的头发里感受她温暖的气息……他要完全占有她，包括温暖的、白皙的、透明的、蕴藏千万欢乐的胸脯……”①从诗歌的情绪来看，主导济慈爱情的绝非理性抑或伦理道德观念，而是一种追随爱情的疯狂，这种疯狂浸透着强烈的肉感意味。在他的另一首十四行诗《星星，愿我坚定如你》中，结尾同样充满肉感：

> 枕着我爱成熟的胸前，
> 永远感受着柔软的起伏，
> 静静，静静听她温柔的呼吸，

---

① 转引自莫达尔：《爱与文学》，郑秋水译，湖南文艺出版社1987年版，第190页。

永远活下去——或者昏眩死去。①

爱情与自由这两个主题在浪漫主义诗人那里往往被处理成一个相互渗透和统一的情感命题。浪漫主义的自由爱情观在雪莱的创作中得到了最为全面而统一的表达。雪莱对既定婚姻制度的批判正是由他一生信奉的自由恋爱观延伸而来的。他在《麦伯女王》的注释中称：

一对夫妇只有在彼此相爱的时候，才应当继续结合在一起；当他们的爱情熄灭之后，任何法律还要强迫他们在一起实行同居，哪怕一时片刻，也是不堪忍受的暴政，而且也是最不值得忍受的。如果一种法律不顾人类精神好恶无常、动摇不定、容易迷误以及大有改善之余地等特点，规定友谊必须始终不渝，这岂不是法律对于个人的评判自由的一种多么可憎的监护吗？爱情的羁绊要比友谊的羁绊沉重得多，也难受得多，因为爱情更猛烈，更任性，更仰仗想象力的微妙特质，更难得满足于对象的一目了然的优点……爱情是自由的；答应永远爱同一个女人，其愚蠢程度不亚于答应永远遵奉同一个信仰……当前这种强制性的制度在大多数情况下，只有制造伪善者和公开敌人的作用。敏感而又有德行的人们，不幸同一个他们所不爱的人结合在一起，但是为了照顾他们配偶的感情或者共同子女的福利，不惜强颜为欢，消磨了他们一生最美好的年华；至于为人并不宽宏大量的人们，他们则公开地宣布自己的失望，在一种不可救药的勃豀和殴斗的状态下，苟延残喘地度过只有死亡才能消解的怨偶生涯。他们的子女的早年教育则染上了父母鸡生鹅斗的色彩；他们是在

① 转引自莫达尔：《爱与文学》，郑秋水译，湖南文艺出版社 1987 年版，第 190 页。

> 坏脾气、暴行和虚伪的正规学校里被教养大的……婚姻是无法拆散的，这个信念使性情乖张者受到了最强烈的诱惑：他们肆无忌惮地发泄着怨气，沉湎于家庭生活中所有小小的暴政，因为他们知道，他们的牺牲品是有口难开的……假如一个女人顺从了绝无过错的自然（原文如此）的冲动，社会便向她宣战，这是一场残酷而永久的战争；她必须是驯服的奴隶；她不得有任何报复行为；社会有迫害的权利，而她只有忍受的义务。她生活在耻辱之中；喧嚣而恶毒的讥笑声堵塞了她的任何自新之路。她死于长久缠绵的疾病；但是，她做了错事，她是罪人，她是桀骜不驯的顽童，——而社会这个年高德劭、守身如玉的保姆，则从她洁白无瑕的胸怀里把她像怪胎似的抛开了！……大概难以设想还有什么制度，比婚姻更其刻意敌视人类的幸福了。我断然相信，废除了婚姻制度，将会产生正当而自然的性关系。我绝不认为这种性关系会变成一种杂交；相反，由于父母同儿童的关系，这种结合一般会是长久的，而论及宽厚与诚挚，它将超过其他一切结合……事实上，目前状态下的宗教和道德形成了一部不幸和奴役的实用法典；维护人类幸福的天才必须从这本邪恶的圣经上把每一页都撕掉，人才能读到他心中的题词。用僵硬的胸衣和盛装打扮起来的道德，如果朝着自然的镜子照一照，她将会怎样为自己可憎的形象感到惊愕啊！①

在雪莱看来，真正的爱情排斥一切强制性，强制性消解自由的可能，而自由正是真爱存在的永恒根基。由此，法律监视下的婚姻制度显然是

① 转引自勃兰兑斯：《十九世纪文学主流》（第二分册），刘半九译，人民文学出版社2009年版，第91—93页。

荒谬的无理规定。雪莱论证了法律对无爱婚姻施以强制性的荒谬和愚蠢。他认为,无爱的婚姻给婚姻双方带来了无法解脱的灵魂上的痛苦与折磨,在封建的野蛮法律信条制约之下出产的一套家庭伦理观念以"忠实、责任"的名义强化了它对婚姻的掌控力量。而无数婚姻事实也论证了这种法律的荒谬性。这种勉强维持的婚姻关系,无论是对婚姻双方还是对其共同子女都造成了身心上的巨大摧残,这比人间最为残酷的摧残和杀戮恐怖得多。由此,雪莱指出:婚姻制度是人类社会存在着的最荒谬最无耻的制度,它的存在昭示了社会的野蛮和退步。他认为只有消灭了这种残酷的制度,人类文明才有可能向前推进。在对婚姻制度进行批判的同时,雪莱也对两性的结合方式进行了新的构想。雪莱认为两性情感关系的理想形式必须关注两点:一是恋爱双方,二是儿童。真正理想的长久的两性情感关系既要使儿童的生活得到良好的保障,同时又能使恋爱双方彼此享有个体的自由。在此问题上,人们在《麦伯女王》的注释中能明显感觉到他与乔治·桑观点的相似性,不过,雪莱在对"自由"之于两性情感问题的重要性比乔治·桑有更直接的表达与更明确的追求。他对当下不自由的婚姻枷锁的控诉,与很多浪漫主义作家如施莱尔马赫、乔治·桑等人相比,也更加自觉与强烈。值得注意的是,在雪莱的爱情理想中,"肉欲"无疑成为其最为强烈而鲜明的成分,而这种情形正可以解释他一夫多妻观念的来源。在雪莱的爱情哲学里,肉欲的本能实际上是个体尤其是男性潜意识中惯常出现的部分,只是文明社会借助婚姻制度对这种潜意识的本能进行了压抑与扭曲,甚至企图连根拔除。然而事实上,不论婚姻制度如何改进与完善,其约束的本质就决定了它与自由爱情的永恒冲突。每个时代,尤其是在婚姻生活不甚美满的时候,抑或当丈夫对妻子的爱逐渐消退的时候,潜意识中的这种备受压抑的本能就会猛烈地爆发出来。雪莱的两次婚姻都没有使他尝到爱情狂热的激情以及爱的永恒体验,相反,在婚姻关系持续不久的时间内,其内心所残存的微弱的爱的火焰便很快被浇熄而代之以加倍的孤独与忧伤。19 世纪英国浪漫主义诗人对浪漫主义爱情的表达因其个人的特质而各有不同。然而不论有何差别，总体来看，浪漫主义繁盛时期的英国的伟大诗人们皆是在浪漫主义先行者解放了不可说的“肉欲”之后，以新的理性沉思，在浪漫主义精神的狂热激情之中，对性欲与真爱的可能性进行了新的有益探索。他们的诗歌直接（情诗）或间接（非情诗）地传达出浪漫主义爱情中“性”与“爱”合一的理想爱情状态。

第三节　民族解放与文化多元论

在开始是抵抗他国干涉后来是干涉他国的对外战争中，法国大革命及其衍生出来的拿破仑时代令法国的民族情绪陡然高涨。大革命在法国不仅推翻了君主专制，解放了昔日的农民和农奴，而且大大焕发了爱国精神；而随着拿破仑大军所向披靡、攻城略地——不断侵入瑞士、意大利、德意志地区、波兰、俄国等，抵制法兰西的民族主义情绪与行动亦迅速弥漫整个欧洲。

作为一种引人注目的意识形态，民族主义或许后来转向了反动，但在其刚刚兴起的 19 世纪初叶，它既不反对自由主义，也不全然是国际主义的对立面。它仅仅意味着民族是旧有社会政治秩序土崩瓦解之后新的社会平等的天然载体——所有民族均有自由自决的权力，所谓“民族性”不过就是上帝赋予每个民族在塑造人类过程中的角色。

浪漫派高标个体与独立，否定作为政治实体的国家的权威，但承认个体恒受民族语言、文化遗产的制约，乃至承认自由的个体要通过特定的民族身份来实现自我，因而他们本能地认同自由主义的民族主义，并信守文化多元论。与当时方兴未艾的民族主义思潮相呼应，浪漫派作家普遍表现出对异族文化风情的热切关注和对民族解放斗争的坚定支持。

民族情结如厉风狂涛般奔涌而出，浪漫派诗人们纷纷从民族的生活源泉中汲取营养，热切地研究民族的历史习俗、民间传说故事、民族诗歌等多种不同的文学样式，以求重新唤起民族的认同，捍卫民族特有的文化传统、艺术追求与审美标准。这的确应了英国博物学家赫胥黎的那句话——在很大程度上，民族是由它们的诗人和小说家们创造的。

二

1789 年法国大革命爆发之后，“自由、平等、博爱”潮起，萦绕欧洲各国久矣的君主专制开始土崩瓦解。同时，随着拿破仑的横空出世与法兰西共和国的迅速崛起，欧洲均势陷于失衡。为此，沙皇俄国提出建立一个以基督精神为核心、互帮互助的“神圣同盟”，英国则主张结盟成由英、奥、俄、普四国主导的“四国同盟”。但两个倒行逆施的同盟并未使失衡-失宁的欧洲局势彻底改观。19 世纪初叶，德意志、意大利仍然四分五裂，希腊、波兰、匈牙利等弱小国家的主权依然屡遭践踏，欧洲各地骚乱不止。

拿破仑的军队废除了各国的旧式君主制度。一旦旧的社会等级秩序土崩瓦解，民族就成了新的社会平等的天然载体。民族精神类似血液本能，无形但却深沉，无声但却坚韧。长期处于暴力压迫与被征服、被控制境地的民族，其存在状态恰如一根被外力扭曲的枝干：一旦附着在枝干上的外力消除或减弱，则枝干必然以强过自身百倍的惊人力量反弹。19 世纪初叶，历史巨变的风云激荡，使得强势民族对弱势民族的主宰得以松动，被压迫民族争取自由解放的潮流趁势生发，遽然不可抑止。各民族纷纷基于民族意识的觉醒大力伸张自己的自决权力，要求民族独立的自由风潮由是汹涌澎湃，一时间民族独立运动与民族解放战争的硝烟弥漫全欧。质言之，“民主”“人民主权”搅起的社会-政治动荡摧毁了贵族专制，站起来的乃代表一定范围内之“人民”的“民族”，于是有了自由民主风潮下的民族主义理论和运动。民族主义本来就是革命的题中应有之义。另外，随着工业革命所带来的交通状况和通信技术的迅速改进，一方面是市场经济发展在主导着竞争性统一市场的形成，另一方面是大城市的崛起伴随着农业社会的衰落。“技术因素和经济因素促成了集中化的历史运动”[①]；尤其值得一提的是，18、19世纪之交迅猛扩展的“阅读革命”也起了不小的作用，对打破农业文明积淀下来的地域文化的藩篱来说，在全国流通的杂志和书籍在这方面堪称居功至伟。19世纪初叶，迎着新世纪的曙光，人们被全球化陡然加速的阔步裹挟着从农业时代的地域联合、地域联系转向更大的共同体；尤其是在刚刚经历了大革命与拿破仑战争对旧秩序的摧毁性冲击之后，人们对这种大的共同体的心理需求与现实需求自然就转向了对族群或民族的认同。

将目光转向19世纪中后期的欧洲：德意志和意大利的民族统一运动搅动并重构了欧洲的格局，奥匈帝国基于民族自决原则宣告分裂，奥斯曼土耳其帝国中的希腊、塞尔维亚、罗马尼亚、保加利亚各族基于同样的民族自决原则要求建立主权国家，波兰境内接连发生旨在建立民族国家的暴动……有学者慨叹：民族自由堪称19世纪欧洲历史展开中的一条红线。[②] 而勃兰兑斯在《十九世纪文学主流》中则称：“在德国，民族精神在解放战争时期被唤醒，传播开来并且发扬光大；在俄国，它和这个国家化为一炬的古老首都一道发出了光辉(指俄国抗击拿破仑时主动实行烧毁莫斯科的焦土政策)；在英国，它激起人们对威灵顿和纳尔逊的热情，并且通过从尼罗河一直打到滑铁卢的一系列血战，维护了英国声称必须拥有海上霸权的古老要求；在丹麦，哥本哈根轰鸣的炮声，唤醒了一种新的民

① 罗兰·斯特龙伯格：《西方现代思想史》，刘北成、赵国新译，中央编译出版社2005年版，第275页。

② 埃里克·霍布斯鲍姆：《民族与民族主义》，李金梅译，上海世纪出版集团2006年版，第22页。

族精神,同时创造了一种新的文学。”①而这一切依赖于19世纪初叶的民族主义思想潮流。“民族主义是关于民族文化的成员身份和历史连续性,关于将个人当前生活和未来发展视为与他人共享的经验的重要性的理论。”②作为19世纪的一种引人注目的意识形态,民族主义的理论主张大致包含如下方面:(1)民族是一个由独特的语言、传统、文化及其他有价值的东西所组成的有机体;自决被认为是实现民族本质和目标的唯一途径,形式包括建立民族的国家、实现充分的自治等。(2)人们都属于某个特定的民族群体,其个人特征是由群体的特征所塑造;正是个体从民族群体中获得的那种感知——一般表现为归属感和心理依恋——让其获得了至高的忠诚。

个人首先是某个民族的人,抽象的个人是不存在的,存在的只是在特定民族中的,被民族文化、道德价值观念等所熏陶、培养、塑造出来的成员或公民。因此,在民族主义者看来,民族对个人而言是一种首要和必需的善,而且是最高的善。个人只有存在于民族中,生活才有意义和价值。民族给个人以美德和价值,个人所具有的诸如爱国、忠诚、奉献、牺牲、团结、正直、宽容等美德,都是作为一个整体的民族所给予的,民族是民族成员良善生活的基础,离开民族,个人的存在是没有任何意义的。但自由主义认为,一个人首先是“人”,然后才是具体国家、民族或地方的人。社会是由不同的个人组成的,这些个人有着独立的生命和意志。个人是比社会更为独立、完整和更有价值的存在,个人对自己享有最高的主权,社会等任何群体不得加以干涉。总之,在个人和社会的关系上,民族主义认为个人依赖于民族,民族决定着个人的价值认同和道德归属,民族是个人生存与发展的构成性因素。而自由主义则认为,个人不依赖于社会而存在,个

---

① 勃兰兑斯:《十九世纪文学主流》(第四分册),徐式谷、江枫、张自谋译,北京:人民文学出版社,2009年,第1页。

② 塔米尔:《自由主义的民族主义》,陶东风译,上海译文出版社2005年版,第74页。

人的价值目标和理性追求都是自我选择的结果,社会只是实现个人追求的工具和手段。从逻辑上推演,民族主义对特殊性的强调(既包括对民族特性的强调,也包括对民族至上性的强调),使其对外体现着多元主义与普遍主义的对立;对整体性的强调,使其对内体现着个人主义与集体主义原则的对立。虽然民族主义的多元主义价值取向让其与个体取向的现代自由主义貌似契合,但民族主义与自由主义相抵触的方面显然更为突出:首先是自由主义以尊重个体自主性为第一原则,强调社会不能任意侵犯个人的种种权利,但民族主义却以民族大团结为吁请,主张为了追求民族的整体利益,个别成员应该约束乃至牺牲自己的私人意志与权益;自由主义认为价值分化乃事理之必然,社会必须培养宽容美德以鼓励多元发展,民族主义则假定全体人民享有共同的历史文化传统以及价值规范,成员间应有手足一体之感情;自由主义相信民主宪政对人类全体都有普遍的适用性,民族主义则坚持各民族均有自身的发展道路与体制特色。

但社会并不是个人的简单叠加。乍一看,民族主义作为一种集体价值与自由主义的个体价值立场当然是对立的;但这种简单化的逻辑推断忽视了在个人的集合体变成社会之前,尚存在着诸多丰富细致的历史-文化黏合素。这样简单地论定个人-社会/集体的关系是不够的,更应该弥补的是对那些历史-文化黏合素的细致研究。浪漫主义与民族主义的逻辑中包含着对民族历史-文化因素的重视,这既是对自由主义美丽理想的矫正,也是对启蒙主义诸种理性独断论的反拨。基于此,我们应该承认:民族主义与自由主义虽有矛盾冲突的方面,但更有同构一致的一面。

现实中逻辑推演无法论定的复杂性值得认真推敲或仔细玩味。从起源上说,民族主义和自由主义均为现代社会的产物,一些被公认为自由主义的思想家实际上并没有拒绝民族主义,如密尔就将民族主义的最高原则视为自由制度的基础。[①] 在浪漫主义思想家与作家中，不少人在反对启蒙主义高标自由主义的同时，也是现代民族主义思想的重要来源或代表，思想家如德国赫尔德、费希特，浪漫主义诗人如爱尔兰的穆尔、苏格兰的司各特，政治家兼浪漫主义作家如意大利的马志尼、波兰的密茨凯维奇、匈牙利的裴多菲，等等。最重要也最不能忽略的事实更有：在对抗启蒙主义这个关键问题上，19 世纪初叶几乎同时兴起的浪漫主义、自由主义与民族主义思潮三者可谓既各有侧重又密不可分。因此才有塔米尔的著名论断"绝大多数的自由主义者都是自由主义的民族主义者"[②]。

民族主义强调传统、共同体精神与国家的权威，在很大程度上是一种保守的意识形态。同时，它又在族群内部强调公民的平等权利，支持自由主义与民主主义；在族群之间主张解放被压迫民族，这与解放被压迫阶级相辅相成、不谋而合，因而也可能是社会主义的。"民族主义或许后来转向了反动，但是在 19 世纪上半叶它是自由主义的、进步的、民主的。它意味着人民有自由和自决的权利。人们还想不到它与国际主义有什么不一致，因为每一个民族都在宏大的国际交响乐中承担自己特殊的角色。"[③] 民族主义的不少观点或观点背后的逻辑直接来自自由主义。在康德将自然世界和价值世界分离开来之后，只要遵循内心的道德法则，人即使处于囚禁状态也是完全自由的。人们可以据此做出的一个重要推论就是——"生命是或应该是对于一个目的或某些可以被描述为终极目的的东西的追求，如果有必要，要为之牺牲；这些目的既证明了自己也证明了别的东西，不需要从比它们更广泛、更无所不包的体系的角度对它们做出解释和

① 密尔：《代议制政府》，汪瑄译，商务印书馆 1984 年版，第 225 页。

② 塔米尔：《自由主义的民族主义》，陶东风译，上海译文出版社 2005 年版，第 142 页。

③ 罗兰・斯特龙伯格：《西方现代思想史》，刘北成、赵国新译，中央编译出版社 2005 年版，第 274 页。

证明"[①]。人们很快就会发现，19世纪初叶的民族主义者轻易便将上面提到的"终极目的"设定为民族或民族国家(对民族主义者而言，群体成员共有的语言、传统、血缘以及超越时空的共同想象，使他们很容易将民族视为一种超验的存在)。在这一替换或设定之后，从康德的个人道德自治转向集体或民族的道德自治，从个人的意志自由转向集体或民族的意志自由——也就是民族自决，一切都显得顺畅平滑。显然，经由民族主义者的改装，康德之"自由自我的学说……被放大了，而且实际上被转变成了这样一种学说，即把半人格化的历史当作集体意识的载体，一个趋向于增长、权力和辉煌的意志，一个半生物学半美学的观念"[②]。

康德认为民族和国家的林立是"大自然的要求"；"大自然采用了两种手段使得各个民族隔离开来不至于混合，即语言的不同与宗教的不同"[③]。赫尔德进一步发挥了康德的这一观点，他认为多样性是世界的基本特性，是上帝和大自然的安排。赫尔德还指出："当人还是动物的时候，就已经有了语言。"[④]所以语言绝不是个人的创造，而是传承下来的某种传统；这传统并不属于某个人，而是族群超越时空共同创造的，所有人都要受到这种传统的裹挟与规定，即人是由其所处的环境(传统)所塑造的，且处于这个环境中的人也应该为了呵护和光大他们与生俱来、延续至今的传统而奋斗。赫尔德用带有诗意的语言表达了对民族多样性的赞美和对世界主义的讥讽。"以平静的愉快心情爱他自己、他的妻子和孩子，像为他自己的生活那样为他的部落做有限的事情，并为此感到喜悦的原始人，在我看来，是比那种对他的整个种类的幻影，即一个名称的幻影的爱

---

① 以赛亚·伯林：《现实感》，潘荣荣、林茂译，译林出版社2004年版，第284—285页。

② 以赛亚·伯林：《现实感》，潘荣荣、林茂译，译林出版社2004年版，第287页。

③ 康德：《永久和平论》，见康德：《历史理性批判文集》，何兆武译，商务印书馆1990年版，第127页。

④ 赫尔德：《论语言的起源》，姚小平译，商务印书馆1998年版，第2页。

感到欣喜若狂的有教养的凡夫俗子更加真实的生命。”①作为思想家，赫尔德高标民族精神。民族精神是族群特殊性的本质体现，也是与其他族群相互区别的主要标志；具体而言，民族精神与族群所具有的特定习俗与生活方式、特定思维与行为习惯息息相关，语言、风俗、文学等是其主要载体。赫尔德认为民族精神并无高低优劣之分，各个民族应该平等自由地发展自己的传统和文化，反对任何民族限制另一民族的自由发展。因此，赫尔德除了被认为是文化民族主义的源头外，还被认为是多元主义之父。②

“古典主义和浪漫主义的分歧在于是否接受‘个人’的概念：18 世纪时将一切都托付于智力，对人类怀有抽象的爱，如同一个原型，而浪漫主义研究人的感觉和情感，并且热忱地接受人类的本来面目，神秘的，无规律的，这就是说，在具体详细的人和民族的形象之中。”③民族主义所宣称的“民族自由”既不是空洞的教条教义，也不是僵硬的党派号令，而是个体在自己血液深处及族群中感觉到的一种活生生的力量。在很大程度上，民族自由既是对社会权利的重要保障，也是对个体权利的现实守护。其声称要通过保障个体自由的价值观来实现民族自由的民族主义就认为，民族是一个“想象的共同体”，而文化则为这个“想象的共同体”提供了安身立命的空间或边界；一旦民族的成员感受到语言、习惯、文明、传统的差异，民族意识也就随之显现。“浪漫主义是民族主义的同盟军”这样一种紧密关系的达成，乃因为“前者要求无限制的个人自我表达，而后者则是某一群体的要求完全的自决与独立”④。“文学创作的任务永远是用凝练

① 埃里·凯杜里：《民族主义》，张明明译，中央编译出版社 2002 年版，第 51 页。

② I. Berlin: *Vico and Herder: Two Studies in the History of Ideas*, Chatto&Windus, 1976, p. 145.

③ 雅克·巴尊：《古典的，浪漫的，现代的》，侯蓓译，江苏教育出版社 2005 年版，第 6 页。

④ T. W. Wallband, A. M. Taylor: *Civilization Past and Present*, Foresman and Company, 1976, p. 170.

的形式表现一个民族或一个时代的整体生活。”①风起云涌的“民族自由”(民族主义)思潮、火爆卓绝的“艺术自由”(浪漫主义)思潮与轰轰烈烈的民族解放运动在19世纪初叶的欧洲交叉并起,三者既相互勾连息息相关,又错落交织各出机杼,呈现出复杂多元的景观。“在1813年把敌人驱逐出国土的那种民族情感里,包含有两种完全不同的成分:一种是历史的、回顾过去的倾向,它不久就发展为浪漫主义;另一种是自由思想的、进步的倾向,它发展成为自由主义。”②

作为法国革命反教权主义及拿破仑帝国扩张主义的对立面,在18、19世纪之交的德国,“中世纪热情”“宗教复兴”及“民族主义”三者是紧密联系在一起的。而这一切,又都与浪漫主义在德国的发端息息相关。从18世纪90年代起,“在德国国内,艺术家们逐渐发展出一种爱国主义的混合物,它将风格上的历史主义、民族主义和宗教融合在一起”③。1807—1808年,在拿破仑军队占领的柏林,哲学家费希特冒着生命危险在柏林科学院连续十四次发表《致德意志民族的演讲》,演讲与印着演讲稿的小册子引发了巨大反响,成为19世纪德国民族主义的标志性事件。费希特称,与总是苟且于二流产物的法国文人相比较,德国人显然更具创造力。他坦承自己的思想包含着爱国主义与民族主义的因素。他认为个体只有在某一种族中才能得以保全,而后才有发挥自己的创造性潜能实现其个人价值的可能。费希特思想中个体自由与作为群体的民族自由之间所存在着的这种矛盾与张力,在以施莱格尔兄弟、蒂克、诺瓦利斯、施莱尔马赫为代表的一代德国浪漫派作家与思想家那里也或多或少存在。从

① 勃兰兑斯:《十九世纪文学主流》(第二分册),刘半九译,人民文学出版社2009年版,第213页。

② 勃兰兑斯:《十九世纪文学主流》(第六分册),张道真等译,人民文学出版社2009年版,第14页。

③ 大卫·布莱尼·布朗:《浪漫主义艺术》,马灿林译,湖南美术出版社2019年版,第218页。

革命的幻灭中挣脱出来,他们纷纷重新"退隐到过去以寻找他们的民族和宗教根源"①。"新文学运动的最初进展,就是每个国家的作家都受到民族精神的鼓舞。"②早期德国浪漫主义运动的主要发起者弗·施莱格尔,最初是一名激进的民主主义者。1796 年,他曾著文为民主辩护,主张赋予女性公民权,并坚持捍卫公民革命的权利。但不久之后,他却开始公然宣扬基于共同祖先与传统生活方式的德意志"民族主义"。1800 年,在其创作的诗歌《致德意志人》中,施莱格尔号召德意志同胞共饮德意志文化精神的甘泉;1802 年,在其创作的诗歌《致莱茵河》中,他将自己狂热崇拜的莱茵河称为德意志之父。稍后,"他甚至声称'血缘关系'或共同血统作为民族国家的基础,其重要性甚至要高于语言与文化;并且认为民族国家好比是家族,甚至是一个超级个体,每个个体都应该融入其中"③。民族主义虽然保留了古老的自由,但不管是在现代还是古希腊的意义上,均不属于民主范畴;显然,在另一迥然不同于民族主义的方向上,弗·施莱格尔再次成为浪漫派的思想先锋。"对施莱格尔那一代德国人而言,古典文化与其说是与古希腊和古罗马联系在一起的,还不如说是与拿破仑时期法国的强权联系在一起的。"④

二

在德国,多达数百个小公国数百年来因古老的神圣的罗马帝国法律而维系着脆弱的联结,但事实上"统一的德意志民族国家"几乎完全不存在。浪漫主义从其发源地德国开启的时候,就深深地刻有明显的民族主

---

① 大卫·布莱尼·布朗:《浪漫主义艺术》,马灿林译,湖南美术出版社 2019 年版,第 198 页。

② 勃兰兑斯:《十九世纪文学主流》(第四分册),徐式谷、江枫、张自谋译,人民文学出版社 2009 年版,第 6 页。

③ Michael Ferber: *Romanticism: A Very Short Introduction*, Oxford University Press, 2010, p. 104.

④ 大卫·布莱尼·布朗:《浪漫主义艺术》,马灿林译,湖南美术出版社 2019 年版,第 11 页。

义烙印。从师法法兰西古典主义，到崇尚英吉利莎士比亚，再到奉古希腊为典范，18 世纪德意志民族文学从初创到基本成熟，基本上是一个不断学习异族文学的过程。在 18、19 世纪之交，德国作家普遍意识到民族文学之于民族文化的重要性，尤其是意识到民族文化之于民族国家统一的重要性，他们转而强调发掘本民族的文学-文化传统，并从中提炼一种可以作为整个民族凝聚力的民族精神。此前，赫尔德便曾大力提倡德意志文化复兴，敦促读者“吐出塞纳河的河水”①，改说德语并学习德意志民族的历史和风俗；应时顺势，德国浪漫派作家越发成为推动民族文化共同体(若非政治实体)形成的核心力量。换言之，尽管 18 世纪末叶赫尔德、莱辛等启蒙作家那里就现出了此种文化思潮的端倪，但总体看来，从崇尚外国文学到热衷于民族文学-文化，这的确堪称德国浪漫主义文学形成的一个重要标志。

在《论语言的起源》中，赫尔德强调了语言的重要性：对人类而言，部分与整体之间、个人与他人之间、个人与社群之间、人类与自然世界之间，最重要的联系就是语言；没有语言，就不可能有自我意识，不可能有知识，当然也就不会有文化；作为人类最自然、最必要的机能，语言不是人类理性的工具或产物，而是理性的前提。作为人类存在的基本单位，民族(Volk)的形成源于语言。“所有民族都是依循其思考方式说话，按照其说话方式思考……没有语言，我们就无法思考。”“每一种语言都打上了其民族群体的特有印记”，因为“气候、水和空气，食用的和饮用的，都会影响到语言……这样看来，语言就是一个壮丽的宝库，收集了芸芸众生的思维与想法”。② 追随赫尔德的费希特之《致德意志民族的演讲》引发了巨大

---

① Quoted in Michael Ferber: *Romanticism: A Very Short Introduction*, Oxford University Press, 2010, p. 101.

② F. M. Barnard: *Herder's Social and Political Thought: From Enlightenment to Nationalism*, Oxford University Press, 1965, pp. 56-57.

反响,成为19世纪德国民族主义历史进程中一个意义非凡的重要文献。费希特想让拿破仑铁蹄下的德国同胞重新振作起来,而其所倚重的武器就是语言,因为在他看来“语言对人的塑造力”比“人对语言的形塑力”要大得多。但费希特并不赞同赫尔德价值平等的文化多元论,——他认为德语是独一无二的,所以德国的民族文化更加高贵。所有欧洲语言都或多或少蒙受过污染,而且文化都曾被罗马帝国的拉丁文化同化,只有德语是保持了纯正民族性的纯洁语言:“日耳曼人说的是活生生的语言,源头活水,从未干涸。而条顿的其他支族说的语言,可能表面上灵动,但根源上已经死了。”①

在对抗拿破仑的过程中出现的最显而易见的政治冲动便是民族主义。② 与浪漫主义一样,民族主义也最早诞生于德国。1807年,普鲁士在耶拿战役被法军打败后,赫尔德、费希特以及一些当时在德国名气不大的作家开始鼓吹民族主义。众所周知,启蒙哲学家基于其唯理主义思想立场是标榜世界主义的,他们的思想无国界、开口全人类,因为支撑其思想的理性据说是放之四海而皆准的。费希特指称世界主义乃启蒙主义的众多错误之一。在其广为流传的《致德意志民族的演讲》中,费希特分析:启蒙学派的人人自由平等确实值得追求,但这些权利需要根植于特定的家庭与民族,而非含糊不清的人类;他呼吁在思想文化觉醒—壮大之后,德意志民族当下最紧迫的任务便是综合各地方言统一成德语,并在语言文化统一的基础上尽快建立统一的中央集权政府。看上去,在用具体个人取代抽象的人类、扬民族性抑普适性诸方面,费希特的民族主义与其自由主义并不矛盾。面对外侮,族群内部先将两者之间所包含的集体价值取

---

① 转引自蒂莫西·C. W. 布莱宁:《浪漫主义革命:缔造现代世界的人文运动》,袁子奇译,中信出版社2017年版,第133页。

② 罗兰·斯特龙伯格:《西方现代思想史》,刘北成、赵国新译,中央编译出版社2005年版,第217页。

向与个体价值取向的冲突放到一边,民族主义与自由主义的确可以建立起一种平衡或有条件的自洽。1813 年爆发的解放战争"一方面是一国人民对另一国人民的愤恨,随着民族感情一起产生的民族偏见,对所有德国东西的景仰,对所有法国东西的仇恨。另一方面则是对自由的热爱,对独立的要求,不仅以德国的名义,而且以人类的名义为这些伟大的普遍的人类品质而战"①。这用费希特的话来说就是"只有一种人民,只有懂得自己精神的深度、懂得自己的语言、也就是懂得自己本身的古老民族,才能够是自由的,才能够是世界的解放者……"②。

"所谓自由,指的是对自我的意识,也是对自我所拥有的无限精神价值的意识;其他人同样的认识,也自然遵循同一种启示。唯有认识到自身自由的人,才能承认其他人的自由。"③如果人没有意识到自己的自由,那么所有利于自由的有利条件便无从谈起;如果人意识到自己的自由,那么即便处于极度不自由的环境中,他依然是自由的,并且不用多久,他就会打破一切锁链,为自己创造与内心相符的外在生活。尽管 18 世纪末 19 世纪初的德国在政治经济上处于明显的劣势,整个国家的人民生活在法国的威慑之下,但他们内心却蕴藏着强烈的自由意识,他们希望打破一切外界束缚,获得实际上的民族独立与自由。"从前在生活和文学中,情况是多么不同啊!我们到处看见漂泊的自我,由于无家可归而随心所欲。自由的非历史的自我在这里指导着一切。整个国家被分裂成许多小邦,由三百个自主的君主和一千五百个半自主的君主统治着。"④对于缺少政

---

① 勃兰兑斯:《十九世纪文学主流》(第二分册),刘半九译,人民文学出版社 2009 年版,第 276 页。

② 勃兰兑斯:《十九世纪文学主流》(第二分册),刘半九译,人民文学出版社 2009 年版,第 276 页。

③ 圭多·德·拉吉罗:《欧洲自由主义史》,杨军译,吉林人民出版社 2001 年版,第 12 页。

④ 勃兰兑斯:《十九世纪文学主流》(第二分册),刘半九译,人民文学出版社 2009 年版,第 17 页。

治统一传统的人民，唯有自由才能给予他们共同的公民身份观念，才能够克服和控制政治分裂性。“对德国来说，这种公民身份便是整个的理想：他们的民族是一个相对于 Staatsnationen(国家民族)的 Kulturnation(文化民族)；他们的自由，事实上本质存在于思想之中，在有教养的圈子和学校里繁荣起来，逐渐偏离了法国与英国更其先进的 Staatsnationen(国家民族)。”①因此，德国浪漫派对自由的追求显然是对精神与思想自由的追求。德国的这种情形在 19 世纪初叶的欧洲极具典型意义，“这个时期，民族主义实际上是某种文化创造的产物——主要存在于诗人和哲学家之中，而不是存在于他们抽象地颂扬的‘人民’之中。它主要存在于知识分子之中，而不是民众之中”②。

《圣经》中有一个关于巴别塔的故事，说的就是上帝为了阻止人类相互接近，将他们的语言打乱，于是，混乱的语言使巴别塔的人们无法交流，思想无法统一，生存无法继续。众所周知，语言，是一种社会交际、思维认知的工具，但同时它也反映着特定的社会现象。而民族语言，则具备语言族群的认同性，它使人们精诚团结，将民族精神代代相传，是增进民族内聚力的黏合剂。反观 18 世纪末的德国，法语风行一时，被视作高雅、精致的语种，甚至曾被柏林科学院指定为正式工作用语，而母语(德语)却被认为是粗鄙、庸俗、难登大雅之堂的语言，“从我青年时代算起，就没读过一本德语著作，如果让我讲德语，估计还不如马夫讲得好”③。正是如此直露又残忍的文化侵略，使得像赫尔德这样的民族志士备感耻辱与辛酸，他们不愿法国人把德意志的民族自尊玩弄于股掌之中，他们在愤愤不平中

① 圭多·德·拉吉罗：《欧洲自由主义史》，杨军译，吉林人民出版社 2001 年版，第 200 页。

② 罗兰·斯特龙伯格：《西方现代思想史》，刘北成、赵国新译，中央编译出版社 2005 年版，第 275 页。

③ Robert Reinhold Eragang: *Herder and Foundations of German Nationalism*, Columbia University Press, 1898, p. 15.

反思，以至最终起来反抗。例如，著名哲学家托马西乌斯，就率先公开在大学课堂使用德语授课，而高特谢德、克洛普施托克等著名诗人也以讲德语为荣，提倡使用纯正的民族语言。与此同时，浪漫派还旗帜鲜明地指出：民族语言是刻印在每一个民族记忆里最直观的标签，“它最贴近和符合我们的特性，与我们的思维方式最合拍”①。早期的德国浪漫派深知，民族语言就像一件隐形的外衣披挂在人们的精神之上，维系着民族的凝聚与存续，投射着最深刻的民族感情，一旦丢弃将直接造成民族传统的断失，而对德语的大力倡导也燃起了德意志驱赶法国文化令人窒息的热烈火焰。语言学家萨丕尔认为：“语言预先决定了精神一切符号的表达形式，当这种表达变得非常有趣时，我们就管它叫文学。”②这样的文学理应就是用凝练的语言来彰显某一时代或某个民族的整体生活，对此，德国的浪漫派始终在努力。

民间诗歌，来自最底层，是最原始的淳朴之音，既不受清规戒律的拘束，也不会被外族文化所蚕食，是口口相传中真实感受的自然流露。它再现着一个民族的风貌，传递着一个民族的记忆，唤醒着一个民族的回味。当时的浪漫派，尤其是海德堡派就对此颇感兴趣，他们积极而广泛地搜集、整理、注释、仿作甚至创作民间诗歌。1805 年，阿希姆·冯·阿尔尼姆与克莱门斯·布伦塔诺的民间诗歌选《男童的神奇号角》出版，汇编了德意志民族近三百年来脍炙人口的民间诗歌，诗风浓郁，歌风淳朴，给萎靡不振的德意志吹来一股清新之气，堪称德意志“民族歌谣”的里程碑，“在这些民歌里，你会真实地感受到德国人民心脏的搏动”③。1807 年，约瑟夫·格罗斯搜集编纂的《德国民间文集》出版，格罗斯用散文化的生活语言叙述了中古时期家喻户晓的民间传说及神话，为日后民间文本的搜

① Hans Kohn: *The Idea of Nationalism*, The Macmillan Company, 1944, p. 433.

② 爱德华·萨丕尔：《语言论》，陆卓元译，商务印书馆 1985 年版，第 198 页。

③ 张玉书编：《海涅选集》，人民文学出版社 1983 年版，第 125 页。

集运动打下了坚实的基础。1812 年,格林兄弟的《格林童话集》问世,这部童话集一刊发就成为当时再现德意志荣光的上乘佳作。《格林童话集》继承了赫尔德关于语言和诗歌的自然发生说,它唤醒了德意志民族充满信仰的内心和自由、和谐的意识,是德意志民族精神最古老的沉淀。正如雅各布·格林所坦言的,他的全部创作都是与德意志民族密切相关,都是从它厚实的沃土中获取力量的。往后,格勒斯搜集出版的《德国民间故事书》、沙米索的《彼得·施莱米尔奇遇记》、克莱斯特的《赫尔曼之战》纷纷出版,它们均通过独具特色的民族话题与浓厚的童话气息,用回归传统与审视内心的方式寻根问祖。德意志民间文学的迅速崛起,乃法国古典文学在德国日渐式微的开端;而这一切都依赖德国浪漫派诗人的不懈努力。如果说反法战争进一步强化了德意志的民族意识,那这种民族意识的最初形成则与德国浪漫派直接相关:他们以文学为手段,通过发掘对民族语言文化的鲜活感受,重新唤起了德意志人久已麻木了的民族认同感和归属感,强化了全民族的向心力,促进德意志民族意识的最终形成。

任何艺术都在一定程度上与某一民族天然的资禀息息相关,民风民俗自不必说,18、19 世纪交替之际的德意志民风民俗运动是德国浪漫派从理性窠臼中挣脱出来,开始"吹响黎明号角"的努力尝试。之所以会出现大规模民风民俗运动,是因为浪漫派诗人悲愤地发现,当时德国的贵族们争相模仿凡尔赛宫廷华丽奢靡的生活,他们讲法语,吃法国大餐,跳法国圆舞,奏法国歌曲,习法国教育,修法国式宫殿,媚法之风恣意横行。基于此,外族习俗的滋生使德国人与传统文化越离越远,到后来发展到几乎要忘却自己的民族之根了,民族文化更是几度遭受"腰斩",这不仅背弃了几百年来既定俗成的淳朴民风,吞噬着以往津津乐道的民俗活态,也加剧了德意志民族精神的滑落。

"历史的、民族学的浪漫主义首先在苏格兰结出最丰硕的果实","当民族精神正在渗透进全欧洲的诗歌的时候,由这个国家产生出一位擅长描写和说故事的伟大诗人”。[①] 司各特“以民族性格和历史为基础，创造了一种独具特色的英国类型的浪漫主义”[②]。苏格兰，地处大不列颠岛北部。从9世纪至16世纪的七百多年间，苏格兰时而被强大的英格兰统治，时而又趁英格兰与爱尔兰、威尔士冲突纠缠的间隙夺回短暂的自由独立主权。1707年，苏格兰与英格兰通过《联合法案》合并形成共主联邦——大不列颠王国。表面上，在工业革命的推动下，苏格兰似乎跟随渐入全盛时期的“日不落”帝国共享荣耀，但事实上两者却关系尴尬，危机频现：他们始终既无法废除《联合法案》，也无法与英格兰真正“分道扬镳”。苏格兰人从古至今最明显的特点之一就是他们有一种强烈的民族精神，且表现得何等强烈、显著和活跃。[③] 虽然19世纪的苏格兰与爱尔兰都是英国的重要组成部分，但与爱尔兰不同的是，苏格兰人“性如烈火”的民族性格使其并未像爱尔兰那样饱受英国当局的奴役：苏格兰拥有自己独立的议会和教会，有自成体系的法律与民族传统。

正是这种状况，才越发强烈地激发了苏格兰人强烈的民族认同感。在繁复的文化建构中，民族认同应该是一个持续发酵的过程，其所彰显的是一种自然、有机的族群共同体；民族认同不仅给民族带来身份感和归属感，更增强个体的自我认知与自我尊重。由于苏格兰与英格兰在文化传统上存在着不可调和的巨大差异，这就使得苏格兰人将维持自身民族特性作为民族认同的重要使命，表现在具体的文化建构中就是，苏格兰人能够接受自己是不列颠人或英国人，却唯独不能容忍被称为英格兰人。与此同时，苏格兰人缺乏对社会文化方向合理、准确的定位，在内心也有着

① 勃兰兑斯：《十九世纪文学主流》（第四分册），徐式谷、江枫、张自谋译，人民文学出版社2009年版，第113页。

② 勃兰兑斯：《十九世纪文学主流》（第四分册），徐式谷、江枫、张自谋译，人民文学出版社2009年版，第109页。

③ 勃兰兑斯：《十九世纪文学主流》（第四分册），徐式谷、江枫、张自谋译，人民文学出版社2009年版，第112页。

一份焦虑感和无所适从感，习惯把苏格兰民族比作一个贫穷、落后、屡被强大的英格兰侮辱且失去了民族自尊的弱者；由是，他们希望以神化或者想象的手段来构建一个合法的“民族国家”，从而实现苏格兰民族身份的认可与民族特性的弘扬。苏格兰人的民族身份认同激发出了强大的文化原创力，18、19世纪的苏格兰遂成为“大不列颠的雅典”和欧洲的文化重镇：在政治、经济、哲学、法律、文学等诸多领域，苏格兰都向世界输送了那个时代可圈可点的文明成果，而浪漫派巨匠瓦尔特·司各特就是其中杰出的典范。

瓦尔特·司各特，1771年8月出生在爱丁堡一个“血统高贵”的家庭，他虽秉性温和，但性格果断，曾怀着满腔爱国之情协助同胞成立抵抗法国人入侵的义勇军团。在他看来，英国根本就不是一个适合正直的人居住的国度，因此他积极为苏格兰的民族自由呐喊。每个民族都有倾向于诗化本民族历史的情结，苏格兰也不例外，司各特的文学创作就是最好的体现。1803年，司各特搜集整理的《苏格兰边区歌谣集》出版了，内容包括苏格兰独具特色的民间歌谣和故事传说，着力渲染了苏格兰民族传奇的历史与奇特的民俗。1805年，司各特首部叙事诗《末代行吟诗人之歌》再次展示了苏格兰边区独具韵味的风土民情，一经推出就成为代表着苏格兰民族风的诗歌佳作。1810年，《湖上美人》出版，司各特继续以清新、朴素的诗风书写对民族往昔岁月的回忆，表达对苏格兰民族效忠的强烈民族热情。1814年其发表的长篇历史小说《威弗莱》生动地描写了拿破仑时代苏格兰民族的种种特征，大大激发了人们的民族自尊心，司各特由此开始确立其“西方历史小说之父”的地位。司各特善于在小说中浓墨重彩地描绘苏格兰高地的自然景观，将历史的与民族学的浪漫主义相结合，达到激发苏格兰人形成民族认同感与自豪感的目的。因此，鲜明的地方色彩便成了司各特自创的一种浪漫主义创作方法，也是其历史小说的鲜明特色。无论是《蒙特罗斯传奇》里神秘的苏格兰高地，还是《罗伯·罗伊》里诗意盎然的原始森林，又或者是《威弗利》里美丽的瀑布、肥沃的峡谷、荒芜的岩石，司各特都不愿意着墨于典型人物的特定性格或细腻心理，而更倾向于将作品旗帜鲜明地烙上"苏格兰"这一醒目标签，赋予主人公一种忠诚于苏格兰的宗教式迷恋，甚至赋予苏格兰民族一种新的审美情感——地方色彩的浪漫主义。在这位民族形象大使看来，没有地方色彩，简直就没有文学的生路。

19世纪伊始，"欧洲几乎所有国家或是正在争取成为独立与统一国家的地区，都沛然兴起了民族主义的洪流，浪漫主义艺术家与思想家通常从民谣民俗、古代共同体纽带、'民族'缓慢的有机发展过程以及民族文化的独特性等方面着手为民族主义推波助澜"①。在浪漫主义的故乡，民族语言是德语的源头，民间诗歌是德意志的灵魂，民风民俗是古老德国的明镜。德国浪漫主义前期的文学创作，就致力于从民族语言的倡导、民间诗歌的习惯和民风民俗的传统中获取营养；在创作题材上，他们更多地以民族历史、社会反抗和民间参与来代替之前程式化的宫廷贵族与古代英雄等主题，生动活泼、扎根于生活本身的民歌、童话、民间传说等成为新的文学源泉。随着这个时期民族语言、民间诗歌和民俗搜集运动风潮的兴起，德国浪漫主义初期的文学作品摆脱了启蒙运动时期理性、机械的陈规，将活生生的、不朽的血脉相连之情呈现出来，将被压抑的感怀与个性自由释放出来。当然，他们还肩负着另一个使命，即逐渐转变德意志文学的传统，积极从民间文学中挖掘深藏在德意志民族精神中最生活化、最吸引人也最令人慰藉的人物和故事，借此对抗当时占主导地位的法国古典文学。这也在一定程度上避免了对外族文化的迷恋与盲目崇拜，强化了德意志民族的情感归属，也为浪漫主义思潮在德国的广泛传播奠定了基础。

---

① Michael Ferber: *Romanticism: A Very Short Introduction*, Oxford University Press, 2010, pp. 105-106.

第二次世界大战后，有人开始将纳粹主义、种族主义、民粹主义以及各种形式的专制主义归咎于浪漫主义的民族主义。事实上，至少在19世纪初叶，浪漫派所鼓吹的那种自由主义性质的民族主义，与后来种种导出诸般恶果的专制主义性质的国家主义完全不是一回事。就德国的情形而言，“早期德国浪漫派所颂扬的德意志精神，与种族优越性没有任何关系”①。与个体公民之于社会的关系一样，每个“民族”在百花齐放万物竞荣的人类文化大观园中都应有自己的一席之地，——赫尔德很早就做了反复论述的这一观点，很大程度上决定了浪漫派文化民族主义的品格与走向。自称“我们骨子里仍然是罗马人”的诺瓦利斯便曾一再申明“德意志特性”首先是一种文化-心理状态。基于相似的思想立场，真正令许多浪漫主义者兴趣盎然的往往都是民俗以及民族艺术的独特性与多样性。事实上，在鼓吹民族主义的时候，“大多数浪漫主义者的目标是文化复兴，而不是基于共同血缘关系的单一民族国家的建立，也不是武力征服或重新夺回‘德意志’原先的土地”②。

“民族是一想象的政治共同体——并且被想象成天生拥有边界和至高无上。”③“民族主义是一种话语形式，一种将政治共同体想象为有限的、拥有主权的和平行地跨阶级的叙事类型。”④民族是一个自然生长的有机体，它既包括内在的心理特质、共同趋向，又少不了外部无法复制、不可模仿的自然氛围，比如，使人们得以交流的共同语言，反映民族特质的民间诗歌，代代相传的民风民俗，这些都鲜明地标记着每一个民族区别于

---

① Michael Ferber: *Romanticism: A Very Short Introduction*, Oxford University Press, 2010, p. 106.

② Michael Ferber: *Romanticism: A Very Short Introduction*, Oxford University Press, 2010, p. 106.

③ 安东尼·史密斯：《民族主义理论、意识形态、历史》，叶江译，上海人民出版社2006年版，第12页。

④ 安东尼·史密斯：《民族主义理论、意识形态、历史》，叶江译，上海人民出版社2006年版，第81页。

其他民族的独特性，或是按照本民族所独有的精、气、神来表现这种民族文明。“不同的土地上开出不同的民族之花，每一朵花都体现着这个民族自身的文化特性。”①当 1789 年的法国大革命以雷霆万钧之势震响整个欧洲，当政治枭雄拿破仑的金戈铁马席卷整个欧洲，欧洲各民族或为救亡图存，或为免患固邦，或想浴火重生，均竭力在本民族的文化源泉里汲取自身赖以存在的精神营养，掀起了研究本民族历史文化的热潮。“新文学运动的最初进展，就是每个国家的作家都受到民族精神的鼓舞。”②所有遭受威胁的民族都有意识地从本民族的生活源泉中汲取使自身重新振作起来的活力。“正是这种爱国精神，促使各个民族都热切地研究起它们自己的历史和风俗、它们自己的神话和民间传说。其让人们对于一切属于本民族的事物产生强烈兴趣，去研究并在文学上表现‘人民’——也就是 18 世纪文学没有关心过的社会下层阶级。”③在文学领域，这就形成了各国浪漫派作家对本民族文学的重视，开始了对民歌民谣、民间故事的搜集与整理。

浪漫派作家善于利用重大历史事件来编造鼓舞人心的民族英雄传奇，以此制造或强化本尼迪克特・安德森所谓民族这个“想象的共同体”。的确，19 世纪初叶，“民族主义的崛起，与历史研究和写作的热潮渊源甚深”④。1812 年，奥・施莱格尔坚称，中古时期用高地德语创作的《尼伯龙根之歌》这部被人遗忘的日耳曼史诗堪与荷马的《伊利亚特》媲美，应作为课堂教学内容纳入德意志人的教育系统。“在欧洲，几乎所有民族文化的

---

① Robert Reinhold Eragang: *Herder and the Foundations of German Nationalism*, Columbia University Press, 1898, p. 92.

② 勃兰兑斯：《十九世纪文学主流》（第四分册），徐式谷、江枫、张自谋译，人民文学出版社 2009 年版，第 6 页。

③ 勃兰兑斯：《十九世纪文学主流》（第四分册），徐式谷、江枫、张自谋译，人民文学出版社 2009 年版，第 1 页。

④ Michael Ferber: *Romanticism: A Very Short Introduction*, Oxford University Press, 2010, p. 103.

热情捍卫者都在搜集、整理各自'民族'文化瑰宝。"①当然,民间文学搜集与整理热潮的兴起,绝不仅是大革命鼓荡而起的民族主义推动的结果,更有文学-文化领域中的"感性崇拜"(Sensibility)②——尤其是构成"感性崇拜"的那种淳朴、自然、本能的"自发性"(Spontaneity)作为内在的契机。很大程度上,前者仅是在社会学意义上对后者心理学意义上的时代情绪推波助澜,充其量是两者发生了共振。在浪漫派作家那里,"自发性本身是一种美德,在淳朴的乡民身上最容易找到,因为他们比住在城市中的中层与上流社会成员更接近自然;人们也可以在古老的文本中遇到它,那些文本承载了一种被城市公寓大楼这些人造物所摧毁了的文化"③。在这种"感性崇拜"精神的影响下,一股搜集民间故事和民谣的潮流在 18、19 世纪之交沛然兴起,而英国的托马斯·珀西很早编撰完成的叙事民谣《英诗辑古》可谓开此风气之先河。

三

19 世纪的民族主义,一种是以德意志为代表的文化民族主义——偏重从文化层面来描述、建构族群的内在凝聚力,因而也被视为"防卫型民族主义"——借助文化上的联系与统一来呵护-滋养民族国家的独立意识或整体利益。文化民族主义释出的内在逻辑是文化不仅关乎一个民族外在风貌的展现,而且是其内在精神的表达,个人的思维方式和行为方式都受到民族文化模式的制约,而后者同时向个体成员承诺归属感。"浪漫

① Michael Ferber: *Romanticism: A Very Short Introduction*, Oxford University Press, 2010, p. 104.

② Sensibility,指的并不是一般的"感受力"或普通的"情感",而是特别纤细、敏锐、细腻、易感、丰沛、激越的情感反应,与冷酷理性或冷漠智性相对立,在中文中很难找到一个词与其对应。本书根据上下文的语境,将其译为"善感性""敏感性""情感""感性崇拜"等。

③ Michael Ferber: *Romanticism: A Very Short Introduction*, Oxford University Press, 2010, p. 17.

主义者反对古典主义试图将一种语音和艺术强加于整个欧洲的做法。不管我们是回到赫尔德的《关于历史的思想》、华兹华斯在他的小册子《中心的传统》中充分说明的浪漫主义的民族主义，还是随着雨果在《莱茵河》中漫步，我们都会发现这种非侵略性的文化民族主义，它珍视不同的社会习俗的本来面目。”①

另一种是以西欧爱尔兰与东欧波兰为代表的政治民族主义——偏重从政治层面表达民族独立或自治的自决诉求，因而也可被视作“进取性民族主义”——常常被迫诉诸激进手段乃至军事斗争来反抗-挣脱异族的殖民统治或侵略。在当时还被外国势力统治的地方，“浪漫主义还意味着为建立法制政治以及争取民族独立的抗争，这也正是官方认为浪漫主义很恶劣的原因”②。但丁以降，意大利诗人无不在呼吁国家的独立与统一；拿破仑在意大利北部击败奥地利人之后，这种呼声在意大利日益高涨。③乌戈·福斯科洛的长诗《墓地哀思》没有将坟墓作为说教的道具来表明世俗荣耀的虚无，而是将坟墓阐发为民族文化的承载物——伟大人物的墓地像先贤祠一样永远激励着后辈人奋然前行。莱奥帕尔迪在《致意大利》一诗中将意大利描述为一个心灰意冷的哭泣女子，她不明白自己为何不能唤起同胞们的爱国之情——为什么意大利人不能像古希腊人团结起来抵抗波斯人那样将异族统治者赶出去。④ 在希腊，诗人狄奥尼修斯·索洛莫斯与所有同胞一样为希腊人在摆脱土耳其统治、追求独立的斗争中所表现出来的英雄主义精神大唱赞歌。1865 年，其《自由颂》中的一个片

---

① 雅克·巴尊：《古典的，浪漫的，现代的》，侯蓓译，江苏教育出版社 2005 年版，第 83 页。

② F. W. J. Hemmings: *Culture and Society in France: 1789 – 1848*, Leicester University Press, 1987, p. 165.

③ Michael Ferber: *Romanticism: A Very Short Introduction*, Oxford University Press, 2010, p. 105.

④ Michael Ferber: *Romanticism: A Very Short Introduction*, Oxford University Press, 2010, p. 105.

段被定为希腊国歌。在波兰，最伟大的波兰语浪漫主义诗人亚当·密茨凯维奇积极致力于波兰的民族独立，对故国在遭受俄国与法国蹂躏之前的古老生活方式做了深情赞美与咏叹。在匈牙利，匈牙利民族文学的奠基人裴多菲·山陀尔不仅搜集和创作了很多赞美自然与自由的民谣，而且在 1848 年 3 月领导了争取民族自治-独立的布达佩斯起义。其《自由与爱情》《民族之歌》都是广为传诵的政治抒情诗，其中后者至今仍是匈牙利人耳熟能详、饱含爱国主义情怀的国歌。“在一个伟大民族觉醒起来为实现思想上或制度上的有益改革而奋斗的过程中，诗人就是一个最可靠的先驱、伙伴和追随者。”①

政治民族主义产生的逻辑是文化民族主义无法得到保障的现实政治语境：被强权异族剥夺了独立或自治的民族自决权利之后，弱小民族的文化与其现实利益一样沦落到被任意肢解、剥夺的境地。就此而言，作为维护民族“独特文化-政治实体”这一核心权利所展开的斗争，民族自决当然绝非简单的政治诉求，而更是一种文化诉求。英国自由主义思想家哈耶克认为，作为集体自由，“民族自由”是人民的政治自由——人们谈论一个民族想要摆脱外族的侵略与奴役，并决定自身命运的时候，就会自然地把“自由”概念用于集体而不是个人，由此就形成了“民族自由”。在民族独立、国家统一运动的热烈氛围中，浪漫派中相互纠缠的历史主义与民族主义，逐渐呈现出一种爱国主义的特征。② 经由共同的语言文化源源不断地提供出共同体所需要的精神凝聚力，这是民族主义被赋予的重要功能或核心价值。但一个民族在丧失了其独立与自由的权利之后，民族主义的使命便历史地演化成伸张“每个民族都有权组成一个独立的国家或实体”的民族自决权。由于民族之间的各种差异和对抗，人们甚至宁可选择

① 雪莱：《为诗辩护》，缪灵珠译，见刘若端编：《十九世纪英国诗人论诗》，人民文学出版社 1984 年版，第 159 页。

② 大卫·布莱尼·布朗：《浪漫主义艺术》，马灿林译，湖南美术出版社 2019 年版，第 398 页。

一个本民族的专制君主，即宁愿牺牲个体自由来获取民族自由，也决不选择一个由异族构成的自由政府以保障个体自由，其中的奥秘就是政治民族主义。

民族主义是浪漫派深感兴趣的话题，这在很大程度上决定了爱尔兰浪漫主义文学的作用、表达方式和内容。“大自然使不列颠和爱尔兰岛结成近邻，因此它们的命运必然以各种方式相互交错在一起。”[①]爱尔兰人，古凯尔特后裔，与英国近在咫尺，信奉天主教，12 世纪末爱尔兰沦为英国殖民地。一直力争海上霸权的英国殖民者在 18 世纪末、19 世纪初经常涌入爱尔兰，对其进行扩张性的“征服”与管制；1800 年，英、爱签订《联合法案》；1801 年，大不列颠及爱尔兰联合王国正式成立，爱尔兰在政治上正式成为英国的重要组成部分。自恃强大的英国国教徒们在爱尔兰公然弘扬英国国教，肆无忌惮地打压爱尔兰天主教，使得原本主导爱尔兰宗教的天主教逐渐边缘化，天主教徒被迫纷纷出逃欧洲大陆。最不可思议的是，英国政府甚至下令废除爱尔兰民族语言，进而扼杀爱尔兰人的民族意识。经济上的掠夺，政治上的压迫，宗教上的排斥，文化上的歧视，英国当局对爱尔兰的种种卑劣行径当然激起了爱尔兰人民强烈的愤怒、不满与怨恨。18 世纪末，一个自称已脱离英国统治、结盟法兰西共和国、建立合法爱尔兰共和国的“爱尔兰联合会”出现，这个联合会试图改变爱尔兰与英国政府之间不公平的政治格局。19 世纪初叶，法国大革命、拿破仑战争以及美国独立战争激发了爱尔兰人民的爱国热情，“青年爱尔兰”提出“去英国化”的口号，并于 1848 年 7 月在蒂珀雷里郡发起了反抗英国统治的大规模起义。

风云激荡，随着爱尔兰人争取民族自治与独立的斗争进入高潮，在创作中大力弘扬民族文化传统、激发民族情感的浪漫主义诗人托马斯·穆

---

① 艾德蒙·柯蒂斯：《爱尔兰史》(上册)，江苏人民出版社 1974 年版，第 1 页。

尔迅速成为爱尔兰的民族诗人。生在爱尔兰，长在爱尔兰，并在爱尔兰民族斗争的风云变幻中度过了青春岁月的穆尔，从其最崇拜的民族英雄罗伯特·埃梅特身上获取了献身于民族自由事业的政治启蒙与创作热情。1807 年，书写爱尔兰民族深重苦难的《爱尔兰歌曲集》第一册刊行，一直到 1834 年，全部十册诗集才终告完成。“像你一样，我们的国家已经山河破碎，被人征服，那一度标志着巍巍王权的冠冕已经从她的头上坠落。”穆尔以“民族自由”为号角，用最温柔却最深入人心的方式向世人展示了爱尔兰民族所经历的苦难历程：爱尔兰在“反抗与起义”的道路上举步维艰，却从未曾丧失过反抗压迫、争取民族自由的抗争精神。反抗英国统治的诗歌在《爱尔兰歌曲集》里俯拾即是，也备受推崇，如《当那个崇拜你的人》《请把他的剑放在他身旁》等，都出色地彰显了穆尔辛辣、幽默的讽刺功底，充满着对英国反动统治的大胆抨击，饱含着人民对英雄不悔的敬仰和对民族自治的渴望。在穆尔笔下，英国是一个自私自大的国家，她炫耀自己的权利，却把他人的权利践踏在脚下；而爱尔兰虽然在黑暗中含垢受辱，却从未放弃为自由之希望匍匐前进的使命。勃兰兑斯把穆尔的《爱尔兰歌曲集》比作“安放在他祖国额头上的一个以辛酸、热情和一片柔肠织成的花圈，一个人们用以悼念死者的芳香馥郁的花圈”①。《爱尔兰歌曲集》凝聚了穆尔对民族的忠贞和对自我的伤怀，奠定了其作为民族诗人的桂冠地位，有人甚至把他与同时代最伟大的浪漫主义诗人拜伦相提并论，他自己也毫不隐讳地承认自己和拜伦一样，天生就是一个讴歌起义的反叛者。华兹华斯对英格兰表达自己的爱，正是在它所向无敌、国势鼎盛的时刻；司各特对苏格兰高唱颂歌，正当它作为一个繁荣的国家崛起于它的姐妹王国之侧；可是穆尔却对一个含垢受辱、正匍匐于它的折磨者的脚下

① 勃兰兑斯：《十九世纪文学主流》（第四分册），徐式谷、江枫、张自谋译，人民文学出版社 2009 年版，第 182 页。

流着鲜血的国家(爱尔兰),唱出了他那发自内心深处的火热的恋歌。①

“三百年来,在北方唯有一个民族从没停止过为自身的自由而进行斗争,这就是波兰人,他们是天主教徒。”②波兰大致属于泛斯拉夫文化圈。10世纪中叶,格涅兹诺部落逐步统一了波兰,10—15世纪中叶的波兰因此成为欧洲不可或缺的封建国家。15世纪中叶开始,波兰逐渐进入多民族的农奴制国家;1654年,沙皇俄国对波兰宣战,波兰失去了包括乌克兰在内的第聂伯河以东大部分领土。随后奥匈帝国、法国、西班牙以及撒丁王国纷纷将侵略的魔爪伸向这块“肥肉”。1772年之后,沙俄、普鲁士和奥匈帝国联合起来对这个孱弱民族进行了多次瓜分。1795年后的波兰进入整个民族最黑暗的时期,国家陷入山穷水尽的境地。1830年始,不甘做亡国奴的波兰人民以武装起义反抗外族压迫,争取民族独立的斗争如火如荼。

民族的特殊命运决定了民族性格的形成,进而规制着文学艺术的选择。坚忍不屈,顽强乐观,富于幻想,坚信未来且倾向于骑士品德,这些都是波兰民族一波三折的命运所催生出的统一的民族性格。在王国覆灭与再生的夹缝里生存,波兰的浪漫派作家比任何其他民族的先锋诗人都更明白自己的使命,他们更自觉地在文学书页上烙印民族性格与民族精神的标记,将民族独立、自决、自由的愿望与理想浸染到每个文本的字里行间。布罗津斯基是波兰浪漫主义的先驱,他把斯拉夫民族广为流传的民谣歌曲、童话故事、民间传说用富有诗意的表达展示在哥萨克的性情里,让水深火热的波兰不绝希望;随后的贵族诗人玛尔切夫斯基深受拜伦的影响,描绘了《玛利亚,一个乌克兰故事》中哥萨克人生而豪放的性格典

① 勃兰兑斯:《十九世纪文学主流》(第四分册),徐式谷、江枫、张自谋译,人民文学出版社2009年版,第193页。

② 勃兰兑斯:《十九世纪文学主流》(第六分册),张道真等译,人民文学出版社2009年版,第95页页下注。

型；诗人戈什琴斯基是一位积极的践行者，他狂热地追随"民族自由"的倡导者拜伦，并参加了1830年的起义，并在《卡尼渥夫城堡》中绘声绘色地描述了波兰18世纪末大叛乱的血雨腥风。随后密茨凯维奇真切执着的民族倾向、克拉辛斯基富于幻想的爱国情深均不约而同地指向独具波兰特色的民族主义文学-文化建构。

亚当·密茨凯维奇是19世纪前期波兰公认的桂冠诗人，被称为波兰人民的"自由之友"和"民族诗人"。密茨凯维奇于1798年出生在一个贵族之家，13岁的时候亲历拿破仑军队对波兰的侵略。1815年，他进入维尔诺大学，因积极参加社团活动，遭到沙俄当局的迫害。密茨凯维奇大力主张"诗就是行动"，在《先人祭》中，诗人借长老的形象来呼号展示沙俄、普鲁士及奥地利对戴上镣铐的波兰的暴虐；而在《法力思》中，他又酣畅淋漓地喊出"我觉得我仿佛能从东到西把整个世界搂在怀里"①。密茨凯维奇的诗中有粗犷的豪情，有雄伟的幻象，有盎然的活力，它不仅给迷失在黑暗中的波兰带来了一丝自由的希望之光，也给这个民族奏响了决不屈服的"马赛曲"。1823年，密茨凯维奇因"图谋反叛"被沙俄当局逮捕、囚禁，后流放至奥伦堡长达十四年之久。在拘禁和流亡的黑暗日子里，他迫切地希冀波兰"自由的太阳将冉冉东升"，创作了以《逃》《沃叶沃德》《瓦莱莉》《格拉席娜》《克里米亚十四行诗》为代表的一系列佳作。这些洋溢着爱国热情的诗篇，描写了一批好勇善斗的青年形象，其中对跃马扬戈的巾帼英雄的刻画更是颠覆了传统欧洲文学中女性柔弱、敏感，靠爱情为生的模式化形象。《塔杜施先生》是波兰人的民族史诗。在这部作品中，密茨凯维奇把波兰的民族精神与民族风情用诗意的语言表达出来。主人公塔杜施毫不矫饰，是一个天性自然的青年，他的父亲雅采克战死在波兰政府反对沙皇俄国的大暴动中，父亲的死亡给了青年塔杜施一记残酷的耳光，

① 勃兰兑斯：《十九世纪波兰浪漫主义文学》，成时译，人民文学出版社1980年版，第45页。

他开始明白个人的命运无可逃脱地只能融入整个民族的命运中。因此，波兰民族三次被瓜分的特殊经历决定了《塔杜施先生》多了一份反抗侵略、鼓动解放、探寻自由的沉思。诗人借塔杜施之口，将波兰民族备受欺凌的情感体验用浅吟低唱的方式抒发出来，每一行诗句都是对“民族自由”的最好诠释。浪漫派作家善于利用重大历史事件来编造鼓舞人心的民族英雄传奇，以此制造或强化本尼迪克特·安德森所谓民族这个“想象的共同体”。的确，19 世纪初叶“民族主义的崛起，与历史研究和写作的热潮渊源甚深”[①]。在《19 世纪波兰浪漫主义文学》中，通过回顾波兰的民族独立运动，勃兰兑斯曾经指出：真切执着、沉静严肃、富于幻想和宗教理想的共同民族性格决定了波兰浪漫主义文学的走向，而波兰在 1772 年、1793 年、1795 年三次被瓜分的政治局面决定了 19 世纪初叶该民族浪漫主义文学创作的题材与方式。

① Michael Ferber：*Romanticism：A Very Short Introduction*，Oxford University Press，2010，p. 103.

| 第四章 |

浪漫主义中的哲学问题

个体自由在康德—费希特—谢林前后相续的哲学系统中已被提到空前高度,且康德等人均重视通过审美来达成自由。康德声称作为主体的个人是自由的,个人永远是目的而不是工具,个人的创造精神能动地为自然界立法。在让艺术成为独立领域这一点上,康德美学为浪漫派开启了大门。

浪漫派追求的是无限,是无止境的憧憬和渴望,它要取消一切学科之间的分野,建立一种紧密联系、包罗一切的整体艺术,即一种总汇性的"诗"。基于对人的精神世界的高度关注,浪漫派比既往时代的作家更为敏感地体察和感受到了代表着"无限"的理想与表征着"有限"的现实的冲突在情感上所造成的不适,以及追求个性解放的个体在与外部世界相冲突时所遭遇的种种精神苦痛;而"荒诞"作为一种生命体验,它正是主观意识在面对客观世界时产生的一种不无痛苦的不适感。

第一节　浪漫主义与德国古典哲学

从大约 18 世纪中叶到歌德逝世(1832)为止,整个德国文学存在着一个统一的格局与一致的潮流。这个新的文学运动希冀创造一种不同于17世纪被法国古典主义所主导的新文学与新美学。这种新的美学既不是奠基于正统的基督教,也不因袭理性时代的启蒙思想,它强调人的力量的总体——既非理性也非情感;这种新文学并不愿意被动地在经验主义或理性主义的导引下对世界进行模仿性的"再现",它转而强调直觉与想象,并在此基础上去"表现"人的内心。"这是一种一元论,它视神和世界为同一,灵魂和肉体为同一,主观和客观为同一。"[①]浪漫主义在德国成形最早、革命性与纯粹性较其他国家的也更为彻底,这有着合乎逻辑的社会历史因由。德国启蒙运动力量薄弱,持续时间较短;工业革命启动甚为迟缓,因而也就不存在一个在政治方面发挥着领导作用的资产阶级。无论是派生、引进的启蒙运动,还是本土僵化的宗教正统主义,似乎都不能令人们满意。于是,感应着时代巨变的信息,德国知识分子开辟了一条通往文学与文化革新的道路。

一

康德在《纯粹理性批判》中称,空间、时间、因果等这些人类心理世界底层的范畴之预先存在,意味着人对世界的认知或了解以及整个知识系统的构筑,并不是一个对外部现象世界简单机械反映的过程。"图式……通过它,并符合它,图像首次成为可能。"[②]"我们直观的这一形式原则(空间与时间),是任何东西能成为我们感觉的对象的条件。"[③]先验,即先于经验;那些先验范畴先于人之经验理性,并决定着人之经验理性,这就在

① 韦勒克:《文学史上浪漫主义的概念》,见韦勒克:《批评的诸种概念》,丁泓、余徵译,四川文艺出版社1988年版,第158—159页。

② 转引自克里斯托弗·库尔-万特:《康德》,郭立东译,生活·读书·新知三联书店2019年版,第63页。

③ 转引自克里斯托弗·库尔-万特:《康德》,郭立东译,生活·读书·新知三联书店2019年版,第30页。

很大程度上将西方思想扳离了经验理性至上的旧有轨道。借鉴并改造了柏拉图的“理式”观念，康德将其本质世界归诸众多不可知的、作为“精神之物”的“物自体”(Noumena)，并坚称人对“物自体”的感知首先源自人类内心的先验理念，因而“物自体”也就有别于人们通过各类感觉官能所抵达的客观“现象”(Phenomena)。康德所创造的知识论模型实乃唯心主义之大成，知识体系中客观现象及与之契合的经验理性的建构作用在后退，而与生命感性密不可分的主观性的作用则得到提升；质言之，人才是知识系统构筑的核心枢纽与动力源泉。“唯有知识构成了人类的荣耀……但只有一个思考给予其他所有东西价值，即确立人的权利。”[①]康德达成了其对大陆先验理性与英国经验理性的改造与超越，实现了大陆理性主义与英国经验主义的融会贯通，开启了现代哲学革命的大门。在从古典主义世界观过渡到浪漫主义世界观的过程中，唯心主义显然起到了关键作用：“先验范畴”拖泥带水的那种半决定论与人之“主体性”自由，使康德的理论系统获得了一个大致平衡的理论框架；而将这两者焊接在一起的东西，便是康德“哥白尼革命”的核心元素——构成人之本质的人的精神自由。人之精神是自由的，这意味着这自由是绝对的，没有任何先决条件的；它独立于人之欲求，且没有任何东西能够阻碍或束缚它。康德大力弘扬的人之主体性，颠覆了数百年来西方思想的基础，构成了哲学文化领域的“哥白尼革命”，现代世界因此得以重构。

康德对理性的重新厘定和对自由内涵的再阐释，其重要意义在于将西方哲学从启蒙思想家为了把人从中世纪的神权阴影中解放出来而不惜走向人的反面——把人从自然主义和机械决定论的极端中拯救出来。显然康德哲学对思想史所造成的冲击绝不是程度上的而是具有颠覆性的。

---

① 转引自克里斯托弗·库尔-万特:《康德》，郭立东译，生活·读书·新知三联书店 2019 年版，第 33 页。

“现代对待自然和自然秩序的整个态度被改变了。”①在康德将自然世界和价值世界分离开来之后，只要遵循内心的道德法则，人即使处于囚禁状态，也是完全自由的。自由主义思想家伯林据此做出的一个重要推论就是——“生命是或应该是对于一个目的或某些可以被描述为终极目的的东西的追求，如果有必要，要为之牺牲；这些目的既证明了自己也证明了别的东西，不需要从比它们更广泛、更无所不包的体系的角度对它们做出解释和证明。”②不需要解释与说明的东西，首先便是个人的意志自由。康德声称作为主体的个人是自由的，个人永远是目的而不是工具，个人的创造精神能动地为自然界立法；在让艺术成为独立领域这一点上，康德美学为浪漫派开启了大门。康德哲学之所以构成了西方文化史上的“哥白尼革命”，主要是因为他把哲学探究的焦点从精神之外转移到精神之内，进而高标人之自由精神乃一切创造性活动的源头；康德之后，费希特、谢林等人均在各自的理论体系中进一步拓展了这种主体的精神自由。

1794 年，费希特出版了《科学学》，书中他建立了自己的一套主观唯心主义体系，无限制夸大自我精神的作用，将人的自我精神看作整个世界的源泉，外部世界只能屈从于人的内心世界，个人才是宇宙万物的中心。为了把万物都归于绝对精神的名下来克服康德的二元论，费希特提出：宇宙包含着一个绝对的自我，个人意识只不过是这一绝对自我的部分显现；绝对自我是一种独特的、自由的活动，它竭力在完全的自我意识中实现自己，它是世界的基础。相比于康德，这显然是一种更为激进的主观主义理论。在费希特这里，作为一种能动的想象，理性亦只不过是精神主体的创造物。

费希特之“绝对自我”理论乃浪漫主义最直接的理论来源之一，“在普

① 以赛亚·伯林：《现实感》，潘荣荣、林茂译，译林出版社 2004 年版，第 277 页。
② 以赛亚·伯林：《现实感》，潘荣荣、林茂译，译林出版社 2004 年版，第 284—285 页。

及浪漫主义关于自由创造想象的观念方面,他的贡献超过任何人"①。他认为"由于绝对的自我包括一切真实,这就要求它所对立的非我同它本身相和谐,无限的奋斗过程就是克服它的限制。所谓绝对的自我,不是神性的观念,而是人的观念,是思维着的人,是新的自由冲动,是自我的独裁与独立,而自我则以一个不受限制的君主的专横,使它所面对的整个外在世界化为乌有"②。显然,费希特的所谓"绝对自我",既非客观存在的经验自我,也非康德高标的那种先验自我;作为所有自我意识中的先验要素,同时也是一种涵盖一切现象的直接精神生命,"绝对自我"不仅设定自身,而且设定非我,即人不仅为自身立法,而且为世界立法。由是,人的自由就变成了一种无条件的绝对权利:"任何人都不得支配他; 他自己必须根据他内心的这样一个规律做事: 他是自由的,并且必须永远是自由的;除了他心中的这一规律,任何东西都不能命令他,因为这一规律是他的唯一规律。"③海涅曾十分中肯地写道:"即便整个先验唯心主义都是迷妄,但费希特的著作毕竟还是浸透着尤其能对青年产生良好影响的一种高傲的独立性、一种对于自由的热爱以及一种大丈夫气概。"④正是从费希特这里,诺瓦利斯⑤等德国浪漫派作家直接接受了自由必胜的信念。

神童谢林 15 岁就读杜宾根大学,在此他与两位室友黑格尔和荷尔德林建立了深厚的友谊。在其早期哲学生涯中,他是费希特的盟友,两人一

---

① 罗兰·斯特龙伯格:《西方现代思想史》,刘北成、赵国新译,中央编译出版社 2005 年版,第 225 页。

② 勃兰兑斯:《十九世纪文学主流》(第二分册),刘半九译,人民文学出版社 2009 年版,第 24 页。

③ 费希特:《向欧洲各国君主索回他们迄今压制的思想自由》,见《费希特著作选集》(第一卷),商务印书馆 1990 年版,第 146 页。

④ 转引自加比托娃:《德国浪漫哲学》,王念宁译,中央编译出版社 2007 年版,第 63—64 页。

⑤ 诺瓦利斯在耶拿求学时曾师从费希特,"他(诺瓦利斯)在那里跟着他(费希特)起步,追随过他,又在那里与他分手,并想超过他"。见加比托娃:《德国浪漫哲学》,王念宁译,中央编译出版社 2007 年版,第 121 页。

度在耶拿大学共事，他很大程度上沿袭了费希特“普遍精神”与“绝对自我”的理念。谢林 1809 年出版了《对人类自由的本质及与之相关对象的哲学探究》，该书为其“最伟大的成就”，同时也是“西方哲学最深刻的著作之一”①，在德国古典哲学与浪漫主义之间搭建起了另一座重要的桥梁。“谢林体系的核心在于源于同一原则的神圣自由观。”②他认为上帝的主要特征是自由，世界是上帝的心灵，那么就无限者在历史中的活动来说，根本没有一套规律来做仲裁者。正是从这种自由观出发，谢林指责启蒙运动陷入了误区：当启蒙主义者相信自然是由规律主宰的领域，自然和自由蕴含其中的心灵便被割裂开来。

在耶拿时期，受到施莱格尔兄弟以及诺瓦利斯等浪漫派先锋人物的影响，谢林的哲学沿着浪漫主义方向发展。谢林哲学思想中与浪漫主义最引人注目的契合之处，是他称艺术乃人类最高的成就：正是在艺术创作中，绝对精神的两种形式，即有意识的力量和无意识的力量融合成了一个合题；正是在艺术中，无限通过有限的形式表现自己，即艺术创造活动的实质便是人们寻求某种外在的客观形式来表达内心的无限。“艺术对于哲学家来说至关重要，正是因为艺术向哲学家敞开至圣所，在那里，在自然和历史之中撕成碎片，在生活和行动中与在思想中一样必然要永远分离的事物，仿佛一团火焰，在永恒、原始的合一中燃烧着。”③“浪漫派诗人当然会如饥似渴地汲取谢林的思想，因为他给艺术提供了一个前所未闻的形而上学基础。浪漫主义把诗人推崇为先知，用谢林的话说是‘被亏待的人类立法者’——这种做法与谢林形而上学的思想有密切关联。柯勒

① 海德格尔：《谢林：论人类自由的本质》，王丁、李阳译，商务印书馆 2018 年版，第 4 页。

② 转引自威尔肯斯、帕杰特：《基督教与西方思想》（卷二），刘平译，北京大学出版社 2005 年版，第 57 页。

③ 转引自威尔肯斯、帕杰特：《基督教与西方思想》（卷二），刘平译，北京大学出版社 2005 年版，第 58 页。

律治以及稍后的托马斯·卡莱尔把这种德国形而上学引入英国诗歌。谢林后期反对黑格尔的极端理性主义，提出了某种存在主义的萌芽思想；他影响了克尔凯郭尔……"[①]"在斯堪的纳维亚国家，德国浪漫主义，尤其是谢林，具有巨大的影响。在瑞典人中间，有整整一群批评家将艺术品视为宇宙的象征。《自然哲学》获得了广泛的接受，神话的解释被置于整个北欧日耳曼民族复兴的中心地位。"[②]而"斯拉夫人的浪漫主义运动，显示出它自身的特点和特殊的问题。俄国人在很大程度上，受了德国人的影响，特别是谢林和黑格尔的影响"[③]。

简言之，正是在德国古典哲学将目光转向自我-自由这一时代精神的直接影响下，浪漫主义才确立了其以个人为中心与目的、追求个人绝对自由的个人主义价值取向。正是在此等"个体自由"的观念形成的氛围中，浪漫派作家才以一种近乎偏执的儿童式的任性大肆讴歌遗世独立的个人，几乎不加限制地张扬"无政府主义"式的自由。"浪漫派高度推崇个人价值，个体主义乃浪漫主义的突出特征。"[④]对个体"自我"的寻觅开启了对内心意识的探求，内在性—主体性—主观性或主观主义成为浪漫主义文学最基本的特征，而张扬个体自由所达成的"个性解放"则成为浪漫主义革命最基本的动力。"文学创作的任务永远是用凝练的形式表现一个民族或一个时代的整体生活。浪漫主义文学却抛却了这个任务。以诺瓦利斯为最典型的代表，他们从诗人的心灵中排除了整个外部现实，而用他们诗意的憧憬创造出一个诗与哲学的体系。他们并不表现人生的广度和

---

① 罗兰·斯特龙伯格：《西方现代思想史》，刘北成、赵国新译，中央编译出版社 2005 年版，第 226 页。

② 韦勒克：《文学史上浪漫主义的概念》，见韦勒克：《批评的诸种概念》，丁泓、余徵译，四川文艺出版社 1988 年版，第 188 页。

③ 韦勒克：《文学史上浪漫主义的概念》，见韦勒克：《批评的诸种概念》，丁泓、余徵译，四川文艺出版社 1988 年版，第 188 页。

④ Jacques Barzun: *Classic*, *Romantic and Modern*, Secker & Warburg, 1962, p. 6.

深度,只表现少数才智之士的梦幻。"[①]事实上,自由乃个体主观性的一种显现;与其他动物相比,人的本质也正在于人可以经由自我的自由精神(主观性)而赋予自身以价值。"在浪漫主义革命中,最基本的因素可能是主观主义。从康德的观点看,主观主义就是人的精神参与对现实的塑造。人的精神不是一个消极的旁观者。过去人们是从认识对象的角度来考虑认识过程;现在重心转移到主体。"[②]在浪漫派这里,自由的个体主体不再只是简单地被动反映现实的"镜"之实体,而是以想象力与创造力作为光源照亮并开启世界的精神之"灯"。

值得注意的是,浪漫主义的自由是多元的。康德的哲学革命虽然为浪漫主义的自由观提供了理论基础,但细究下来当可发现:康德的自由观远非浪漫主义革命中以拜伦为代表的那种甚嚣尘上的无政府主义的激进自由,而更是贡斯当等人倡导的那种基于理性的宪政自由。在康德那里,人之理性与自由密不可分,综合而成为使人在自然界能够脱颖而出的卓越能力。康德承认人的行为并非全出自理性,人的选择也并非全然基于自主,但他始终强调,正是人的自由与理性,使人不再停留于被本能欲望控制的动物的境地:人是理性动物,能思考;人是自主动物,拥有行动和选择的自由。在康德看来,动物避苦就乐,完全按本能行事,这绝非真自由,而只不过是为食色爱欲所役使。因此,康德也并不认可那种放任的市场自由就是真自由,因为那只是在满足由市场边界悄悄设置了的前提因而绝非可以自由选择的消费自由。在对边沁等功利主义者道德即幸福的最大化的驳辩中,康德坚称:道德的基础就是尊重人,就是视人为目的而不将人当工具——不奴役,不压迫,不呵斥。一句话,尊重他人的自由。这

① 勃兰兑斯:《十九世纪文学主流》(第二分册),刘半九译,人民文学出版社2009年版,第213—214页。

② 罗兰·斯特龙伯格:《西方现代思想史》,刘北成、赵国新译,中央编译出版社2005年版,第240页。

自由是人之为人的外在表征与内在规定，也就是人的人格。康德的自由，不是为了实现既定目标而选择的最佳手段，其本身就是人之存在的终极目的。自由，即人格。由是，自由成为普遍人权，成为人类存在之最高价值与最高律令。自由，才是道德的基础。我命我力我身皆归我有，且只归我一人所有，其处置不应看社会整体或他人是否高兴；而他人亦然。这就是人类文明的两个基点：拥有“自我”，坚持“亦然”。若问为何人就是自由的？康德的回答是：“人是有理性的。”在康德这里，现代人的自由与前现代的人之理性紧紧勾连在了一起，只不过先前被视为人之本质的理性现在从最高价值的高座上跌落，成为这高座上自由这个新主人的踏脚石。正是在这里，康德作为现代哲学的奠基人，与浪漫主义革命中那些决绝的非理性主义者划清了界限。

二

伊曼努尔·康德对大陆理性主义哲学和英国经验主义哲学均感到不满。前者的代表人物为笛卡儿和莱布尼茨，该学说认为通过天赋观念和理性可以获得对世界的客观认识——“理性”的人举着一布袋天赋观念或先验理性的“印章”，在其行走穿越而过的世界上戳盖印记。由此，我们获得了世界，一个知识系统标识出来的世界。后者的代表人物是洛克和休谟，该学说认为认识必然来自感觉，经由“感觉”，人会通自我与世界、主体与客体。经验主义的理性学派为主观主义留出了一个出口：感觉一定有一个个体主体，所以认识一定是主观的，认识与外部世界的联系是非常不确定的。会通大陆先验理性与英国的经验主义，康德用一组范畴取代了先验理性，同时也破解了休谟彻底怀疑论的虚无黑洞。之后，康德的“感觉”便获得了“被动”与“主动”的二重性；而“经验”则因此变成了朴素感觉与概念范畴的合体。在《纯粹理性批判》中，康德认为在内心提供了诸如空间和时间等特定形式的直观以及诸如实体和因果关系这样一些基本概念或“范畴”之后，任何经验都是可能的；感觉固然有被动性，但概念或者依靠概念领会的感觉是主动的，而经验则是这两者（感觉和概念）的综合。至此，康德也完成了对英国经验主义的改造与超越。康德的两只脚分别站在大陆理性主义与英国经验主义之上，并由此会通——超越了两者，从而开启了现代哲学革命的大门。

在艺术创作层面，康德将“天才”看作自然变形，为艺术所凭借的催化剂；天才先天具有原创能力，因而往往打破常规挑战传统。天才是一种力量，是实现一种非个人的无意识过程的渠道，“天才是自然借以将规则给予艺术的固有精神气质”①。在《判断力批判》中，康德将审美判断界定为不关乎理性概念的想象直观：想象直观材料并将其呈现给知性，但知性并不像在认知判断中一样将这一直观经由范畴转化为概念性的论断；因为一种非认知性的愉悦（或相反）感受伴随着这直观，它抽离了运用范畴寻求论断的必要。审美判断具有反思性，但却没有目的性——自由的艺术及其最终所达成的“美”，因此具有不关涉功利的本质属性。值得指出的是，康德自始至终都拒绝接受“人的目标是幸福”这样的论断。

早在古希腊时期，朗吉弩斯便写下了《论崇高》一文。法国古典主义理论家尼古拉斯·布瓦洛翻译了朗吉弩斯的论文，且将崇高界定为古典主义修辞学与诗学中关乎高尚风格的重大问题。英国思想家埃德蒙·伯克的著作《对我们关于崇高和美的观念的起源的哲学探究》，将崇高命名为阴影、荒僻、寂静和死亡等对象或感觉迫近复解除的欣喜——一种痛苦威胁消除所带来的消极快乐。很大程度上作为对伯克的回应，康德写下的《关于美感和崇高感的考察》，文称美迷人心窍，而崇高则震撼人心；后来康德在《判断力批判》中进一步将崇高引申为要么经由体积的广大，要

① 转引自克里斯托弗·库尔-万特：《康德》，郭立东译，生活·读书·新知三联书店 2019 年版，第 37 页。

么通过力量的巨大所带来的过量感觉式信息的压迫及克服。直插云天的雄峻高山、狂涛直下的幽深峡谷、喷薄而出吞噬一切的爆发的火山、一望无际的苍茫荒漠……给主体带来近乎恐惧的惊愕与战栗；先是经由“想象”，预先知晓自我安全的主体感受到了不可捉摸的威力与威胁，尔后“想象”在一种精神躁动的应激状态中陡然扩张，召唤出那赋予困惑与迷乱以秩序的“理性”，“想象和理性在一种不调和的关系中面对彼此，在其中，想象不断地被理性告知它不能把握自由”①；最终借助“理性”强大的结构-显现能力，“无限”在“想象”中得以结晶，——主体由此在一种“崇高”的体验中达成“自由”的“精神超越”，先前想象-感觉到的“痛苦的威胁”得以解除。在此过程中，的确是“自由”的介入保证了主体对外在自然的支配与超越；但同时应予强调的是，若无先于经验、体现着人之精神-文化属性的“先验理性”的出场，“自然”或“无限”便不可能自发地显现自身。质言之，崇高感的达成固然与自然在数量或体积上的巨大有关，但从根本上来说是一桩精神事件；其间，“想象”先是借助官能感觉的积累阻断了理性，但在断开了理性照耀的黑暗中飞翔的“想象”在其意识到自身“不能把握自由”之后，旋与理性妥协，并最终借助于理性给自身的运行赋形—导航。“崇高”在体验中穿越了痛苦欲求而在胜利的快慰中绽放的“自由”，作为一份巨大的精神成就，依赖于天然冲突的“想象”与“理性”携手达成的那份短促而不稳定的平衡，它既与征服的喜悦和快乐相伴，也与那无法抹去的内在冲突的裂缝中流溢的苦痛相契。

康德高标人类心灵在世界构建中的重要作用，开启了一场最初被称为“先验唯心论”的文化运动。康德的《实践理性批判》为浪漫主义反对理性的主张提供了进一步支撑，但康德哲学体系契合于浪漫主义的核心部

① 转引自克里斯托弗·库尔-万特:《康德》，郭立东译，生活·读书·新知三联书店 2019 年版，141 页。

分无疑是《判断力批判》即保罗·蒂利希所谓"浪漫主义……使用康德的《判断力批判》而非其他什么东西，这是因为正是在这里，康德有可能承认前两大《批判》中的根本局限性，同时超越这种局限性"①。康德的理论建构，不仅吸引着哲学家，也吸引着诗人——如席勒、施莱格尔兄弟、诺瓦利斯、荷尔德林均撰写过哲学性随笔探讨这一新的唯心论。康德的追随者费希特进一步把主体的活动引申为形而上学的关键：我们只知道我们所做的，我们用自己的行动创造世界，而且在此世界之后并不存在其他世界。② "我们现在得出了这样的教导：一切实在都是想象力制造出来的。就我所知，我们当代最伟大的思想家之一，也提出过同样的教导，他称实在为想象力的幻觉。但幻觉必与真理相反，必须予以避免。但是现在，既然已经证明……我们的意识，我们的生活，我们的存在，作为自我，其可能性是建立在上述想象力的行动上的，那么，只要我们不把自我抽掉，这种幻觉是抛弃不掉的；而抽掉自我是自相矛盾的事，因为抽象者不可能把自己本身也抽掉；因此它并不骗人，相反，它提供的是真理，唯一可能的真理。"③不少浪漫主义者拒绝接受费希特这种主观主义——他们宣称自然是最原始的客观事实和力量，是自然创造人的意识而非人的意识创造自然。相形之下，他们似乎更愿意接受超验主义者爱默生的说法：与其说"宇宙是心灵的外化"，不如说"心灵是宇宙的内化"。与其浪漫派友人的观点颇为一致，哲学家谢林坚持认为自然就是一个有机体，并通过我们人类获得自我意识。谢林被称为"绝对唯心论者"，但他的"绝对"并不是费希特所高标的主体或自我；谢林所理解的"绝对"似乎与康德的类似，它是

① 转引自威尔肯斯、帕杰特：《基督教与西方思想》(卷二)，刘平译，北京大学出版社 2005 年版，第 12 页。

② See Michael Ferber: *Romanticism: A Very Short Introduction*, Oxford University Press, 2010, p. 86.

③ 转引自费希特：《全部知识学的基础》，王玖兴译，商务印书馆 1986 年版，第 9—10 页。

一个中立的中点，是一种既不是主体也不是客体，而是作为两者的基础并最终融汇两者的实体。谢林称，类似人类审美知觉的直觉力，能够凭直觉把握自然这一复杂动态系统的内在统一性和无限性；而当我们的想象力被唤醒时，我们就获得了直觉力。① 想象的意向性使其成为直觉力的直接来源；也正是在这种具有意向性的想象中，人与自然得以融通。想象力的丧失带来了人之本性及其创造力的真正的陨落；由此反观则不难看出：在启蒙学派的理性主义视角下，人与自然的分裂与对立乃以人之想象力的丧失作为前提的。

文学史家克莱门特曾基于作家之理性、想象、情感和意志这四种能力的相互作用来分析文学创作的品性。其揭示出来的结论是——当其中的某种能力相比其他要素占据更高的主导地位时，文学作品的性质就会发生相应的变化。设若理性和意志占了上风，作品就属于所谓古典主义；而如果作品是以想象和情感为主导，那它就是浪漫主义。尽管情感这一因素可以加入古典与浪漫这两种配方的任意一种，但它的剂量却是可以在大范围内千变万化的。克莱门特注意到，想象与情感之间存在着一个紧密而又直接的联系——他拿 18 世纪西方文学举例说，一旦文学作品中理性占了上风，即其在方法和目标上自觉追求和有意彰显理性，那么想象与情感因素便自会联袂退隐。“从本质上说，浪漫主义就是想象和情感与理性和意志抗争的产物。”②在反抗传统理性成规追求创作自由的过程中，浪漫派创造了系统的想象理论。这种自由的创造性想象思维最早在新的自然观中闪烁——浪漫派的想象于全新的自然观念生成之时开始绽放。涤除了文明社会缺陷的完美的人的自然，清晰可见、美丽、永恒的自然，能够有效地将文字转化为独特画面的自然，作为所有伟大的创造力来源的

① Michael Ferber: *Romanticism: A Very Short Introduction*, Oxford University Press, 2010, pp. 86-87.

② N. H. Clement: *Romanticism in France*, Kraus Reprint Corporation, 1966, p. 1.

自然,滋养着想象力的发生与壮大。在年轻一代浪漫派作家看来,社会以其规则与理性扼杀了想象,要恢复想象的生机,那就得先逃离社会返回到自然中去。这意味着对浪漫派来说,自然首先是一个与社会相对立的概念:社会是丑陋的,自然是美好的;社会是罪恶的,自然是纯洁的;社会是残缺的,自然是完美的;社会是有限的阶段性的,自然则是无限的永恒的……事实上,这样一个与社会相对立的自然,其作为一个概念的建构正是依托于想象。"浪漫派作家认为自然和超自然的事物能够激发巨大的想象力,而且他们开始时将新文学的方向锚定为中世纪,那是一个想象力非常自由且富有创造力的时期。"①启蒙学派的机械论世界观,见物不见人,人与其他非人的存在一样均是被动、被决定的整体系统中的零部件。浪漫主义的有机论世界观中,无论是以人见物还是由物观人,人均是有灵魂/精神(也有理智心理)因而具有主动性与创造力的高级生命存在。柯勒律治在《沮丧颂》中傲然宣称:"我们所得到的都得自我们自己,唯独在我们的生命中自然才存在:是我们给她以婚袍,给她以尸衣!"②柯勒律治这一观点很大程度上要归功于他对康德和谢林哲学的深入研究与接受。

第二节　浪漫主义与存在主义

一

18 世纪后期,忧郁风潮在西方文坛悄然兴起:"夜晚,漫步于林间、废墟或墓地,又或者端坐在书房于灯边沉思人生的短暂与不幸——这些均

① N. H. Clement: *Romanticism in France*, Kraus Reprint Corporation, 1966, p. 60.

② Quoted in Michael Ferber: *Romanticism: A Very Short Introduction*, Oxford University Press, 2010, p. 83.

已成为诗歌、小说及绘画的常见背景和主题。”[①]英国墓园诗派的灵魂人物托马斯·格雷在当时最为著名的英文诗歌《墓地挽歌》中已然道出：忧郁的内里绝不仅是悲伤或沮丧，而更有哲思与智慧以及对人性脆弱的悲悯；忧郁的灵魂有时甚至会在冥想情绪所唤起的宗教愿景中陷入“陶醉”或“狂喜”。相形之下，雪莱则说得更为透彻：“我们往往选择悲愁、恐惧、痛苦、失望，来表达我们之接近于至善。我们对于哀情小说的同情，就是根据这个原理；悲剧之所以使人愉快，是因为它提供了存在于痛苦中的一个快乐的影子。最美妙的曲调总不免带有一些忧郁，这忧郁的根源也在于此。悲愁中的快乐比快乐中的快乐更甜蜜些。”[②]

一波更为严重的忧郁症不知何时便在整个欧洲文坛蔓延开来。德国的维特旋风余波未息，法国的勒内便又掀起了另一波新的文学忧郁的浪潮——他似乎承载了整个时代的颓唐与不安：“尚未入梦便已醒来……想象是丰富、多彩、奇妙的；而现实是可怜、枯燥、失望的。怀有丰富的灵魂，但却生活在一个空虚的世界；没有享受任何东西，却被剥夺了一切。”[③]而献给忧郁或以忧郁为题的浪漫派诗歌则更为常见，仅就英国而论，第一代浪漫主义作家柯勒律治有著名的《沮丧颂》，第二代中的佼佼者济慈则有《忧郁颂》。“忧郁所具有的救赎和精神建构的品格，通过一代代浪漫主义者的文学表达得以发扬光大。”[④]作为一种深刻的生命体验，伴随着孤独的忧郁的确包含着主体与群体相疏离而导致的某种心理挫败与精神失落。对一般人而言，即便他能够忍受诸如饥馑或压迫等各种痛苦，也断难

---

① Michael Ferber: *Romanticism: A Very Short Introduction*, Oxford University Press, 2010, p. 20.

② 雪莱：《为诗辩护》，缪灵珠译，见刘若端编：《十九世纪英国诗人论诗》，人民文学出版社1984年版，第150页。

③ Quoted in Michael Ferber: *Romanticism: A Very Short Introduction*, Oxford University Press, 2010, p. 21.

④ Michael Ferber: *Romanticism: A Very Short Introduction*, Oxford University Press, 2010, p. 21.

忍受那全然的孤独；所有人都可能会孤单，但只有天禀卓越的人才能承受并拥抱孤独这份殊异的精神苦痛。“有些人成群结队才觉得快活。真正的英雄是独自快乐。”①“生活的日常性、重复、模仿、单一、桎梏性和有限性都会激发寂寞感，朝向空虚的张力。生活的有限性激发的是一种忧郁的感觉，唯有朝向无限突破的人才是有意义的。”②

19 世纪伊始，形单影只、面容苍白的勒内以其踉跄的步履触发了正在时代深处潜滋暗长的“世纪病”——一种以孤独不安作为标识的、灵魂深处难以排解的忧郁。是的，勒内有一种天生的忧郁，忧郁且自我；忧郁的他异常孤独，且这份孤独与人群中常见的那种孤单大不相同——勒内的孤独因内里的悖论而显现出难以名状的荒诞：他表面冷漠，但内心却压抑着巨大的热情——教堂的钟声让其联想到每过一小时就会增添一座坟墓，他便会流下热泪。他不乏精神的热忱，但目之所及却是一派荒凉——独自观赏飘忽不定的云朵，静听林间洒落的雨声，失神地观看落叶随着流水飘逝，感到人的命运就像落叶一样可怜。他感到从来没有爱过什么人，但又坐在埃特纳火山口上，“为那些依稀可辨的山下村庄里的芸芸众生哭泣”。他性格古怪、孤僻，觉得世上没有一个知心人，只能登上高山去呼唤理想的爱人。他常常夜半惊醒，彻夜不得安眠，也常常白天在野外狂走——即使大雨淋头，雾凇扑面。他总在梦想中挥汗如雨却并无半点行动的意志与实干的能力，所以无论如何他都觉得缺少东西来填补生活与内心的巨大空白，只能在呆愣愣的冥想中越发陷入难以自拔的孤独……“勒奈(内)的沮丧情绪，他的以自我为中心，他表面的冷淡和内心压抑的热情，在那个时期许多有才华的作家身上，在他们创作的许多最出名的人物身上都有所表现，而且同这种外在原因无关——例如，蒂克的威廉·洛

① 波德莱尔：《私密日记》，张晓玲译，湖南文艺出版社 2007 年版，第 242 页。

② 沃维尔：《死亡文化史》，高凌瀚等译，中国人民大学出版社 2004 年版，第 43 页。

维尔，弗里德里希·施莱格尔的朱丽厄斯，拜伦的科塞尔①，克尔凯郭尔的约翰纳斯·福佛爱伦和莱蒙托夫的《当代英雄》。它们成了19世纪初期欧洲文学中男主人公的共同特点。”②

感性与理性、自由与秩序的乾坤大挪移，使得高大威猛、神武圣明的一干古典主义“高大上”主人公独霸文坛的局面为之一新。各式形貌各异既往只配受到挖苦嘲笑的孤僻古怪人物，突然从幽暗的周边角落冒出来，大摇大摆地步入舞台的正中央。诸多浪漫派主人公“陷于梦幻，进入忘我的境地，深刻却不活泼，崇高却不热情，充满活力却没有意愿”③，耽于思辨但却丧失了行动的能力。因为一刻都不能离开其所爱的自由，他们看上去一个个都显得性格乖张、怪里怪气。孤独而又傲岸，忧郁却也不羁；“群体中的孤独”作为浪漫派主人公的基本精神属性，意味着他们都是一些遗世独立、卓尔不群的“怪人”。作为未被驯化或者无法驯化的特殊个体，浪漫派作品中大量充斥的“世纪儿”形象或“拜伦式英雄”，大都具有倾向于无限-绝对自由的精神特性，这使得他们在某种程度上都成了反常、反体制、反文明、反社会的无政府主义者。维特的“烦恼”，勒内的“彷徨”，奥克塔夫的“迷茫绝望”，曼弗雷德的“世界悲哀”……这些在深重的孤独中无所适从、焦躁不安的灵魂，其“忧郁”中所涵纳着的正是存在主义哲学大肆张扬的孤独、烦闷、恐惧、绝望、虚无等体现着“荒诞”观念的现世生存体验。正是经由对孤独个体之精神矛盾和情感悖论的聚焦，浪漫主义文学为存在主义哲学进一步阐发“非理性的人”做好了准备。

---

① 科塞尔指《海盗》（*The Corsair*）中的主角康拉德。

② 勃兰兑斯：《十九世纪文学主流》（第一分册），张道真译，人民文学出版社2009年版，第37页。

③ 勃兰兑斯：《十九世纪文学主流》（第一分册），张道真译，人民文学出版社2009年版，第49页。

二

浪漫主义自由的内涵的丰富性有时候直接表现为其自身的悖谬，如自由既是权利也是责任，作为要承担后果的责任，意味着自由这一权利其实也是不自由的；再如，人既向往自由，但又逃避自由乃至喜欢奴役或喜欢被奴役——“人悬于‘两极’：既神又兽，既高贵又卑劣，既自由又受奴役，既向上超升又堕落沉沦，既弘扬至爱和牺牲，又彰显万般的残忍和无尽的自我中心主义”①。事实上，不管“自为存在”在主观性和本质上多么自由，仅仅其伊始处“被抛”的那份“偶然性”，便足以使人之自由本身显现出十足的荒诞性。人之绝对自由，使其找不到任何可以依仗凭援之物，人孤零零地独立于一派虚无的命运之中。然而，也正是绝对的自由所构成的无限的绝对的虚无，为人的绝对主体性、无限创造性、永恒超越性提供了可能。一言以蔽之，绝对自由开启的虚无释出荒诞；自由本身的悖谬导出荒诞，而荒诞同时也解开了所有成规的束缚，解放了自由，——自由与荒诞原本就互为表里二位一体。“荒诞”既是颠覆理性-信仰后无所依凭的孤独感，也是对未知可能性的恐惧和对人生无意义的绝望。从勒内、哈洛尔德等忧郁成性的诸多“世纪儿”形象中可以看出：对如上心理体验的表达，实乃浪漫主义文学的核心属性或基本特征；孤独、恐惧和绝望，连同厌倦、疯狂和迷醉等，均是浪漫主义时期文学表现的标志性现象。“厌倦与孤独，乃浪漫主义时期反复出现的文学主题。”②“我所感到的，是一种巨大的气馁，一种不可忍受的孤独感，一种朦胧的、不幸的、永久的恐惧，对自己的力量的完全的不相信，彻底地缺乏欲望……我不断地自问：这有

---

① 别尔嘉耶夫：《人的奴役与自由》，徐黎明译，贵州人民出版社 1994 年版，第 3 页。

② F. W. J. Hemmings: *Culture and Society in France: 1789 – 1848*, Leicester University Press, 1987, p. 112.

什么用？那有什么用？这是真正的忧郁的精神。”①正是循着迷惘困惑的情绪路径，克尔凯郭尔在19世纪中叶第一次将浪漫主义作品中由勒内首创的大量“世纪儿”形象内里的核心要素“忧郁”进一步阐发成后来加缪笔下“局外人”默尔索所表征着的那份“荒诞”。② 准确地说，“荒诞”乃“忧郁”内里那份混乱的激情或热忱冷却-沉静下来的观念结晶。

作为体现着个体主观感受的“心理体验”，“荒诞”即“荒诞感”；“荒诞哲学”显然是建立在对个体主观性的强调之上，这一点在克尔凯郭尔这个存在主义始祖的表述中已然确定无疑。“就像一株孤傲的冷杉，兀然而立，直指天际，我站立着，不留下一丝阴影。”③克尔凯郭尔的所有哲学论题都建立在对个体的思考之上，其实在的生活和精神的信仰均表明他的哲学是来自个人绝对孤独世界的尖叫。在很大程度上，正是基于其“孤独个体”这一新的思想轴心，克尔凯郭尔才开启了直接影响到尼采进而改变西方文化走向的哲学革命。“这种情况本身体现了西方哲学的革命性变革：他们的中心论题是单个人或个体独有的经验……”④克尔凯郭尔将哲学思辨与神学探究的触角直接延伸到了后世存在主义哲学的核心命题——“荒诞”，并以“个体性”为基础深入阐发了“荒诞”的内涵。在克尔凯郭尔那里，“荒诞”是个体意识所体察到的存在之无可规避的悖谬性；作为一份非理性的主观感受或“反理性的主观性”，克尔凯郭尔的“荒诞”观念满透着孤独、恐惧、绝望、虚无的意绪。后来萨特将这种“反理性的主观性”称作“绝对的内在性”：“显然应该在虚无化中找到一切否定的基础，这

① 波德莱尔：《1857年12月30日致母亲书》，转引自波德莱尔：《恶之花》，郭宏安译，广西师范大学出版社2002年版，第75页。

② 美国文化观察家恺撒·格兰娜在20世纪60年代就曾经明确指出：“作为某种社会现实的表征，现代文学中那种边缘乃至匿形的‘局外人’在西方文化中出没的时间不是30年，而是已然130年。” See Cesar Grana: *Bohemian Versus Bourgeois*, Basic Books Inc., 1964, xi, xii.

③ 克尔凯戈尔：《克尔凯戈尔日记选》，罗德编，晏可佳、姚蓓琴译，上海社会科学院出版社1992年版，第28页。

④ 巴雷特：《非理性的人》，段德智译，商务印书馆1999年版，第13页。

种虚无化是在内在性之中进行的。我们必须在绝对的内在性中，在即时的我思的纯粹主观性中发现人赖以成为其自身虚无的那种原始活动。”① 存在主义“往往把孤寂、烦恼、畏惧、绝望、迷惘，特别是对死亡的忧虑等非理性(非认知方式)的心理体验当作人的本真存在的基本方式，认为只有揭示它们才能揭示人的真正存在”②。存在主义否认理性对人之存在的过度解释，转而强调人是“被抛”到世界上来的，其存在充满了“偶然性”；“偶然性”的高耸，使得客观世界和人生都因了“必然性”的悬置而陷入了丧失意义的状态，来自乌有去向子虚的虚无感和“荒诞感”由是沛然而出，即所谓“荒诞是指缺乏意义……在同宗教的、形而上学的、先验论的根源隔绝后，人就不知所措，他的一切行为就变得没有意义，荒诞而无用”③。

在谈到浪漫主义革命时，以赛亚·伯林明确指出：“两种因素：其一是自由无羁的意志及其否认世上存在事物的本性；其二是破除事物具有稳固结构这一观念的尝试。某种意义上，这两种因素构成了这场价值非凡、意义重大的运动中最深刻也是最疯狂的一部分。”④在浪漫主义文学中，自由成为最高价值，所有的范畴都出自人的自由心灵，一切理性、逻辑、伦理乃至法律规则和习惯都要用自由的最高原则衡量一番。“这就是浪漫派，其主要任务在于破坏宽容的日常生活，破坏世俗趣味，破坏常识，破坏人们平静的娱乐消遣……”但“浪漫主义的结局是自由主义，是宽容，是行为得体以及对于不完美的生活的体谅；是理性的自我理解的一定程度的增强。这些和浪漫主义的初衷相去甚远。……他们有志于实现某个目的，结果却几乎全然相反”⑤。“搬起石头砸了自己的脚”，以“自由”为灵

---

① 萨特：《存在与虚无》，陈宣良等译，生活·读书·新知三联书店 2007 年版，第 77 页。

② 刘放桐等编著：《新编现代西方哲学》，人民出版社 2000 年版，第 332—333 页。

③ 袁可嘉等编选：《现代主义文学研究》(下)，中国社会科学出版社 1989 年版，第 675 页。

④ 以赛亚·伯林：《浪漫主义的根源》，吕梁等译，译林出版社 2008 年版，第 118 页。

⑤ 以赛亚·伯林：《浪漫主义的根源》，吕梁等译，译林出版社 2008 年版，第 145 页。

魂的浪漫主义革命由是从整体上呈现出“荒诞”的意味。“浪漫主义背离权威而追求自由，拒绝陈旧僵化的学问而崇尚个体的探究，拒斥安稳的恒定性而拥抱不可预见的戏剧性……”①浪漫主义运动对理性的颠覆，为“荒诞哲学”或存在主义哲学在19世纪中后期的形成与发展提供了重要的前提条件。在浪漫主义运动的后期阶段，历史绝非偶然地提供了第一位将“荒诞”从生活境遇的情感体验上升到形而上学观念的诗人、哲学家——克尔凯郭尔。有意识地从个体性、反理性以及强调人的孤独、恐惧、绝望等心理体验的角度来思考人的存在，他提炼、创造了“荒诞”这一“极其丰富的、远远超前他们时代、只有下一个世纪的人才理解得了的观念”②。此后，随着尼采、海德格尔、雅斯贝尔斯、萨特、加缪等哲学家对“人的存在”的不断阐释以及陀思妥耶夫斯基、卡夫卡等文学家对人生存体验的不断描述，“荒诞”最终被确定为对存在的一种根本性描述——世界是荒诞的，人的存在在根本上也是荒诞的。由是，“荒诞”也就成了存在主义的核心观念。作为重要的浪漫主义作家，同时作为19—20世纪存在主义哲学的奠基人，克尔凯郭尔的双重身份与地位坐标，使他历史地成为两者之间相互连通的桥梁。“勒内那代人的忧郁猜疑、迷茫空虚，在萨特的笔下被剥去了浪漫的外衣，被表现为‘恶心’。”③克尔凯郭尔的存在，使得自由主义思想家伯林关于浪漫主义与存在主义的如下论断变得确凿而又昭彰：

> 存在主义的关键教义是浪漫主义的，就是说，世上没有任何

---

① Jacques Barzun: *Classic, Romantic and Modern*, Secker & Warburg, 1962, xxi.

② 巴雷特:《非理性的人》,段德智译,商务印书馆1999年版,第13页。

③ Winfried Engler: *The French Novel: From 1800 to the Present*, trans. Alexander Gode, Frederick Ungar Publishing Co., 1970, p. 3.

> 东西能够依靠。①

> 浪漫主义认为，人之存在的某些方面被彻底忽略了，尤其是生命内在的一面，所以人的形象被严重扭曲了。在今日，由浪漫主义所引发的诸多运动之一就是所谓法国存在主义……存在主义是浪漫主义的真正继承人。②

第三节　浪漫诗学："有限"对"无限"的永恒渴慕

一

浪漫派开创的"艺术宗教"，倡导将艺术视为宗教或者以艺术置换宗教，把宗教理解为诗，赋予艺术以神圣的维度。文学被抬至如此的高度，除了文学自身内在的发展动力使然外，在当时更为主要的原因是浪漫派洞见到文学正适于弥补启蒙分析理性带来的人存在的正当性空白——尼采称之为"生命的美学确证"③。F. 斯特利希在《德国古典主义和浪漫主义：完美与无限》一书中，系统地阐述了"完美"与"无限"的区别。在他看来，不朽可以在"完美"中获得，也可在"无限"中达到，而人类的历史就在这两极之间摆动。"完美要求的是静止，无限要求的是运动和变化；完美是封闭的，无限是开放的；完美是明晰的，无限是模糊的；完美追求的是意

① 以赛亚·伯林：《浪漫主义的根源》，吕梁等译，译林出版社 2008 年版，第 141 页。

② 以赛亚·伯林：《浪漫主义的根源》，吕梁等译，译林出版社 2008 年版，第 138 页。

③ 弗里德里希·尼采：《尼采全集》（卷一），杨恒达译，中国人民大学出版社 2011 年版，第 14、40 页。

象，无限追求的是象征。”[①]哲学家 W. T. 琼斯在其《浪漫主义的诸种类型》中也强调了浪漫主义“动态”的一面。在他看来，浪漫主义与其说是静态的，不如说是动态的；它喜爱混乱而不喜爱秩序，喜爱连续而不喜爱间断，喜爱焦点模糊而不喜爱焦点明晰；它的倾向是内在的而非外在的，它喜爱彼岸世界而不喜爱此岸世界。[②]“人之自由是与人对自身有限的意识分不开的。”[③]人自身存在的有限性和其对无限性的渴求所构成的生存悖论，乃浪漫派一直萦绕在心并力图破解的司芬克斯之谜。“有限与无限的关系原则是浪漫主义的首要原则，任何别的东西都是依赖于它的。”[④]“浪漫主义打破了无限与有限的平衡，借助于无限的动力超越了一切有限形式。”[⑤]浪漫派所憧憬的幸福按其本质而言是绝难变成现实的，因而这份憧憬“在所有浪漫主义者笔下，便被描写成永远到处骚动不安的追求”[⑥]。在浪漫派趋向绝对自由的精神中，人最必不可少，因而实际上成了人的根本属性的东西就是其作为有限对无限的渴望与追求。而正是对无限的这种渴望和追求，直接规定了人不断在自由创造中超越自我、超越当下、超越有限的高贵品格。“个体人格与超个体价值之间的关系十分重要。若它们两者的关系如果建构在客体化世界中，则人轻易沦为奴隶；若建构在生存和超越之中，则展现自由的生命。”[⑦]

在德国早期浪漫主义的众多原则中，对无限的追求无疑是具有非比

---

① 转引自韦勒克：《再论浪漫主义》，见韦勒克：《批评的诸种概念》，丁泓、余徵译，四川文艺出版社 1988 年版，第 198 页。

② 韦勒克：《再论浪漫主义》，见韦勒克：《批评的诸种概念》，丁泓、余徵译，四川文艺出版社 1988 年版，第 199 页。

③ Karl Jaspers: *The Perennial Scope of Philosophy*, trans. Ralph Manheim, Routledge & Kegan Paul Limited., 1950, p. 70.

④ 蒂利希：《基督教思想史》，尹大贻译，东方出版社 2008 年版，第 331 页。

⑤ 蒂利希：《基督教思想史》，尹大贻译，东方出版社 2008 年版，第 333 页。

⑥ 勃兰兑斯：《十九世纪文学主流》（第二分册），刘半九译，人民文学出版社 2009 年版，第 204 页。

⑦ 别尔嘉耶夫：《人的奴役与自由》，徐黎明译，贵州人民出版社 1994 年版，第 12—13 页。

寻常意义的一条，甚至可以说奠定了早期浪漫主义的理论基础。“无限”，常与永远、永恒、持续、更多、无数等意义范畴相联系。它可以是数学概念上的无限，也可以是神学上的意义领域的无限。神的无限，表现在神是全能全知、不容置疑和无法被有限掌控的；它无处不在，但又捉摸不透，人们只能无尽地去仰望它、无限地去临近它而无法达到它。承认神的全然无限，不仅使人超越了人们日常所理解的无限，还给人对世界的认知始终保留着未知以及一种超越的视野，而不再是局限于眼下这个可感的、有用的、有限的、理性的世界。按照谢林的观点，这种以有限去表现无限的尝试，本身就是美的。

有限与无限的关系原则是浪漫主义的首要原则，其他原则都以此为基石展开。根据康德的理论分析，作为主体的“我”是不能直接认识“物自体”的，也就是说，从逻辑上来讲，人不能直接感受神，而必须通过某种行之有效的中介，来有机连接这两极，以对神的存在进行探索和表现。人因犯罪而与神分离，人与神的交流必须通过“中保”，即中间人的角色。在《旧约》时代，先知如摩西、以利亚等祭司承担了中保的责任，引导以色列人认识神的意旨。之后耶稣基督以自己的受难、复活完成了人与神之间连接的重建，成为唯一的中保。尽管天主教和新教在中保论上存在很大的差异，但它们都认为信仰耶稣基督为唯一的救赎道路，并认可“因信称义”①。但随着启蒙运动、法国大革命对以基督教神学为核心的传统价值的猛烈抨击，欧洲进入了大规模的世俗化进程，并在 18 世纪末达到第一

① 所谓“因信称义”有广义和狭义之分。广义上指得到救赎的必要条件，此为所有正统教派所信奉。狭义上指新教尤其是马丁·路德关于如何得救的学说。马丁·路德从保罗的《罗马书》中的因信称义的观点引申出信徒可以由信仰神而直接成为义人，不再受功德律的支配；信徒可经信仰而与基督建立关系，由是灵魂的得救便不再是教会的工作，而是神对信仰者的恩赐。信徒不必依靠教会及烦琐的宗教礼仪，只凭对神虔诚信仰就可以得到灵魂的拯救。而天主教认为在信德（信心）之外，信徒还需遵循神的旨意做善工、行圣事以及不断向神父忏悔才能得到救赎。新教牧师一般只作为灵性的指导者，并无赦罪权柄；而天主教神父则握有赦免信徒罪过的权能。

个小高潮。神学逐渐让位于人学，传统的宗教信仰形式也面临着巨大冲击。统一的教权形式不复存在，信仰连接缺席，世俗政权变得四分五裂，人也丧失了谦卑和敬畏之心，堕入人性恶的一面当中。浪漫派面对的是如何在有限中连接并表现无限的课题，给这并不具备实体的“实体”以主体性的表达。在这样的意义探索下，文学即“诗”作为唯一的可能，被推向了“人类导师”的地位。“如此，诗歌将获得一种更高的尊严，它到最后会重新成为它起初所是之物——人类的导师；因为再没有什么哲学、历史；当其他学科和艺术门类湮灭，唯有诗歌艺术将存留。”做出如上断言的《德意志唯心主义最早的系统纲领》①肯定人的理念的先在性，认为只有它才是真正自由的、可被思维创造的；人的精神内在地就包含了神性和不朽，而国家及其政治体制则是机械性的，是自由的反面。美的理念被视为唯一的整合一切理念的力量；高扬感性，认为不通过感性感官无法认识精神，而感性的真与善则是理性的最高行为。由此，它呼唤一种新的神话的降临，一种理性的神话，哲学与神话、理性与感性在其中最终将互为一体，平等、自由、永恒、统一将贯穿其中，本真的人将不再受到任何压抑，从而获得全面发展。于是，作为真、善、美、理性和感性的集中体现的诗被赋予了建立这一新神话的重任。

在《为诗辩护》中，雪莱曾称：“一切崇高的诗都是无限的；它好像第一颗橡实，潜藏着所有的橡树。”②诗被推到如此高的地位，这与耶拿派用诗“替代宗教”——赋予其拯救灵魂的职能可谓异曲同工。启蒙运动认为文学是对现实的模仿，因而文学是虚构的、不真实的，也是局限的；然后出现

① 《德意志唯心主义最早的系统纲领》文本的写作时间大致在1795—1797年。关于其作者到底是谁，学界一直还存有争论。争论的主角主要围绕黑格尔、谢林及荷尔德林，本土学界将其作者大致认定为谢林。

② 雪莱：《为诗辩护》，缪灵珠译，见刘若端编：《十九世纪英国诗人论诗》，人民文学出版社1984年版，第148页。

了异于往常的全新的一个声音，德国启蒙运动作家克洛卜施托克提出了一个崭新的定义，即文学是一种特殊的真实，它介于主观想象与现实存在之间，几乎就是真实的。这种真实性尤其是在读者被作品引发了情感上的变化时显露出来，因为这种情感变化表明读者在进行阅读时，好像进入了真实事件的情境，产生了身临其境时可能有的感受。《德意志唯心主义最早的系统纲领》则再往前一步，将文学提高到了空前的高度，并要建立一种"服务于理念"的新的整体性。到浪漫派将诗作为宗教，或者说宗教就成为一种广义上的"诗"时，对神的无限的理解就是通过诗对其意象的理解和价值分析来把握的，隐藏在有限中的神性就是通过文学的理性化象征来进行表达的。浪漫派认为，艺术家，也只有艺术家能起到连接人与神的中间人的作用。艺术家的心灵能够不通过任何中介，直观地感受神。而那些"中心不在自己身上的人"，则需要去寻求其他中间人或领路人，以找回自己的中心。"……没有一个活的中心，人就不能存在。人的中心若不在自己心中，则只能在另一个人的心中寻觅，只有另一个人及其中心能刺激并唤醒他的中心。"①这一次，浪漫派将人的主体性置于自身无限化或绝对化之中，这个可以在内心中窥视到神性的主体，不仅被赋予了超凡脱俗的天才，也被赋予了"宣布、传达并描绘神性"②和拯救人类灵魂的责任。

二

耶拿浪漫派不再关注"外在"的市民化社会，而是转向关注内心世界。当然，浪漫主义者们并非不问世事，他们中部分成员也都有其各自的社会

① 弗·施莱格尔:《断想集》第 45 条，转引自菲利普·拉库-拉巴尔特、让-吕克·南希:《文学的绝对》，张小鲁等译，译林出版社 2012 年版，第 168 页。

② 弗·施莱格尔:《断想集》第 44 条，转引自菲利普·拉库-拉巴尔特、让-吕克·南希:《文学的绝对》，张小鲁等译，译林出版社 2012 年版，第 168 页。

野心，只是他们都普遍地都不再寄希望于进行社会政治运动，而是希求通过一种新的文学将启蒙运动中消弭的人的自主性和整体性交还给人。文学逐渐脱离神学和宗教，获得独立，但这个过程并不是单向的，文学在获得独立的同时也内含了宗教神圣的维度。宗教语言、情感和思维方式也伴随世俗化转换到“纯文学”之中。宗教的“世俗化”和文学的“神圣化”之间始终伴随着一个互动的过程。这表现在：在文学中，人的自我取代神的位置成为主体，原属神的性质被注入了人性当中，人被赋予了至善至美的目标，原本对神的终极探索的动力转而用来探索人的本质存在。而这对宗教而言，就等于丧失了神的信仰，而更加世俗化。

诺瓦利斯的创作理论受费希特的影响很大，在他的小说中作为主体的“我”与自然之间常常出现的神秘的互动或游戏，正是源于费希特哲学中人的精神对自然和物质的决定作用。反过来说，人的精神又是通过“非我”的物质存在才得以表现，自我与非我中的精神由互相分离到重回统一，才能实现完整的自我。谢林将自然视为神在地面的隐藏之所，代表着上帝的神性，因而自然也是神秘的和无限的，理解自然就是在认识神。然而，自然事物中的精神并不像在作为主体的人中的精神那样自由，诗人必须凭着一种超常的想象力去观照“非我”中的精神，然后借助诗性语言才能达到自然和精神的神秘合一。诺瓦利斯在其《基督世界或欧洲》中提出要以诗性的语言，去描绘现实世界和日常生活，把人从有限的平庸中解放出来，使其进入神圣无限的自然中去。① 即要通过诗性语言将整个世界浪漫化、崇高化。诗性的语言是与科学的语言相对的。在基督教信仰的元初阶段，语言是作为标识而存在的，其功效就是为事物命名。这种元初语言既是混沌的，又是同一的，具有最纯粹的诗性特质——因为其仍蕴含

① 诺瓦利斯：《夜颂中的基督——诺瓦利斯宗教诗文选》，林克译，香港道风书社 2003 年版，第 142—164 页。

无限的可能性和创造性。此后，语言虽然经历了不断细化、更加精确的发展历程，但仍保有这种元初的诗性特征。直到启蒙运动对一切现存“祛魅”，不仅给基督教传统造成了巨大的破坏，也使语言脱离了其神圣性的母胎，变成了毫无诗意的、僵化的科学语言。诗性的语言从其形式上来说是物质的，但从其意指来看又是非物质的，因而它能连接与超越现实，对生命与生存做寓意性的表达；它能赋予庸常以宗教层面的意义，超越局限的日常，还世界以无限创造性。从具体运用层面，语言要实现其目的，又必须借助象征及隐喻等手段。象征和隐喻既是表达方式，也是人们借以思考世界的方式。它们是打开肉体与灵魂、尘世与超验之间大门的关键钥匙，借助其所表述的是两个异质世界之间的相似性，不能被直观的世界才可能得到某种理解。

扎根于基督教文化深厚土壤的象征和隐喻含有丰富的宗教内容。诺瓦利斯的小说《海因里希·冯·奥夫特丁根》以一种强烈的宗教热情表达了他全部的浪漫诗学理念。对“诗”的追寻、对天人合一的神秘体验、对黄金时代的向往都在这部小说中有了充分展现。小说主人公毋宁说就是诺瓦利斯自己的理想化身，而小说中一直在寻找的“蓝花”则是他全部憧憬的象征。关于蓝花象征意义的探讨和研究已经有很多的成果，在此引用勃兰兑斯在《十九世纪文学主流》中的话：“蓝花不仅在爱情中，而且在人生的一切方面，都代表着完整的、因而也算是理想的、但纯粹属于个人的幸福。这种幸福按其本部而言是达不到的，因此对它的憧憬在所有浪漫主义者笔下，便被描写成永远到处骚动不安的追求。”①

理想与现实之间、有限与神性之间，总存在一道无法逾越的鸿沟。这朵神秘的“蓝花”是属神的那一方，是对无限的憧憬，是天人合一的完满境

① 勃兰兑斯：《十九世纪文学主流》（第二分册），刘半九译，人民文学出版社 2009 年版，第 204 页。

界，是浪漫主义者永远达不到的理想，他们只能永远处在寻求理想的途中。但对他们而言，重要的不是找到，而是始终坚信她是存在的，并借由爱与诗架起的桥，靠近彼岸。世界在心灵中最终变成了一个纯诗的精神领域。因而小说中的人物几乎自始至终都没有什么真正意义上的行动，除了对问题和理念的讨论之外，还有的就是对神秘情感的表达。小说对其“诗”的理念始终没有给出一个确定的概念，对其中的“蓝花”意象也并不做直接的描述，而是用了大量铺垫性的描写以及一大堆修饰性的语词，诸如永恒、迷狂、喜悦、渴求、默想等，这些词汇之前经常是出现在宗教赞美诗或歌曲中的，用以修饰神、耶稣基督或表现人的宗教感受。因为无限的神是不能被人有限的语言所描述说明的，因而人只能无尽地形容它的局部特征。诺瓦利斯将这种对神的敬爱放到对诗的描写上，将诗放到了神的位置，诗就变得更加神秘、神圣，与神一样具有了超验的特质。

如果说无限是包含在一切有限当中的，在人身上，这种无限性就蕴含在人的心灵中。人要去感悟自然及俗世事物的无限性，就必须凭借心灵的力量，而这种力量的直接表现就是人的直觉。对直觉的信赖，可以说完全是神秘主义的。这种神秘的直觉，显然不会与人的情感相分离，情感因素始终是包含在直觉行动本身当中的，在直觉感悟中，情感也变得客观化了。

在诺瓦利斯的小说创作中，“爱”都被塑造为认识的最根本契机。其所要认识的对象就是诗。而只有人世间最高的情感——“爱”，才可以表达对神的情感。如果说“蓝花”代表了神性的诗，那么，先后在“蓝花”中浮现的爱人的面孔，则向诗人指明了通往理念和神性的道路——爱的道路。爱是主体成为真正的诗人的契机，找到了爱就找到了诗。诗则把爱引向和谐。海因里希在找到马蒂尔德——这梦中“蓝花”上浮现的少女形象时，就找到了爱，从而成了诗人。这里所说的爱并非单纯的爱情，也并非纯粹的理念，而是人的情感与认识的统一，是一种精神的感情。在小说中，一切都被披上了一层神秘的面纱，浪漫主义用审美直觉代替宗教，审美直觉作为参与的直觉真正地把艺术看成启示，这是浪漫审美的直接成果。

在创作实践中，早期浪漫派有意识地以形式上的创新来探讨这种有限与无限的理念。早期浪漫派的文学创作从其表现上来说就像一场场实验。浪漫主义者们试图以语言为工具从事他们的文学实验，借此探讨人们获得认知、信仰、经验等方面的新的可能。在浪漫派先哲看来，文学是不可被理性化之物，它的根基不植于分析理性的土壤，完全脱离“真或假”这样的判断命题，因而其有可能上升为“所有艺术和科学中占首位的最高者”①。浪漫派追求的是无限，是无止境的憧憬和渴望，它要取消一切学科之间的分野，建立一种紧密联系、包罗一切的整体艺术，即一种总汇性的“诗”；浪漫派要以诗为宗教，借此来唤醒或保持人对自身存在正当性的信仰，重回神与人、人与人之间普遍联合的有机共同体。浪漫主义借助无限的动力超越了一切有限形式，开启了一种全新的世界视野。这种无限的动力要求突破一切现有的体系，超出地域、学科、门类的限制，达到一种极其自由而无所不包的境界。对无限的渴望，也将上帝从遥不可及的神殿上请下来，使其变成了内存于自然界、历史、日常生活中的神秘事物。人们这才有机会从日常生活中最平凡的事物中去切身感受神的存在，并有可能通过关注内心而达到一种深刻的体悟。这种与人同在且可感的神，就是现代意义上的神。原来的被启蒙理性驱逐了的神，经由浪漫主义得到复活后，已不再是之前那个高居于自存空间，仅仅以间接的方式降临地面、参与世俗事物的教会意义上的神，而是一个全新的、关心人的灵魂归属、在形式上变为人的一种内在信仰的神。

---

① F. 施勒格尔：《浪漫派风格：施勒格尔批评文集》，李伯杰译，华夏出版社2005年版，第75页。

第五章

浪漫主义与基督教

“对于浪漫主义艺术家来说，英雄首先意味着个人的自我实现，这是他们在自己的艺术作品中试图达到的目标。这一观念与自由观念本身是不可分离的，因为只有通过消除限制和约束，它们才能够实现自己的真实命运。”①但正如这一时代动荡的历史所表明的一样，“一将功成万骨枯”，拿破仑这样的英雄之个人价值的实现，无疑是以成千上万民众之自由与生命为代价的。所以，不难看出浪漫派之“英雄崇拜”极易演变成对极权主义独裁者的拥戴。其中所蕴藏着的浪漫派难以回避更难以回答的悖论注定了浪漫主义幻灭的到来。而正是这种幻灭，导致浪漫派转向其他信仰——自然、遥远的异域或古老的年代，并最终回到基督教本身。在经过短暂的式微之后，启蒙时代被理性大肆批判的基督教在后革命时代以人性道德和情感需求的新姿态再度回归。在浪漫主义时代，基督教的信仰由外在进一步转向内在，不再是禁锢人们思想的枷锁，而是一种纯粹个人化的、自由的精神选择。

19 世纪初叶，基督教教会和世世代代沉寂于西方人心中的信仰精神

① 大卫·布莱尼·布朗：《浪漫主义艺术》，马灿林译，湖南美术出版社 2019 年版，第 113 页。

都死灰复燃,俨然呈燎原之势,这成为浪漫主义文学的重要精神背景与动力源泉。与大革命后宗教复兴的社会文化思潮相联系,渴慕"无限"自由的浪漫派注定要向宗教信仰寻求精神支援,夏多布里昂、诺瓦利斯、蒂克等人的心灵由此倾向于正统的天主教或新教;深切而又孤绝的自我意识,也使得浪漫派作家将宗教当成可以带来心灵安慰的诗歌或神话,与之相应的则是泛神论以及超验主义宗教观的勃兴。不少浪漫派作家将诗与宗教、诗人与上帝(或先知)界定为一体,这在某种程度上倒也合乎神性观念与完美观念结合在一起的基督教传统。"浪漫主义诗歌是情感、想象、自然和神性的综合产物,这种神性在可见的世界中是内在的、固有的。"①在浪漫主义作家看来,想象乃万有之源。作为万有之源,想象当然是艺术的源泉,而诗人艺术家则成了能够"洞见事物生命"的活的灵魂——"伟大的预言家,神圣的先知"(华兹华斯语)。"在诗中,唯有想象,那个熟悉的并与无穷相关的东西,才强有力地打动了我。""所有大诗人从这点来看,都是强有力的宗教狂。"②基于其有机、神秘、统一的世界观,浪漫派的想象为诗与宗教联系在一起提供了直接的纽带。诗与宗教同一,诗是"强有力的宗教"。所以莫里斯·迪克斯坦才称:"通过想象,诗人成为一个创造者,一个立法者,一个上帝;然而凭借宽广的视野,他更深入地看到了一切,他是一个凡人。"③浪漫派的宗教观经由自由精神的催发变得多姿多彩,其共同点在于:用内心情感体验作为衡量信仰的标准,使宗教变成热烈而富有个人意义的东西;这不仅使浪漫派神学与以福音派、虔敬派为代表的基督教复兴相互呼应,而且使信仰自由成了浪漫派自由价值观体系

---

① N. H. Clement: *Romanticism in France*, Kraus Reprint Corporation, 1966, p. 55.

② 转引自韦勒克:《文学史上浪漫主义的概念》,见韦勒克:《批评的诸种概念》,丁泓、余徵译,四川文艺出版社 1988 年版,第 173 页。

③ Morris Dickstein: *Keats and His Poetry: A Study in Development*, University of Chicago Press, 1971. p. 194.

中最重要的命题之一。上帝不再是"自然神论"或理性宗教中的机械师，而是一件令人陶醉的神秘事物。"中世纪建筑、艺术和生活方式中的复古主义倾向，是浪漫主义将自身与主流区别开来的最为典型的方式之一。"[①]但毫无疑问，中世纪被浪漫派从启蒙学派的讥讽中解救出来，成为作家反复吟唱讴歌的精神图像，这显然不宜简单地一概定性为社会政治立场的复古与反动。

第一节　基督教复兴与浪漫派之"诗化宗教"

一

作为对极端理性主义的一个反拨，发端于18、19世纪之交的宗教回潮事实上存在着两股潜流。一股是封建教权主义，这股潜流所要达到的目标是要恢复基督教作为国家政权力量的权威，或者说是恢复作为国家政权力量权威的基督教教会。在这股潜流中兴风作浪的主要人物是法国的梅斯特尔、伯纳尔德和拉马奈，他们揪住了启蒙思想家那种理性主义政治思想体系里面固有的一些漏洞，猛烈抨击启蒙思想，极力主张恢复宗教在国家政治生活中的权威力量。伯纳尔德认为，秩序原则是宗教最重要的部分，宗教是维护国家秩序的警察，宗教是每一个社会的凝聚力，它给社会带来秩序，因为它让人知道权力和责任从何而来。梅斯特尔四处宣讲：没有教会就没有一致性，没有一致性就没有权威，没有权威就没有信仰，没有信仰就没有秩序，没有秩序国家便要乱套。所以便应该恢复宗教，便应该有教皇，便应该回到中世纪，便应该有宗教法庭。由此可见，这

① 大卫·布莱尼·布朗：《浪漫主义艺术》，马灿林译，湖南美术出版社2019年版，第12页。

个时期的教权主义思潮完全是一种政治上的反动，教权主义的鼓吹者所要求的是社会秩序，他们所要恢复的宗教完全是中世纪那种作为统治权力的教会宗教。

这一时期宗教回潮中的另一股潜流是要恢复作为人的精神家园的宗教。德国哲学家施莱尔马赫是这一股潜流的主要发言人。“卡尔·巴特和埃米尔·布龙纳将基督教自由派之根追溯到施莱尔马赫。”①施莱尔马赫认为宗教在本质上应是一种关乎灵魂、关乎情感、关乎个人独创性的东西，他反复强调的是感情，只有感情，才是构成宗教的基础。由此出发，他赞成取消一切国家的宗教制度，一切法规、仪式、教条和原则，号召人们设法回到灵魂本来的状态，即物与我浑然一体的状态，在这种状态中根本不产生物的概念，也不产生区别于物的我的概念。个人在这一时间构成了世界的灵魂，感受到宇宙无限的生命就是自己的生命。在《论宗教——对蔑视宗教的有教养者的讲话》这部著作中，施莱尔马赫对启蒙学者自以为拥有万能的理性而对宗教所表现出来的傲慢的鄙视和轻狂表示不满，但他绝不像梅斯特尔等人那样认为应该重建被人文主义者和启蒙学者已经摧毁了的那种天启宗教，他所强调的是：人固然需要理性，但只有理性，只要理性，却是不够的；在理性之外，人还需要为自己的灵魂，为自己的情感，为自己的精神创造一个充满温情的诗意的家园，在这个家园里，人们可以领略散发着馨香的晨露中的花朵，可以领略少女纯洁而清淡的吻，可以领略新郎圣洁而有力的热情拥抱。用他本人的话来说就是：可以有接近大自然的生动感觉，可以有纯洁灵魂向自然的纯洁川流之朴素而又谦卑的倾注，其旨趣显然不可与梅斯特尔、伯纳尔德之流同日而语。

18、19 世纪之交，基督教与文学浪漫主义的联盟在整个欧洲都成为

---

① 威尔肯斯、帕杰特：《基督教与西方思想》（卷二），刘平译，北京大学出版社 2005 年版，第 38 页。

一种新的文化征象，这在法国和德国体现得最为清楚——

> 斯塔尔夫人坚称，浪漫主义诗歌“应把它的诞生归功于骑士制度和基督教”；与《基督教真谛》相契合，夏多布里昂饶有兴味地说“只有经由基督教，人类才能够感受到风景本身的优美”；随着虔诚的罗马天主教徒的信仰的日益增强，施莱格尔兄弟看上去只是简单地确认了黑格尔的论断：浪漫主义在本质上只不过是基督教晚近的复兴，它是对背离基督教信仰之不幸的“怀疑主义”的调停。或许，这一反古典的立场在奥·施莱格尔的《戏剧艺术和文学的演讲》中体现得更为确凿无疑：“希腊可能在美的方面，甚至在道德的方面取得了圆满成功，然而我们不能不情愿地承认他们文明中有任何比有教养的、高贵的感官享受更高级的特征。”英国人亦持有类似的观点。赫兹里特接受施莱格尔的看法，包括他在多利安古典风格圣堂和威斯敏斯特修道院之间的区分；柯尔律治同样地将浪漫主义的出现与基督教的复兴紧密联系在一起，并将浪漫主义的基督教特性概括为“它的实在论，它的画风(这里尤指其“哥特”元素)，它的多样性和复杂性，它对无限的追求，它的主观性，以及它的想象力。”①

A. 贝甘的《浪漫主义精神和梦》着重研究了浪漫主义与神话、宗教的关系。对浪漫主义想象的性质、对这种性质产生的那种观念——“人同自然和上帝的存在之间是连续的”均有着精到的阐发。对他来说，“浪漫主义的伟大之处”就在于它“承认并肯定了诗的王国同宗教秩序的启示之间

---

① Paul H. Fry: “Classical Standards in the Period ”, in Marshall Brown, ed.: *The Cambridge History of Literary Criticism: Romanticism*, Cambridge University Press, 2008, p. 26.

的深刻相似”。[①] 大致来说，浪漫主义时期西方文坛出现了一个宗教情绪比较浓重的作家群，其最有代表性最重要的成员有夏多布里昂、拉马丁、维尼、青年时期的雨果、施莱格尔兄弟、蒂克、诺瓦利斯、霍夫曼、克莱斯特。在英国浪漫主义作家中，柯勒律治曾经受到德国浪漫派很大的影响，他的一些作品像《古舟子咏》《忽必烈汗》等也充满了浓重的神秘主义色彩，因而，他在一定意义上来说也可以被划归为这一作家群。

宗教情绪浓重的这一作家群的创作，在精神主旨上主要表现为感性和神性的复合，爱神和上帝的拥抱。一方面，同所有浪漫派作家一样，他们的创作中同样奔涌着充沛恣肆、放纵不羁的情感，正是有了这一个基本点，这一类作家的创作才和中世纪的宗教文学在根本上划清了界限；另一方面，这类作家的头脑中总有一种浓重的宗教情绪作祟，所以他们的创作中总是轻重不一地流露出一种神秘的意念，他们往往在对人生进行的一种充满了梦幻、幻觉的冥冥的沉思中走向虚无和神秘，最终又这样由虚无和神秘而走向上帝。这样，他们的创作便有了属于这个作家群的特点。诺瓦利斯的一些言论，可以看作是他对自己及其所属作家群创作特点的一个注脚。诺瓦利斯清醒地意识到其极度放纵兴奋的想象在方向上实际上有两个出口：其一是倾向于肉欲的逸乐，其二是倾向于精神性的满足。在给卡洛琳娜的信中谈到其对弗·施莱格尔的小说《卢琴德》的感想时，诺瓦利斯说：“我知道我的想象力最容易为最不道德的、最富有兽性的事物所吸引；但我还知道，一切想象都多么像一场梦幻，它多么爱好黑夜、荒诞、孤独和神秘啊。”[②]在另一个地方，他还有这样的话：“基督教是真正讲求逸乐的宗教；罪恶感是使人去热爱神性的最大的刺激力量；人愈是感觉

---

① 韦勒克：《再论浪漫主义》，见韦勒克：《批评的诸种概念》，丁泓、余徵译，四川文艺出版社 1988 年版，第 203 页。

② 勃兰克斯：《十九世纪文学主流》（第二分册），刘半九译，人民文学出版社 2009 年版，第 171 页。

到自己有罪，便愈是一个基督徒。无条件地同神相结合，乃罪恶和爱情的目的。”①“人们长久没有意识到，逸乐、残酷和宗教之间具有亲密的关系和共同的倾向，这真是令人惊讶啊。”②

“浪漫主义者之所以把信仰作为一个生活的动力，是因为他们已经从基督教旧有的道德教条中被解放出来。事实上，在宗教问题上的独立立场是他们成为浪漫主义者的部分原因。”③基督教“原罪说”所导出的自我否定，与浪漫主义者追求自我实现和自我肯定存在着内在的冲突，这是浪漫主义诸多内在矛盾的一个重要的方面。“正是原罪(人类生来有罪的思想)这一惩罚性的概念使得许多浪漫主义者开始疏离传统的基督教信仰，因为这种自我否定的道德准则与他们自我实现的目标难以相容。”④另一些浪漫主义者则表现得更加大胆，他们经由诸如宣称“爱欲是通向神的一条途径”，直接创造性地革新了自己的信仰。与赞美纯粹的精神之爱一样，他们赞美肉体的爱欲，试图把物质世界与精神世界和谐地统一起来。这种自由的、充满力量的信念之极致发挥，便是一种最神秘撩人的浪漫主义观念——爱与死亡的结合。这便有了浪漫主义创作的两个独特主题：其一是宣扬放纵感性及时行乐，其二是感叹人生无常，对黑夜和死亡大唱赞歌。弗·施莱格尔的小说《卢琴德》中便有这样的句子：“啊，永恒的憧憬！当白昼的无效的渴望，无益的辉耀终于沉没和熄灭时，伟大的爱情之夜便觉得自己永远安宁了。”当然，在这方面走得最远做得最出色的自当首推诺瓦利斯。诺瓦利斯的诗作比任何人的都更卖力地讴歌了黑夜。他最著名的诗作是献给黑夜的那首《夜颂》。在诺瓦利斯的诗作中，他把夜、

① 勃兰兑斯：《十九世纪文学主流》(第二分册)，刘半九译，人民文学出版社2009年版，第172页。

② 勃兰兑斯：《十九世纪文学主流》(第二分册)，刘半九译，人民文学出版社2009年版，第172页。

③ 大卫·布莱尼·布朗：《浪漫主义艺术》，马灿林译，湖南美术出版社2019年版，第347页。

④ 大卫·布莱尼·布朗：《浪漫主义艺术》，马灿林译，湖南美术出版社2019年版，第347页。

死亡、逸乐、天福这样一些观念交织了起来。[①]“诺瓦利斯在爱中发现信仰，又在信仰中发现爱；对布莱克或雪莱而言，性的狂喜是通向无限的一个世俗的手段。”[②]对激情的颂扬，长期以来一直遭到教会的贬斥，但对诺瓦利斯和布莱克来说，激情是一种强大的力量，能够让他们的信仰充满活力。在布莱克那里，精神世界并不是律令和良心的所在，而是发现的场所；在那里，想象力可以自由地驰骋，为人类带回救赎的福音。相形之下，诺瓦利斯的情况则因其过于以自我为中心而显得有些病态。这是一个害了相思病但却找不到出口的病弱的男子，他梦想着超越死亡的圆满。事实上，诺瓦利斯当然并不是唯一一个饱受爱之痛苦的人，其好友克莱斯特便为其死于癌症的情人亨利特·沃格尔开枪自杀。真实浪漫的“爱之死”发生于 1811 年，地点在柏林与波茨坦之间的一个湖边。宗教与爱的相同之处在于两者均是一种需要牺牲的信仰。斯塔尔夫人曾指出：“在德国，爱也是一种宗教，一种浪漫的宗教。对感性愿意宽容的一切事物，它同样能够很容易地予以宽恕。”[③]在其浪漫小说《柯丽娜》中，女主人公把爱说成“一切诗歌、英雄故事和宗教”。当诺瓦利斯将死去的索菲称为圣母玛利亚时，他的态度是认真的。

“宗教和爱都是一种崇拜的形式，神秘莫测，有时候必须伴之以牺牲。”[④]乔治·桑作为描写浪漫爱情故事的代表作家，同时也是一位倡导女性解放的先驱，其很多爱情小说就表达了这样的思想。在《莱莉雅》中，当斯泰尼奥向莱莉雅的交际花姐姐示爱之后，莱莉雅不再信任这位诗人，于是遁入了修道院。斯泰尼奥在修道院发现了已是院长的莱莉雅，再次

---

① 勃兰兑斯：《十九世纪文学主流》（第二分册），刘半九译，人民文学出版社 2009 年版，第 189—194 页。

② 大卫·布莱尼·布朗：《浪漫主义艺术》，马灿林译，湖南美术出版社 2019 年版，第 348 页。

③ 转引自大卫·布莱尼·布朗：《浪漫主义艺术》，马灿林译，湖南美术出版社 2019 年版，第 356 页。

④ 大卫·布莱尼·布朗：《浪漫主义艺术》，马灿林译，湖南美术出版社 2019 年版，第 353 页。

向她倾诉衷肠。被断然拒绝的他投水自尽，莱莉雅深感懊悔。在《特里斯坦和伊索尔德》中，通过伊索尔德的“爱之死”，德国作曲家理查德·瓦格纳再现了浪漫主义“爱与死亡”这一主题。浪漫派相信，世上几乎不可能有真正的爱情；“注定毁灭的爱情”，便成了另一个在浪漫主义文学中反复出现的主题。“正如宗教在浪漫主义艺术史中是以一种新的、变化了的形式呈现出来一样，浪漫爱情同样出现在死后的情境之中。对时间和必死性的征服可能是浪漫派最后的主张。”①

“正是由于 1789 年的革命，人类思想才取得了战胜偏见和权势的最大战果——信仰自由和宗教宽容。”②在精神无所归依的动荡岁月，一些人，比如德国的拿撒勒派为了灵魂的宁静陷入极端的虔敬之中，一些人找到了一种明智的不可知论并将其作为面对世界的思想立场，一些人成为坚定的无神论者，另一些人则穿越了不可知论或无神论重新皈依或者改宗……如同其他领域，18、19 世纪之交的宗教领域同样处在新旧时代转换的一派喧嚣与混乱中。但随着硝烟慢慢散去，一股基督教复兴的潮流托举出了“神圣同盟”的出场。从革命的幻灭中挣脱出来，一代浪漫主义者纷纷重新“退隐到过去以寻找他们的民族和宗教根源”③。在其离世二十多年后的 1826 年，诺瓦利斯的重要政论文本《基督世界或欧洲》④终得公开发表。文中，诺瓦利斯对现实的欧洲深感不满，他认为应该回归宗教改革前中世纪的宗教统一和基督教统治的欧洲，主张要在一个新的统一的教会领导下，建立一个欧洲国家联盟；他反对新教，认为新教带来了自由思想，而自由思想则使世界变得分裂动荡。诺瓦利斯呼吁，浪漫主义文学运动应帮助基督教向当今充斥着革命氛围的欧洲做斗争。他严厉批判

① 大卫·布莱尼·布朗：《浪漫主义艺术》，马灿林译，湖南美术出版社 2019 年版，第 386 页。
② 勃兰兑斯：《十九世纪文学主流》（第三分册），张道真译，人民文学出版社 2009 年版，第 1 页。
③ 大卫·布莱尼·布朗：《浪漫主义艺术》，马灿林译，湖南美术出版社 2019 年版，第 198 页。
④ 又译《基督教或欧罗巴》。

启蒙运动，说它对天主教的憎恨“逐渐上升为对圣经，对基督教信仰，最终甚至上升为对宗教的憎恨”①。诺瓦利斯对“欧洲还是基督教国家的时候”那些“美好而灿烂的日子”大加赞美，这与法国作家夏多布里昂在《基督教真谛》中的表述可谓异曲同工。总体观之，政治革命带来了满目疮痍，工业革命带来了冰冷的物质主义，“城市化、民主化和工业化的社会趋势正在创造一个没有灵魂的、均质化的世界”②。这一切均使对现实深恶痛绝的诗人们本能地回过头去凝望和遥思中世纪那令人宁静的温馨的文化余晖，并从中寻找已然丧失了的精神根基与情感出口。与这样的历史背景相契合，宗教题材的复兴乃浪漫主义文学思潮内里不可回避、不容小觑的重要倾向，而强烈的宗教情怀的表达也因此成为浪漫派的重要标识与成就。

二

在启蒙运动用“理性”的大炮持续轰击正统基督教神学之后，即便在18、19世纪之交基督教回潮的历史旋涡中，大多数浪漫派作家在宗教信仰问题上也不太可能真的回到中世纪或持守正统神学的立场。是的，他们拒绝接受法国启蒙学派那种用“理性”来称量“信仰”的虚妄，也不接受英国经验主义者将心灵视为被动的外部刺激的接收器与存储器。③ 既不接受无神论，也不认同自然神论，在一种理性主义拓殖出来的信仰的瓦解与混乱中，伴随着对启蒙主义的反思与清算，一些浪漫主义作家本能地向长时间遭受批判的宗教回眸-回返，一头扎进了艺术宗教的怀抱：“爱让我

① 转引自陈恕林：《论德国浪漫派》，上海社会科学院出版社2016年版，第151页。

② 大卫・布莱尼・布朗：《浪漫主义艺术》，马灿林译，湖南美术出版社2019年版，第227页。

③ 约翰・洛克在《人类理解论》一书中将人获得外界刺激之前的心灵命名为“白板”（Tabula Rasa）。在启蒙学派机械论世界观的导引之下，洛克的“白板论”很大程度上抹掉了人之超越性的灵魂，只在精神领域保留了被动的“心理”。

们认识自己，认识世界，我们的灵魂由此变得凝重和虔诚，我们心中每个角落都爆发出千百种闪亮的情感，像熊熊火焰燃烧；然后我们才会感受到宗教和上天的奇迹，我们的精神变得越来越谦卑和骄傲，这时艺术就会用它全部的声音与我们内心最深处进行交谈。……艺术源于上天，……它须得成为一种宗教的爱或是一种爱的宗教。”①“造物主在地球每一个角落的每一部艺术作品中都看到了来自上天的火花。它们来源于他，穿越了人类的心胸，来到他们渺小的创造之中，借此创造，人类又向伟大的造物主展示一丝微弱的火花。”②“创造的天赋与艺术享受的天赋，都来自一个永恒的、普遍的源泉……不会再有别的源泉！”③在《音乐家约瑟夫·伯格灵耐人寻味的音乐生涯》中，瓦肯罗德借主人公之口再次声言艺术家所取得的成就：“原本一半要归功于艺术的神圣和自然永恒的和谐，而另一半要归功于慈爱的造物主！是他赐予了我们运用这些宝藏的能力。……我们怎能不感谢造物主呢？各种声音天然就被赋予了人类心灵的通感，造物主又赐予我们技艺将声音聚合在一起，来打动人的心灵。”④但必须指出：浪漫派只是将艺术视为宗教，并非要像中世纪的教会文学一样做宗教的工具；而且，浪漫派作家所推崇的宗教，往往具有泛指的内蕴，而非特指天主教或新教。应该承认，在现代科学与工业文明对传统宗教信仰构成严重冲击的时代氛围中，面对着人们的精神生活日益世俗化的时代潮流，浪漫派作家中的一些人的确有用艺术代替传统宗教达成精神救赎的想法。经由类似于“艺术宗教”的提法，部分浪漫派作家将艺术与宗教并

① 蒂克：《年轻的佛罗伦萨画家安东尼奥致罗马朋友亚考伯的一封信》，见瓦肯罗德：《一个热爱艺术的修士的内心倾诉》，谷裕译，生活·读书·新知三联书店2002年版，第27页。

② 瓦肯罗德：《试论艺术中的普遍性，宽容性和仁爱性》，见瓦肯罗德：《一个热爱艺术的修士的内心倾诉》，谷裕译，生活·读书·新知三联书店2002年版，第49—50页。

③ 瓦肯罗德：《试论艺术中的普遍性，宽容性和仁爱性》，见瓦肯罗德：《一个热爱艺术的修士的内心倾诉》，谷裕译，生活·读书·新知三联书店2002年版，第51页。

④ 瓦肯罗德：《音乐家约瑟夫·伯格灵耐人寻味的音乐生涯》，见瓦肯罗德：《一个热爱艺术的修士的内心倾诉》，谷裕译，生活·读书·新知三联书店2002年版，第137页。

列，这绝不意味着他们要将两者混为一谈，而在很大程度上只是一个比喻。透过这个比喻，人们可以发现：作为“人类的感觉之花”，艺术乃艺术家心灵的展现或灵魂的透视，因而对待艺术中那些超验的、梦幻的、有灵性或神性的东西，人们应该像对待宗教启示一般满怀敬畏；而创造了艺术的艺术家的“想象力是一种近乎神的能力，它不用思辨的方法而首先觉察出事物之间内在的、隐秘的关系，应和的关系，相似的关系”，因而“想象力是各种才能的王后”①。质言之：“艺术可谓人类的感觉之花。它以永恒变化的形式从世间诸多的领域中高高耸起，升向天空。艺术的种子为掌握着地球以及世上万物的父，散发着融合统一的芳香。”②“造物主在地球每一个角落的每一部艺术作品中都看到了来自上天的火花。它们来源于他，穿越了人类的心胸，来到他们渺小的创造之中，借此创造，人类又向伟大的造物主展示一丝微弱的火花。”③

在德国，浪漫主义的重要奠基人之一哈曼曾称《圣经》本质上是诗性的；此后的思想家赫尔德、施莱尔马赫，诗人荷尔德林、施莱格尔兄弟、诺瓦利斯、蒂克等重要的德国浪漫主义者几乎毫无例外地关注对信仰与神学问题的探究，并在创作之中体现出强烈的基督教情怀。值得一提的还有，德国音乐家罗伯特·舒曼则将自己所属的浪漫主义音乐家团体命名为“大卫同盟”④。在英国，早期浪漫主义诗人布莱克也坚持认为《圣经》是诗性的，而且同时称其乃诗人的诗歌创作灵感的重要来源，其篇幅较长的诗作中往往都有《圣经》的典故与意象，其中一部诗集甚至干脆直接命

---

①　波德莱尔：《再论埃德加·爱伦·坡》，见波德莱尔：《波德莱尔美学论文选》，郭宏安译，人民文学出版社 1987 年版，第 200—201 页。

②　瓦肯罗德：《试论艺术中的普遍性，宽容性和仁爱性》，见瓦肯罗德：《一个热爱艺术的修士的内心倾诉》，谷裕译，生活·读书·新知三联书店 2002 年版，第 49 页。

③　瓦肯罗德：《试论艺术中的普遍性，宽容性和仁爱性》，见瓦肯罗德：《一个热爱艺术的修士的内心倾诉》，谷裕译，生活·读书·新知三联书店 2002 年版，第 49—50 页。

④　《圣经》中的大卫王不仅是杀死非利士巨人歌利亚的英雄，也是一位音乐家。

名为《永恒的福音》;柯勒律治曾称,若静穆、优美属于古希腊,那崇高则无疑应归于希伯来;而著名的无神论者雪莱则对《约伯记》《传道书》《雅歌》等推崇到无以复加的地步,而其早期长诗《伊斯兰的起义》中那没有剥削与压迫的乌托邦建构则直接使人想到基督教中的天堂。在法国,第一代浪漫主义的长老夏多布里昂在长篇巨作《基督教真谛》中对基督教的文学与艺术进行了阐述;第二代浪漫主义的领袖人物雨果所组建的浪漫主义文学社团"文社"(Cenacle),语出拉丁文"Cenaculum",其在拉丁文《圣经》中指的就是耶稣及其门徒聚会的地方;雨果、维尼等很多法国浪漫派作家也经常借鉴《圣经》中的题材乃至手法来进行创作。经由艺术的洗礼与引导,他们中的不少人再次穿过混乱找回了虔诚的宗教信仰——尤其是注重仪式的天主教。瓦肯罗德、谢林、诺瓦利斯、蒂克均发现天主教教会的礼拜仪式是与其教义截然不同的宗教灵感的来源。夏多布里昂在《基督教真谛》中则称:"进入一座哥特式教堂,你不可能感觉不到一份战栗和一种模糊的神性。"[①]这里,夏多布里昂所称的"战栗"既是一份崇高的震颤所带来的审美魅惑,又包含着对充满神秘事物信仰的时代之深沉怀念与敬意。[②] 年轻的泰奥菲尔·戈蒂耶在其《十四行诗Ⅰ》的意象营造中精确地传达了浪漫主义宗教情怀中那种深沉而又温柔的忧郁:眼前海浪"哗哗"的声响如梦如幻,高处又隐约传来教堂邈远的钟声,独坐岸边的诗人莫名悲伤,他抬头仰望苍穹,陷入了悠远的回忆……

毋庸置疑,与在很多问题上一样,浪漫派在宗教问题上的立场也是在模糊不清、首鼠两端中趋向于多元的。"浪漫主义原本萌芽于自主精神和

① Quoted in Michael Ferber: *Romanticism: A Very Short Introduction*, Oxford University Press, 2010, p. 78.

② Quoted in Michael Ferber: *Romanticism: A Very Short Introduction*, Oxford University Press, 2010, p. 78.

个人信念这些本质上属于新教文化的原则。”①这在某种程度上解释了其为何首先发端于德国、英国而非在文艺领域历来以标新立异著称的法国。诗人约瑟夫·冯·艾兴多夫是一个天主教徒，他将德国浪漫主义看作一种怀念逝去了的信仰的新教。许多改信天主教的浪漫主义者，从弗·施莱格尔到拿撒勒派，都倾向于支持这种观点。实际上，这种观点可能不仅仅产生在德国，而且一直影响到那些把创造力与改换信仰、皈依罗马天主教联系起来的艺术家。但浪漫主义艺术精神中的“哥特风”以及“为艺术而艺术”所催发的、雕琢的颓废精神，又使得它具有倾向于天主教的天然冲动。作为对天主教复兴的呼吁，夏多布里昂的《基督教真谛》正好出现在一个恰当的时刻——此时拿破仑正致力于与天主教会达成协议。但事实上，夏多布里昂对天主教的信仰从根本上来说仍然应该归诸一份诗人的激情。所以，他曾这样道出他写下《基督教真谛》这本书时的内心渴望：“赞美诗、图画、装饰、丝纱、窗帘、花边、黄金、银器、灯具、鲜花和圣坛的焚香。”②“对大多数浪漫主义者来说，对天主教繁荣时期的怀念更多出于一种美学的或者说感官上的考虑，对美与共同仪式的渴望抵消了新教徒的个人信仰行为。”③夏多布里昂、诺瓦利斯、蒂克等都曾指出天主教教堂的建筑、雕塑、绘画、音乐以及礼拜仪式乃重要的宗教灵感的来源；的确，经由艺术宗教或宗教艺术的洗礼与导引，不少浪漫主义作家再次找回了自己宗教信仰——尤其是注重仪式的天主教。年轻的瓦肯罗德就曾兴奋地高呼：“我现在已经皈依天主教了……是艺术那不可抗拒的力量征服了我。”1808 年，弗·施莱格尔和他的妻子拉罗琳也改宗皈依了天主教。

① 邓肯·希思：《浪漫主义》，李晖、贾倩译，生活·读书·新知三联书店 2019 年版，第 16 页。

② 转引自大卫·布莱尼·布朗：《浪漫主义艺术》，马灿林译，湖南美术出版社 2019 年版，第 374 页。

③ 大卫·布莱尼·布朗：《浪漫主义艺术》，马灿林译，湖南美术出版社 2019 年版，第 371 页。

浪漫派不可能重振基督教，不可能彻底改变科学理性对基督教教义与神话的冲击，更不可能改变现代社会日益世俗化的浪潮，所以，在 19 世纪末，人们听到了浪漫主义传人尼采的那句划时代的断喝："上帝死了。"旧的上帝死了，信仰在死去的灰烬中辉煌地重生了。浪漫派因为宗教在理性光芒直射下的幻灭，开始尝试用诗重新创设一种新的宗教。"浪漫主义被称作'溢出的宗教'(Spilt Religion)，它对自然和英雄行为的体验，甚至对激情的体验，常常包含着某些宗教仪式的成分。这与其说是信仰失落的结果，还不如说是重新创造信仰的结果。浪漫派拒斥那种进行审判的、道德化的上帝，而寻求在他们自己身上体现出来的上帝，或者说寻找诉诸情感、感觉、目光而不是智力的宗教。"①即便写下了《基督教真谛》那样的鸿篇巨制，夏多布里昂的真实用意恐怕也并非要重振基督教那么简单；即便他真的想重振基督教，那他也是要用诗的方式来达成的。就此而言，夏多布里昂等浪漫主义作家与基督教的关系，在根本上体现为诗与宗教的关系，这与当时梅斯特尔等教权主义者主张通过复辟教会来重建权威与秩序完全不同。浪漫主义中的宗教情怀绝非对传统基督教教条或者传统信仰方式与教权制度的恢复，"在某些方面，浪漫主义是对启蒙运动的抵制。但启蒙运动对人类自由、平等的信仰和对传统教条的挑战，也大大促进了浪漫主义的发展"②。这意味着，即便在敏感的信仰问题上，浪漫主义也有对启蒙主义承袭的部分——沿着启蒙前辈开拓的道路，浪漫派向着激情-信仰这一与传统教义与信仰方式几乎南辕北辙的新格局挺进。大致来说，浪漫派作家大都接受原本居于统摄地位的、超验的上帝走下神坛的事实。正如诺斯罗普·弗莱所曾分析的那样，与启蒙学派相比，浪漫主义所带来的最深刻的变化或影响，主要并不在宗教信仰方面，而是

① 大卫·布莱尼·布朗：《浪漫主义艺术》，马灿林译，湖南美术出版社 2019 年版，第 13 页。
② 大卫·布莱尼·布朗：《浪漫主义艺术》，马灿林译，湖南美术出版社 2019 年版，第 404 页。

在现实的空间投射方面:浪漫主义者不再将崇拜的狂热垂直地朝向超验的上帝,而是在水平方向上向外投向并融入自然,向内转向并下潜至灵魂。[①] 而浪漫派与启蒙学派的真正分野仅在于,面对世界,一个信赖理性逻辑,一个推崇情感体验。施莱尔马赫摒弃一切体现为信条或教条的神学体系,转而强调宗教乃灵魂固有的内在情感体验,这种体验倾向于与自然合为一体。大致来说,不同于启蒙学派用"理性"僭越"上帝",浪漫派用"情感"取代"信仰",坚持认为宗教源于人之灵魂深处的情感体验,——斯塔尔夫人在其名著《柯丽娜》中说得透彻——"宗教乃心中最纯粹的情感"[②]。简言之,在启蒙学派那里,"上帝"退隐之后,其神性遗产主要被"自然"及其相关方"理性"所接受,所以就有"自然神论";而在浪漫派这里,"上帝"退隐之后,其神性遗产主要被"心灵"及其相关方"情感"所接受,所以就有"自我神论"。

休姆曾将浪漫主义尖刻地描述为"跌落的宗教":"浪漫主义源于理性主义者对'古典的'传统基督教教义的批判,这一批判让人们无法自然宣泄宗教本能,于是就必然要寻求另外一种方式。""你不信上帝,于是你就开始相信人就是神;你不信天堂,于是你就开始相信地上的天堂。——这就有了浪漫主义。"[③]就此而言,浪漫主义的基本宗教观念也许可以被归纳为一种"自我神论"。早在1788年,威廉·布莱克就提出上帝的化身并非只有耶稣基督——在所有人内在的某种持久的能力中都可以发现上帝的存在:"既然上帝可以变得像我们一样,那我们也许也能像他一样。"1802年,华兹华斯称:"是灵魂,赋予了人类某种神性。"1800年,弗·施莱

---

① Quoted in Michael Ferber: *Romanticism: A Very Short Introduction*, Oxford University Press, 2010, p.66.

② Quoted in Michael Ferber: *Romanticism: A Very Short Introduction*, Oxford University Press, 2010, p.66.

③ Quoted in Michael Ferber: *Romanticism: A Very Short Introduction*, Oxford University Press, 2010, p.63.

格尔也说:“所有虔诚的善人终归渐渐成为(Becoming)上帝”。1838 年,爱默生更加雄辩地指出:耶稣之所以独一无二,不是基于唯有他变成了上帝,而是因为唯有他“看到了上帝化身为人类”。那些传统的虔诚教徒当然会认为这种说法亵渎了神明,但浪漫派过于夸张的主观性却使他们不知不觉便切近了这样的“自我神论”①。爱默生在其中扮演重要角色的美国超验主义与德国、英国的浪漫主义甚为相似,但人们对其的理解却常常“望文生义”地在“超验”上有过多的关注与阐释。事实上,超验主义强调的是上帝的“内在性”而非“超验性”;或至少可以说——超验主义首先强调的是上帝的“内在性”而非“超验性”。因此,在很大程度上,超验主义乃一种另类的“自我神论”。

浪漫主义时期,西方作家的创作普遍地体现着一种强烈的宗教情绪和宗教精神。当然,这种宗教精神在不同的作家身上,在性质、程度上都是很不相同的。从时间上来说,早期浪漫派的宗教情绪比后期浪漫派的宗教情绪要浓重一些;从国家地区之间的差别来说,以华兹华斯、拜伦、雪莱为代表的英国作家的宗教情绪主要体现为一种泛神论倾向;而对于德国的浪漫派和法国的早期浪漫主义作家来说,这种宗教情绪则要更浓重一些,宗教精神和宗教情绪在作家创作中比较直接地体现为一种天主教或新教的神秘倾向。甚至在同一作家的创作中,宗教精神和宗教情绪在不同的创作时期也很不一样。譬如说雨果,青年时期的雨果完全是夏多布里昂的一个狂热崇拜者,宗教情绪非常浓重,在此时期,雨果曾经声称:诗歌是宗教的女儿。他说:“由于要表达对慷慨的上帝的感谢并使得语言配得上它,诗歌就产生了。”而 19 世纪 20 年代后期之后的雨果,其创作中的宗教情绪则慢慢地消融到了其人道主义思想当中,转而表现为一种道

① Quoted in Michael Ferber: *Romanticism: A Very Short Introduction*, Oxford University Press, 2010, pp. 63-64.

德感化、扬善抑恶的劝善倾向，这一点在其后期创作的《悲惨世界》中体现得非常清楚。

第二节　施莱尔马赫："情感乃宗教的基础"

施莱尔马赫是德国伟大的新教神学家，同时也是出色的浪漫主义作家。在 18 世纪末的耶拿文化沙龙中①，施莱尔马赫与施莱格尔兄弟、诺瓦利斯等建立了深厚的友谊，其最初的作品就是投给耶拿浪漫派的同人杂志《雅典娜神殿》的；众所周知，这本刊物是当时浪漫主义思想的主要阵地。"施莱尔马赫认为感情为神学提供原材料，独立于哲学或伦理确证，这种思想可能是施莱尔马赫将浪漫主义和神学融合的最明确的例子。我们生活中最根本的东西不是推论或理性。相反，它是主观和体验。像浪漫主义一样，施莱尔马赫坚定地相信，哲学在规范宗教表达形式上是有用武之地的。但是，哲学不能够判断我们体验的有效性，不能够提供神学以之为起点的原材料。"②

在《宗教讲演录》等神学论著中，施莱尔马赫竭力把基督教从"神学教条"重新论证为"人的内心体验"，即把字面上的信仰变成具体的人的生活状态。施莱尔马赫提供的是一种全新的宗教概念，他请求人们离开一直被称为宗教的东西，将关注焦点放在个人内在的情感和禀赋上。绝大多数传统的基督徒都认为，《新约》中的神迹足以证明耶稣就是救世主弥赛亚；大卫·休谟及其他启蒙哲学家则将神迹视为背离自然规律的无稽之

---

① 1798 年前后，在耶拿举行的"浪漫主义沙龙"可称为欧洲第一个浪漫主义文学社团，施莱格尔兄弟、蒂克、诺瓦利斯以及哲学家谢林等共同作为浪漫主义运动的开创者乃沙龙的常客。

② 威尔肯斯、帕杰特：《基督教与西方思想》(卷二)，刘平译，北京大学出版社 2005 年版，第 45 页。

谈。施莱尔马赫在1799年创作的《宗教讲演录》中重新定义了神迹——“任何事情,即便那些最自然、最普通不过的事物也包含在内,只要用一个宗教主导的视角来审视,那就都会变成神迹”;“对我来说,一切均为神迹”①。“对一个虔诚的教徒来说,宗教信仰让一切(包括那些平庸的世俗事物)都变得神圣起来。”②若干年后,美国超验主义思想家爱默生在1838年的一次演讲中进一步发挥了施莱尔马赫的观点:“耶稣之所以谈到奇迹,这是因为他体察到——人的生命本身就是奇迹,人所做的一切均为奇迹。”③事实上,这也正是绝大多数浪漫派作家对“神圣”问题的基本理解与看法。早在1793年,布莱克就曾谴责传统的神圣观是邪恶的——“因为有生命的万事万物都是神圣的”④。而1817年济慈在给友人的信中也写道:“除了情感丰盈的心灵之神圣性和想象之真实性,我感到其他所有事物均没有什么确定性可言。”⑤

对浪漫派作家而言,信仰自由与其他自由一样,也只有在“个体”的存在中才能落到实处。施莱尔马赫反复申明:所有个体都不仅可能,而且应该拥有他自己的宗教——一种具有某种与其自身独一无二的个性与身份相一致的、内涵独特的宗教。在他看来,创造了世界的上帝不可能让两个东西是完全相同的,这意味着每一事物都必然且应该有属于其自身的特性;施莱尔马赫由此引申出了一种伦理学上的推论:思想上和性格上的

---

① Quoted in Michael Ferber: *Romanticism: A Very Short Introduction*, Oxford University Press, 2010, p. 64.

② Quoted in Michael Ferber: *Romanticism: A Very Short Introduction*, Oxford University Press, 2010, p. 65.

③ Quoted in Michael Ferber: *Romanticism: A Very Short Introduction*, Oxford University Press, 2010, p. 64.

④ Quoted in Michael Ferber: *Romanticism: A Very Short Introduction*, Oxford University Press, 2010, p. 65.

⑤ Quoted in Michael Ferber: *Romanticism: A Very Short Introduction*, Oxford University Press, 2010, p. 65.

“同一性”是一种恶，而人的首要责任就是避免这种恶。① 个人是目的，社会只不过是个人目的得以实现的外在手段。由此出发，就有施莱尔马赫在宗教问题上对个人情感体验的强调。在这种个人信仰中，灵魂是集中的焦点，重点在于个人对上帝的感受与直觉；宗教是以个人为目的的精神建构，而不直接与任何公共的知识或社会道德相关。人们将对宗教本质的理解等同于形而上学和道德是错误的，必须将其与宗教分离开来：“宗教既不像形而上学那样试图规定和解释宇宙的本性，也不像道德那样用自由的力量和人的神圣的自由选择继续宇宙的发展并完善它。宗教的本质既不是思想，也不是行动，而是直观和情感。”“宗教只有通过完全走出思辨的领域，也完全走出实践的领域，才能坚持它自己的领域和它本身的特性。”②施莱尔马赫认为人的虔诚直觉是宗教的本质基础，而这种虔诚直觉只能通过个人真切的情感体验才能获得。施莱尔马赫批判理性神学，认为它以僵死的绳索捆绑着个人的宗教直感，阻断了个人与上帝的直接沟通。宗教即绝对依赖感这一核心思想一直贯穿于施莱尔马赫的《宗教讲演录》以及其后的著作《基督教信仰》之中。宗教习俗和礼仪自身不是问题，但它们是我们赖以表达绝对依赖感的必要手段。

对理性的盲目乐观主义和自大始终保持着警惕的施莱尔马赫，确信在自然律彻底统治的世界中仍有人类必须崇敬的神秘之处。“在施莱尔马赫身上，我们看到了一个彻底的现代人的神学家。”③这种“现代性”神学在宗教观上没有把宗教看成外在于人的仪式，而是从人的直接自我意识、直观、情感、灵性与人的内在精神需要出发，把宗教阐发成真正的人的“心灵的宗教”；在信仰上这种“现代性”的神学把情感和理智结合起来，既

---

① A. O. 洛夫乔伊：《存在巨链》，张传有、高秉江译，商务印书馆 2015 年版，第 416 页。

② 闻骏：《简析施莱尔马赫宗教哲学的核心概念——“情感”》，《世界宗教文学研究》2010 年第 4 期。

③ 汉斯·昆：《基督教的大思想家》，包利民译，社会科学文献出版社 2001 年版，第 170 页。

不把上帝看作外在于世界和人的万能的主宰，也不把上帝当作形而上学的“实体”和种种知识论、道德论的僵死的“概念”。他把教会看作所有虔敬的人自愿组成的自由团体，是在一起宣讲和倾听圣言、交流宗教体验、领悟上帝成人的生命之光的场所。因此“教会史的新时期在他这儿达到了神学上的成熟”①。在研究方法上，他也自觉采用了启蒙时期理性主义的历史批评法，对《圣经》进行了一系列的“解神话”活动，不仅使《圣经》更易于为现代人理解和接受，而且，他的《圣经》解释学也发展成为现代神学、哲学和文学的普遍方法论；在文化效果上，他的神学思想使他的时代在经历了启蒙运动对宗教神学的怀疑、批判和不信之后，重新确立了宗教信仰，使人既能是“现代的”，又能是“宗教的”，从而也使他自己真正成为人们的精神导师和知音。因此，施莱尔马赫名副其实地成为“现代性”发轫之际的现代神学家典范，他的著作成为宗教哲学、信仰学、教义学和释义学的现代经典文本。

德国浪漫派对越来越“理性化”的世俗社会和世俗生活一直感到一种强烈的压抑与失望，同时有一种无家可归的恐惧和失去真正生命之内在诗意的苦痛。他们渴慕无限，追求自然，向往诗意和灵性的生活，但哪里有“无限”，哪里有充满诗意和灵性的“蓝花”呢？在浪漫派渴求无限的征途中，一开始，他们找到的并不是“宗教”，而是艺术、审美和诗。但在施莱尔马赫加盟浪漫派之后，其直觉体验论的宗教理论让浪漫派看到了通往无限的惊喜，并使之重新建构出宗教信仰体验与审美、艺术、诗性思维的内在关联。诺瓦利斯在阅读了施莱尔马赫的《宗教讲演录》后，内心的宗教之火一下子就被点燃了，就有了著名的雄文《基督世界或欧洲》。起初，德国浪漫派领袖与理论家弗·施莱格尔对施莱尔马赫缺乏历史感的宗教观并不满意，但后来弗·施莱格尔的宗教意识终被这位真诚的朋友唤

① 汉斯·昆：《基督教的大思想家》，包利民译，社会科学文献出版社 2001 年版，第 170 页。

醒——其后半生也主要沉浸于哲学与神学的著述之中，并经历了从新教的重要代表和领袖到改宗天主教的重大转变。在弗·施莱格尔的《论新教的性格》一书中，人们完全看到施莱尔马赫宗教哲学的印痕："只有那种同时赋予一切以灵魂、在其中天下众生未经约定便成一体的、称为他们纽带的东西，才是新教的本质。这就是宗教改革家们所借之以宣讲其主张的自由，就是独立思考并按照自己的思想去信仰的勇气，就是抛弃那即使最坚实、刚刚还为他们自己所神圣地珍惜的谬误组成的桎梏时的果敢。"[①]事实上，浪漫派成员无不受到了施莱尔马赫宗教思想的影响，"新思想的影响面起初并不宽，但深深地植根于同志们的精神之中：施莱格尔的、诺瓦利斯的、谢林和卡洛琳娜的。大家都因他的思想而同宗教有了联系，并在他们的著作中受到了施莱尔马赫的影响"。

施莱尔马赫的宗教观对整个19世纪宗教神学影响极大。他那自由而宽容的宗教信仰方式，在大众心中深深地扎下了根，从而影响到神学思想的发展。在神学思想上，他很早就成了任何一种僵化体系的最尖锐的反对者：不论这种体系是正统路德派的，还是自由改革派的；也不论这种体系是福音派的，还是理性派的。在神学实践中，施莱尔马赫是19世纪民众宗教的发起人。这种民众宗教实质上就是根据自己内心真实存在的"心灵的宗教"自愿组成的民间的自由宗教，它的最大敌人是国家教会。施莱尔马赫坚决拒绝国家教会，反对政府对主教发号施令。他的改革目标是使世俗的民众教徒自愿地组织起来，教区应由他们自己选举出来的代表来管理，独立于国家。他晚年一直在同复辟派、正统派、黑格尔派，甚至国王本人进行激烈的辩论和斗争，以使教会最大限度地独立于国家。施莱尔马赫因此"被称为自由主义神学之先驱"[②]。

---

① 恩斯特·贝勒：《弗·施莱格尔》，李伯杰译，生活·读书·新知三联书店1991年版，第7—8页。

② 于可主编：《当代基督新教》，东方出版社1993年版，第11—12页。

施莱尔马赫认为教义不是宗教，仅是人的宗教情感的影子。教义是外在的，能够彼此参照。而虔敬却不是这样的，“虔敬的情感必须以原初的、特有的形式源自内心。它们必须实实在在地是你自己的感觉，而非纯粹乏味地描述出来的他人的感觉，后者最多不过是可怜的模仿”[①]。在19世纪，这种思想与“自由主义的”基督教融合起来，剔除《圣经》的本本主义，认为基督教的根本真理比《圣经》的文字表达更深刻、更广阔。“浪漫主义神学强调以内心情感经验作为衡量信仰的标准，从而与福音派和虔敬派的基督教复兴相互呼应。……浪漫派的宗教就是如此多样，其共同点在于都怀有一个愿望：使宗教信仰变成热烈而有个人意义的东西，能够让人体验到它的活生生的存在。”[②]诺瓦利斯于1799年7月或8月所写的一则较长的札记详细说明了宗教诞生于浪漫化：

心宛如宗教的感觉器官
心摆脱了现实中的一切具体事物
它自我感觉
它把自己当作理想的对象
于是便产生了宗教
简言之，神就是我们的行动和受难的无限对象[③]

在施莱尔马赫那里，“个体”很多时候不单单是指个人，也有“集体性的个体”，比如种族、民族、家庭、性别等。作为新教神学家，他坚持认为只

① 威尔肯斯、帕杰特：《基督教与西方思想》（卷二），刘平译，北京大学出版社2005年版，第40页。

② 罗兰·斯特龙伯格：《西方现代思想史》，刘北成、赵国新译，中央编译出版社2005年版，第236页。

③ 转引自刘小枫编：《夜颂中的革命和宗教》，林克译，华夏出版社2007年版，第271页。

有承认“信仰的多样性”，才会有真正的“信仰自由”可言。他声称宗教信仰的多样性也是人类必须追求的目标：“我因此发现宗教的多样性是基于宗教的本质——这种多样性对于宗教的完满表现是必要的。必须寻求特性，不仅仅在个体中，也在社会中。”由是，他严厉地告诫那些寻求某种表达人之统一理性的普遍信条的自然神论者：“你们设想有那种对所有人都是自然而然的普遍宗教是错误的；倘若对所有人宗教都是一样的，那么就没有人能有属于他自己的真正的和正确的宗教了。”①对施莱尔马赫来说，基督教的确是既存宗教中的最高形态——而这仅仅在于它没有排他性。它没有声称其“是普遍的和单独统治人类的唯一宗教。它轻视这样的独裁……它不仅在其自身之内产生出无限的多样性，而且乐意看到一切在它自身之外而不能从它自身中产生出来的东西得以实现……因为没有什么比在人类中要求总体一致性更违反宗教的了。同样也没有什么比在宗教中寻求统一性更违反基督教教义了”②。施莱尔马赫认为社会的目标则是要达成一种所有人都能互通的理解和同情；而此种理解与同情的达成，则要经由个体不断地将自然的多样性，尤其是人类在所有历史时期和所有种族分支中都能发现的诸多经验模式、性格类型和文化样态吸收进自身之中的活动。在这一活动过程中，想象作为一种综合力量至关重要——

> 想象提供给我现实所不给我的东西；通过想象我能将我自己置于我所观察到另一个他人所置身的任何境况之中；他的经验移置进我的思想之中，并按照这种经验自身的本性改变着我

---

① A. O. 洛夫乔伊：《存在巨链》，张传有、高秉江译，商务印书馆 2015 年版，第 419—420 页。

② 转引自 A. O. 洛夫乔伊：《存在巨链》，张传有、高秉江译，商务印书馆 2015 年版，第 421—422 页。

的思想，在我的思想中表现出他应该如何行动。①

就像生活必定真实呈现的状况那样……一种内在的活动伴随着想象的运作，判断力是对这种内在活动的一种明确的意识——那么作为外在于观察者的思想而被理解的东西就给他的思想以形式，似乎这种形式就真的是属于他自身的东西，似乎就是他使他自己实施了他所沉思的外在活动。②

深受德国文化影响的英国浪漫派作家与理论家柯勒律治与施莱尔马赫英雄所见略同：要维护和复兴基督教，要旨就是沿着由浪漫主义哲学提供的体验方向重新理解、阐释基督教。“对于柯勒律治的思想来说，宗教中的体验层面最有吸引力。”③柯勒律治说：“我坚持认为，原始想象是一切人类知觉中永活的力量和第一动力，有限的心灵是无限的自有永有者的永恒创造行动的副本。我认为，次级想象是前者的回声，它与有意识的意志共同存在，但依然和原始想象在动力类型上保持一致，只是在程度以及运作模式上有所不同。”④无独有偶，19 世纪初叶北美超验主义也试图用情感取代教义。爱默生用诗歌、音乐和象征取代教义，认为诗歌是表达宗教思想的理想工具。这些工具唤起我们的情感，不断让我们想起真理一直是生成的。“超验主义相信每个人都可以获得启示，而且只有通过体验才可以真正获得启示，这一信念在超验主义中形成了高度的个人主

① 转引自 A. O. 洛夫乔伊：《存在巨链》，张传有、高秉江译，商务印书馆 2015 年版，第 418 页。

② 转引自 A. O. 洛夫乔伊：《存在巨链》，张传有、高秉江译，商务印书馆 2015 年版，第 418 页。

③ 威尔肯斯、帕杰特：《基督教与西方思想》（卷二），刘平译，北京大学出版社 2005 年版，第 35 页。

④ 威尔肯斯、帕杰特：《基督教与西方思想》（卷二），刘平译，北京大学出版社 2005 年版，第 30 页。

义。”①毋庸置疑，宗教回潮中旨在恢复作为人的精神家园的这股潮流，本质上只是对极端理性的反拨和对感性的张扬。从这种意义上来说，这与施莱尔马赫所要恢复的宗教和艺术可谓异曲同工。事实上，艺术和宗教在他的观念中也确实是同一个东西。在给朋友的信中他对艺术和宗教曾有这样的表述：“我们为什么不对这两个同义词采用一个名称呢？”②这一时期，宗教情绪浓重的作家群的创作大都体现了与施莱尔马赫相同或相近的旨趣，因而，这一作家群，事实上乃宗教回潮中这一潜流的强大生力军。也正是在人们要求恢复作为精神家园的宗教这一文化背景下，浪漫派中才有了这样一个作家群的存在。面对着机械文明所带来的人的灵性的丢失，他们用充满了诗意的作为精神家园的宗教来与之抗衡，同时以其文学创作对理性主义思维模式和功利主义人生观进行反拨。毋庸置疑，这个作家群所要达到的目标乃恢复那个作为人的精神家园的充满了诗意的基督教。

欧洲每一个时代的文学和文化都受基督教的影响，但因对基督教的态度不同而受影响的程度也迥然有异。浪漫主义文学与基督教文化的关系当然也显示出了它自己的特点。施莱尔马赫曾经说：“宗教的唯一希望就在于放弃它的外部结构，让它回到内心最深处的堡垒当中去，回到纯然的个人感情中去。”③一切感情、一切情绪，只要它表现了灵魂的本来状态，“我”与万物浑然一体的生命就是宗教性的。④ 显然，基督教对内心世界和心灵层面的关注与浪漫主义文学重视感情与内心世界的特

---

① 威尔肯斯、帕杰特：《基督教与西方思想》（卷二），刘平译，北京大学出版社 2005 年版，第 23 页。

② 勃兰兑斯：《十九世纪文学主流》（第二分册），刘半九译，人民文学出版社 1988 年版，第 95 页。

③ 勃兰兑斯：《十九世纪文学主流》（第三分册），张道真译，人民文学出版社 2009 年版，第 232 页。

④ 勃兰兑斯：《十九世纪文学主流》（第三分册），张道真译，人民文学出版社 2009 年版，第 233 页。

质不谋而合。众所周知,神秘感是信仰的根本,上帝本身就是伟大的神秘;正是由于宗教具备这种让人心存畏惧的神秘感,长久以来它才对西方人的精神世界产生了无可比拟的影响。得到了浪漫派作家的大力应和,基督教的这种宗教神秘感也就为浪漫主义文学增添了瑰丽、诡秘、奇异的色彩。

第三节 夏多布里昂:“基督教是最有诗意的”

1801 年,法国文坛上有了一本标志着法国文学进入一个崭新历史时期的书,这就是夏多布里昂的中篇小说《阿达拉》。这是一本描写北美原野和神秘森林的小说,带有忧郁、奇异的处女地的气息,闪耀着强烈的异国色彩。当然,它之所以能在当时的法国公众中引起强烈的轰动,更主要的还在于它里面有着一种猛烈燃烧的激情。小说以北美印第安人的蛮荒生活为背景,描绘了一种受到压抑因而更加炽烈的不幸的爱情,而作者又把这种爱情故事涂上了一层天主教虔诚的色彩。《阿达拉》所要表现的主题是:基督教才是文明人类的归宿。阿达拉被塑造成一个为宗教信仰而殉国的人物,宗教信仰使阿达拉克制了自己最狂热的爱欲,又使她慨然走向了最触目惊心、最令人恐惧的死亡。阿达拉的行动启迪了夏克达斯,他终于也改信了基督教。宗教战胜了爱情,收服了野蛮人,由此可见,神圣的基督教之威力是何等之大。

就其一生的创作倾向来说,在 1801 年作为《阿达拉》的作者而一举成名的夏多布里昂,无疑是浪漫主义时期宗教情绪比较浓重的那个作家群中一个最具代表性的人物。除《阿达拉》之外,他的主要作品还有:论著《基督教真谛》,中篇小说《勒内》,宗教历史小说《殉教者》《纳契人》,以及回忆录《墓畔回忆录》。同这个作家群中的其他作家相比较,夏多布里昂的创作同基督教的联系更其明显，更其直接，所以很多评论家便说他就是一个在教权主义思潮中为复活宗教而大吹螺号的反动作家，是一个最大的消极浪漫主义者。

夏多布里昂天生是一个怀疑论者，作为一个自由思想者，他原先并不信教。年轻的夏多布里昂针对上帝造人的理论就曾说过这样的话："你说上帝把你创造成为自由人，这不是问题所在。他预见到我会堕落，我会永远没有痛苦了吗？肯定是预见到了的。如果这样，你的上帝就只是一个可怕的不讲道理的暴君。""这一论点是无法反驳的，它摧毁了基督教理论的整个体系，不过目前它的理论反正没有人信仰了。"[①]但后来，夏多布里昂又改信了基督教，他自己对此的解释是因为他母亲临终求他信教。但事实上，笔者以为，对这个问题的研究最终还是要回到他自己。是"怀疑"使他早年不信基督教，但也正是怀疑，又使他后来走向了宗教。从根本上来说，他是一个自傲到近乎狂妄自大、忧郁到颓唐绝望、对事物怀疑到对一切都漠然的人；爱情、名声、社会地位等，他都觉得无用。随着时间的推移，他越来越多地聚精会神地琢磨自己，也就越来越感到对人生的厌倦。对人生、对人类、对社会进步、对一切他都没有信心。这样一来，他就走向了虚无，深信一切都是虚无，都是空的，这种虚无主义的人生态度最终只能使他走向宗教。"在宗教问题上，夏多布里昂与很多同代人一样持守怀疑论。"[②]他正是在由怀疑一切而看破了一切又仍在怀疑着一切的心理背景下才遁入宗教的。在他看来，人生中没有任何美好、优美和伟大的东西，不带有神秘性。最美妙的感情正是那种既触动人心又使人迷惑不解、羞涩而又纯洁的爱情，而稚真则是一种圣洁的无知。女性之所以是人类

---

① 勃兰克斯：《十九世纪文学主流》（第三分册），张道真译，人民文学出版社 2009 年版，第 66 页。

② F. W. J. Hemmings: *Culture and Society in France: 1789 – 1848*, Leicester University Press, 1987, p. 115.

中更让人赞赏的一半，正是因为没有神秘的事物，她们就过不下去。显然，夏多布里昂并非正统基督教的狂热信徒，他对于宗教的理解和信仰与其说是建立在对基督教的教理和教义的信奉上，不如说是建立在一种伴随着不断质疑和反思的个人化的宗教情感体验上。在他看来，基督教是最富有诗意、最人性化的、最有利于实现自由的宗教，这才是他皈依基督教的主要原因。可以说，“自由”始终处于夏多布里昂宗教观的核心地位。他认为，在自然界中寻求自由是虚幻的，只有在基督教的精神世界中才能找到真正的“自由”。以“自由”为核心和出发点，夏多布里昂认为，个体的情感体验而非对传统教理教义的刻板遵守才是认识上帝的有效途径，而作为上帝的代言人，大自然富于神秘的启示性，“大自然的万事万物则都能够向人类传达耶稣基督的所思所想”①。

的确，夏多布里昂生性并不是一个虔诚谦卑得适于做教徒的人，他喜欢沉思，容易激动，充满幻想，具有高傲独立的个性和热烈丰沛的想象力；他喜爱庄重崇高，气势磅礴，总是感到忧郁和孤独。所有这一切，都使我们感到他在本质上是一个天生具有艺术禀赋和艺术才能的人。作为一个极力要恢复天主教的人，其怀疑论者的思想立场注定他并不是一个虔诚的教徒；作为一个政治家，他显然过分单纯和稚真，所以很快便被权力所抛弃。纵观他的一生，他事实上只是一个艺术家。只有在艺术这个领域里，他才取得了斐然的成就；正因他是一个艺术家，我们今天才知道历史上有他这样的一个人存在过。对作为一个艺术家的夏多布里昂的宗教情绪，我们只能从艺术的角度去评价。

作为艺术家，夏多布里昂在作品中的宗教精神和宗教情绪，在本质上主要是一种关于美的艺术化的东西。作为一个浪漫主义者，他对古典主

① 威尔肯斯、帕杰特：《基督教与西方思想》(卷二)，刘平译，北京大学出版社2005年版，第158页。

义那种苍白的文学持有一种深深的蔑视,他反对极端膨胀的理性对文学的阉割和摧残。在他看来,充斥在18世纪哲学和文学中的那种极端理性将使人类的一切崇高愿望、一切灵性、一切艺术、一切美的质素不复存在。18世纪,他错误地理解了人生、感情和艺术。18世纪的理性是反对基督教的,那么对18世纪的理性进行反拨也就可以从恢复基督教的那个角度进行。作为一个艺术家,他敏感地感到跟自己那种虚无、神秘的人生体验相契合的精神家园意义上的基督教中有一种浓重的诗意,于是他便以此作为一个出发点为情感、灵魂、激情、想象这些新的属于浪漫主义的人生原则和艺术原则辩护,并对那种被索然无味的思考、精确的运算以及各种条条框框所束缚的人生模式和艺术模式发起了进攻。夏多布里昂的这种独特的宗教观对其文学创作产生了直接而深刻的影响。在对宗教题材的处理上,这位有着"文坛画家"(朗松语)之美誉的法国浪漫派作家从不使用乏味的说教式言辞和生硬刻板的理性分析,而是将宗教作为一种心灵体验和感受融入对自然景观的描写当中,引导人们从对自然之美的感受与沉思中体悟基督教精神的奥秘。浩瀚神秘的大自然成为人的心灵与上帝进行交流的媒介,浓烈的宗教情感寓于神秘瑰丽的自然风光中。由此人们便不难理解,为什么夏多布里昂笔下的自然往往给人以崇高圣洁之感,有一种引导人们脱离理性负累与现实苦痛的震撼人心的力量。

对于夏多布里昂,艺术和宗教事实上变成了同一个东西。爱对于他就是宗教;宗教对于他就是对艺术和美的爱。由此,人们也就很容易理解,为什么他原先要意味深长地把他那本论述基督教的书命名为《基督教的美》(最终他把这本书命名为《基督教真谛》)。之所以如此,是因为在他看来,精神家园意义上而不是国家政治权威力量意义上的基督教,其真谛就在于它里面所包含着的诗意,它里面所包含着的美的质素,它里面所包含着的充满柔情和韵味的意境。夏多布里昂的《基督教真谛》是法国宗教精神复兴的宣言,在他看来,宗教是家庭、国家以及整个人类社会不可缺少的凝聚力量,人们只有建立起对宗教的信仰,才能有思想行为的一致性,因此,“必须召唤想象的全部魅力和心灵的全部兴趣来援助宗教”①。为在激烈的政治斗争和社会变革中寻求精神依托,夏多布里昂从审美的角度为基督教进行辩护,赋予它人道和诗意的灵光,以便从情感上打动读者。他认为,艺术家的使命不在于反映现实,而在于超乎现实世界之上进入梦幻一般的真正美的领地,并把“思慕”(灵魂的神游)、忧郁和孤独感视为文学作品的基本要素。这些观点无疑正是当时浪漫主义作家新的艺术原则里面非常重要的内容。这部著作所要证明的根本论点就是“在古往今来所有的宗教中,基督教是最富有诗意的,最有人情味的,是对自由、艺术和文学最有利的……”②一言以蔽之,作为对极端理性的反拨,对功利主义人生观的反拨,对灵性丧失的唯理主义的反拨,倡导一种富有诗意的、有人情味的、充满了柔情和光环的、自由的人生观,这就是夏多布里昂在其创作中宣扬的基督教的真谛。

《基督教真谛》一书的“新奇之处在于其立论基于审美体验而非哲学或伦理沉思”③。夏多布里昂非但讨论了《神曲》这样的文学名著,更满腔热情地描写了教堂的建筑和艺术,强调了教会仪式的巨大吸引力。这样的文字在论证逻辑上常常站不住脚,正统基督教神学家绝不会同意用这种非神学的业余方式来论证基督教的教义“真谛”。然而,在遭受伏尔泰以及百科全书派的长时间冲击后,教会知道想找到一条更为合理的途径来达成宗教的复兴困难重重。就此而言,夏多布里昂的这本书可谓生逢

---

① 夏多布里昂:《基督教真谛》(第一部 第一卷 第一章 引言),张英伦译,见中国社会科学院外国文学研究所外国文学研究资料丛刊编辑委员会:《欧美古典作家论现实主义和浪漫主义》,中国社会科学出版社 1981 年版,第 68 页。

② 勃兰兑斯:《十九世纪文学主流》(第三分册),张道真译,人民文学出版社 2009 年版,第 72 页。

③ F. W. J. Hemmings: *Culture and Society in France: 1789 – 1848*, Leicester University Press, 1987, p. 115.

其时。该书印行后风靡一时。不止一代青年学生会大声吟诵《基督教真谛》一书中的某些段落，而19世纪初叶几乎所有像爱玛·包法利那种情窦初开、耽于幻想的少女都会为这首“浪漫愁思穿越了时空的耶利米哀歌”而激动不已。

在浪漫派诸多自传体“第一人称小说”中，《勒内》拥有最强大的影响力。在《勒内》中，夏多布里昂用一种全新的方式改写了歌德《少年维特之烦恼》的题旨。人们从其后来的《墓畔回忆录》中可知——《勒内》是以基督教的名义写来反对歌德的。“紧步卢梭和被误解的帕斯卡之后尘，夏多布里昂将基督教视为首要的审美原则，因为在其理解中基督徒正是经由情感才得以趋近上帝。”①正如《阿达拉》一样，《勒内》揭示了夏多布里昂的创作与其《基督教真谛》中那种说教性思想观念的密切关联，阐明了对现代人来说越来越难以规避的时代精神症候——亢奋激情深层的忧郁本性。勒内的世界充满了疑问与危机，而作者最终提出的解决方案却与其紧迫性难以匹配。的确，夏多布里昂更重视对其所关注的时代症候的诊断，而非治疗方案本身。这部小说的男主角勒内有一种不寻常的倾向——专注于事物不和谐的一面；而其心灵最终进行的重新定位意味着他世俗生活的诸般苦痛与烦恼正在被其返回内心所得到的快乐与慰藉所置换。②“夏多布里昂的所有作品都充满着内心的对话和想象力。他关于基督教的奇异的主张，某种程度上归因于这样的考虑：经由基督教的帮助，想象力才可能在神秘和无限的区域探险；自然和生命是无穷的和神秘的，夏多布里昂的这一感知，为其想象力的飞翔拓开了空间。他用具体的

---

① Winfried Engler: *The French Novel: From 1800 to the Present*, trans. Alexander Gode, Frederick Ungar Publishing Co., 1970, pp. 10-11.

② Winfried Engler: *The French Novel: From 1800 to the Present*, trans. Alexander Gode, Frederick Ungar Publishing Co., 1970, pp. 12-13.

语言和意象替代了18世纪抽象的语言和无趣的风格。”①

作为一个重要的代表，夏多布里昂让我们确信：浪漫主义时期宗教情绪比较浓重的作家群之宗教情绪，本质上并不是一种极端化的神秘主义人生态度，而是对18世纪理性文学、理性人生观、机械论世界观的反抗。仅从外部视角来认识自然，会导致人们认为世界是一部机器。通过直觉认识的自然，则显示为一个动态的、充满活力和统一的有机系统。启蒙主义者倾向于基于其唯理主义的思想立场使信仰和理性对立，而浪漫主义的主观性与宗教内在性则息息相通。“人的自我就显出它的原来面目，是宇宙中的一个原子而已。诗人不但因为是感情细致的生灵而容易感受这些经验，他们还能够用天国的变幻无常的色彩，来渲染他们所综合的一切；在描写某一激情或者某一景色时的一个字、一个笔触，就可以拨动那着迷的心弦，而为那些曾经体验过此等情绪的人们，再激起了那酣睡的、冷却的、埋葬了的过去之影像。这样，诗可以使世间最善最美的一切永垂不朽；它捉住了那些飘入人生阴影中一瞬即逝的幻象，用文字或者用形象把它们装饰起来，然后送它们到人间去，同时把此类快乐的喜讯带给同它们的姊妹们在一起留守的人们——我之所以要说‘留守’，是因为这些人所住的灵魂之洞穴，就没有一扇表现之门可通到万象的宇宙。诗拯救了降临于人间的神性，以免它腐朽。”②浪漫主义强调直觉，这给信仰注射了兴奋剂，因为信仰像味觉和视觉那样并不源自理性。对于浪漫主义运动中的其他人如诺瓦利斯和施莱格尔兄弟来说，创造性的想象力为宗教信念提供了内容。“浪漫主义在宗教习俗、神话、巫术和礼仪之中寻找人类直觉无限者的确据。它们属于宗教认识在审美上的表现，具有激发我们认识上帝的作用。整齐划一不再被认为是最可取的东西。相反，个体性、

① N. H. Clement：*Romanticism in France*，Kraus Reprint Corporation，1966，p. 65.

② 雪莱：《为诗辩护》，缪灵珠译，见刘若端编：《十九世纪英国诗人论诗》，人民文学出版社1984年版，第155页。

变化和变异使我们得以认识到整体中的不同部分。”①倡导作为精神家园意义上的宗教，是浪漫主义作家张扬个性、灵性、感性的一种特殊的表现形式和一个独特的角度，这是应该予以充分肯定的；也只有从这个意义上，我们才可以理解浪漫主义作家为什么会提出“回到中世纪”的口号。

夏多布里昂的《基督教真谛》是法国基督教文学复兴的宣言，他甚至宣称：“欧洲的文明，一部分最好的法律，差不多所有的科学和文艺都来自宗教。”基督教复兴在浪漫主义文学中深深烙下了它的痕迹。不难发现，当时欧洲几乎所有作家都直接或间接为之辩解，并把他们的作品盖上它的不朽印记。“启蒙哲学家攻击传统的基督教，提倡‘自然神论’或理性宗教，实际上是把上帝看成一个机械师。浪漫派则反其道而行之，陶醉于各种神秘事物。夏多布里昂说，“没有比神秘事物更让人开心的了”。（浪漫派的宗教信仰也免不了有自己的异端，即泛神论倾向或者说用一个伟大的世界灵魂取代基督教的上帝。）在理性时代，宗教信仰不过是一种礼节性的行为而陷入沉寂；它现在重新受到青睐。”②

① 威尔肯斯、帕杰特：《基督教与西方思想》（卷二），刘平译，北京大学出版社2005年版，第14页。

② 罗兰·斯特龙伯格：《西方现代思想史》，刘北成、赵国新译，中央编译出版社2005年版，第231页。

| 第六章 |

浪漫主义与法国大革命

“大革命是以引人注目的‘启蒙哲学家’运动为先导的。……他们用言论来实现自己的目的；言论确实所向披靡。这些言论出自伏尔泰、孟德斯鸠、卢梭及其弟子们之口。这些人被视为权威，后来甚至被供奉在革命政府建立的先贤祠中。”[①]启蒙主义包含着一个指向未来的理论模型；美国独立战争和法国大革命这两起奉“自由、平等、博爱”为纲领的重大历史事件，共同标志着启蒙运动之进步和理性的信仰达到了它的顶点。

建构“理性王国”的努力在法国显然遭受了重创。首先，大革命在混乱与恐怖中将自身的正能量消耗净尽：革命党人的暴虐与内讧，使得千万人头落地，革命的敌人与革命者纷纷被革命的洪流推上了断头台；革命建构的红色专制消解了革命本身的正义。其次，拿破仑·波拿巴从恢复秩序和保卫革命成果的人摇身变为帝国的皇帝——新的独裁者，而且他把欧洲整体地卷入了一场规模空前的战争之中。拿破仑的崛起，给他的祖国带来了荣耀也给法国的民众带来了苦痛，而意大利、德国和西班牙等国家相继被其军队占领，则使整个欧洲的知识分子惊

① 罗兰·斯特龙伯格：《西方现代思想史》，刘北成、赵国新译，中央编译出版社 2005 年版，第 206 页。

愕莫名。巧合而又吊诡的是，1789 年爆发的法国大革命本来试图循此带领人类与过去划清界限，并从此踏上一条新的自由平等的康庄大道，但实际上带来的却是复古主义的热情陡然高涨、蔚然成风。尤其是那些生存地位受到拿破仑大军威胁的国家或地区，本就潜滋暗长的民族热情一下子被彻底点燃——到既往文学中寻求共同的文化精神作为民族的凝聚力，这不再仅是简单的文人雅事，而是直接关乎民族存亡、国家兴衰的头等大事。勃兰兑斯在《十九世纪文学主流》中所提到的“法国的反动”，其实绝不仅仅是法国的反动，而是法国大革命与拿破仑战争所激发出来的整个欧洲历史-文化的回撤。不管是法国的夏多布里昂、拉马丁，还是英国的华兹华斯、柯勒律治，更不要说德国的瓦肯罗德、蒂克、诺瓦利斯……还在为大革命热烈欢呼、不吝赞美乃至甘愿牺牲的一代人，纷纷从革命的幻灭中挣脱出来，重新“退隐到过去以寻找他们的民族和宗教根源”①。

在空前的民族危机、社会危机，以及个人危机所带来的痛苦与混乱之中，浪漫主义这一新的思想文化运动遽然获得了加速的力量。一言以蔽之，工业革命与政治革命所带来的社会巨变，在人们的内心之中产生了剧烈的冲击：和谐、宁静、匀称、单纯……旧有秩序所表征出来的所有完美与理性逻辑所推演出来的一切观念都在摇晃中陷入瓦解，而新的东西却没有及时地被建构出来补位，时代陷入喧嚣、混乱、失落、冲突与撕裂的苦痛之中。一个怪异、复杂而无法确定的世界与生命体验展现在人们的面前。对法国大革命以红色暴力与集体狂热扼杀个体自由的反思，强化了自由在浪漫派价值观念中的核心地位。法国大革命既是启蒙理念正面价值的总释放，也是其负面效应的大暴露。大革命所招致的对启蒙主义的反思，尤其是对其政治理性主义的清算，对浪漫主义思潮的集聚和勃兴起了推

① 大卫·布莱尼·布朗：《浪漫主义艺术》，马灿林译，湖南美术出版社 2019 年版，第 198 页。

波助澜的作用。

第一节　启蒙主义乃法国大革命的理论先导

启蒙主义究竟在多大程度上引发或促成了法国大革命？如何影响了大革命的展开与结果？学术界众说纷纭。但几乎没有人否认孟德斯鸠、伏尔泰、卢梭和狄德罗这些启蒙运动的中间人物的理论所起的重大作用。《论法的精神》《社会契约论》等政治学名著对社会所展开的分析与批判，不仅让旧制度的权威彻底沦丧，而且其对理想新社会的展望与描绘，也大大激发了被压迫群众告别今天走向明天的向往与冲动。是的，让大革命箭在弦上不得不发的所有那些腐败、暴行以及绝望、义愤都并非这些著书立说的文弱书生所为，真正造成了这些黑暗的统治者的昏庸愚蠢、自大虚妄更与他们完全无关，但的确是"他们提供了点燃这场大火的火柴，而且，正是在他们的指引下，大革命才成为一场伟大的、影响深远的运动，而没有成为多少世纪以来所发生的那类无目的的暴动和抗议"①。"大革命从18世纪哲学家那里获得了启示和理念。"②如果说文艺复兴是一场文化思想解放运动，那么启蒙运动便是一场政治思想解放运动。在先前人文主义思想的地基上，在人对自身理性极其乐观自信的大背景中，用牛顿之世界乃一个有序完美的结构的学说作指导，经由霍布斯、洛克、孟德斯鸠、伏尔泰、卢梭等人的不断发展，新兴资产阶级终于形成了自己的一套政治理论体系。这套理论体系在后来的法国大革命和美国独立战争中被提炼凝

---

① 罗兰·斯特龙伯格：《西方现代思想史》，刘北成、赵国新译，中央编译出版社2005年版，第204页。

② 罗兰·斯特龙伯格：《西方现代思想史》，刘北成、赵国新译，中央编译出版社2005年版，第204页。

结为六个字——自由、平等、博爱。

“启蒙时代”因启蒙运动而得名，“启蒙时代”又称“理性时代”。启蒙学派之理性原则认定世界受一条统一的、永恒的自然法则所支配，人们通过理性可以发现和利用这一法则。根据这一法则来安排社会秩序，人们就会获得幸福。在国家与个人关系上，国家是人们为获得自由与幸福而组成的一种集合，统治者的任务是利用理性手段给个人提供最大的幸福。如果国家不能完成这一任务，人们就有权推翻它，建立新的政权。这就是当时流行的人民主权论和社会契约论思想。启蒙学派的社会政治思想表现为一种从机械论乃至数学的观点着眼的社会理论——只强调人的社会性、群体性，取消人的个体性，低估、掩盖、消弭个体生命深层那种强有力的生命本能。针对宗教蒙昧主义对人的摧残和愚弄，人的理性挺身而出，使人从一种神的存在变成了一种人的存在，并在其后引发科学技术的迅猛发展和工业革命，从而使人的整体生活状况尤其是物质生活水平获得大幅度提升。理性在近代西方社会的发展中的确功绩卓著，这固然不容置辩，但人们同时也不能不承认，理性并不是人性的全部，完整的人性是理性和感性的统一；在宗教蒙昧主义（它所蕴含的是社会政治理性对感性的压抑）基本上被解除了武装之后的17、18世纪，那种被历史定于一尊的泛滥的理性对于人之感性的压抑便愈来愈突出地呈现在人们的面前。

“自由、平等、博爱”这一在法国大革命和美国独立战争中都曾被以文本形式明确确定下来的口号，乃启蒙思想家那套政治理论体系的高度凝缩。自由、平等、博爱，分开来讲，都没有问题，但是，把三者混合起来作为一个口号，潜在的问题就冒出来了：自由、平等、博爱，这三者并不是一回事，这个口号内部的三个概念彼此间是存在矛盾的。譬如说自由与平等，作为启蒙学派一系列社会政治思想的最高概括，这个口号中所存在的问题反映了当时启蒙思想家所提出的那套政治理论体系本身所存在的弊端。譬如说，他们只笼统地讲“天赋人权”，可“天”究竟是如何赋予人以人权的？赋予每一个人的人权都是相同的吗？又比如说“主权在民”，有权在身的人民又是怎样组织起自己的政府的呢？对此，霍布斯和卢梭的回答是通过社会契约，政府是由全体人民订契约订出来的；可人们不禁又要问：人民究竟是怎样订契约的？社会及其权力机关真的是由全体人民订契约订出来的吗？细加琢磨，人们将会感到，启蒙思想家所提出来的那些社会政治理论，虽然不乏真知灼见，但却往往把问题过于理性化了，理性社会、理性政治……到处都是理性。这种极端理性主义的政治理论体系只强调了人的社会性和群体性，却忽视了人的个体性；只看到了表面的理性，却大大低估了潜存于人的内心深处的那种深沉的感性或强有力的本能。

也许，应该像启蒙主义者一样承认革命是被统治者在专制暴虐处境中的唯一权利和出路。归根结底，革命是由利令智昏、虚妄孤行统治者的一手造成的，他们设若能够及时、充分、有效地吸纳理性知识分子对现实的批判与修正，则不会引发给人民和社会带来巨大灾难的革命。就此而言，能不断理性改良，即汲取良智来避免革命的政府算得上是明智的政府。质言之，社会政治领域里的活动乃一种关涉传统中人际关系纽带的实践；纯粹抽象的理性方法在此注定要失败。所以“伯克宣称，革命之所以走进误区，是因为革命的领导者要摧毁整个政治体制，并想在一夜之间建立一个新的政治体制。他把这种错误归咎于启蒙哲学家、政治理性主义者的基本观念。他们的方法是抽象理论的方法，而在这样一个领域玩弄抽象是注定要失败的”①。自由主义思想家托克维尔在其经典著作《旧制度与法国大革命》中也指出：“没有任何一个国家能像法国这样通过大革命这样果决的尝试来切断自己的过去，在现实和理想之间造出一条无

① 罗兰·斯特龙伯格：《西方现代思想史》，刘北成、赵国新译，中央编译出版社 2005 年版，第 210—211 页。

法逾越的鸿沟……他们这种充满好奇心的尝试远不及他们想象中的成功……从旧制度中,他们不但接收了绝大部分风俗、传统和思维方式,而且更有那些激励着革命者摧毁旧制度的诸种观念本身。"①而巴尔扎克卷帙浩繁的《人间喜剧》,某种意义上则正是对托克维尔论断的最好注解。"作品写到的法国人,不管是乡下人还是城里人,也不管是拿破仑的"粉丝"还是波旁王朝的拥护者,其实都是被同样一些价值所驱使:这些价值既包括个人贪婪,也包括自我牺牲;既有愤世嫉俗,也有同情怜悯。巴尔扎克似乎想说,这就是法国社会,它历来就是这样,而且永远都会是这样。"②

所有按照特定观念体系或意识形态理论所进行的革命,最终均会以对这种理性的否定而收场;因为革命固然有其必然性但实出无奈,且革命不会解决人类的根本问题。对由自然人性所决定的社会问题,诉诸温和、宽容的解决方式比革命要好得多。"法国革命中那些大名鼎鼎的领袖人物都是狂热的自我中心主义者和热诚的教条主义者,他们将极端理性主义转化为政治意识形态,天生不会妥协,宣称:'不是赞成我的朋友,就是反对我的敌人。'……固然有个别例外情况,但大致可以说:法国革命者摧毁了理性的世纪,走向一个充斥着骚乱的情感、思想和行为的世界。"③因此,"法国大革命这场大灾变当然也促成了启蒙运动的结束"④。

法国大革命既是此前启蒙运动正面理念的总释放,亦是其负面效应的大暴露。法国大革命所带来的思想反思与清算终结了启蒙主义,并经由浪漫主义、自由主义、保守主义、民族主义等社会-文化领域的革命运动

---

① Howard Mumford Jones: *Revolution and Romanticism*, Harvard University Press, 1974, p. 297.

② Howard Mumford Jones: *Revolution and Romanticism*, Harvard University Press, 1974, p. 298.

③ Howard Mumford Jones: *Revolution and Romanticism*, Harvard University Press, 1974, p. 229.

④ 罗兰·斯特龙伯格:《西方现代思想史》,刘北成、赵国新译,中央编译出版社 2005 年版,第 204 页。

开启了一个新的时代。“它的暴烈和过激引起了反感,导致人们反对那些被认为激发了大革命的理念。欧洲知识界大多追随伯克和梅斯特尔,反对法国大革命以及作为其背景的思想运动(指启蒙运动)。1789 年开始的长达 25 年的仓皇反复使得整个文明发生了彻底的变化——无论是社会领域,还是政治领域,还是思想领域。”①

第二节　浪漫主义反对启蒙主义

启蒙主义倡导的乃一种一元论的、抽象的群体自由,且往往从社会公正、群体秩序、政治正义的层面将自由归诸以平等、民主为主题的社会政治运动,因而它在本质上是一种倾向于革命的哲学;而浪漫主义则更关注活生生的个体的人之自由,且将这种自由本身界定为终极价值。“作为现代性的共同起源,浪漫主义一方面是对启蒙主义的延续,同时它在很多方面也与启蒙主义相对立。”②浪漫主义的自由与启蒙主义所倡导的自由显然有所不同。以理性的怀疑精神反对陈规旧俗,启蒙运动高标自由、平等、博爱,反对王权和神权专制,一定程度上促进了人的解放和自由;另外,启蒙主义确立了对人类理性的绝对信仰,因而未能充分地揭示人的自由价值,人的情感亦遭到贬抑和忽略。“浪漫主义者是这样一个作家,他利用我们的文化手段攻击启蒙时期和革命时期……”③“这种文学的根据

---

① 罗兰·斯特龙伯格:《西方现代思想史》,刘北成、赵国新译,中央编译出版社 2005 年版,第 204 页。

② Marshall Brown: *The Cambridge History of Literary Criticism: Romanticism*, Cambridge University Press, 2008, p. 30.

③ 勃兰兑斯:《十九世纪文学主流》(第二分册),刘半九译,人民文学出版社 2009 年版,第 270 页。

正是关于个人无限重要性的观念。”①“浪漫派高度推崇个人价值,个体主义乃浪漫主义的突出特征。”②大致来说,在力倡众生平等、社会公正的启蒙运动中,启蒙思想家们所宣扬的自由乃一种以集体为主体的群体自由,而浪漫主义运动在自由问题上对启蒙运动进行了扬弃,尤其强调作为活生生的个体的人的自由,并将个体自由确立为整个文化系统中的最高价值。“世袭君主制的拥戴者所提出的上帝至上论和崇奉群众的革命派所提出的人民至上论,现在被个人至上论所代替。”③与此前启蒙运动的标准化和简单化相反,浪漫主义的基本特征是多样性或多元论,其所倡导和张扬的是独特与个别而非普遍与一般。与此相契合,“18 世纪的文学是一种社会文学,不是追求表达个人的心灵,而是力图传播共同的理念”④。而当个人的自由意志成为浪漫主义的核心内容,古典主义专事书写“社会人”的文学也就转变成浪漫主义高标“个体人”的新文学。“古典主义与浪漫主义的分歧取决于他们在个体观念上的见解:18 世纪将一切诉诸理智,热衷于谈论抽象的人,而浪漫主义则专注于对感觉和激情的探究,拥抱多样化的、神秘的、不寻常的、活生生的人……”⑤

浪漫主义不仅是对启蒙主义的继承,更是对启蒙主义的反动。“启蒙运动,至少在其主要趋势上是一个致力于使思想和生活简单化和标准化的运动——以它们的简单化方式来达到标准化。”⑥与启蒙运动标准化、简单化的机械论相反,浪漫主义的基本特征是生成性、多样性的有机论,

---

① 勃兰兑斯:《十九世纪文学主流》(第二分册),刘半九译,人民文学出版社 2009 年版,第 212 页。

② Jacques Barzun: *Classic, Romantic and Modern*, Secker & Warburg, 1962, p. 6.

③ 勃兰兑斯:《十九世纪文学主流》(第三分册),张道真译,人民文学出版社 2009 年版,第 112 页。

④ 罗兰·斯特龙伯格:《西方现代思想史》,刘北成、赵国新译,中央编译出版社 2005 年版,第 240 页。

⑤ Jacques Barzun: *Classic, Romantic and Modern*, Secker & Warburg, 1962, xxi.

⑥ A. O. 洛夫乔伊:《存在巨链》,张传有、高秉江译,商务印书馆 2015 年版,第 395 页。

即欣赏并追求独特和个别而不是普遍和一般。浪漫派反启蒙主义的思想立场使其在“平等”与“自由”两个选项中更强调自由。启蒙学派曾以理性的怀疑精神与批判精神消解了官方基督教神学的文化专制，但最终却因丧失了对自身的质疑与批判又建立了一种唯理主义的话语霸权。浪漫派反对理性主义，因为在他们看来只有感性生命才是自由最实在可靠的载体与源泉，而经由理性对必然性认识所达成的自由在本质上只不过是对自由的消解。

在20世纪，因循海涅《论浪漫派》一书攻击浪漫派的逻辑，卢卡契在一系列论著里把攻击的矛头对准浪漫派。在他看来，浪漫派乃德国文学发展过程中的“转折点”，即从进步的启蒙运动向反动派的转变。他在《德国文学中的进步与反动》中声称：“同启蒙运动的决裂”乃浪漫派的“主要倾向”①；而“现代反动派到德国启蒙运动中去寻找浪漫派的祖先”则是“对历史的篡改”②。著名文学史家赫·奥·科尔夫和保尔·克卢克霍恩等人重申：“毫无疑问，浪漫派的首要对立面和它终究要起来反抗的历史势力……乃启蒙运动。”③

理性时代的精英文学家普遍尊崇古希腊和古罗马文学的理念、方法、规则及其清晰的风格；对他们而言，文学像古希腊先哲早就陈述的一样，是对生活的模仿，其目的在于“寓教于乐”——通过净化沉痛悲怆的情感或嘲笑包括宗教“热情”在内的滑稽恶习来改善人之品德。当启蒙学派将文艺复兴之后牛顿等人在天文学、物理学、数学、医学等方面的科学成就，推延至包括神学、心理学、人类学与社会学在内的人文-社科领域时，文学-艺术领域的古典主义规范与哲学-文化领域的启蒙主义理性一拍即合。所以，威廉·布莱克等人一方面谴责荷马和维吉尔，另一方面也抨击培根、

① 乔治·卢卡契：《文学论文选》（上卷），范大灿选编，人民文学出版社1986年版，第48页。
② 乔治·卢卡契：《文学论文选》（上卷），范大灿选编，人民文学出版社1986年版，第47页。
③ 转引自陈恕林：《论德国浪漫派》，上海社会科学院出版社2016年版，第142页。

牛顿和洛克，——浪漫主义在其酝酿之初就既反对古典主义又反对启蒙主义，这就很容易理解了。

所谓启蒙学派借用康德的言说即“人类脱离自己所加之于自己的不成熟态”[①]。反启蒙运动则是对康德所谓“脱离”的反动，或对启蒙信条的攻击。[②]启蒙强调理性与秩序，反启蒙则追求激情与差异。理性成为启蒙时代的最显著特征，“18 世纪浸染着一种关于理性的统一性和不变性的信仰”[③]。“启蒙运动的核心悖论恰恰在于，它所说的‘理性’其实是一种追求澄明的宗教信仰，理性本身扼杀了这种理性。扼杀启蒙运动‘清晰的理性之光’的元凶却是最彻底的理性主义者：贝克莱和休谟。”[④]启蒙主义的理论模型断言宇宙的神圣秩序将会因为理性被人发现，没承想它却有效地证明了物质世界的隐秘复杂和精神世界的深奥难解。当启蒙学派沿循着理性的逻辑大道，将理性主义的乐观精神推演到极致，属于浪漫主义的悲观情绪便历史性地注定要浮出地表。天才的德国浪漫主义剧作家克莱斯特慨叹：“人类无法了解生命的真相，一点都无法了解。这个想法让我灵魂最神圣的地方感到不安。我仅有的最为崇高的目标消失不见了。我不再有目标了。从此，我憎恶书籍……”[⑤]与湖畔派诗人关系密切的英国科学家汉弗里·戴维爵士也沮丧地表示：“虽然通过各种实验仪器我们可以发现、发展甚至创造近乎无穷种类的细微现象，但是我们无法断定它们所共同遵循的规律。同时，在试图界定它们的过程中，我们对各种未知

---

① 康德：《答复这个问题：“什么是启蒙运动”》，见康德，《历史理性批判文集》，何兆武译，商务印书馆 1990 年版，第 22 页。

② 伯林：《反启蒙运动》，见伯林：《反潮流：观念史论集》，冯克利译，译林出版社 2002 年版，第 4 页。

③ E. 卡西勒：《启蒙哲学》，顾伟铭等译，山东人民出版社 1988 年版，第 4 页。

④ 罗兰·斯特龙伯格：《西方现代思想史》，刘北成、赵国新译，中央编译出版社 2005 年版，第 172 页。

⑤ 转引自邓肯·希思：《浪漫主义》，李晖、贾倩译，生活·读书·新知三联书店 2019 年版，第 27 页。

的动因产生出虽然崇高却隐晦不明的想象,并由此感到迷茫。"[①]

启蒙时代,人类获取知识的目的,从认识一切的宏观意图越来越在实际中局限于一种工具化的运用。由此,实用价值成为意义判断的首要原则。人与人之间的联系、人与自然之间的关系也面临着日益严重的分离与对立。社会中的每一个单体都变成了为国家机器服务的一个齿轮,而让这个机器保持高效运转的诀窍就是让原本千差万别的个体遵循一套套标准化的程式,服从一种由技术扩散而来的理性化。[②] 启蒙运动高标契约,希求通过契约实现民主自由,可恰恰是在契约内部隐含着的那种类似于机械体的赏罚机制反过来违背了道德来自自由这一理念。工业理性的绝对规则与人性的自由毫无共同之处,它为人的状态设定了各种平均值,要求人们在同一水平线思考问题,保持步伐一致。人们对神的绝对依赖[③]变为一种对工业文明的机械化依赖,而这一转变的结果就是人的自主性反向变成了一种被奴役的状态——循规蹈矩取代了自觉思索。质言之,人生的精神意义、灵魂的丰润慰藉、深情的爱、虔诚的悔罪、神秘感觉的领悟,所有这些都不是理性主义那种数学式的思维和三段论逻辑的推导所能解决的。这样,当理性主义志得意满、高奏凯歌的时候,长时间被冷落一边、独自沉默了太久的感性生命也越来越按捺不住自己的骚动与不安,欲从自己蜷缩的一隅激愤而起向甚嚣尘上的理性这个乖张小儿抗议和挑战。一旦理性和感性的这种冲突爆发,可以想象,植根于感性的文学艺术必定会随着感性的大发作而爆发一场文学艺术革命。

在这样的时代背景之下,浪漫主义运动应运而生。青年知识分子目

---

① 邓肯·希思:《浪漫主义》,李晖、贾倩译,生活·读书·新知三联书店 2019 年版,第 17 页。

② 霍克海默、阿道尔诺:《启蒙辩证法》,渠敬东、曹卫东译,上海人民出版社 2003 年版,第 159—160 页。

③ 不同于通常从理论或实践的角度来思考宗教问题,施莱尔马赫认为所有宗教的基础都是人内心的绝对依赖感,教义则是人们对这种绝对依赖感思辨的产物。

睹了大革命掀起的时代风暴，也感慨启蒙运动过分推崇理性而造成的人的自由的丧失和世界的分裂。痛苦但无奈的浪漫主义者试图从心灵上重建世界以及人的整体性与自由。中世纪大一统的天主教图景被他们视为最理想的社会形态。在文学创作中，他们常表现出崇主观、尚直觉的手法特征，渴望回归中世纪、回到大自然，同时注重发掘民族素朴文学的精华。浪漫主义从原则上是反体系、反秩序的。因为任何一种体系都必然表现出强制性和局限性，体系中的个体就会丧失其大部分的偶然性，而服从某种必然。当理性作为一种体系开始盛行时，它就会消除其原本具有的质的规定，走到其反面的非理性。这种非理性会迅速膨胀，要求吞没一切不符合其体系期望的事物，将万物纳入整齐划一。这也正是启蒙理性批判一切但唯独忘记批判其自身的地方。①

总体来看，浪漫派虽然在某种程度上也认同启蒙学派对教会神学的批判，但却仍葆有广义的宗教信仰：与自然建立了一份更为亲密的关系，执信自己至少在某些殊异的兴奋状态中能够领悟到世界的秘密，这使得他们与那些在知识论领域将逻辑发挥到偏执程度的理性主义者明显区分开来。英国浪漫派对以洛克为代表的英国经验主义者将心灵视为被动接受外界刺激的“白板”式“感觉存储器”之拒绝，堪称这方面最典型的例子。只有在外在体系强制力消解的情况下，主体才能更自由、更坦率地信任和倚赖自身的认识和经验，努力将被抛入概念中的主体性重新放回到人本身。浪漫派对启蒙学派的缺陷做了根本的修正。浪漫派要求建立包容一切、大一统的宗教共同体。但是，这绝不意味着对其他文化、人种或历史的轻视，恰恰相反，它肯定其他文化的独特性和唯一性，以包容和欣赏的眼光去看待它们，对自己本民族的历史更是如此。英国浪漫主义理论的发言人柯勒律治宣称：牛顿理论体系中的人，其精神永远是被动的，他面

① 阿多尔诺：《否定的辩证法》，张峰译，重庆出版社 1993 年版，序言第 23 页。

对外部世界时只是一个懒惰的看客,但任何以人的精神的被动性为基础建立起来的体系都是错误的。“(启蒙运动的)成员不知疲倦地将诗意从大自然、地球、人类灵魂以及一切学识中清除掉——清除掉每一处神圣的踪迹,通过嘲讽羞辱一切对崇高事件和人物的记忆,将世上一切五彩缤纷的装饰剥离掉。”①“思维——这只能是心的沉寂,情感的枯萎,生命的苍白、平庸和凋谢。”②诺瓦利斯就这样毫不留情地宣判了人的理性的偏狭,宣判了科学的理论认识的有限。在浪漫派作家看来,牛顿体系所代表着的理性主义哲学不是引导我们朝向真实的世界,而是通过驱除神秘和诗意使之变得晦涩,当我们仅仅看到并满足于自然的表象真实时,我们不可避免地陷入了冰冷的机械主义。为了超越表象达到本质,为了超越有限进入无限,我们需要依赖于主观性,即需要依赖于审美的玄思和想象力。既不是理性主义的绝对理性,也不是黑格尔的世界精神,浪漫派的最高存在是个体的精神自由。主观性因此成为浪漫主义的基本特征。

在对唯理主义之理性的否定中,浪漫主义举起了反启蒙主义的旗帜。卡莱尔宣称:“我根据我本身的经验宣布,世界不是机器!”伯克宣称,理性不过是人性的“一部分,而且绝不是最大的部分”。柯勒律治补充说,纯粹的“算计能力”低于“创造性的素质”。③ 与启蒙运动的标准化和简单化相反,浪漫主义的基本特征是多样性或多元论,是追求及欣赏独特和个别而不是普遍和一般。在18世纪,人们追求常识和中庸,似乎遗忘了理想;而浪漫派通常蔑视这种粗鄙的物质主义的伦理。“浪漫主义可以在一定程

---

① 威尔肯斯、帕杰特:《基督教与西方思想》(卷二),刘平译,北京大学出版社2005年版,第12页。

② 转引自加比托娃:《德国浪漫哲学》,王念宁译,中央编译出版社2007年版,第189页。

③ 罗兰·斯特龙伯格:《西方现代思想史》,刘北成、赵国新译,中央编译出版社2005年版,第231页。

度上理解为对启蒙运动的一种反抗。……启蒙运动推崇理性主义、古典主义、唯物主义,不喜欢强烈的激情、主观性和混乱无序。它追求澄明,力图消除神秘。到头来,它变得乏味、单调、沉闷。它的强调个人利益和快乐主义的伦理学看上去猥琐庸俗,毫无英雄气息。"①"自由"二字贯穿了启蒙运动和浪漫主义两个文学时期,但这两个时期对待自由问题的态度并不相同。致力于启蒙的哲学家们提出了"自由、平等、博爱"的口号,并以文学创作的形式集体发声,为他们心中的自由理想摇旗呐喊。为社会代言的作家群体,为道德教化服务的严肃剧和哲理小说,以及被寄予了时代理想的文学形象,这些都说明了启蒙运动时期的自由不过是社会群体的一种普适理想。而到了浪漫主义时期,文学创作的主体转变成了崇尚激情的浪漫主义个体,他们更加倾向于在诗歌中自由挥洒他们丰富的想象力,抒写他们对于自然的钟爱,遗世独立的孤独者和桀骜不羁的叛逆者成了这一时期极具代表性的人物形象。启蒙时期的普适自由理想在浪漫主义时期被内化为一种个人化的、具有强烈自我意识的自由意志,并成为浪漫主义文学的核心价值取向。

启蒙运动是一场思想文化的解放运动,在法国这样面对着巨大反封建专制政治压力的地方,它尤其体现为一种鼓吹"生而平等""主权在民"等口号的政治思想解放运动。浪漫主义从广阔的历史视角来看,也是一场思想文化的解放运动——广泛涉及哲学、神学、政治学、历史学等所有文化领域,比如康德始创的德国的古典哲学便是哲学领域的浪漫主义革命,但其基本、核心的领域却无疑集中在文学艺术领域。浪漫主义,首先是一场现代文学艺术的革命。总体来看,浪漫主义是对启蒙主义的批判与矫正。作为批判,其矛头直指启蒙主义的极端理性主义或唯理主义;作

① 罗兰·斯特龙伯格:《西方现代思想史》,刘北成、赵国新译,中央编译出版社 2005 年版,第 231 页。

为矫正，其目标所向则是将精神生活的潮流竭力往情感领域导引。在波德莱尔看来："浪漫主义既不在于主题的选择，也不在于准确的真实，而在于感受方式。"①"自文艺复兴以来，欧洲思想领域从未发生过如此深刻的变化。文艺复兴体现了一种恢复从古代以来就消失的各种技巧和风格的集体理想，浪漫主义则强调个人的经验、感觉和表达。"②

当然，不能由此将浪漫主义与启蒙主义简单对立起来。事实上，浪漫主义对情感、自由的强调，固然首先是对启蒙主义的矫正，但很大程度上也是对其作为精神解放运动的延续。浪漫主义和启蒙主义作为西方文化发展的两个重要阶段，两者的联系是不容回避的。虽然"解放"的动力与目标有所不同，但两者都是旨在提升人类思想、改造世界的精神解放运动。启蒙主义虽重理性，但并不全然否定情感解放，虽更倡导平等，但也在要求自由。"如果以为启蒙运动是连贯一致的计划安排，并且只推崇理性，则会产生误导。在当时的个人领域和政治领域里，各种'激情'和'喜爱'也同样被认可。……法国哲学家狄德罗的一句话清楚地指出了这一点。'只有激情，伟大的激情，才能擢升灵魂，让它领略到伟大事物。'"③启蒙运动本身就有颠覆性的一面，这尤其表现在其对传统宗教信仰与政治机制的强烈怀疑。但从 18 世纪下半叶开始，人们越来越意识到在人类众多的经验-情感领域，启蒙运动多有遗漏或偏废。由是，"就像一个逆转的巨大的浪潮，哲学思考的焦点，开始从客观转向主观，新一代的哲人开始探索情感、直觉而不是有意识的心灵，正直而不是服从，苦难、悲伤、恐惧而不是欢乐，谦逊、自然而不是世故，怪异而不是理想等各方面的潜

① 转引自大卫·布莱尼·布朗：《浪漫主义艺术》，马灿林译，湖南美术出版社 2019 年版，第 8 页。

② 大卫·布莱尼·布朗：《浪漫主义艺术》，马灿林译，湖南美术出版社 2019 年版，第 9 页。

③ 邓肯·希思：《浪漫主义》，李晖、贾倩译，生活·读书·新知三联书店 2019 年版，第 8 页。

能”①。与此同时，艺术家也开始寻求用一种新的创造性的东西来取代此前一直占主导地位的古典主义传统。

第三节　浪漫主义与法国大革命

因其理念与强度，整整一代人的时间跨度与搅动全欧乃至整个世界的空间覆盖面，辉煌的成就，以及血与火凝成的惨痛教训，法国大革命在人类历史上彪炳千秋。它不仅大大重构了欧洲地缘政治的版图，而且彻底改变了公众的社会-国家观念，在这个地球上开启了民主共和的现代政治潮流。法国大革命如暴风骤雨般降临，次第展开的历史画卷堪称惊心动魄。1789 年，第三等级举行大型非暴力示威，重开国民议会，建立君主立宪制，攻占巴士底狱，发表《人权和公民权宣言》；1791 年，国王路易十六出逃、被捕，引发外国势力的介入；1792 年，普鲁士与奥地利出兵法国，9 月发生大屠杀，国民公会召开，法兰西第一共和国成立；1793 年，路易十六被处死，英法战争爆发，罗伯斯庇尔实施恐怖的革命专制，巴黎断头台高高矗立，农村武装叛乱风起；1794 年，后浪拍死前浪，革命恐怖循环往复，罗伯斯庇尔、德・圣茹斯特等相继倒毙于断头台。此后，拿破仑时代开启：1796 年拿破仑将军开始崛起，1799 年升任第一执政官，1804 年自立为法兰西第一帝国皇帝，罗马教皇为其加冕。其间，他作为军事天才的一系列匪夷所思的战绩令人目瞪口呆。他几乎荡平欧洲，但 1812 年在酷寒的俄罗斯的遭遇决定了其必败的命运，1815 年的滑铁卢战役只不过是这位“战神”的退场仪式。伴随着拿破仑的起落，便有波旁王朝复辟，维也纳会议召开，神圣同盟成立，一个出人意料的崭新的欧洲的出现……“这

① 大卫・布莱尼・布朗：《浪漫主义艺术》，马灿林译，湖南美术出版社 2019 年版，第 9 页。

一连串的政治动荡，空前绝后，激起了参与者和远处的旁观者几乎同样激昂的情绪与激进的言行。有时看似是一项崇高的伟业，有时又仿佛一股强大而令人惊愕不解的暴风，法国大革命既美丽动人又让人感到恐惧。”①

长期以来，中国学界不乏“浪漫主义文学是对法国大革命的反响”或干脆说浪漫主义是“法国大革命的产物”这样的说法。对此，我们不禁要问：如果说法国资产阶级革命这样一个政治事件可以导致浪漫主义这样一场文学革命的产生，那么，同法国资产阶级革命性质相同却更早发生的英国资产阶级革命何以没有更早地使浪漫主义产生呢？如果说是法国大革命导致了浪漫主义的出现，那浪漫主义文学革命按说便应从法国本身开始，可文学史上的事实却似乎有点恰恰相反——浪漫主义文学运动首先发端于政治上仍很保守的德国，英国稍晚于德国产生浪漫主义，而在法国这一文学思潮的形成却是最晚的。在法国，真正的浪漫主义文学运动是在 19 世纪 20 年代后半期发生的。② 因此，20 世纪西方思想史专家斯特龙伯格的如下断语堪称一针见血：“浪漫主义的来源显然不仅是法国革命。大概可以说，在 1781 年前后席勒和青年歌德的作品中，它已经崭露头角了，当时根本不是一种革命的政治氛围。”③其实，斯特龙伯格说得并不全面——浪漫主义最早可以追溯到法国的卢梭、德国的狂飙突进运动以及英国的感伤主义文学。三者共同的特征在于激扬情感贬抑理性，也就是对启蒙运动的反动。这意味着浪漫主义文学运动或文学革命与政治上的法国大革命这一事件本身并不存在一种直接的、必然的联系。我们

① Michael Ferber: *Romanticism: A Very Short Introduction*, Oxford University Press, 2010, p. 95.

② 1827 年雨果发表的《〈克伦威尔〉序言》是法国浪漫主义文学运动的宣言，1830 年其剧本《欧那尼》的上演是这一运动在法国的高潮。

③ 罗兰·斯特龙伯格：《西方现代思想史》，刘北成、赵国新译，中央编译出版社 2005 年版，第 219 页。

总爱用政治来解释艺术，认为一种社会政治形势、生活格局会产生出一种文学艺术，而这种文学艺术又回过头来反映和再现这种社会政治形势和生活格局。多少年来，我们就是按照这一模式来说明文学如何产生，来阐释文学的发展的，僵硬而又简单，几乎成了一种思维定式。

文学艺术绝不可以用政治来图解，从本质上看，文学艺术也绝不可以服务于某一党、某一派的政治需要。艺术是青春激情放荡不羁的冲动，而政治则往往是老谋深算、见机行事的运作；艺术是自由的象征，而政治却要求秩序和纪律；艺术的出发点总是个体的感性生命，而政治则往往是冰冷理性的化身；艺术是灵魂超越世俗人生给自身创造出来的温馨、宁静、芬芳的精神家园，而政治却往往是意志为博取现实功利而陷身其中的一个残酷、诡秘、硝烟弥漫、充溢着血腥气的角斗场；艺术是圣洁妙曼的女神，而政治在很多时候带来的则是肮脏狡狯的恶棍。人们完全有理由说，一个艺术被政治强暴的社会，是一个专制、野蛮的社会，因为艺术一旦被强暴，则标志着人的存在是一种奴隶式的存在，作为自由的象征的艺术被摧残，则在本质上反映了人的自由、人的自由精神被扼制这一基本事实。一部艺术史，是一部艺术回归自身的历史；人类的艺术从古代走到今天，她的足迹显现出来的是一个强暴与反强暴、异化与反异化的艰辛历程。在这一历程中，一方面是纯洁的缪斯被俗世的宙斯所强暴；另一方面是艺术女神奋力挣脱枷锁，一把一把擦净脸上的污浊和泪水，日益显露出自己的娇容。就西方近代文学而论，文艺复兴运动和文学艺术掀掉了封建教权压在她身上的权力意识形态，可在17、18世纪的二百年中，文学艺术却仍然屈辱地做着王权政治的奴婢和启蒙主义那种社会政治理念的传声筒。在19世纪浪漫主义运动展开的过程中，西方开始确立艺术自由的现代观念；这一观念的确立，于西方艺术与社会都具有划时代的历史意义。

在明确了艺术与政治的关系之后，再来看法国大革命与浪漫主义的关系就比较简单了。1789年爆发并一直绵延到1814年才基本结束的法国大革命，作为一个政治事件，它是法国 18 世纪下半期政治状况与经济状况不匹配的一个必然结果。这样一个政治事件并不能直接导致若干国家在其后几十年中同时出现一股汹涌浩大的文学思潮，甚至单就法国而论，我们也可以说，这一事件对其浪漫主义文学的出现也没有直接的根本性的影响。政治革命，从深层来看，是一种强烈的集体意志的体现；从表面来说，它往往呈现为暴力和恐怖。处在这种革命时代的国家，一方面大多数人的热情都已为政治所吸引，另一方面，艺术创造所需要的独立思考和自由氛围也往往为狂热的政治所冲淡或扼杀，因而艺术的繁荣、文学运动的开展，都是不太可能的。在革命结束了十几年之后，法国才有以雨果为核心的浪漫主义运动，仅以此而论，我们说法国大革命非但没有促使法国最先出现浪漫主义运动，反而使这一世界性的文学运动在法国晚展开了近三十年。“所谓浪漫主义革命——一场艺术和道德领域里全新的动荡变革——和通常所说的法国大革命的关系如何？……可以肯定，法国大革命为之而战的信念即普遍理性、秩序和公正原则，浪漫主义通常与之关联的理念即独特性、深刻的情感反思和事物时间的差异性，二者的差异胜于相似性，它们之间完全没有联系。”①

当然，文学艺术与社会政治状况、人们的社会政治心理是有关系的。但这种关系从本来的意义上来说应该是一种自然的关系，而不应是一种强行发生的关系。从这样一种客观公允的观点来看——法国大革命和浪漫主义有没有关系？答案是——当然有关系。

第一，大动荡时代人们骚动不安的激情为浪漫主义文学确立了那种强烈抒情的基调。1789 年法国大革命爆发后，法国社会在长达二十多年的时间里长期处于一种政治动荡的局面；而“一代天骄”拿破仑发起那种令整个欧洲目瞪口呆的对外战争，把欧洲各国搅成一团，卷入了一个大动

---

① 以赛亚·伯林：《浪漫主义的根源》，吕梁等译，译林出版社 2008 年版，第 14 页。

荡的旋涡。这种社会政治生活的大动荡、大变革，使得欧洲人心中蕴蓄了一种骚动不安、富于激情的群体情绪。这样一种群体情绪，对浪漫主义文学运动的发展，尤其是对浪漫主义文学那种奔放抒情风格的确立均有直接的影响。大动荡的时代前后，文学艺术的基调往往表现为强烈的抒情，而平静和缓的时代，文学艺术则往往呈现出一种凝重含蓄的整体风格，这是历史上文学艺术演进的一个一般性规律。

第二，法国大革命的现实在很大程度上宣告了启蒙主义学者那种社会政治理性的破产，为人们对唯理主义的那种极端理性进行全面反拨提供了契机。需要强调的是：法国大革命只是为浪漫主义的情感张扬提供了一个契机，一个突破口，而并非在说它是浪漫主义文学运动得以产生的原因——若说大革命的直接文学后果，则它可能恰恰是反浪漫主义的："法国大革命鼓励古典主义和理性主义，法兰西帝国也有它官方的古典主义。"[①]法国大革命及其所催生的拿破仑法兰西帝国推崇理性主义与古典主义，这既彰显了其专制主义的本质，也揭示了"革命"内里所蕴藏着的悖论。

法国大革命是当时法国社会政治经济矛盾激化的必然结果，从根本上暴露了封建专制制度的腐朽没落。初始，西欧各国的资产阶级知识分子对此基本上都持理解和欢迎的态度。但以罗伯斯庇尔为首的雅各宾派在革命中机械地搬用启蒙学派那种极端理性主义的社会政治理论作为自己的指导思想，——卢梭那种资产平均、人权平等的绝对理性主义主张一旦落到实处，那便是平民政权与暴民手段，那便是暴力和恐怖：对贵族和反对派冷酷无情，赶尽杀绝。革命中的种种极端现象很快便使革命声名狼藉。随着内战、迫害、恐怖和国际战争横扫欧洲大陆，革命最初在欧洲

① 韦勒克：《文学史上浪漫主义的概念》，见韦勒克：《批评的诸种概念》，丁泓、余徵译，四川文艺出版社 1988 年版，第 163—164 页。

各地引起的欢欣雀跃到 18 世纪 90 年代就转变为失望和幻灭。法国革命迷失了方向，陷入暴力、劫掠和不义，最后以革命吞噬自己的儿女这种可怕的场面告终。作为启蒙学派那种极端理性主义的社会政治理论的试验，法国大革命所带来的长时间的混乱和战争、恐怖和暴力清楚地表明：启蒙学者的理论并不能产生一个理性王国。这一现实，不但使不少人后来对法国大革命的态度由欢迎转为反对，而且使更多的人开始对启蒙学派那种唯理主义的社会政治理论进行反思，且这种反思很快便演进成一种对人们原来为之自信和乐观的理性崇拜的全面检讨和反思。在这种检讨和反思的过程中，人们开始重新认识自身，开始重估理性的价值，开始意识到人的本质并不是理性，于是感性的张扬一时间在哲学、社会科学和文学艺术各个领域便成了一股汹涌澎湃的潮流。这股潮流，在哲学领域表现为德国古典哲学的大繁荣；在社会科学领域表现为以贡斯当为代表的自由主义思潮的兴起；在文学艺术领域表现为浪漫主义文学艺术运动的发生。总体来看，与启蒙学派单纯而简单的政治理念推演相比，浪漫派更重视文化人心(精神)的阐发与建构。浪漫主义的政治观念比启蒙学派要复杂、深刻得多。如果说启蒙主义与法国大革命的关系是笃定、直接、明确的，那么浪漫主义与法国大革命的关系就是犹疑、间接、模糊的。作为对大革命的反应与补偿，“浪漫主义在政治上是暧昧的”①。

法国大革命爆发之初，大多数浪漫主义作家，包括著名的持保守主义立场的英国湖畔派诗人，都欣喜若狂地欢迎、欢呼这突如其来的变革风暴。在大革命的初始阶段，第一代浪漫主义作家大都风华正茂、意气风发。无论是作为年轻人求变的本能，还是作为诗人艺术家梦幻的激情，浪漫派诗人艺术家都合乎逻辑地会欢迎历史大事变的到来。法国按下不

① 罗兰·斯特龙伯格：《西方现代思想史》，刘北成、赵国新译，中央编译出版社 2005 年版，第 238 页。

表;在德国,革命的消息传来,谢林、荷尔德林等年轻的浪漫派哲学家与诗人欣喜若狂,他们相信历史的伟大时刻已然降临,为此在神圣的仪式感中种下了那棵为后人不断谈论的自由树;在英国,后来以保守派著称的华兹华斯在革命爆发后很久仍在表达其难以抑制的带着战栗的激动:"能活在那个黎明真是幸福,若那时你还年轻其就更胜似天堂!"[①]然而,革命一波三折。当1793年雅各宾派的红色专制(罗伯斯庇尔称为"为解放而进行的专制")向世人袒露出其暴虐狰狞的面目时,很多浪漫派作家纷纷从目瞪口呆中醒转过来成了革命的反对派。但直到这时,仍有人基于内在的信念而一厢情愿地相信革命专制与恐怖是暂时的,乃至为其"短暂的存在"找出诸般理由。但当1798年法国军队侵入瑞士共和国、1804年拿破仑由教皇加冕称帝等重大事件次第发生之后,即便是那些胸中满是自由信念与共和理想的最狂热的浪漫主义者也都无法直视,只能慢慢背过身去。

18世纪90年代末期,满怀对法国大革命的失望之情,湖畔派诗人似乎放弃了那种他们曾为之激动不已、染有青春色彩的政治理想。尽管变得日益保守后仍不时涉足社会与政治论战,但总体来说,他们更倾向于投身自然以慰藉自己的心灵。华兹华斯明确意识到"无论出于希望或不满而进行了多少次革命,人类的心灵都不可能有所改变",只有"自然"才会教导心灵"超拔于世事的牵绊之上"。而柯勒律治宣称:自由从来就不存在于"任何形式的人类力量之中",它只存在于森林里或海洋中。[②] 因为牵涉拿破仑军国主义所引发的强烈的民族主义情绪,以弗·施莱格尔为代表的德国浪漫派在19世纪伊始对法国大革命表现出了更为决绝的否

① Quoted in Michael Ferber: *Romanticism: A Very Short Introduction*, Oxford University Press, 2010, p. 95.

② Michael Ferber: *Romanticism: A Very Short Introduction*, Oxford University Press, 2010, p. 96.

定。在法国，早在1799年，作为自由主义思想家与浪漫主义作家的斯塔尔夫人便著文呼吁保障人的自由："对现代人而言，自由意味着保护公民在一切方面免受政府的侵害……"[①]基于其自由主义思想立场，斯塔尔夫人很早就展开了对恐怖时期雅各宾派打着人民的旗号所实施的各种侵犯人权的行为的批判："法国大革命或雅各宾专政的理论家们荒谬而又残忍地把数学计算当作其血腥恐怖法律的基础，这就造成他们为了所谓大多数人的幸福而不惜牺牲千百万个体的生命。非常简化的计算忽略了作为个体的人的情感、意向以及其他，他们全然不顾：真理是由无数事实和无数个体所组成的，必须承认所有的特殊和差异……"[②]拿破仑称帝后，斯塔尔夫人激烈地批判其所实行的建立特别委员会、流放、监禁和控制舆论等种种专制行径，称其只有人治没有法治，只有权力没有自由，实际上是一种军事独裁或"军事雅各宾主义"。倒是拿破仑垮台最终宣告革命结束之后，新起的第二代浪漫派作家普遍表现出对革命更为平和、冷静的辩证理解。时过境迁，他们较少因革命背离了其初衷而挫败失落——因为他们也并未赶上为革命的爆发而意气风发。拜伦在《恰尔德·哈罗尔德游记》第三章中慨叹推翻了暴政的法国虽"迎来新的地牢与王位"，但由此"人类感觉到了自身的力量"——"时机来过、在来、会来，不必悲观消极"。雪莱则在《伊斯兰的起义》《解放了的普罗米修斯》两部重要作品中对法国大革命做了更为深入的反思，他笔下的革命者不再诉诸暴力夺取权力，而是通过爱与宽恕分化强权而取得胜利——大英雄普罗米修斯便是通过收回数千年前其对朱庇特的诅咒而击败了这一暴君。

"在19世纪初我们看到，浪漫派的政治思想与保守派的意识形态交

---

① Walter Simon: *French Liberalism, 1789－1848*, John Wiley & Sons, 1972, p. 55, 62, 63.

② Walter Simon: *French Liberalism, 1789－1848*, John Wiley & Sons, 1972, pp. 62-63.

融在一起，而后者是自由主义的个人主义和宪政主义的敌人。”①最终成为托利党人的华兹华斯、柯勒律治与骚塞的政治立场当然是保守的。他们在文坛上共同的敌人则是当时最激进的无政府主义革命家同时也是最受欢迎的诗人拜伦。但纵观拜伦的一生，不难发现更多时候他更关注的是美酒和女人，在政治上他的幼稚与矛盾几乎同样令人吃惊：自由即反叛一切，拜伦激进的政治姿态中并没有什么确定的政治信念或纲领。若非要对其政治信念或纲领进行界定，则只能是无政府主义；非要说他有什么政治期望，则无疑是乌托邦主义。的确，他曾极力讴歌反叛的贱民，把盗贼描绘成刻有自己性格印记的“拜伦式英雄”，但这丝毫不影响他一转眼却又蔑视民众——这倒也符合浪漫派精英主义的文化立场与根本逻辑。“拜伦式的反叛者只不过是一个高傲而忧郁的灵魂，他宁肯选择孤独，也不喜欢他的同胞——我们不得不怀疑他在任何实际政治活动中能否获得成功。”②而济慈和缪塞、戈蒂耶等具有唯美主义倾向的作家在政治上则越发暧昧模糊，因为他们更关注个体感性生命——灵魂的陶醉，在他们眼中，诗歌、艺术、宗教、爱情这些东西几乎是同一个东西。在很大程度上，“要真正理解法国革命，首先必须先理解个人浪漫主义”③。

① 罗兰·斯特龙伯格：《西方现代思想史》，刘北成、赵国新译，中央编译出版社2005年版，第237页。

② 罗兰·斯特龙伯格：《西方现代思想史》，刘北成、赵国新译，中央编译出版社2005年版，第238页。

③ Howard Mumford Jones: *Revolution and Romanticism*, Harvard University Press, 1974, p. 228.

| 第七章 |

浪漫主义与科学

毋庸置疑,浪漫派确有反思-批判科学之实,但却绝无全盘否定科学之意。经由将文学重新命名为"创造性想象"的"表现",浪漫派将文学活动与基于"事实"的纪实性"再现"区分开来,并将后者的领域留给"科学"。文化领域的这一进展,带来了文化部类的重新划分——文学与科学同时从一种模糊、宽泛的界定中趋向于一种新的明确、具体的细分。这一文化进程发轫于文学史上的浪漫主义时期,大致完成于 19 世纪末叶。其间,经由其对独立自足地位的宣称与申明,"为艺术而艺术"作为新时代文学品格的本质规定被绝大多数作家所接受,表征了"现代文学"重构的完成。而与此同时,"科学家"与"实验"观念的确立,则从专业姿态与方法论等不同侧面重新界定了"现代科学"。

第一节 浪漫主义之"反理性"

基督教教权主义文化的思想基础,从根本上来说就是宗教蒙昧主义。教会通过推行愚民政策,扼杀人的自我意志和怀疑精神。凡是与基督教所宣扬的观念相左的，都被裁定为异端邪说，哥白尼和伽利略即是显例。由于宗教蒙昧主义是构成基督教文化的基石，因而人文主义者要摧毁基督教教权主义文化和建立自己的人本主义的理论体系，最首要的任务便是破除和粉碎宗教蒙昧主义。那么，人文主义者是怎样破除宗教蒙昧主义的呢？经过考察，我们发现，人文主义者是用理性这个武器来与它的敌人交战的。由此可知，在文艺复兴运动中，人的理性的张扬，绝不仅仅是人文主义者在恢复人的本来面目、恢复人的崇高地位时所要达成的一个目标，而且，它对于整个运动的顺利进行具有一种非常独特的战略意义。在文艺复兴运动中，虽然人文主义思想也曾提出个性自由和个性解放的口号，在这一时期的某些地方也确实曾出现过一种放纵感性、放纵情欲的短暂狂欢，但由于从理论上反对宗教蒙昧主义的任务非常艰巨，也非常重要，人们此时推崇理性的要求比推崇感性的要求更为迫切，这就决定了个性解放在这一时期肯定不会走得太远。从总体上来看，文艺复兴是人的精神、人的感性和理性的一次全面解放的运动。人文主义者自始至终都有一种更注重张扬人的理性、先张扬人的理性的鲜明倾向。这一点，在文艺复兴运动后期尤为突出。

人文主义者所推崇和张扬的理性，包括科学理性和社会政治理性两个方面的内容。就理性的这两个方面而论，由于当时社会政治革命还没有被提上议事议程，所以，人们在社会政治理性方面的建树也就不是很突出，远没有达到后来启蒙学者那种系统、完善、成熟的水平。相比之下，由于自然科学在破除宗教迷信时威力很大，对当时所进行的文化革命颇具直接的现实意义，所以，在这一时期，人文主义者对理性的张扬，在很大程度上便首要地表现为一种对自然科学的重视。人文主义者热衷于追求知识、提高人的才智；提倡探索自然，研究科学。正是由于人文主义者对科学的推崇以及随之而来的哥白尼、伽利略、达·芬奇、哈维、维塞留斯等人在自然科学各个领域里的开拓进取，真正现代意义上的自然科学才在这一时期得以确立。从文艺复兴开始,人类开始迈入一个科技文明的新时代。

承接着文艺复兴,在17世纪和18世纪的二百年中,人们一直在极力倡导理性,推崇理性,张扬理性,结果便推动了一种绝对的唯理主义的形成。唯理主义用理性来解释世界,解释社会,解释人。在他们看来,世界(包括社会)是一个有序的完美结构,人靠理性可以循序渐进地发现和解释一切,并创造一切,因而人的本质便是一种有理性的、无所不能的存在。在欧洲的历史上,17世纪和18世纪被称为"理性时代",这一称谓表明了一个基本的事实:就人的精神解放而论,如果说在文艺复兴时期,人们只是更注重理性而还没忘了感性的话,那么在17世纪和18世纪便是,被人娇宠坏了的理性汪洋恣肆地泛滥而来,已将本来就蜷缩着的感性所占据的那一小块领地几乎蚕食净尽了。"理性时代",科学理性和社会政治理性比翼齐飞。自然科学领域各个学科突飞猛进的发展和由此引发的工业革命,可算是西方近代史上的一幅奇异景观。17世纪和18世纪的知识分子,大都把培根的"知识就是力量"那句名言奉为教条,他们热情地探究自然,执着于科学的研究。数学上莱布尼茨发明了微积分;化学中原子-分子结构学说和元素周期表得到确立;物理学中牛顿发现了万有引力定律,同时,电磁感应理论也得到初步确立。自然科学领域的种种发展迅速转化成产业技术的进步,技术的不断进步则直接推动了近代西方的工业革命。18世纪下半期,瓦特发明蒸汽机,蒸汽时代的到来标志着工业革命已基本进入了高潮阶段。随着工业革命的展开,以科学技术为主体的科学理性对作为个体的人的感性生命的压抑愈演愈烈。

浪漫主义是对理性主义的反动。思想家哈曼的表述颇为风趣:"上帝是一位诗人,不是一个数学家……这备受称赞的理性,普遍适用、确凿无疑、唯我独尊,只不过是一个被思考的客体(Ens Rationis)、草填的干尸罢了,哪里有什么神性?”①而德国浪漫派作家海因里希·冯·克莱斯特则讥讽牛顿——女孩的心对其而言只是一个解剖学意义上的腔室,而女孩的胸脯在他眼里肯定只是一条几何弧线。威廉·布莱克也不无讥讽地说:“艺术是生命之树;科学是死亡之数。”②柯勒律治对理性及科学机械论的批判充满了英国人的幽默——“就灵魂的丰饶而论,五百个艾萨克·牛顿爵士,才勉强抵得上一个莎士比亚或弥尔顿”③。他指责理性主义者将宏大宇宙瓦解成残砖碎瓦的思维方法——“除了思考这些小碎片,他们不想别的;而且碎片必须小——宇宙对他们来说就是一大团细小碎片的合集”④。哈曼率先对启蒙运动中冷酷的理性主义发起攻击,“在他的激励之下,浪漫主义拒绝让理性担任守门人,不再由它来决定人类经验中哪些方面可以有效地指向实在。事实上,与其说浪漫主义将理性视为去除非理性和主观性之污染的过滤器,不如说它把理性本身视为一种局限”⑤。攻击理性的人指称理性仅关乎有限的外部现实,但浪漫主义的典型特征是渴求无限与表现内心——这要求“关注人类生存中能够最直接地通向人类情感和欲望的领域:情感、直觉、神秘和审美”⑥。“诗是神圣的东西。它既是知识的圆心又是它的圆周;它包含一切科学,一切科学也必须溯源到它。它同时是一切其他思想体系的老根和花朵;一切从它发

---

① 转引自蒂莫西·C. W. 布莱宁:《浪漫主义革命:缔造现代世界的人文运动》,袁子奇译,中信出版社 2017 年版,第 18 页。

② S. Foster Damon: *A Blake Dictionary: The Ideas and Symbols of William Blake*, Brown Univeisity Press, 1965, p. 28.

③ Earl Leslie Griggs: *Collected Letters of Samuel Taylor Coleridge* (Vol. Ⅱ), Clarendon Press, 1956, p. 387.

④ Earl Leslie Griggs: *Collected Letters of Samuel Taylor Coleridge* (Vol. Ⅱ), Clarendon Press, 1956, p. 387.

⑤ 威尔肯斯、帕杰特:《基督教与西方思想》(卷二),刘平译,北京大学出版社 2005 年版,第 11 页。

⑥ 威尔肯斯、帕杰特:《基督教与西方思想》(卷二),刘平译,北京大学出版社 2005 年版,第 12 页。

生,受它的润饰;如果害虫摧残了它,它便不结果实,不生种子,不给予这荒芜的世界以养料,使得生命之树不能继续繁殖。诗是一切事物之完美无缺的外表和光泽;它有如蔷薇的色香之于它的结构成分的纹理,有如永不凋萎的美之形式和光彩之于腐尸败体的秘密。”①

理性时代那种基于逻辑思维和经验科学的理性在认识自然规律、拓展科学知识方面成效卓著,但因此逐渐形成的理性崇拜日益漠视意志、忽略情感。理性强设的诸般标准、各种规则成了凌驾人生之上的绝对律令,束缚人的自由意志,窒息人的创造精神,这就有卢梭所谓“人是生而自由的,但却无往不在枷锁之中”②。在一派理性乐观主义的喧嚣声浪中,浪漫派最早预见到了科学理性带给人的分裂和不幸:“人永远被束缚在整体中一个孤零零的断片上,人也就把自己变成一个断片了。”③由是,浪漫派开始弃绝机械论转向有机论:“生物学强调生命不是一堆死的部件的组合,而是一种具有有机结构与功能的自然力;生命最基本的事实是个体而非构成个体的部分或那些包围着个体的人为的群体。简言之,生物学意味着个体主义。”④

18、19 世纪之交,面对着长时间被理性罔顾的“我是谁?我从何处来?要到何处去?”等一系列关乎自身意义的价值问题,人们开始寻找他们已然丧失的灵性和激情,并试图通过非理性的视角来重新界定生命的意义。经济领域的工业革命与政治领域的法国大革命所带来的社会大动荡,使这种非理性情感对唯理主义的反叛迅速演变成时代的精神狂飙——浪漫主义。作为现代性的第一次自我批判,浪漫主义无法忍受功

---

① 雪莱:《为诗辩护》,缪灵珠译,见刘若端编:《十九世纪英国诗人论诗》,人民文学出版社 1984 年版,第 153 页。

② 卢梭:《社会契约论》,何兆武译,商务印书馆 1980 年版,第 8 页。

③ 席勒:《美育书简》,徐恒醇译,中国文联出版公司 1984 年版,第 51 页。

④ Jacques Barzun: *Classic*, *Romantic and Modern*, Secker & Warburg, 1962, p. 55.

利主义和工业文明对人类精神和个性的荼毒，浪漫派渴望精神的自由与情感的解放，并由此转向大自然和远古异域寻求自由和诗意。文学家们纷纷质疑-抛弃古典主义的理性原则——“首先必须爱理性，愿你的一切文章永远只凭着理性获得价值的光芒”①，转而重视发掘生命深处说不清、道不明、理还乱但也因此越发显得丰富多彩、活跃生动的情感世界，“他们喜欢奇异的东西：幽灵鬼怪、凋零的古堡、昔日盛大的家族最末一批哀愁的后裔、催眠术士和异术法师、没落的暴君和东地中海的海盗”②。的确，浪漫主义是“感情，而非理智；相对于脑的心”；是“生命的再次觉醒，对于中世纪的思索”；是“心灵中一种较少自觉的层次上的解放；一个如痴如醉的梦想”；是“与理性和真实感相对的想象”……③一言以蔽之，以“反理性”为基本精神诉求的浪漫主义，乃“感觉对理性的反叛、本能对理智的反叛、情感对判断的反叛、主体对客体的反叛、主观主义对客观性的反叛、个人对社会的反叛、想象对真实的反叛、传奇对历史的反叛、宗教对科学的反叛、神秘主义对仪式的反叛、诗与诗的散文对散文与散文的诗的反叛、新歌德对新古典艺术的反叛、‘自然’与‘自然物’对文明与技巧的反叛、情绪表达对习俗限制的反叛、个体自由对社会秩序的反叛、青年对权威的反叛、民主政治对贵族政治的反叛、个人对抗国家——简而言之，19世纪对18世纪的反叛”④。

在理性被娇宠得乖张、霸道的时代里，植根于作为个体的人的感性生命的艺术女神遭受着理性的强暴，被折磨得风韵陡减，只剩得一副憔悴苍白的面容。就文学而论，在17、18世纪的二百年中，西方文坛上占主导地位的是古典主义文学。作为直接为王权服务的宫廷文学，其根本的哲学

① 伍蠡甫主编：《西方文论选》（上卷），上海译文出版社1979年版，第290页。
② 罗素：《西方哲学史》（下卷），马元德译，商务印书馆1976年版，第217页。
③ 弗斯特：《浪漫主义》，李今译，昆仑出版社1989年版，第4—6页。
④ 杜兰特：《卢梭与大革命》（下），台湾幼狮文化译，天地出版社2017年版，第956页。

理论基础便是笛卡尔那种极端推崇理性的唯理论。在这种思想的指导下，理性战胜爱情乃古典主义文学反复吟唱的一个主题，而在形式上，它则建立了“三一律”这一理性法则。然而，艺术的真谛在于作为个体的人的感性生命。充满着青春活力、风姿绰约的艺术女神，其情独钟于作为个体的人的感性生命，其意专注于探求人生的精神意义：终有一死的人，在这白日朗照却又黑夜漫漫的世界中，有限的生命如何寻得超越，骚动苦闷的心灵又在哪里寻得归依；艺术活动作为一种社会性的存在，决定了它在特定历史的发展阶段必然会不可避免地遭受政治理性、宗教理性、道德理性的强暴和异化；而艺术之为艺术的本质，又决定艺术自身必然会有一种执着顽强的内在力量去挣脱外部社会现实对它的强暴和异化。正是在这个意义上，我们才说，一部艺术史是一部艺术回归自身的历史，一部强暴与反强暴、异化与反异化的历史。

文学作为艺术，自身始终有一股执着、顽强的反异化的内在力量的存在，这就决定了浪漫主义文学思潮和文学运动绝不可能在 18、19 世纪之交的某一个早晨像一场飓风一样突然降临。在古典主义作为主潮流统治的 17、18 世纪，西方文学在鼓吹理性战胜爱情、宣扬启蒙思想的同时，自始至终都有一股对这种主潮流进行顽强反抗的潜在潮流存在。在 17 世纪，拿古典主义的大本营法国而论，当时的文坛上就既有高乃依的《熙德》《贺拉斯》中的那种理性战胜爱情、形式上完全符合“三一律”的经典西方古典主义作品，也有像拉辛《费德尔》中的那种极力渲染情欲力量，在形式上也不完全遵从“三一律”的作品。在拉辛笔下，情欲能够将人导向疯狂，导向死亡，能够将人完全吞没。由于不符合古典主义的要求，其作品在当时常常受到批判和抵制。从文艺思想上来说，17 世纪后期，法国文坛上发生了一场著名的“古今之争”，这场论争时而激烈，时而缓和，一直持续了一百多年，直到浪漫主义推翻了古典主义之后，争论才最后结束。从实质上来说，“古今之争”是当时法国文学内部主流与潜流矛盾冲突的反映。

在18世纪,古典主义主流麾下那股反古典主义的潜流一天天壮大。以理查孙、斯泰恩为代表的英国感伤主义小说家,以汤姆孙、扬格、格雷为代表的“墓园诗派”,以克令格尔、赫尔德、青年歌德为代表的德国“狂飙突进”运动,以推崇情感、热爱大自然、赞扬自我为基本特征的法国卢梭的创作,这样一些分散、独立存在的流派和创作,在18、19世纪之交合流构成了一个汹涌澎湃的文学洪流,那便是浪漫主义文学运动。当对情感的崇拜成为一种普遍的社会心理,当极端理性的一统江山在达到巅峰后开始瓦解崩溃,文学内部二百年中一直在顽强地抗击着理性强暴的那种力量便因陡然获得一股强大的生命活水而跃出水面立于潮头,于是文学便愤然抛开那副僵硬了二百年的面孔,一把扯下那穿了二百年的俗丽紧身外套,兴高采烈地扔掉那矫揉造作了二百年的语言程式,极力恢复自身那种本真的、充满了青春朝气的面孔和风采。

第二节 浪漫主义与科学

18世纪后期,科学技术和工业革命对生命感性的压抑日益加强。从思维方式上看,科学技术的发展,工业革命在经济上所取得的巨大成就,越发使人们用一种机械理性的眼光,用一种实际功利主义和经验科学主义的思维模式来看待自然、社会和人自身。而且,从生活方式上看,工业革命所带来的工业文明愈来愈把人束缚在整体中孤零零的断片上,机器的喧嚣和冰冷的轮盘使人失去了生存的和谐和温润,对物的单调而又永不餍足的追逐钝化了人的想象和青春激情。一方面,科学技术和工业化使人类的物质生活水平在短期内获得了惊人的改观;另一方面,人们同时却愈来愈体验到了工业革命给人类所带来的新的困扰。理性的猖獗导致感性的沦丧,在这种感性的痛失中,人有一种自身被肢解了的困扰和痛楚。慢慢地,人们终于无可奈何、忧心忡忡地明确意识到了自身历史的一种二律背反:人类必须要借助科学技术的手段来提高和扩展自己的生存能力,社会历史必然要向更有保障、更安全、更有生存主动性的阶段发展,但同国家、社会制度一样,被人们创造出来的科学技术,极有可能成为一种异化的力量反过来消解人的生存价值和意义。由是,浪漫派先驱卢梭便曾经从道德伦理的角度入手批判人类文明——人类在不断走向文明的过程中丧失了自己与生俱来的初心与自由,人们的灵魂随着科学和艺术趋于完美而受到腐蚀。“科学研究的才能和艺术造型的才能,仿佛是两种水火不容的东西。乍看上去,他们在本质上属于两个截然不同的范畴,而事实上也只有极少数的凡人才享有这两方面的才能。”[①]现代文化领域分立着两大知识者部落:其一为“无药可救”的浪漫主义者——大都是鼓吹天才与个人创造力的梦想家,其二是“没有灵魂”的科学主义者——高标理性、否定个性的技术崇拜者以及科学原教旨主义者。[②] 这就是人们通常对浪漫主义和科学之间关系的最普遍的理解,——一谈到浪漫主义,人们总是迫不及待地要将它与科学对立起来。

毋庸置疑,浪漫派确有反思-批判科学之实,但却绝无全盘否定科学之意。在后世对浪漫主义的批判中,有观点认为浪漫主义反对启蒙主义的主要立场之一在于浪漫主义反对科学,且全盘否定了科学知识的进步;但事实上浪漫派所反对的只不过是启蒙科学观中“普遍理性”或“绝对理性”的误区。在浪漫派看来,唯理主义显然过分高估了现代科学的效力,科学所带来的社会历史进步也并非线性展开——因为理性无法保证“进步”的观念适用于所有的文化领域。浪漫派意识到不同学科领域可以互

---

① 瓦肯罗德:《既有艺术造诣又学识渊博的画家典范》,见瓦肯罗德:《一个热爱艺术的修士的内心倾诉》,谷裕译,生活·读书·新知三联书店 2002 年版,第 36 页。

② John Tresch: *The Romantic Machine: Utopian Science and Technology After Napoleon*, University of Chicago Press, 2012, p. 1.

相合作，但坚持认为这不能以物理学与数学所表征着的那种数理逻辑为标准原则，而应该用“美的理念”来引导。从本体论上来说，物质或者说自然并非被动的实体，而是有生力量，无法由不变的物理学准则来统一解释。诺瓦利斯和荷尔德林都坚决反对把理性局限在数理科学的典范之上。荷尔德林指出：“理性的最高行动是一种审美行动……真与善只有在美之中才能结成姊妹。”[①]人与自然的和谐也是浪漫主义着重关注的问题，要克服启蒙科学观中的客观主义教条，就要深入挖掘科学研究中具有创造性的爱和欲望。即便是启蒙时代的科学家，有很大一部分“探究自然，就是为了找出更多理由来热爱自然”[②]。科学研究应该跳出功利主义和实用主义的桎梏，通过对自然的理性思考，建立人与自然的统一整体。

一个最朴素然而却常常被忽略的事实是——科学与艺术的关系并不等同于理性与艺术的关系，因为理性不等于科学，而科学与技术也并非同一回事。虽然科学背后的理性逻辑与艺术背后的感性情绪看上去是背道而驰的，但科学作为理性绽放的花朵并不全然与艺术作为感性绽放的花朵势不两立。1800 年，威廉·华兹华斯在《〈抒情歌谣集〉序言》中写道：“科学家追求真理，仿佛是一个遥远的不知名的慈善家；他在孤独寂寞中珍惜真理，爱护真理。诗人唱的歌全人类都跟他合唱，他在真理面前感觉高兴，仿佛真理是我们看得见的朋友，是我们时刻不离的伴侣。”[③]在内在机制与生成方式上两者固然多有区别，但更多时候，人类文化园地中的艺术之花与科学之花是相互提携、彼此支援的。艺术之于科学的根本作用在于——艺术的自由精神、无限想象及其对现实的颠覆性指向，永远都在

---

① 荷尔德林：《荷尔德林文集》，戴晖译，商务印书馆 1999 年版，第 281—282 页。

② B. Kuhn: *Autobiography and Natural Science in the Age of Romanticism: Rousseau, Goethe, Thoreau*, Routledge, 2009, p. 56.

③ 威廉·华兹华斯：《〈抒情歌谣集〉序言》，曹葆华译，见古典文艺理论译丛编辑委员会编：《古典文艺理论译丛》（第一册），人民文学出版社 1961 年版，第 12 页。

感召滋养着科学永恒的怀疑-创新精神;而科学则以不断释出的传媒技术革命促成艺术形态与文类的革新,且同时尤其是以科学的进展不断达成对生命与世界之新的理解,而在客观上不断推动作为“人学”的艺术之重构。

浪漫主义长久以来被视作诗意的想象,以赛亚·伯林称浪漫主义是情感的泛滥与激情的爆发,“18世纪末普遍理性主宰下的人类社会在一片安宁祥和的氛围中,突然遭受到一股莫名的非理性思潮攻击,人们变得神经质和忧郁起来,他们开始崇拜天才的天马行空,背弃对称、优雅、清晰的状态”①。如果说浪漫主义就是心灵的产物,那么浪漫主义也必然是理性、物质和机械的敌人。18世纪末19世纪初,科学技术之于人类生活的地位与作用成为文化领域争论的一大焦点。理性主义者津津乐道于技术对文明进步的大力推动,而新兴的浪漫派则对以机器生产为基点的工业社会深表担忧。作为启蒙理性的拒斥者,浪漫主义反对冷酷无情的科学和支离破碎的工业社会,由此举起了试图区分主客体、调解人与自然关系、促使意识与无意识和解的大旗。

罗伯特·理查兹在《浪漫主义的人生观》中追溯称:“机械论的发展推动了科学的进步这一观点饱受浪漫主义者们的攻击……他们用有机论取代了机械论,将有机论视作阐释大自然的至高法则。”②人们一般习惯于把矛盾多元的浪漫主义都归于“有机论”名下。“有机论”是用来描述生命发展过程的一个概念,它代表着生机活力以及生命的神圣性,意味着生成变化以及创造的可能性。基于自然观念的“有机论”不仅适用于诗学、文化、民族,也适用于全人类与整个宇宙。18世纪末叶以降,德国思想家——尤其是以耶拿派为主的浪漫主义思想家——开始将这个概念与

① 以赛亚·伯林:《浪漫主义的根源》,吕梁等译,译林出版社2008年版,第14页。

② Robert. J. Richards: *Romantic Conception of Life: Science and Philosophy in the Age of Goethe*, University of Chicago Press, 2003, p. 534.

“机械论”对立起来。艾布拉姆斯的《镜与灯:浪漫主义文论及批评传统》强调了浪漫主义从模仿论向表现论的转变,“镜”与“灯”的隐喻很大程度上意味着——若说古典主义在文化上对应着机械主义,那么浪漫主义在科学上的首要搭档则是生物学。

18 世纪末叶,英国文化界常围绕着莎士比亚和蒲伯的比较展开论争——人们把前者的作品与自然生长的森林相提并论,而把后者的与人工美化的公园景观相比照。早在 18 世纪中叶,英国诗人杨格便提出了“天才仿若植物”的理念,并使用了“文学创作类如植物生长”的隐喻。概要说来,19 世纪生命科学中有关“繁殖”的思想,很早便进入了浪漫主义话语系统,并成为其最重要的隐喻。将这一科学隐喻发挥到极致的便是德国的浪漫派诗人诺瓦利斯及其哲学导师费希特。以赛亚·伯林将费希特的观点归纳为:“人是一种持续进行的行动——连行动者都称不上。人必须坚持不懈地生产和创造才能臻于完满。”[①]而诺瓦利斯则在生物繁殖体系中引入了“正—反—合”的辩证结构。由此,诺瓦利斯便为浪漫主义思潮塑造了一种以肯定文化创造性和历史传承性为基础的文化观。作为新的文学话语系统的重要组成部分,这些隐喻在 19 世纪初叶的文学评论中迅速蔓延开来,很多重要的批评家开始使用“有机体”以及“农业”“园艺”等术语来表达他们对文学创作的理解。[②] 与此相适应,从人为的规整草坪到天然丛林,从景观公园到荒郊野岭,在 18、19 世纪之交的欧洲文坛,文学趣味、艺术风格以及潜隐在底层规制着这一切的诗学观念均悄然发生着质的转变。在古典主义者与启蒙主义者那里,事物只有在合乎理性时才是美的;而依循浪漫主义者的观点,只有那些能够激发情感和充满诗意的事物才美。前者的例子有按照“几何法则”设计出来的人工花园;

---

① 以赛亚·伯林:《浪漫主义的根源》,吕梁等译,译林出版社 2008 年版,第 117 页。

② Sharon Ruston: *Creating Romanticism: Case Studies in the Literature, Science and Medicine of the 1790s*, Palgrave Macmillan, 2013, p. 104.

而在火山爆发或电闪雷鸣等典型的浪漫意象中——自然界的美恰恰是因为它冲决禁锢,从理性秩序中逃逸了出来。换言之,在古典作家笔下,作为秩序与规则的代名词,理性以真实的名义构成了审美价值的评判标准;而浪漫派笔下美的自然,已然是脱掉了理性胞衣与摆脱了真实羁绊的自然。“布莱克和济慈憎恨艾萨克·牛顿爵士,因为他切断了星星与天主之间、彩虹与艾丽斯女神之间、彩虹与诺亚方舟之间、彩虹与耶和华之间的联系——而一旦这些联系被切断,人类世界便失去了诗意与意义。”①

在浪漫主义文学革命之前的漫长时日里,因其对价值理性的共同兴趣,自然哲学与文学事实上难以简单地截然分开。以推崇理性的“文人”而知名、当时还被称为“自然哲学家”的启蒙运动时代的“科学家”,依然在很大程度上将注意力放在文学上,所以他们中的不少人本身便同时也是“文学家”。从孟德斯鸠到卢梭,法国18世纪的启蒙思想家大都兼任了文学家的角色。“在启蒙运动中,科学基本上遵循文学意识形态,在这种意识形态中,善在于作品,同样在于手艺。”②“理性的最高行动是一种审美行动”,“真与善只有在美之中才能结成姊妹”③。而从法兰西的《波斯人信札》到不列颠的《格列佛游记》,这一时期的文学文本中也始终响彻着作为启蒙运动标识的理性批判之声——文学对现实的种种质疑与批判,明显得到了来自自然哲学的强力支援。

事实上,即便在以诺瓦利斯、华兹华斯与夏多布里昂等人为代表的早期浪漫派那里,至少一开始“文学”与“科学”的含义以及两者的关系都是模糊不清的。因其所代表的往往是包括道德、建筑、语言和政治等全部学科在内的知识体系,所以“科学”一词的含义并不是确定或固定的、单一或

---

① Aldous Huxley: *Literature and Science*, Chatto & Windus, 1963, p. 92.

② 托马斯·L.汉金斯:《科学与启蒙运动》,任定成、张爱珍译,复旦大学出版社2000年版,第9页。

③ 荷尔德林:《荷尔德林文集》,戴晖译,商务印书馆1999年版,第281—282页。

具有普遍性的。拉尔夫·奥康纳认为将“文学”重新定义为“创造性想象”而非“写实”的浪漫主义运动与产生“科学家”(Scientist)这个新词并重新界定“科学”的历史进程之间存在着直接的关联①;而乔恩·克朗奇等人则认为,正是在这种关联中,华兹华斯等浪漫派作家才经由自己的作品缩小了“文学”的含义,并将关乎“真实的科学”与关乎“想象的诗歌”并列起来。“19世纪早期的文学批评采用了‘有机整体’的说法,将文学与其他形式的写作区分开来,并赋予文学(特别是抒情诗)以固有的生命法则。”②大致来说,历史进入19世纪后,在欧洲普遍展开的第一波工业革命的大潮大大促进了科学的发展;而以生物学为龙头的生命科学的崛起,则在很大程度上表征着“工业革命”向“科学革命”的转型,西方由此迅速率先进入“科学时代”。“作为知识生产历史进程的衍生物,文学与科学这一对现代概念相伴而生。随着既往相互关联的话语(如哲学和自然科学)的分离以及生物学话语在自然史和医学松散结合地带上的绽放,人们现在所知晓的文学也呈现出了迥然于既往的新形态。”③浪漫主义发轫之时,很多作家便在尝试用有机论或生物学的隐喻来描述文学创作的过程与产物,并进而重新界定文学本身。关于文学的有机论与生物学阐发的出现,由是常被视为浪漫主义形成的标志。

在被冠以“科学时代”的19世纪,西方科学最具里程碑意义的事件莫过于达尔文之生物进化论取代牛顿之经典物理学而成为时代的文化主

---

① 1833年,英国科学家威廉·惠维尔在其一篇评论中创造了“科学家”(Scientist)这一术语。但事实上,早在18世纪90年代,当诗人们竭力重新定义什么是诗之时,“自然哲学家”(Natural Philosopher)和“科学中人”(Man of Science)也正在努力成为现代意义上的“科学家”。参 Sharon Ruston: *Creating Romanticism : Case Studies in the Literature , Science and Medicine of the 1790s*, Palgrave Macmillan, 2013, p. 176.

② Sabien Sielke: “Biology”, in Bruce Clarke, Manuela Rossini, eds.: *The Routledge Companion to Literature and Science*, Routledge, 2011, p. 30.

③ Sabien Sielke: “Biology”, in Bruce Clarke, Manuela Rossini, eds.: *The Routledge Companion to Literature and Science*, Routledge, 2011, p. 30.

题。这一演进,不仅意味着"理性时代"向"科学时代"的跃升,而且表征着西方文化完成了从"机械论"向"有机论"的重大转型:人们的注意力从天上的星星转到了地上的植物,从天体转向了身体,从物理学转向生理学,从机械力转向生命力,从自然哲学转向生命哲学……而这一切的悄然萌发,无疑是在18世纪末19世纪初。所以,若说19世纪后期的自然主义直接奠基于生物进化论与生理学的发展,那对其文学史的源流考察则需上溯至19世纪初叶的浪漫主义。"浪漫主义作为对启蒙思想的批判,可以被看成是对知识和整个科学事业基础的一项新的研究。它反对对现实经验缺乏描绘的物理成为科学的主导,而倾向于生命科学;因为生命科学具有更深刻的洞察力和更合理的类比。浪漫主义者认为宇宙是一个在不断膨胀、演变、生成的世界;他们的关注点由是从物理学转向了生物学。"[①]将文学和生物学作为"生命的故事"来叙述与阅读,乃两者之间得以连通的基本方式。浪漫主义有机论诗学话语的出现,从一开始便肇始于整个文化系统在生物学感召之下所表露出来的对生命的空前关注。且不说由生物学推衍开去对人所展开的生理学、心理学、病理学以及人类学和社会学的直接研究,生物学的其他研究对象——比如说动物或植物——也无不都在人类的周围,极容易和人类产生共鸣。很明显,较之于数学、物理学和化学等更精确的科学学科来说,生物学一直站在拒绝将"量化"作为知识唯一标准的最前沿,更与人类的经验以及作为经验之能动性延伸的"实验"息息相关。"生物学在文化上的知名度和声望越来越高,部分原因是它比数学和物理更容易叙述。"[②]"对于所有作家来说,生命科学之所以具有特殊的重要性,乃因为它可以证实其作为艺术家的直

① John B. Halasted: *Romanticism*, Macmillan, 1969, p. 12.

② Sabien Sielke: "Biology", in Bruce Clarke, Manuela Rossini, eds.: *The Routledge Companion to Literature and Science*, Routledge, 2011, p. 31.

觉能力，提升其洞察力，扩展其视野。”[①]

基于有机论的生命科学对生命的揭示为文学提供了新的素材与视角，“文学中的生物学和生物学家的故事”由是成为两者关系建构中的重要方面。同时，常常易被忽略但不该忽略的问题的另一个方面则是“生物学中的文学元素”。在英国，“早期维多利亚时代的科学家明显受到了浪漫主义的影响”[②]。惠维尔、赫歇尔、德·摩根等英国科学家均推崇丰富的情感与想象力，并热爱冒险。赫歇尔对多洛米特人聚居区的探险、惠维尔大陆旅行中对孤身犯险的热衷均透出了非同常人的浪漫情愫；莱尔和塞奇威克等人的旅行，既达成了其地质学考察的目的，同时也满足了他们浪漫的好奇心。而“达尔文对细节之经验主义和理论之复杂性的关注，则为科学和文学建立了一种新的联系”[③]；其“‘贝格尔号（Beagle）航海日志’[④]堪称体现维多利亚时代英国科学家浪漫主义奇思妙想的典型文本”[⑤]。针对长久以来人们坚持认为达尔文的成功乃因为他避开了神学与浪漫主义的神秘论，特别是他拒绝依据神学目的论以及人类意图来解释物种多样性，罗伯特·理查兹对此提出了截然相反的意见：在19世纪的生物学领域中，达尔文的进化论很大程度上应该归功于浪漫主义思潮对生命科学的探索。他特别考证指出：“机器”一词在《物种起源》中仅仅

---

① Aldous Huxley: *Literature and Science*, Chatto & Windus, 1963, p.67.

② S. S. Schweber: "Scientists as Intellectuals: The Early Victorians", in James Paradis, Thomas Postlewait, eds.: *Victorian Science and Victorian Values: Literary Perspectives*, Rutgers University Press, 1981, p.18.

③ David Amigont: "Evolution", in Bruce Clarke, Manuela Rossini, eds.: *The Routledge Companion to Literature and Science*, Routledge, 2011, p116.

④ 达尔文1831—1836年随贝格尔号军舰环球考察，并在1837年基于考察日志开始构思其第一本关于物种演变的报告。1839—1843年，他编纂的五卷本的《贝格尔号航行报告·动物志》出版；1842—1846年，他编纂的三卷本的《贝格尔号航行报告·地质学》出版。

⑤ S. S. Schweber: "Scientists as Intellectuals: The Early Victorians", in James Paradis and Thomas Postlewait, eds.: *Victorian Science and Victorian Values: Literary Perspectives*, Rutgers University Press, 1981, p.19.

出现了一次；且在达尔文的生物进化理论中，自然被看成一个“有机、审美的生命系统”①。无独有偶，理查德·霍姆斯在其著作《好奇年代》中也曾对“浪漫主义与科学是对立的”这一流行观念做了全面的批驳。在他看来，“对自然的好奇”“对人在自然界中的位置的重新梳理”，使得生命科学对生命有机体的聚焦与阐发呈现出“一种全新的想象和兴奋”，始终洋溢其间的“强烈乃至大胆的个人热情”成为科学探究的动因；而其最终得出的结论则是：“作为浪漫主义科学”的生命科学，其迅猛发展不仅引发了“第二次科学革命”，而且带来了“诗人与科学家的融合”以及“诗歌与科学的谐振”。“在浪漫主义时期，科学和文学在许多方面不仅相互冲突、重叠，而且还相互影响、促进。……许多浪漫主义作家实际上并不认为文学和科学是对立的，他们也并未用这种方式来思考。”②事实上，作为一种复杂的、“实验性”的文化实践，文学关注人类和其他生物的生命形式，也就会“不可避免地做出各种生物学假设”；文学作品总是以其自身对生命的特殊体认，在质疑中补足和完善着“生命科学”。③

浪漫主义者对人类心理-心灵的新发现，在英国浪漫主义文学创作中的表现甚为充分。柯勒律治、华兹华斯、济慈等人对生理学、化学、电磁学等自然科学各个领域的研究，使他们达成了一致意见：反对机械论的心灵观，倡导浪漫主义之“积极心智观”。在威廉·布莱克看来，艾萨克·牛顿几乎就是一名罪犯——因为其科学和数学正是腐蚀人类灵魂撕裂整个世界的祸根。正因为如此，他的诗歌与绘画作品始终贯穿着一种永不止息的努力——弥合儿童与成人、灵魂与肉体、天堂与地狱、上帝与人类之间

---

① Robert J. Richards：*Romantic Conception of Life：Science and Philosophy in the Age of Goethe*，University of Chicago Press，2003，p. 534.

② Quoted in Sharon Ruston：*Creating Romanticism：Case Studies in the Literature，Science and Medicine of the 1790s*，Palgrave Macmillan，2013，pp. 10-11.

③ Sabien Sielke：“Biology”，in Bruce Clarke，Manuela Rossini，eds.：*The Routledge Companion to Literature and Science*，Routledge，2011，p. 29.

的鸿沟。在其《纯真之歌》和《经验之歌》中，前者用稚真朴素的诗句描述了一种美好、和平的自然状态，这与后者充满幻灭色彩的主旨构成了一种充满讽刺意味的对比。而在《天堂和地狱的婚姻》中，布莱克不仅在形式上尝试着将文字和版画结合在一起，而且在题旨上将天堂看成一个与地狱相融合而非相对立的部分；因此，便有了虎与马、狮子与羔羊、儿童与成人、天真与世故……的交合，这也正是后来波德莱尔所谓基于“彼此类似”而“相互表达”所构成的象征。而济慈的名句“(牛顿光学)将天空的彩虹拆解”则道出了英国浪漫派对作为理性衍生物之数理科学的态度。大多数英国浪漫主义者认为：较之理性，自然流露的强烈情感或直觉更能把握事物本质。因此，他们强烈反对启蒙运动对自然科学的过度崇拜与对科学技术的一味滥用，声称这会引发人类社会的巨大灾难。然而，以《为诗辩护》著称的雪莱，也曾挺身为科学辩护：英雄与虔信时代早已远逝，而今唯科学技术引导社会进步；科学能改进民生福祉。雪莱曾诗意地描述过月相变化、月震现象、地球和月球因引力和离心力的作用而相持、粒子围绕彼此千万次旋转而产生各种波长的辐射等自然现象，其创作中贯通着诸多科学的意象。在抒情诗《云》中，他对云、雨、雷电、海洋与天空等自然现象与过程的刻画极富科学精神；在《西风颂》中，他对海底树林在洋流变化之前自行萎缩现象的描绘，也颇符合科学原理。此外，《解放了的普罗米修斯》中对新兴的地理学和古生物学亦多有提及，而《麦伯女王》则探讨了自然科学发现以及人的自我认知，包括古罗马诗人卢克莱修《物性论》、霍尔巴赫的“自然体系”和卡巴尼斯“人的物质精神同一说”等。“诗人们不仅创造了语言、音乐、舞蹈、建筑、雕塑和绘画，他们也是法律的制定者，文明社会的创立者，人生百艺的发明者，他们更是导师，使得所谓宗教，这种对灵界神物只有一知半解的东西,多少接近于美和真。"①这是一个纲领性的论断,实际上指向一个古老的目标,即人与神(或泛神)的结合——借以建立一个涵盖一切、无所不包的统一体。

第三节 科幻小说的创生

法拉·门德尔松在《剑桥科幻小说指南》一书的序言中曾指出,若某种小说要自成一类,那就应使读者一望便知构成这类故事标识的特定要素。比如说,一个神秘故事意味着小说背后有许多亟待发现的事物,一部爱情小说就该描写两个人相遇并相爱,设若是一篇恐怖小说,那就应写某种非自然力量入侵并最终被驯服或消灭。现在的问题是——这一切似乎都能在科幻小说中找到。门德尔松认为,科幻小说本身具有很大的不确定性:"作为一种小说创作模式,其标准过于繁杂,且对文学界和大众市场都具有依赖性。"②无独有偶,卡尔·弗里德曼在《批评理论与科幻小说》中也指出:"科幻小说这一文类的复杂性,使得文学批评领域对它做定义变成了一个难题。"③卡尔·弗里德曼强调说,科幻小说不是一种体裁类别,而是一种要素,甚至可以说是一种趋势。换言之,科幻文本难以归属于某个文类门下,它的体裁特点是由特定的文本所决定的。④ 科幻小说的定义有狭义与广义之分,这些定义本身的指向或褒贬并不一致,甚至有

---

① 雪莱:《为诗辩护》,缪灵珠译,见刘若端编:《十九世纪英国诗人论诗》,人民文学出版社1984年版,第122页。

② Farah Mendlesohn: "Introduction", in Edward James, Farah Mendlesohn, eds.: *The Cambridge Companion to Science Fiction*, Cambridge University Press, 2003, p. 3.

③ Carl Freedman: *Critical Theory and Science Fiction*, Wesleyan University Press, 2000, p. 15.

④ Carl Freedman: *Critical Theory and Science Fiction*, Wesleyan University Press, 2000, p. 17.

人主张科幻小说根本不可能被界定——因为这种小说的吸收能力太强，随时可以将其他体裁的特性挪为己用。广义的科幻小说可以将其源流追溯到远至2世纪卢西安《真实的历史》所代表的幻游小说，甚至更早——一直上溯到两河流域的《吉尔伽美什》与荷马的《奥德赛》。此种做法是从科学本身的定义出发的——"设若人们可以接受这样一种观念，那就是把世界上已知或者假设的事实主体等同于当时的科学"[①]，那么一切描述这种"事实主体"的小说都可以算作是科幻小说。卡尔·弗里德曼对这种说法甚为认同，他强调——所有的小说实际上都可以算作科幻小说，甚至小说本身都只应算是科幻小说中的一个亚类。与其硬将科幻小说划入某个范围，不如尽早确立一个批评、分析和界定的原则。[②] 亚当·罗伯茨也认为，现存所有的古代文学作品中都或多或少地含有幻想元素。[③] 上溯至古希腊时期，不管是诗歌、戏剧还是哲学著作，都离不开作家的想象。其中小说这一形式对科学幻想的发展起了关键的助推作用。

就狭义的定义而言，布莱恩·奥尔迪斯认为玛丽·雪莱的《弗兰肯斯坦》是史上首部科幻小说，这很大程度上基于其对"科幻小说"的定义："科幻小说中包含着对人类的界定以及对人类在宇宙间占有何种地位的勘探，它与人类先进而又混乱的知识陈述(即科学)相关涉，在艺术上明显具有哥特式或后哥特式文本的特色。"[④]《弗兰肯斯坦》创造的怪物正是这种追寻的象征，也是早期科幻小说探索人类身份认同的代表。但也有学者认为是埃德加·爱伦·坡最早进行了科幻小说的文体实验。19世纪20

---

① Lester del Rey: *The World of Science Fiction: The History of a Subculture*, Ballantine Books, 1979, p. 12.

② Carl Freedman: *Critical Theory and Science Fiction*, Wesleyan University Press, 2000, p. 16.

③ Adam Roberts: *The History of Science Fiction*, Palgrave Macmillian, 2006, p. 25.

④ Brian Aldiss, David Wingrove: *Trillion Year Spree: The History of Science Fiction*, House of Stratus, 2001, p. 4.

年代初，坡发表了其第一首诗——《十四行诗——致科学》，而其 19 世纪 40 年代末的散文随笔《我发现了》则堪称其创作生涯的巅峰之作——探索了新近由天文望远镜发现的宇宙之本质。两个作品之间由想象所编织的千丝万缕的关联贯穿了坡的整个文学生涯。不难发现，随着其对科学发现的赞赏与日俱增，如何用别具新意的方式来传达、歌颂种种科学奇观，始终是坡孜孜以求、努力探索的文学课题。

尽管在再版的探月小说《汉斯·普法尔》①的序言中，坡自认为自己的这一作品无法超越威廉·比尔德狄克极具创举性的小说《了不起的太空旅行与新星探索述略》，但该序言本身却成了现代实验性科幻小说的第一篇宣言。在《埃洛斯与沙弥翁的对话》中，他使用了一种新的未来主义幻想框架，写的是死人之间的对话——其中涉及不远的将来地球将被一颗彗星毁灭。1841 年发表的《莫纳斯与乌娜的交谈》和 1844 年发表的《催眠启示录》均传达出作者这样的态度——创造更具权威性的幻想小说文类对科幻文学而言是十分必要的。在《凹凸山的传说》和《瓦尔德马事件真相》中，坡都对把催眠术当作主要叙事工具做了尝试，后者还采取了"科学论文"的形式——当时这种散文文体还处在萌芽期。而这一切，均为其后来写作《我发现了》奠定了基础。②

与坡一样，几位同时代的英国作家也在致力于为想象奇特的科幻小说寻求合适的叙事框架。著名科学家汉弗莱·戴维过世后才出版的《旅行的慰藉》是一本谈话录，该书把旅行的范围扩大到了整个宇宙。在科普方面着力甚深的罗伯特·亨特发表了《科学的诗学》，但其小说《潘迪亚》中形而上学的构思更多受玫瑰十字会小说的影响，而非亨特本人支持的

---

① 该作于 1840 重校为《汉斯·普法尔历险记》。

② Brian Stableford: "Science Fiction Before the Genre", in Edward James, Farah Mendlesohn, eds.: *The Cambridge Companion to Science Fiction*, Cambridge University Press, 2003, p. 18.

科学方法。玫瑰十字会小说建立在约翰·瓦伦丁·安德烈亚作品的基础之上,因爱德华·鲍沃尔-李顿的努力而得到广泛普及。《科学的诗学》启发了威廉·威尔逊(并非爱伦·坡的同名小说主角),他在《小书新题》中首次使用了"科幻小说"这个术语。在当时,有一本小说符合这个崭新文类的一切标准——那就是 R. H. 霍恩的寓言小说《贫穷的艺术家》,作品讲述了一位艺术家在不同生物的眼中发现了世界的奇妙所在。

浪漫主义文学的艺术理念和精神是 19 世纪科幻小说诞生的基础。浪漫主义运动滥觞于 18 世纪末,作为一种反对抽象推理、重建现代秩序的努力,它从初始发端于各个艺术领域的思潮,演变为涉及哲学、政治、经济、科学等整个文化领域的革命。就此而言,"浪漫主义"就不仅仅是一个用来描绘一场文学运动的术语,而更是一段辉煌人类思想的历史。雅克·巴赞认为浪漫主义同文艺复兴一样是一种现象,是一个时代在面临"急迫的要求、阻挡社会和平或进步的障碍、司汤达所说的新艺术的需要"等种种困难时,通过内部的相互对抗,迎接历史的挑战,最终达到整体统一。浪漫主义确认了激情、冒险的合理性。其中的冒险精神包含着探索真实世界的内在要求,因此,从根本上来说,浪漫派反对极端理性或"唯理主义",但它并不排斥理性本身,浪漫派推崇想象乃至幻想,但它也并不忽视真实。①

浪漫主义为科幻文学创作注入了新的活力,"科幻小说是由想象而产生的一种文学形式"②。想象本是人类自古以来艺术活动所禀有的特质。尽管亚里士多德更加倾向于艺术是"按照可然律或必然律"对客观现实的模仿,但他同时也肯定了诗人是艺术作品的来源,艺术是由诗人生产、创造而成的。古罗马学者斐罗斯屈拉特提出:"想象比起模仿是一种更聪明

---

① 雅克·巴赞:《从黎明到衰落:西方文化生活五百年,1500 年至今》(下册),林华译,中信出版社 2015 年版,第 501 页。

② Patricia Warrick: *Science Fiction: Contemporary Mythology*, Harper & Row, 1978, p. 5.

伶俐的艺术。模仿只能塑造出见过的事物，想象却也能塑造出未见过的事物，它会联系到现实去构思成它的理。”[①]浪漫主义运动的勃兴将想象的艺术魅力呈现在世人面前，而想象的创造性价值也被提升到了前所未有的高度。正是由于浪漫主义作家的不懈努力，陈腐的诗学原则遭到了颠覆，想象作为人的感受能力的核心推动了文艺理论和创作的发展，也为科幻小说的发展开辟了道路。科幻作品的主题种类繁多，但都离不开人们对未知的探索，其中就包括对未来世界的描绘。而展现科学技术对社会的影响，反映人自身存在于瞬息万变的社会之中的困惑与迷思，也是“科幻”文本题中应有之义。对生活在当下的人来说，未来就是依靠自己的想象对现实加以改造，想象力的活跃程度很大程度上直接决定了人类社会前进的方向与速度。

的确，科幻小说的发展离不开科技进步，但不可否认的是，正是浪漫主义运动为这一新兴的文类装上了引擎。在玛丽·雪莱、爱伦·坡等人的带领下，19世纪前期的浪漫主义作家，普遍开始有意识地基于幻想来探索文学与科学的融合，——当他们把光怪陆离的想象的油彩泼洒到文本的各个角落时，这就有科幻小说这一新的叙事范式的迅猛兴起与发展。玛丽·雪莱的《弗兰肯斯坦》继承了浪漫主义小说丰富的想象力，但同时也从一个女性主义者的角度对浪漫主义做了反思。她对当时浪漫主义作家如珀西·雪莱、拜伦、布莱克、华兹华斯和柯勒律治等人颂扬的神圣“想象力”有着自己的见解：无拘无束的想象更容易被恐惧激发，而非人类之爱。就像莎士比亚的《仲夏夜之梦》中，理智的忒休斯警告世人，诗人与情人、疯子无异，都能看见“连无边的地狱都容不下的魔鬼”。玛丽·雪莱对小说中提出的哲学问题提供了现代的解答，——这份答案涂满了怀疑主义的油彩，同时也是一道直截了当的道德律令：人们描写一个陌生的怪物

① 朱光潜：《西方美学史》(下卷)，人民文学出版社1981年版，第682页。

时，总是根据自己武断的想象与猜测来捏造，最后的成果就是一个充满个人偏见、种族歧视和性别歧视的不公正的恶魔。《弗兰肯斯坦》中的德拉赛一家，正是玛丽·雪莱为了平衡维克托·弗兰肯斯坦这样狂妄自大、企图挑战并控制自然的狂人形象而创作出来的。德拉赛代表的是与自然和谐共处，通过和平、循序渐进的变革，而非法国大革命那样的暴力革命来改变社会秩序。

参考文献

一、中文文献

[1] 艾布拉姆斯. 镜与灯:浪漫主义文论及批评传统[M]. 郦稚牛,张照进,童庆生,译. 北京:北京大学出版社,1989.

[2] 本雅明. 德国浪漫派的艺术批评概念[M]. 王炳均,杨劲,译. 北京:北京师范大学出版社,2014.

[3] 伯林. 浪漫主义的根源[M]. 吕梁,洪丽娟,孙易,译. 南京:译林出版社,2008.

[4] 勃兰兑斯. 十九世纪文学主流[M]. 张道真,等,译. 北京:人民文学出版社,2009.

[5] 蒂利希. 基督教思想史[M]. 尹大贻,译. 北京:东方出版社,2008.

[6] 费伯. 牛津通识读书:浪漫主义[M]. 翟红梅,译. 南京:译林出版社,2019.

[7] 贡斯当. 古代人的自由与现代人的自由[M]. 阎克文,刘满贵,译. 北

京:商务印书馆,1999.
[8] 海德格尔.谢林:论人类自由的本质[M].王丁,李阳,译.北京:商务印书馆,2018.
[9] 荷尔德林.荷尔德林文集[M].戴晖,译.北京:商务印书馆,1999.
[10] 卡西勒.启蒙哲学[M].顾伟铭,杨光仲,郑楚宣,译.济南:山东人民出版社,1988.
[11] 康德.判断力批判[M].邓晓芒,译.北京:人民出版社,2002.
[12] 克尔凯郭尔.论反讽概念[M].汤晨溪,译.北京:中国社会科学出版社,2005.
[13] 拉吉罗.欧洲自由主义史[M].杨军,译.长春:吉林人民出版社,2001.
[14] 罗素.西方哲学史:下卷[M].马元德,译.北京:商务印书馆,1976.
[15] 洛夫乔伊.存在巨链:对一个观念的历史的研究[M].张传有,高秉江,译.北京:商务印书馆,2015.
[16] 施勒格尔.浪漫派风格:施勒格尔批评文集[M].李伯杰,译.北京:华夏出版社,2005.
[17] 斯特龙伯格.西方现代思想史[M].刘北成、赵国新,译.北京:中央编译出版社,2005.
[18] 塔米尔.自由主义的民族主义[M].陶东风,译.上海:上海译文出版社,2005.
[19] 瓦肯罗德.一个热爱艺术的修士的内心倾诉[M].谷裕,译.北京:生活·读书·新知三联书店,2002.
[20] 史蒂夫·威尔肯斯阿兰·G.帕杰特.基督教与西方思想:卷二[M].刘平,译.北京:北京大学出版社,2005.
[21] 韦勒克.批评的诸种概念[M].丁泓,余徵,译.成都:四川文艺出版社,1988.

二、外文文献

[1] ABERCROMBIE L. Romanticism [M]. London: Martin Secker Ltd., 1926.

[2] ABRAMS M H. A Glossary of Literary Terms[M]. Fortworth: Harcourt Brace Jovanovich College Publishers, 1993.

[3] BEHLER E. German Romantic Theory[M]. Cambridge: Cambridge University Press, 1993.

[4] BLOOM H. Romantic and Consciousness: Essays in Criticism[M]. New York: W. W. Norton & Co., 1970.

[5] BOWRA C M. The Romantic Imagination[M]. London: Oxford University Press, 1950.

[6] BROWN M. The Cambridge History of Literary Criticism: Romanticism [M]. Cambridge: Cambridge University Press, 2008.

[7] CHARLTON D G. The French Romantics [M]. Cambridge: Cambridge University Press, 1984.

[8] CLEMENT N H. Romanticism in France[M]. New York: Kraus Reprint Corporation, 1966.

[9] CRANSTON M. The Romantic Movement[M]. Hoboken: John Wiley Sons, 1994.

[10] CURRAN S. British Romanticism[M]. Cambridge: Cambridge University Press, 1993.

[11] DAY A. Romanticism[M]. London: Routledge, 1996.

[12] DODGE G H. Benjamin Constant's Philosophy of Liberalism: A Study in Politics and Religion[M]. Chapel Hill: The University of North Carolina Press, 1980.

[13] EICHNER H. "Romantic" and Its Cognates: The European History of a Word[M]. Manchester: Manchester University Press, 1972.

[14] ERAGANG R R. Herder and Foundations of German Nationalism [M]. New York: Columbia University Press, 2020.

[15] FAFLAK J, WRIGHT J M. A Handbook of Romanticism Studies [M]. Oxford: Blackwell Publishing Ltd., 2012.

[16] FERBER M. A Companion to European Romanticism[M]. Oxford: Blackwell Publishing Ltd., 2005.

[17] FRYE N. Romanticism Reconsidered[M]. New York: Columbia University Press, 1963.

[18] FURST L R. Romanticism in Perspective: A Comparative Study of Aspects of the Romantic Movements in England, France and Germany[M]. London: Macmillan, 1979.

[19] GRANA C. Bohemian Versus Bourgeois[M]. New York: Basic Books Inc., 1964.

[20] HALSTED J B. Romanticism [M]. London, Melbourne: The Macmillan Press Ltd., 1969.

[21] JASPER D J, WRIGHT T R. The Critical Spirit and the Will to Believe: Essays in Nineteenth Century Literature and Religion [M]. New York: Palgrave Macmillan, 1989.

[22] JONES H M. Revolution and Romanticism [M]. Cambridge, Mass.: Harvard University Press, 1974.

[23] KELLY G A. The Human Comedy: Constant, Tocqueville and French Liberalism[M]. Cambridge: Cambridge University Press, 1992.

[24] KOHN H. The Idea of Nationalism[M]. New York: The Macmillan Press Ltd., 1944.

[25] LOVEJOY A O. Essays in the History of Ideas[M]. Baltimore: The Johns Hopkins Press, 1948.

[26] LUCAS F L. The Decline and Fall of the Romantic Ideal[M]. Cambridge: Cambridge University Press, 1948.

[27] LUKES S. Individualism[M]. Oxford: Basil Blackwell, 1973.

[28] MAURICE B. The Romantic Imagination[M]. New York: Oxford University Press, 1961.

[29] MCGANN J J. The Romantic Ideology[M]. Chicago: The University of Chicago Press, 1983.

[30] MERQUIOR J G. Liberalism: Old and New[M]. Boston: Twayne Publishers, 1991.

[31] MORSE D. Romanticism: A Structural Analysis[M]. London: The Macmillan Press Ltd. , 1982.

[32] OREL H. English Romantic Poets and the Enlightenment: Nine Essays on Literary Relationship[M]. Banbury: Thorpe Mandeville House, 1973.

[33] PAQUET S. The Science of Romanticism: Looking for Nature [M]. Saarbrucken: Lap Labmert Academic Publishing, 2010.

[34] PRAZ M. The Romantic Agony. [M]. London: Oxford University Press, 1951.

[35] PRIESTMAN M. Romantic Atheism: Poetry and Freethought, 1780 - 1830[M]. Cambridge: Cambridge University Press, 1999.

[36] RICHARDS R J. Romantic Conception of Life: Science and Philosophy in the Age of Goethe[M]. Chicago: The University of Chicago Press, 2003.

[37] RICHARDSON A. British Romanticism and the Science of the

Mind[M]. Cambridge: Cambridge University Press, 2001.

[38] RUSTON S. Creating Romanticism: Case Studies in the Literature, Science and Medicine of the 1790s[M]. New York: Palgrave Macmillan, 2013.

[39] SCHAPIRO J S. Liberalism: Its Meaning and History[M]. Princeton: D. Van Nostrand Co., 1972.

[40] SCHENK H G. The Mind of the European Romantics: An Essay in Cultural History[M]. London: Constable, 1966.

[41] THORLBY A. The Romantic Movement[M]. London: Longmans Green and Co Ltd., 1966.

[42] TRESCH J. The Romantic Machine: Utopian Science and Technology After Napoleon[M]. Chicago: The University of Chicago Press, 2012.

[43] WILLEY B. Nineteenth-Century Studies: Coleridge to Matthew Arnold[M]. Harmondsworth: Penguin Books Ltd.,1973.

[44] WILLIAMS R. Culture and Society: 1780 – 1950[M]. London: Chatto & Windus, 1958.

[45] WILSON J D. The Romantic Heroic Ideal[M]. Baton Rouge: Louisiana State University Press, 1982.

[46] WOODRING C. Politics in English Romantic Poetry[M]. Cambridge, Mass.: Harvard University Press, 1970.